读客®

全球顶级畅销小说文库

全球文化，尽收眼底；
顶级经典，尽入囊中！

JODI PICOULT

魔鬼游戏
PERFECT MATCH

[美]朱迪·皮考特 著

苏莹文 译

北京联合出版公司
Beijing United Publishing Co.,Ltd.

献给杰克，
我认识的最勇敢的男孩，
爱你的母亲

楔　子

怪物终于走进门内，脸上还戴着面具。

她睁大眼睛瞪着他看，竟然没有其他人能看穿他的伪装，这实在让她惊讶。他是为连翘花浇水的隔壁邻居，是在电梯里面露微笑的陌生人，是那种会牵起小娃儿领他们过马路的人。你们难道看不出来吗？她想要放声尖叫。你们不知道吗？

身下的椅子让她难以忍受。她仿佛女学生一样，将双手规规矩矩地放在膝上，挺直双肩，但是狂乱的心跳却像在胸腔里拧扭的水母。从什么时候开始，她必须时时提醒自己，才会记得要呼吸？

法警一左一右地夹着他经过检察官的席位，从法官面前走过，然后走向辩护律师席。角落里，电视台的摄像机嗡嗡作响。这个场景十分熟悉，但是她发现自己从未自这个角度观察过。角度一旦改变，观点也会截然不同。

真相就放在她的腿上，重量和一个小孩不相上下。她决定行动。

这点认知本来应该要让她早早敲下退堂鼓，而不是如醇酒般流窜过她的四肢。几个星期以来，她首次有了不同的感觉。在这之前，她仿佛在无边的海底梦游，因为不想吐出下潜前吸进胸腔里的最后一口气而让肺部痛得发呛。倘若她早知自己得面对什么状况，绝对会更谨慎、吸进更饱满的一口气。如今，她置身这个可怕的地方，眼睛看着这个令人厌恶的男人，她发觉自己顿时恢复了正常，好些个正常到几乎称得上美好的想法也随之而来，她想到自己在吃了早餐后还没整理厨房桌面，图书馆逾期未还的书就放在洗衣篮的后面，车子早该保养换油，里程数到现在应该已经超过一千五百英里了吧。还有，再过两秒钟，戒护他的法警就会退开，让他有机会和律师私下谈话。

她的手指滑过皮包里的支票簿皮套，摸到了太阳眼镜、口红，以及一颗不知何时从包装纸里滚出来、如今已经沾满毛屑的糖果。她找到她要的东西，紧紧握住，惊讶地发现东西握在手上的感觉竟然和丈夫的手一样，既熟悉又舒适。

一、二、三、迈出这三步就足以让她嗅到怪物的恐惧，看到他黑西装下的白衬衫领口。黑与白，最后也只剩下这些了。

在这短暂的一秒钟，她纳闷不解，不懂为什么没有人拦阻她。为什么没有人知道这一刻无法避免，她来到这里只为做这件事。即使在这个时候，连最熟悉她的人也没有伸手拉住她，阻止她起身。

就在这一瞬间，她明白自己也戴着假面，就和那个怪物一样。这真是个高招，假面看起来栩栩如生，没有人知道她的转变。但是，现在她可以感觉到碎裂开来的面具一片片崩落，她心想，让全世界都看见吧。她知道自己把手枪抵在被告的后脑，知道自己迅速击发四枪，也知道在这一刻，连她都认不得自己了。

第一部

如果无端遭受攻击，我们应该要重重反击。对于这点，我十分确定。而且，反击的力道必须猛烈到让对方明白他绝对不可再犯。

——夏洛蒂·勃朗特，《简·爱》

我们在林子里，只有她和我两人。我穿上最好的运动鞋，鞋带是彩色的，从前梅森还只是小狗狗的时候，就咬穿了鞋后跟。她的脚步比我大，但这就是好玩的地方，我想办法跳进她踏在地上的鞋印里。我是只青蛙，是袋鼠，是魔法精灵。

我走路时，会发出早餐时从盒子里倒出谷片的声音。

脆脆的。

"我的腿酸了。"我告诉她。

"路只是稍微远了一点点而已。"

"我不想走了。"我说完话就一屁股坐下来，因为如果我不走，她也不会走。

她弯下腰来指给我看，但是树木就好像高个儿的长腿，遮得我什么也看不见。"你看到了吗？"她问道。

我摇摇头。就算看得到，我也不承认。

她一把抱起我来，让我坐在她的肩膀上。"池塘，"她说，"你看得到池塘吗？"

坐在高处我就看到了。那是躺在地上的一小片蓝天。

天如果破了，谁会来补？

一

结辩一向是我的拿手强项。

我不需要在事前特别构思，就可以直接走进法庭面对陪审团，抛出一番让他们燃起满腔正义之火的辩词。我无法忍受杂乱无章，喜欢将一切打点妥当，完成一件案子之后再继续往前迈进。我老板说他最喜欢上辈子当过侍者的人来担任检察官，因为这些人能同时处理很多事。至于我，曾经在费林百货公司包装礼品来支付法学院的学费，职业习惯很是明显。

这天早上，我得为一件强暴案出庭结辩，另外还有一场行为能力听证会。下午我要和一名DNA专家见面，厘清某事故车辆里血迹的相关疑问，血迹既不属于被控过失杀人的酒醉驾驶者，也非出自车祸身亡的女性乘客。凯利伯探头进浴室的时候，我脑袋里想的净是这些事。镜子里，他的脸孔仿佛是升起的月亮。"纳撒尼尔还好吗？"

我关掉水龙头，拿条毛巾裹住身体。"他睡了。"我说。

凯利伯刚才到棚屋去为货车上货。他是个石匠，包揽铺石小径、石材壁炉、花岗石阶，还有石墙等等工程。他身上有一股冬天的味道，每逢当地苹果到了采收季节，缅因州就会有这种味道。他身上的法兰绒衬衫沾到了水泥袋上的灰尘。"烧退了吗？"凯利伯问道，一边来到水槽边洗手。

　　"他没事的。"尽管还没去检查儿子的情况，我还是这么回答。从早上到这个时候，我还没去看过他。

　　我一心希望能通过念力让愿望成真。昨天晚上，纳撒尼尔的状况其实不太严重，体温也还没有高过三十七点五摄氏度。他看起来不太对，但是我不会光凭这一点就让他留在家中不去上学，更何况今天我得出庭。所有身兼职业女性的母亲都会遭遇这种进退两难的处境。我没办法全心投入家庭，因为我有工作。然而我在工作上也没有办法百分之百付出，因为我有个家。这两方面一有抵触，我就会提心吊胆。

　　"我很愿意留下来，但是这一来，我会错过会议。弗伦德好不容易说服客户来重新讨论工程蓝图，我们打算好好表现一下。"凯利伯一边盯着手表看，一边低声嘟囔。"其实，早在十分钟前我就已经迟到了。"他和大多数的工程承包商没有两样，一天的行程开始得很早，也结束得很早。这表示我得担下重任，负责送纳撒尼尔上学，而让他接孩子下课。他绕过我身边，拿起皮夹和棒球帽，"如果他生病，你不会还要送他去学校吧……"

　　"当然不会，"我回答的时候，躁热的红晕已经爬上了衬衫的领口。两颗止痛退烧药可以让我争取到一些时间，可以让我在接到莉迪亚小姐要我去学校接回儿子的电话之前，先结束强暴案的庭讯。但是我随即为这个想法痛恨起自己。

　　"尼娜。"凯利伯的一双大手搭在我肩膀上。当初我就是为了这双手而爱上凯利伯的，他碰触我的方式，仿佛把我当成易碎的肥皂泡，在我濒临破碎的时候，也是这双强劲有力的手赋予我凝聚成形的力量。

　　我举起双手盖住凯利伯的手。"他不会有事的。"我坚持说法，相信正面思考。我对他露出一个检察官最具说服力的标准笑脸，说："我们不会有事的。"

凯利伯花了好一会儿的时间来相信我的话。他是个聪明人，但谨慎与条理兼具。他在巨细靡遗地完成了一件工作之后，才会进行到下一项，他作决定的方式也不例外。这七年来，我每夜和他同床共枕，希望能耗尽他的顾虑。我以为一辈子的厮守可以磨掉两个人的棱角。

"我四点半去接纳撒尼尔。"凯利伯说了。为人父母之间一句简单的话，取代了从前的我爱你。

我忙着扣上后腰上的裙钩，他的嘴唇轻轻刷过我的头。"我六点回家。"这也表示我爱你。

他走向门口，我一抬头，目光就离不开他的宽肩、他嘴角上扬的弧度和他穿上厚重工作靴的脚趾。凯利伯发现我在看他。"尼娜，"他带着微笑说话，嘴角抬得更高了，"你也是，已经迟到了。"

床头桌上的小钟显示七点四十一分。我有十九分钟叫醒儿子，让他吃早饭，帮他穿衣服，把他塞进车里的儿童座椅里，开车穿过毕德佛送他上学，以便有充足的时间在九点之前抵达位于亚尔福瑞的高等法院。

儿子蜷在被窝里睡得很沉。他的金发太长了，几个星期前就该修剪。我在床边坐了下来。如果能够目睹美好的奇迹，多等个两秒钟有什么关系？

其实，五年前我本来没有机会怀孕的。二十二岁那年，某个愚蠢的妇产科医生摘除了我的卵巢囊肿，同时宣告我这辈子不能怀孕的消息。结果在五年前，我感觉自己病殃殃的，还连续呕吐了好几个星期。于是我去内科就诊，以为自己是感染了某种恐怖的寄生虫而奄奄一息，或是出现了某种自体器官排斥的病症，然而验血报告却找不到任何问题。没想到，不可思议的美好结局竟然在几个月后出现，我一直把检验报告贴在浴室药柜门的内侧，以兹证明。

　　熟睡的纳撒尼尔看起来更稚嫩，他一手弯曲贴住脸颊，另一手紧紧揽着一只绒毛青蛙。某些夜里，我会这样静静地看着他，讶异地领悟到在五年前，我根本无法想象会有个人让我完全改变。五年前，我说不出孩子的眼白比初雪还洁白，不知道小男孩的颈部弧度是全身最美的曲线。我不可能想到餐巾两头打个结就可以变成海盗头巾，更别提偷偷摸摸跟在小狗身后去寻找埋在土堆里的宝藏，或是在一个下雨的星期日，观察棉花糖放进微波炉后，要花多久时间才会爆开。我面对世界的脸孔与我保留给纳撒尼尔的一面完全不同，多年来，我一直以非黑即白的眼光衡量世事，是纳撒尼尔教会了我，让我懂得分辨深浅不同的灰色地带。

　　我大可扯谎，信誓旦旦地表示如果当初早预期到自己会生儿育女，就不会就读法学院或担任检察官。这个工作一点儿也不轻松，回家后还得处理公务，不可能带到足球场上或在幼儿园的圣诞晚会中处理。但老实说，我一向热爱自己的工作，这个工作也是我给自己的定义：大家好，我叫尼娜·福斯特，是助理检察官。然而，我同时也是纳撒尼尔的母亲，而且无论如何都不愿抛下这个身份。两者之间并没有大小比例之分，我处于中央点，均分两个责任。我和多数父母不同的地方，在于其他人多半在夜里醒着担心孩子可能会遭遇的不幸，而我则有机会尽一己之力来改变。我就像个光明战士一样，在纳撒尼尔踏入缅因州之前，和另外五十名律师并肩作战，未雨绸缪，事先为孩子整顿好缅因州。

　　我轻触他的前额，扬起嘴角微笑——他没有发烧。我的指头滑过他脸颊的弯弧，来到他的嘴边。他边睡边拍掉我的手，然后把小拳头藏进被窝里。"嘿，"我凑到他的耳边低声说，"我们得准备起床喽。"看到他不肯动，我拉开他的被子，却发现床垫散出一股浓浓的尿臊味。

偏偏是今天！医生嘱咐过，如果五岁大的纳撒尼尔意外尿床，我必须微笑以对，因此我遵照指示露出笑容。我们在三年前就已经开始训练他自己上厕所了。他睁开眼睛——这双迷人的棕色眼眸和凯利伯如出一辙，从前他还坐婴儿车的时候，街上常会有人为了这双眼睛拦住我，想要逗弄纳撒尼尔玩耍——我看出他瞬间的恐惧，他以为自己会遭到惩罚。"纳撒尼尔，"我叹口气说，"这种事是免不了的。"我扶他起床，动手帮他脱掉贴在身上的湿睡衣，他却极力抗拒。

他狂乱挥拳，正好打中我的太阳穴，使得我整个人往后退。"老天爷，纳撒尼尔！"我怒冲冲地喊着。但是，让我迟到的不是他，尿床也不是他的错。我深吸了一口气，继续忙着解开缠在他脚踝上的衣裤。"我们清理干净好吗？"我放轻了口气，他挫败地让我握住他的手。

我儿子的个性异乎寻常地开朗。他可以在嘈杂的车声中听出天籁，会说些别人听不懂的青蛙语，如果可以跑就不会走，用诗意的眼光来看待这个世界。所以，这个坐在浴缸里紧张兮兮观察我的男孩简直不像我儿子。"我没生你的气。"纳撒尼尔困窘地低下头去。"每个人都会碰到意外事件。记得吗，我去年开车撞翻了你的脚踏车？你那时候非常难过，可是你知道我不是故意的。对吧？"我好像对着凯利伯的花岗石说话。"好吧，你也可以保持缄默。"但就算使出了激将法，我还是没能逗他开口。"啊，我知道怎么让你好过一点了……你可以穿上迪士尼恤衫，连续穿两天喽。"

如果有得选，纳撒尼尔绝对会每天都穿这件恤衫。我翻遍他房间里的所有抽屉，发现迪士尼恤衫和一堆脏衬衫缠在一起。他一看到，立刻抽出恤衫往头上套。"等等，"我拿开恤衫，说，"我知道我答应过你，但是恤衫沾到尿了，纳撒尼尔。你不能穿它上学，得先洗过。"纳撒尼尔的下唇开始颤抖，我这个技巧纯熟的仲裁者顿时求和。"宝贝，我发誓我今晚就会洗，让你在接下来一整个星期都可以穿。还有下个星期也一样。但是，现在我得请你帮帮忙。我们得赶快吃早餐，才能准时出门。好吗？"

十分钟之后，我弃械投降，我们终于达成了协议。纳撒尼尔身上穿着我用手洗过，匆促脱水，然后喷洒宠物除臭剂之后的迪士尼恤衫。莉迪亚小姐有可能过敏，但说不定没有人会注意到米老鼠笑脸上方的污渍。我拿起两盒早餐谷片。"要哪种口味？"纳撒尼尔耸耸肩，到了这时候，我终于可以确定他之所以不愿说话，与稍早惹我生气的愧疚心理没有太大关系，只是凑巧罢了。

我让他坐在流理台边，在他面前摆了一碗蜂蜜核果麦片，然后一边准备他的午餐。"面条，"我刻意装得兴高采烈，想让他摆脱畏缩恐惧的情绪，"还有……哇！昨天晚餐留下来的鸡腿！三片奥利奥饼干……再加上芹菜棒，这样莉迪亚小姐就不会又要念我这个妈咪不懂得食物营养标准了。"我拉上保温袋的夹链，把午餐放进纳撒尼尔的背包里，抓起一根香蕉当作自己的早餐，注意看微波炉上的时钟。我又让纳撒尼尔吞了两颗止痛退烧药——就这么一次而已，不会造成伤害的，而且凯利伯不可能发现。"好了，"我说，"我们得走了。"

纳撒尼尔慢吞吞地套上球鞋，一次伸出一只小脚让我绑鞋带。他可以自己拉上刷毛夹克的拉链，也能甩上背包。背包在他瘦弱的肩膀上显得十分巨大，有时候，我站在他的身后看，不禁想起希腊神话中一肩顶起地球的巨神阿特拉斯。

开车的时候，我播放纳撒尼尔最喜欢的磁带——披头士合唱团的《白色专辑》，但是连《无情的浣熊》也没能振奋他的心情。我边叹气边想着，显然他今天早上的起床气——而且还是尿湿的床——还没消。我心里有个小小的声音提醒我：我应该要懂得感恩，因为再过大约一刻钟之后，这个问题就会落到别人手上。

我从后视镜看见纳撒尼尔把玩背包的挂绳，一会儿对折，一会儿又弯成三段。车子来到山丘下的停车路标旁。"纳撒尼尔。"我的声音不大，恰好盖过隆隆的引擎声。他抬起头的时候，我挤出斗鸡眼，还吐出舌头扮鬼脸。

他和他爸爸一样，缓缓地、慢慢地对我露出微笑。

仪表板上显示的时间是七点五十六分，比预计早了四分钟。

我们的表现比预期得更好。

对凯利伯·弗罗斯特而言，筑墙的作用，是把不想要的一切隔绝在外。或者也可以说，将宝贵的一切固守在内。每当他堆砌起闪闪发光的花岗石和粗糙的石灰岩，在草坪上筑起又宽又直的石墙时，脑子里便是这么想的。他喜欢这种想法，这些人家安稳地隐身在他所筑起的城垛后方，备受保护。当然了，这是个荒谬的想法。他的石墙高度仅仅及膝，实在称不上护城的围墙。此外，石墙还开了车道、小径，甚至为葡萄藤架留下空间。然而，每当他开着车经过自己用大手砌造的石墙，就会想象这户人家的父母和孩子一起坐在餐桌旁的景象，和睦的氛围就像是蚊帐般罩住大桌，好像实实在在的墙是情感稳固的基候。

他和弗伦德以及筑墙师傅一起站在华伦家的地界，大家都等着凯利伯大显神通。目前，这片土地上长满了浓密的桦树和槭树，其中几棵树上有标记，标明房屋和污水系统的位置。华伦夫妇站在一起，距离近到让两个人几乎要互相碰触。怀孕的华伦太太挺着大肚子，擦过了丈夫的后臀。

"嗯。"凯利伯开口了。他的职责是说服客户，让他们明白自己的确需要为产业筑起一道石墙，而不去考虑这对夫妇的另一个选择——一道六尺高的围篱。但是他不善言辞，那是尼娜的专长。站在他一旁的弗伦德清了清喉咙，催促他开口说话。

凯利伯不想用花言巧语诱骗这对夫妇，但是他可以想见眼前的景象：一栋白色的殖民地式独栋建筑，屋子安装了纱窗的宽敞门廊，拉布拉多猎犬张嘴想咬下飞舞的帝王蝶，一整排的郁金香会在明年含苞待放，小女孩的三轮车龙头上系的缎带垂到地面，她骑着小车来到凯利伯砌造的石墙前面——大人说过，这里是界限，她在里面很安全。

他想象自己在这片产业，在这片一度什么都没有的土地上弯身砌造坚固的石墙。他想到这户人家，到时候，这一家三口可以舒舒服服地待在石墙之内。"华伦太太，"凯利伯带着微笑，终于开口问了问题："你的预产期是什么时候？"

蕾蒂·韦格斯在游乐场的角落里哭泣。她总爱这样，假装自己被丹尼欺负，其实她只是想看看莉迪亚小姐会不会放下手边的事，赶紧跑过来查看。丹尼明白，莉迪亚小姐也明白，大家全都心知肚明。唯一的例外是哭个不停的蕾蒂，想用泪水换来些成果。

纳撒尼尔从蕾蒂身边走过，绕过丹尼，丹尼扮成海盗，在船难之后攀着一只大水桶。"嗨，纳撒尼尔，"布莱安娜招呼他，"你过来看看。"她蹲在小棚屋的后面，棚屋里放的是软如熟瓜的足球，以及小朋友轮流骑坐，一次只能玩个五分钟的推土机。棚屋后面的木头篱笆上结了一个蜘蛛网，弯曲如鞋带般的蛛丝上垂挂着银色的蜘蛛，蜘蛛网上还缠了个铜板大小的结。

"是一只苍蝇。"寇尔把滑落在鼻尖的眼镜往上推了推，"被蜘蛛缠起来当晚餐吃。"

"真恶心。"布莱安娜嘴巴上这么说，身体却越靠越近。

纳撒尼尔双手插在口袋里站在旁边。他看到飞进蜘蛛网里不得脱身的苍蝇，想起了去年冬天他踩在积雪当中，结果一只雪靴掉进了雪堆深处。他当时光着一只脚踩在雪地里回家，还得担心挨骂，他真想知道这只苍蝇是不是和他一样害怕。说不定苍蝇只是想休息一下，想欣赏阳光穿透蛛丝的美景，结果却被蜘蛛丝缠住，真的插翅难逃。

"我敢打赌，蜘蛛一定会先吃掉苍蝇的头。"寇尔说。

纳撒尼尔想到了苍蝇的翅膀。苍蝇转身时，双翅被紧紧地固定在背后。他伸手拍掉蜘蛛，转身就走。

布莱安娜闹起脾气了。"嘿！"她大喊着，"莉迪亚小姐！"

但纳撒尼尔才不理她呢。他抬起头，盯着秋千的吊杆和连接在铁架旁的滑梯，滑梯亮得像把刀刃。铁架比滑梯高了几寸。纳撒尼尔用双手拉住木头阶梯的扶手，开始往上爬。

莉迪亚小姐没有看到他。他的球鞋踢下一阵小石头和灰尘，但是他的身体维持住平衡。在这上面，他甚至比爸爸还要高。他心想，也许云朵后面躲了个沉睡的天使。

纳撒尼尔闭上眼睛往下跳，双手紧紧贴在身体的两侧，就和那只苍蝇一样。他一点也不想要停止坠落，只想猛烈撞击，因为和其他事情相比，这样比较不痛。

"最好吃的可颂牛角面包？"尽管我才刚走到咖啡机前和彼得·艾伯哈特并肩而站，但是他对我说话的样子，好像我们的对话正进行到一半。

"巴黎左岸的面包店。"我答道。其实想想，我们的确正在进行某段谈话。虽然这段对话持续了至少好几年之久。

"离家近一点的选择呢？"

这我就得想一下了。"妈咪之家。"一家在斯普林维尔的餐馆。

"最烂的发型？"

彼得笑了出来。"我中学毕业纪念册里的照片。"

"我想要的答案是动词，不是名词。"

"安吉丽娜每次烫头发都是。"他拿起咖啡壶为我手上的杯子斟满咖啡，但是我笑岔了气，洒得满地都是。安吉丽娜是南区地方法院的职员，发型看似蜷在头顶上的麝鼠，又像拌了奶油的意大利蝴蝶面。

这是彼得和我的游戏，从我们都还在西区地方法院担任助理检察官的时候就开始了。当时，我们得在斯普林维尔和约克郡之间两地奔波。在缅因州，被告可以出庭辩称无罪、认罪，或是要求与检察官协商。彼得和我分别坐在桌子的两侧，彼此交换控诉案，就像在牌局中一样。你负责这件交通违规，我受够这种案子了。好，但是这么一来，你得接下这件擅闯产业的控诉。我现在很少碰到彼得，因为我们都在处理高等法院重罪案件，但是在办公室里，我还是和他最亲近。

"今日最佳言论？"

现在才十点半，要决定这是否是最佳引述还嫌太早。我摆出检察官的一号表情，严肃地望着彼得，对着他回放我方才为强暴案作的结辩。"各位先生女士，事实上，只有一件事比这个男人的所作所为更罪恶，更令人发指，那就是还他自由，让他继续再犯。"

彼得吹了声响亮的口哨。"喔，你真能演戏。"

"要不然我怎么领得到优厚的薪水。"我将奶精加入咖啡里搅拌，凝结在表面的奶精像极了血渍。这让我想起脑浆组织的案子。"家暴案的审判有什么进展？"

"我没有别的意思，但是我实在受不了那些受害者，他们……"

"太凄惨？"我冷冷地说。

"对！"彼得叹气，"如果我们能够光是处理案子，而不必理会随之而来的重担就好了。"

"那你干脆做被告律师。"我喝了口咖啡，把七分满的杯子留在桌台上，"如果你真要听我的意见，我会说啊，我出庭时宁可不要那些律师。"

彼得哈哈大笑。"可怜的尼娜。你接下来有一场行为能力听证会，是吧？"

"那又怎么样？"

"你每次要面对费舍尔·卡灵顿的时候，看起来……嗯，就和我中学毕业纪念册上的照片没两样，好像头皮就要被人剥掉似的。"

我们这几个检察官和当地辩护律师之间的关系十分脆弱，我们对大多数的律师仅仅维持基本的敬意，毕竟，他们也是在尽本分。但是卡灵顿是个截然不同的类型。他是哈佛毕业生，满头银发，态度庄重，具备了典型的父亲形象。他是个备受尊崇的长者，以提供建议谋生。一般来说，陪审员都会愿意相信这种人。所有的检察官都遭遇过这样的状况：我们准备了如山的铁证，结果却不敌卡灵顿那双和保罗·纽曼一样的湛蓝眼眸和洞悉人心的笑容，让被告安然脱身。

不用说，我们一致痛恨费舍尔·卡灵顿。

在行为能力听证会上遭遇卡灵顿，无异于先是一脚踏进地狱，随即还发现唯一的食物只有血淋淋的肝脏，这简直就是在伤口上抹盐。

就法律上而言，所谓具备出庭的行为能力，意味着当事人的沟通方式足以让旁人了解，让人有机会挖掘出事实。举例来说，小狗有能力嗅出毒品，但是无法出庭做证。对于遭受性侵害的儿童而言，如果性侵犯尚未认罪，那么唯一有可能定罪的方式，是把受害的儿童带上法庭做证。但是在这之前，法官必须判定证人是否具有沟通能力，并且能够区分真相和谎言，知道自己必须在法庭上说出实情。因此，我只要一碰到儿童性侵案，就会主动申请召开行为能力听证会。

先想想看，假设有个勇敢的五岁孩子不顾父亲的死亡威胁，告诉母亲自己每天都遭到父亲强暴。接着再想，依据法律程序，孩子必须来到一个大如足球场的法庭里回答检察官的提问，然后面对辩护律师连珠炮般的问题。这个陌生人会让孩子惶恐落泪，到最后不得不央求停止发问。再加上每个被告都有权面对指控者，而父亲就近在咫尺，因此，在出庭期间，孩子还必须承受父亲的注视。

听证会上会出现两种状况。一是孩子被判定不具备出庭做证的能力，法官拒绝立案，孩子不必再次站上法庭，这让孩子在接下来的日子里有可能会不停地梦到律师可怕的盘问，还得继续面对父亲的面孔，而且极有可能再次受到侵犯。另一种状况则是孩子有能力出庭，然后不停重复诉说不堪回首的一幕……而这次，还会有十多名旁观者围观。

我虽然身为检察官，但是我比谁都清楚：如果一个人无法以某种方式沟通，就无法通过美国的司法制度取得正义。我处理过的儿童性侵案不下百起，亲眼看过上百个孩子出庭。这些孩子为了自己无法接受的事实架构出一场幻象，而我和其他的检察官及律师全都一样，不断拉扯这些孩子，直到他们放弃那个假想的世界为止。这全都是为了定罪。但是我心底明白，孩子们会因为能力听证会而再次受到伤害，即使我赢得听证会，孩子也不见得获胜。

就辩护律师而言，费舍尔·卡灵顿仍属可敬。他不会打击孩子，让孩子坐在证人席上的高脚凳上浑身打战，也不会想尽办法误导。他的举止就像个祖父，如果孩子愿意说出实话，就有棒棒糖可以吃。我们曾经两度交手，其中一次他让孩子获判无能力出庭做证，变态的性侵犯因此公然走出法庭。至于另一次，我则成功地将他的委托人定罪。

被告在监狱里关了三年。

受害者进行了七年的心理治疗。

我抬头看着彼得，说："争取最好的结果！"我挑战他。

"啊？"

"对，"我轻声说，"这是我的目标。"

瑞秋五岁时父母离异，分手时双方还撕破了脸，不但各自暗藏存款，夜半时分还会有人在车道上泼油漆。一个星期之后，瑞秋告诉母亲，说爸爸经常把手指塞进她的阴道。

她对我说，第一次她穿着小美人鱼的睡衣，坐在厨房餐桌边吃五彩缤纷的圆圈早餐谷片。第二次，她身穿粉红色的灰姑娘睡衣，在爸妈的卧室里看《科学怪人》影片。瑞秋的母亲米丽亚姆确认在女儿三岁的时候为她买过印有美人鱼和灰姑娘图样的睡衣，也记得从小姑家借来过《科学怪人》。那个时候，她和丈夫仍然住在一起。那个时候，她曾经让丈夫和小女儿独处。

不少人对于一个五岁大的孩子如何记得自己三岁时的遭遇感到怀疑。天哪，纳撒尼尔连昨天做了什么事都交代不清。但是话说回来，他们并没有聆听瑞秋一次又一次地诉说同样的故事。他们没有咨询精神科医生，不知道对孩童而言，创伤就像喉咙里的刺一样挥之不去。同时，他们和我不同，没看到瑞秋在父亲搬走之后，如同花朵一样绽开。就算他们全都不知道，我也不可能忽视孩子说的话。我选择忽略的任何一句话，都可能是最严重的真相。

瑞秋今天就坐在我办公室里的旋转椅上转圈圈。她的发辫及肩，双腿细瘦得宛如火柴棒。我的办公室从来就不是进行安静访谈的最佳地点。这里有警察来来去去，我和另一位地方检察官共享的书记官也选在这个时候把一叠文件往我桌上丢。"要很久吗？"米丽亚姆问道。她的视线一直没有离开女儿。

"希望不会。"我回答她，起身招呼瑞秋的外婆，她会坐在旁听席上，在听证会上作为精神后盾。米丽亚姆是本案的证人，因此无法出席。这又是个无解的窘境，在大部分的案件当中，母亲都无法陪在出庭的孩子身边，以提供安全感。

"这真的有必要吗？"米丽亚姆问了不下百次。

"是的。"我直视她的双眼，断然地给个答案。"你的前夫拒绝协商认罪。这也就是说，我们如果想证明事情的确发生过，只能靠瑞秋的证词。"我在瑞秋面前跪下，拉住转个不停的椅子。"你知道吗？"我向她坦白："有时候，当办公室的门关起来的时候，我也会转圈圈。"

瑞秋用双臂环住绒毛玩具。"那你会不会头晕？"

"不会。我假装自己在飞。"

门打开，我的老朋友帕特里克探头进来。他穿着全套蓝色制服，不同于平常便衣警探的装扮。"嘿，尼娜，你知不知道邮局要回收名检察官系列的邮票？因为大家都不知道该朝哪一面吐口水。"

"杜沙姆警探，"我尖锐地回应，"我现在有点忙。"

他脸红了起来，更衬托出他的眼睛。我们小时候，我老爱取笑他这双眼睛。当我们还是瑞秋这个年纪的时候，我还一度让他相信他的眼睛会蓝得如此透彻，是因为他的头颅里没有大脑，只有空气和云。

"对不起，我没注意到。"他就这么轻而易举地掳获了办公室里所有女人的心。如果他有意，绝对可以指使室内的全体女性站起来做体操。可他从来不想这么做，也从来不会这么做。

"弗罗斯特女士，"他正经八百地说，"我们下午的会议不会取消吧？"所谓下午的会议，指的是我们长久以来，每星期一次在桑佛一家小的牛排酒吧餐厅的午餐约会。

"会议照常举行。"我真想知道帕特里克为什么一身正式打扮，为什么会来高等法院。他在毕德佛担任警探，地方法院比较像是他的地盘。但是这些问题都得稍后再提。我转回身子面对瑞秋，听到帕特里克出去之后关上了门。"我看到你今天带了小朋友过来。你知道吗，我想你应该是第一个带河马给麦卡佛伊法官看的女孩。"

"她叫路易莎。"

"我喜欢这个名字。还有，我也喜欢你的发型。"

"我今天早上吃过松饼。"瑞秋说。

这句话让米丽亚姆满意地点个头，让瑞秋吃顿丰盛的早餐非常重要。"十点了，我们该走了。"

米丽亚姆弯下腰来，眼眶含着泪水对女儿说："从现在起，妈咪得留在外面。"她拼命忍住泪水，但是声音里可以明显听得出来。她的语调太过圆润，充满了痛苦。

纳撒尼尔曾经在两岁的时候跌断手臂，我站在急诊室里，看着医生接回骨头，为他打上石膏。他很勇敢，勇敢到连一声也没哭出来，但是他用没受伤的手紧紧握住我的手，指甲在我的手掌心上留下小小的半圆形印痕。在整个过程中，我一直在想：如果可以免除儿子的疼痛，我乐意打断我的手臂、打碎我的心。

瑞秋不是难缠的孩子，她虽然紧张，但没有崩溃。米丽亚姆的决定十分正确。为了这对母女，我会尽全力让过程不至于太痛苦。

"妈咪。"瑞秋说话了,现实像一场席卷而来的风暴。她手上的河马掉到地上,我实在不知道该怎么形容,这孩子仿佛想一头钻进母亲的肚子里。

我走出办公室关上门,因为我有职责在身。

"卡灵顿先生,"法官问道,"我们为什么要一个五岁大的孩子站上法庭?这个案子难道没有别的解决方式吗?"

费舍尔交叠双腿,微微皱起眉头。他娴熟地掌控了自己的姿势。"庭上,我最不愿意看见这个案子成立。"

我心想:我刚好相反。

"但是,我的委托人没办法接受检方的提议。打从他走进我办公室的那一天起,便一直否认自己所遭受的指控。再说,检方没有任何实质证据,也没有证人。其实,弗罗斯特女士掌握的是个孩子,和一心想摧毁分居丈夫的母亲。"

"庭上,眼前我们在乎的并不是送他进监狱,"我打断卡灵顿的话,说,"我们希望他放弃监护权和探视权。"

"我的委托人是瑞秋的生父。他能了解孩子也许是受到教唆才会恨他,但是他不愿放弃作为父亲,能够去爱护照顾自己女儿的权利。"

是吗?我懒得听,也不必听。费舍尔在打电话给我,否决我提出的认罪提议时,就已经演练过这套说辞了。"好吧,"麦卡佛伊法官叹气说,"我们就召开听证会吧。"

除了我、瑞秋和外婆、法官、费舍尔及被告之外,法庭里没有别人。瑞秋坐在外婆身边,把玩着绒毛河马的尾巴。我带着她走到证人席,但是她坐下后的高度还不及栏杆。

麦卡佛伊法官转头对书记官说："罗杰，可不可以麻烦你跑一趟，到我办公室看看有没有高凳可以让瑞秋小姐坐。"

大家又花了几分钟来调整座位。"嗨，瑞秋。你好吗？"我开始说话。

"还好。"她的声音微弱到几乎听不见。

"庭上，我可以靠近证人一点吗？"如果往前靠，我就不会那么可怕。我努力维持笑容，下巴开始酸痛。"瑞秋，你能不能告诉我你的全名？"

"瑞秋·伊莉萨白·马克斯。"

"你今年几岁？"

"五岁。"她竖起五根指头以兹证明。

"生日的时候有没有开庆祝派对啊？"

"有。"瑞秋犹豫了一下，然后说，"开个和公主生日一样的派对。"

"一定很好玩。你有没有收到礼物呢？"

"嗯，有。我收到一个会仰游的芭比游泳娃娃。"

"你和谁住在一起，瑞秋？"

"和我妈咪。"她回答的时候，眼神飘向了被告席。

"有没有别人和你们住在一起？"

"现在没有了。"她的声音轻如耳语。

"以前是不是还有别人和你们一起住？"

"对，"瑞秋点点头，说，"还有爸爸。"

"你有没有上学，瑞秋？"

"我读蒙哥马利太太的班级。"

"班上有没有什么规矩？"

"有。不可以打人，想说话要举手，还有，不能爬到滑梯上。"

"如果不遵守规定会怎么样？"

"老师会生气。"

"你知不知道说实话和说谎话有什么不一样？"

"说实话是把发生过的事情讲出来，说谎话就是自己编故事。"

"没错。法庭，也就是你现在来的地方——也有规矩，每当有人问你问题的时候，你得说实话，不能自己编故事。这样你懂吗？"

"懂。"

"如果你对妈妈说谎会发生什么事？"

"她会生我的气。"

"你能不能答应我，你今天一定会说实话？"

"嗯。"

我深吸一口气。第一道障碍已经排除。"瑞秋，坐在那边那位满头银发的男士是卡灵顿先生，他也会问你问题。你觉得你能不能和他聊聊？"

"好啊。"瑞秋虽然这么回答，但已经开始紧张了。稍早，我没有把这个部分告诉她，因为我自己也不知道所有的答案。

费舍尔站起身来，散发出一股安全感。"嗨，瑞秋。"

她眯起眼睛。我真爱这个孩子。"嗨。"

"你的熊宝宝叫什么名字？"

"她是河马。"瑞秋仿佛受到了侮辱。每当孩子在头上戴着一个水桶，盯着看的大人却看不出那其实是一顶太空头盔的时候，他们就会有这种反应。

"你认不认得和我坐在一起的人是谁？"

"是我爸爸。"

"你最近有没有看到爸爸？"

"没有。"

"但是你记得曾经和爸妈住在一起吗？"费舍尔的双手都插在口袋里，声音犹如绒布一样柔软。

"嗯。"

"你们一起住在那栋咖啡色房子里的时候，妈咪和爸爸是不是常吵架？"

"对。"

"然后，爸爸就搬出去了，是吗？"

瑞秋点点头，接着想起我之前说过，要她大声回答。"对。"她嗫嚅地说。

"爸爸搬出去之后，你才说出你碰到的事情……和你爸爸有关的事，对吗？"

"嗯。"

"你是不是说爸爸摸你尿尿的地方？"

"对。"

"你告诉谁？"

"妈咪。"

"妈咪听到你的话之后有什么反应？"

"她哭了。"

"你记不记得爸爸在什么时候碰你尿尿的地方？"

瑞秋咬着嘴唇。"在我还是宝宝的时候。"

"你那时候有没有上学？"

"我不知道。"

"你记不记得外面的天气是冷还是热？"

"我……嗯，不记得了。"

"你记不记得那时候是白天还是晚上？"

瑞秋坐在凳子上，开始前后晃动身子。她摇摇头。

"那时候妈咪在家吗？"

"我不知道。"她轻声说话，我的心跳加速。我们是否能让她出庭，就要看她在这一刻的表现了。

"你说，你那时候正在看《科学怪人》。你看的是电视，还是录像带？"

到了这个时候，瑞秋已经不再直视费舍尔或其他人的双眼了。"我不知道。"

"没关系，瑞秋，"费舍尔沉着地说，"有时候真的很难把事情记清楚。"

我坐在检察官席上翻了个白眼。

"瑞秋，今天早上你到法庭来之前，有没有和妈咪先说过话？"

终于有个她确定的答案了。瑞秋抬起头微笑，骄傲地说："有啊！"

"今天早上是你第一次和妈咪讨论来法庭的事情吗？"

"不是。"

"你在今天以前有没有见过尼娜？"

"嗯，有。"

费舍尔微笑地说："你和她聊过多少次？"

"好多好多次。"

"好多好多次。她有没有告诉你，坐进这个小小的证人席之后，你该说些什么话？"

"有。"

"她有没有要你说爸爸摸你？"

"有。"

"妈咪有没有要你说爸爸摸你？"

瑞秋点点头，发辫跟着摆动。"嗯。"

我动手盖上这件案子的档案夹，费舍尔的意图昭然若揭，而且已经达成了目的。"瑞秋，"他说，"妈咪有没有告诉过你，如果你今天来这里说爸爸摸你尿尿的地方，事情会有什么改变？"

"有。她说，我这么乖，会让她觉得很骄傲。"

"谢谢你，瑞秋。"费舍尔说完话后坐了下来。

十分钟之后，费舍尔和我进到办公室，并肩站在法官面前。"弗罗斯特女士，我并不是说你们强迫灌输孩子想法，教她该怎么说话，"法官说，"而是——不管怎么样，她都觉得自己在做她母亲和你想要她做的事。"

"法官大人。"我开口说。

"弗罗斯特女士，这孩子对母亲的忠诚度远远超过她对证人的誓言。在这种情况下，检方提出的任何求刑都会被推翻。"他看着我，眼神流露出同情。"尼娜，也许再过六个月，事情又会不一样。"法官清了清喉咙。"我的判决是，证人不具备出庭的能力。对于这件案子，检方有没有其他的请求？"

我感觉到费舍尔的目光停留在我身上，充满同情，没有胜利的神色。这反而让我生气。"我得和这对母女谈谈，但是我相信检方会申请无偏见驳回起诉。"这表示瑞秋再大一点的时候，我们可以试着再诉。当然，瑞秋不见得有勇气做这件事。说不定她的母亲会希望她继续正常生活，不要重新经历过去。法官知道，我也知道，但是双方都无计可施。司法制度就是这样运作的。

费舍尔·卡灵顿和我一起走出办公室。他对我说："谢谢你，检察官。"但是我没有回应。我们就像互相排斥的磁铁，朝不同的方向走去。

我之所以生气有两个原因。首先，我输了。再者，我本来应该站在瑞秋这一边的，结果却成了恶人。毕竟，我让她出席了一场白费力气的听证会。

但是，当我回到办公室，俯身靠向瑞秋的时候，脸上没有流露出任何不愉快的表情。"你今天很勇敢。我知道你说了实话，我为你感到骄傲，你的妈咪也一样。我有个好消息要告诉你，因为你的表现太好了，所以我们不必再来一次。"我特别盯着她的双眼说话，让她能听进这些话，就像入袋的奖品一样。"现在我得和妈咪谈一下，瑞秋，你能不能和外婆在外面等？"

瑞秋走出办公室，还没关上门，米丽亚姆就崩溃了。"到底发生了什么事？"

"法官认为瑞秋不具备出庭的能力。"她稍早并不在场，于是我对她重述方才的证词，"这表示我们没办法起诉你的前夫。"

"那我要怎么保护她？"

我将双手放在桌上，紧紧握住桌缘。"马克斯太太，我知道你有位律师帮你处理离婚官司，我乐意帮你打个电话给他。社工的调查还在进行当中，也许他们能限制或监督你前夫对女儿的探视……但是，就实际状况来说，我们目前无法以刑法起诉他。也许，我们可以等瑞秋长大一点再看看。"

"到她再大一点之前，"米丽亚姆低声说，"他不知道还能干出什么事。"

我无言以对，因为这极有可能发生。

米丽亚姆在我面前完全崩溃。这种情况我见过很多次，坚强的母亲在瞬间瓦解成碎片，仿佛糯米纸，碰到蒸汽立刻融化。她的身子前后摆动，双手紧紧环住腰，完全直不起身。"马克斯太太……如果有我可以帮忙的地方……"

"如果你是我，你会怎么做？"

她的声音像是向我探过来的蛇。"别说这是我告诉你的，"我静静地说，"如果我是你，我会带瑞秋逃得远远的。"

几分钟之后，我从窗口看到米丽亚姆·马克斯在皮包里翻找东西。我心想，大概是想找钥匙。可能也是想找出自己的决定。

尼娜有很多特点让帕特里克为之着迷，其中最美好的，就是她走进屋里的样子。从前，尼娜总是会快步走进杜沙姆家的厨房，自动自发地从罐子里拿出一片巧克力饼干，然后停一下，仿佛要让其他人有机会赶上她的脚步。帕特里克的母亲老爱说这宛如"女主角登场"。帕特里克只知道就算自己背对着门，也能清楚感受到尼娜进门的那一刻：一股电流蹿上他的后颈，每个人都会将目光投注到她身上。

这天，他坐在空无一人的酒吧里。"龙舌兰知更鸟"是警察聚会的老地方，也就是说，一直到晚餐之前，这地方通常都不会有太多人。老实说，帕特里克不止一次怀疑，这间酒吧餐厅是否特地为了配合他和尼娜的星期一例行午餐才提早营业。他看看腕表，但是他知道还早，他总是提早到。帕特里克不想错过尼娜走进酒吧时，像指向正北的指南针一样笔直地望着他的样子。

酒保斯蒂劳森抽出一张塔罗牌，看来他玩的是单人牌戏。帕特里克摇摇头。"告诉你，塔罗牌不是这样玩的。"

"我只是不知道该拿这些牌做什么。"他依照令牌、圣杯、宝剑和钱币不同的花色排列手上的牌，"有人把牌留在女厕里。"酒保熄掉烟头，循着帕特里克的视线朝门口张望。"天啊，"他说，"你什么时候才要告诉她？"

"告诉她什么？"

斯蒂劳森摇摇头，把整沓牌推向帕特里克。"来，你比我需要这些牌。"

"这话是什么意思？"帕特里克问道。就在这时候，尼娜走了进来。酒吧里的空气震荡嗡鸣，他仿佛置身在一片蟋蟀出没的田野中，帕特里克觉得有某种轻如氢气的气体灌入他的身躯，在他还没察觉前，就已经飘飘然地从椅子上站了起来。

"依然这么绅士。"尼娜说道，把黑色的大皮包丢到吧台下方。

"而且还是个警官。"帕特里克对着她露出微笑，"想想看吧。"

她不再是住在邻家的小女孩，那已经是许久之前的事了。当年她脸上冒着雀斑，牛仔裤的膝盖处磨出破洞，头发扎成马尾，紧到连双眼都往后拉。如今她身着定制的套装搭配丝袜，一连五年都修剪着齐耳的短发。但每当帕特里克凑到她身边时，他仍然嗅得到童年的气味。

尼娜瞥了帕特里克的制服一眼，斯蒂劳森在这个时候将咖啡送到她面前。"你没有干净衣服了吗？"

"不是，我整个早上都在幼儿园讲万圣节的安全注意事项。再说，局长坚持要我穿上全套制服。"她还没开口，他就递来两块糖，让她加进咖啡里。"你的听证会顺利吗？"

"法官判定证人没有出庭的能力。"她说话的时候，脸上没有流露出任何情绪变化，但是帕特里克太了解她，知道这个结果其实令她难以承受。尼娜搅拌咖啡，然后抬起头对他微微一笑。"不说这些了，我有个案子要请你帮忙，就是我两点钟会谈的那件案子。"

帕特里克往前靠，用手撑着头。他离家入伍的时候，尼娜去读了法学院。当时，她仍然是他最好的朋友。当他在波斯湾的"肯尼迪号"服役时，每隔两天就会收到尼娜的来信，也在她的信中读到自己未能拥有的生活。他知道缅因大学最令学生厌恶的教授叫什么名字，也知道参加律师资格鉴定考试有多么令人丧胆。当尼娜在图书馆前的铺石路上遇见了凯利伯后，他开始读到恋爱的滋味。这段恋情会怎么继续？她当时这样问。凯利伯回答她：你打算怎么发展？

等到帕特里克退伍，尼娜早已结婚。帕特里克一度考虑搬迁到一些连地名都拗口难读的城镇定居，比方韶尼、波卡泰洛、希克尔里之类的地方。他甚至租了一辆货卡，足足跑了一千英里路，从纽约开到堪萨斯州的赖里。但是到头来，他终于明白自己从尼娜的信中知道了太多事，于是又回到毕德佛，只因为他无法离开。

"然后，"尼娜说，"一只猪跳进了奶油碟里，毁了整个晚宴。"

"没开玩笑？"帕特里克回过神来放声大笑，"结果女侍怎么处理？"

"你没在听我说话，帕特里克，你真该死。"

"我当然在听。但是——天哪，尼娜。乘客座位遮阳板上的脑浆不属于坐在车上的人？说不定和你刚刚那个小猪跳进奶油碟的故事有异曲同工之妙。"帕特里克摇着头说，"谁会把大脑皮质层留在别人的车上？"

"你说说看喽，你才是警探。"

"好。如果真要我猜，我会说这辆车经过处理。你的被告买了一辆二手车，不知道前任车主曾经开着车到某个偏僻的地方，坐在前座轰掉自己的脑袋。车子经过清理检修，才能卖个好价钱……但是对缅因州不屈不挠的化验室来说，显然清洗得不够彻底。"

尼娜搅拌自己的咖啡，伸手到帕特里克的盘子里拿了根薯条。"这也不是不可能，"她承认，"我得追踪车子的来源。"

"我可以给你一个名字。这家伙曾经当过我们的线人，在这之前，他开过检修公司。"

"把整个档案都给我吧。放到我家的信箱里。"

帕特里克摇头。"不行，这违反联邦法。"

"你在开玩笑吗，"尼娜笑了，"又不是放炸弹。"但是帕特里克完全笑不出来，因为他的世界向来依法行事。"那好，放在前门口。"她低头看着嗡嗡作响的寻呼机，顺手从裙子腰带上拿下来，"喔，惨了。"

"有麻烦吗？"

"纳撒尼尔的幼儿园。"她从黑皮包里掏出手机拨号，"你好，我是尼娜·弗罗斯特。是的。当然。不会，我懂。"她挂掉电话重拨。"彼得，是我。是这样，我接到纳撒尼尔的幼儿园来电话。凯利伯在工地，所以我得去接纳撒尼尔。我有两个酒醉驾驶案可以请你代劳吗？认罪协商也行，没关系，我只想赶快摆脱这些人。对。多谢了。"

"纳撒尼尔怎么了？"帕特里克问道。尼娜将手机放回皮包里。"他生病了吗？"

尼娜移开视线，显得似乎有些尴尬。"没有，他们特别强调他不是生病。我们从今天一大早开始就事事不顺，我猜，他只是想和我一起坐在前廊上。"

帕特里克经常和纳撒尼尔以及尼娜一起坐在前廊上。他们最喜欢的游戏是赌某棵树上的哪片叶子会先落下来，赌注是巧克力。和她生命中的其他事务一样，尼娜玩游戏是为了得胜，但是她总是声称自己太饱了，然后把得来的巧克力全送给纳撒尼尔。尼娜和儿子相处的时候，似乎比较开朗、活泼，也更柔和。每当三个人笑到把脑袋凑在一起的时候，帕特里克甚至觉得她不是现在这个检察官，而是儿时一起调皮捣蛋的伙伴。

"我可以帮你去接他。"帕特里克主动提议。

"是啊，但是你不能把他留在信箱里。"尼娜咧嘴一笑，一把拿起帕特里克盘子里的半个三明治。"谢了，但是莉迪亚小姐特别要求我到场，相信我，你绝对不想惹恼这位女士的。"尼娜咬了一口，把剩下的三明治递还给帕特里克。"我晚一点会打电话给你。"帕特里克还来不及说再见，她就急急忙忙离开了酒吧。

他目送她离开。有时候，他想她是要永远这样匆匆忙忙过下去吗，她以如此迅速的动作走过一生，是否知道自己画出来的轨迹犹如弯曲的时光弧线，连昨天都如同陌路。其实，尼娜一定会忘了打电话给他，反而是帕特里克会打电话询问纳撒尼尔的状况。她会道歉，表示自己一直想打电话，而帕特里克……嗯，帕特里克会像往常一样原谅她。

"蛮不讲理？"我重复莉迪亚小姐的说法，双眼直视着她。"纳撒尼尔是不是又对丹尼说，如果他不肯和他一起玩恐龙，我会把他关到监狱里去？"

"不是，这次是攻击性的举动。纳撒尼尔不断破坏其他孩子的作品，损坏建筑，甚至在一个小女孩的图画作品上涂鸦。"

我摆出最和蔼的笑脸。"今天早上纳撒尼尔不太舒服，也许感染到什么病毒。"

莉迪亚小姐皱起眉头。"我有不同的看法，弗罗斯特太太。还发生了一些别的事……他今天早上爬到秋千上面往下跳——"

"小孩子都是这样！"

"尼娜，"莉迪亚小姐轻声说。四年来，她从来没有直呼过我的名字。"纳撒尼尔今天早上来学校之前有没有开口说话？"

"当然，他——"我一开口就停了下来。尿床、匆促的早餐、阴郁的情绪——这是我对纳撒尼尔在今天早上的所有记忆，但是在我心里，我只听得到自己的声音。

无论在哪里，我都能认出儿子的声音。他的音调高亢，总是兴致勃勃，我一度希望自己能够拿个瓶子收藏他的声音，就像海中魔女收藏美人鱼的声音一样。他犯的错误，比方把医院说成"议"院，把意大利面说成"利大义"面，或是把苹果酒念成苹果"糗"，都只是因为说话匆促，这可以让他不至于太快长大，如果我更正他这些错误，他会在我还没准备好之前就转成了大人。说起来，事物的变迁已经太快。尽管我有时候忍不住怀念起纳撒尼尔模棱两可的发音，但是他咬字的确越来越清晰。以最挑剔的方式聆听，我也只能说他仍然无法清楚念出"L"和"R"。

我还记得全家坐在厨房的桌边，桌上放了一盘堆满松饼的盘子，加上培根肉和柳橙汁。松饼做成幽灵的形状，用巧克力碎片装饰出双眼。在某些让凯利伯和我愧疚到足以走进教堂望弥撒的星期日早晨，我们会用丰盛的早餐来贿赂纳撒尼尔。阳光照在我的玻璃杯口，彩虹洒落在我的盘子上。"与'左'相反的是什么？"我问道。

纳撒尼尔立刻接着说："六。"

凯利伯抛起一片松饼翻个面。他小时候也一样咬字不清，听纳撒尼尔这样说话让他想起受伤的自尊，同时也让他相信自己的儿子会在学校里遭受同学无情的耻笑。他认为我们应该要矫正纳撒尼尔的发音，并且去请教莉迪亚小姐是否该寻求语言治疗师的协助。他认为来年即将进入幼儿园的孩子，应当有和劳伦斯·奥利佛不相上下的口才。"那么，与'白'相反的是什么？"

"灰。"

"黑，"凯利伯强调了一遍。"试试看，黑——"

"灰。"

"算了，凯利伯。"我说。

但是他不想打住。"纳撒尼尔，"他仍然坚持："与左相反的是右，与白相反的是什么？"

纳撒尼尔想了一下，答道："灰。"

"老天爷帮帮忙。"凯利伯咕哝地说，转身面对烤箱。

而我呢，我对纳撒尼尔眨眨眼，说："说不定老天爷真的会帮忙。"

我在幼儿园的停车场屈膝跪了下来，让自己和纳撒尼尔面对着面。"宝贝，告诉我你怎么了？"

纳撒尼尔的领口歪斜，手上沾到了红色的指印。他用空洞的深色双眼盯着我看，但是却一言不发。

他没能说出来的话涌向我的喉头，犹如胆汁一样苦。"宝贝，"我重复，"纳撒尼尔？"

我们觉得他应该回家，莉迪亚小姐是这么说的：也许你下午可以陪陪他。"你是不是想要——"我大声问，双手从他的肩膀往上滑到他圆润的脸颊，"和我好好聚一聚？"我努力微笑，把他拥入怀里。他沉沉的体重、温暖的体温和我的怀抱契合得天衣无缝。虽然说，在纳撒尼尔生命的几个不同阶段，比方说幼儿期、学步期，我也同样觉得我们完美契合。

"你的喉咙痛吗？"他摇摇头。

"有哪里痛吗？"他还是摇头。

"学校里发生了什么让你不开心的事吗？有没有人说什么话，让你觉得不舒服？你能不能告诉我发生了什么事？"

接连的三个问题让他无法立刻反应，回答更是不可能。但是这阻止不了我的希望，我希望纳撒尼尔能够说出答案。

会不会是扁桃腺肿到让他无法说话？难道喉炎会像闪电般突然发作？如果是脑膜炎，不是首先会影响到颈部吗？

纳撒尼尔张开双唇——喔，他现在要告诉我了——但是他的嘴巴像个安静的空洞。

"没关系。"我虽然这么说，但情况并非如此，并且相差甚远。

我们在小儿科诊所候诊的时候，凯利伯也来了。纳撒尼尔坐在玩具火车轨道组的旁边，推着火车绕圈圈。我恶狠狠地瞪着接待员看，因为他似乎不明白这是紧急状况，我儿子举止异常，这不可能是该死的寻常感冒，医生应该在半个小时之前就为我们看诊。

凯利伯没有耽搁，立刻走向纳撒尼尔，缩起硕大的身躯，挤进为孩子设计的游戏空间里。"嗨，你不太舒服是吗？"

纳撒尼尔耸耸肩，但仍然没有说话。天知道他有几个小时没开口了。

"有没有哪里痛，纳撒尼尔？"凯利伯问道。我的忍耐到达了临界点。

"这些问题用得着你来问吗？"我终于爆发。

"我不知道，尼娜。我当时不在场。"

"那么我告诉你，凯利伯，他没有回答我的问题。"这句话背后所代表的含义——也就是我儿子并非染上天花、支气管炎或其他任何上千种我可以了解的疾病——使得情况混沌不清。奇怪的是，这种事总会发展出恐怖的结局，比方说消不掉的疣转变成癌症，挥之不去的头痛竟然是脑瘤。"现在，我甚至不确定他有没有听进我的话。我只知道……应该是某种病毒侵袭了他的声带。"

"病毒。"他停了一下，"他昨天就不舒服，但是你今天早上还是送他到学校，不顾——"

"所以这是我的错吗？"

凯利伯严厉地看着我。"我只是说，你最近太忙了。"

"就因为我不能和你一样自由支配我的工作时间，所以我就该道歉？那好，我很抱歉。我下次会要求受害人先选好时间，再遭人强暴或殴打。"

"不，你只是希望你的儿子能好好配合，等到你不必出庭的日子再生病。"

好一会儿之后，我才反应过来。我愤怒地说："这未免太——"

"这是真话，尼娜。为什么其他人的孩子会比你自己的儿子来得重要？"

"纳撒尼尔？"

小儿科护士温柔的声音仿佛落在我们两人之间的斧头。她脸上有个令我摸不透的表情，我不确定她究竟打算问起纳撒尼尔为何默不作声，还是他的父母为何不懂得保持安静。

他像是吞下了石头一样，只要他想发出声音，塞满整个喉咙的小石块就会咕噜咕噜地滚来滚去。纳撒尼尔躺在诊疗台上，让欧堤兹医生轻轻地在他的下巴下方涂抹凝胶，然后拿起粗粗的探测仪顺着喉咙往下滑，这让他觉得好痒。在她推进诊疗室的计算机屏幕上出现了盐巴和胡椒般的小点，看起来一点也不像他。

他弯起小指就能钩到诊疗台皮面的裂缝，里面的泡棉像云朵一样可以撕开来。

"纳撒尼尔，"欧堤兹医生说，"你可以和我说句话吗？"

他的父母直盯着他看。这让他想起上次在动物园里时，纳撒尼尔在爬虫动物的笼子前面足足站了二十分钟，以为只要自己等得够久，蛇就会从藏身之处爬出来。当时他一心渴望能看到响尾蛇——胜过任何东西——但是蛇还是躲着没现身。纳撒尼尔不禁怀疑笼子里是否真的有蛇。

现在呢，他瘪了瘪嘴，觉得自己的喉头像玫瑰花一样绽开，声音从小腹往上扬，颤巍巍地穿过让他窒息的舌头，但是到不了嘴边。

欧堤兹医生弯腰靠了过来。"你可以做到的，纳撒尼尔，"她催促他，"试试看。"

可是，他的确是试了啊，而且用力的程度几乎让整个人断成两截。有句话像漂流木似的卡住他的舌头，他很想对父母说：别吵了。

"超音波检查看不出什么异状，"欧堤兹医生说，"声带上没有息肉也没有肿大，找不出导致他没办法说话的病理问题。"她用浅灰色的眼睛盯着我们看，"最近纳撒尼尔有没有其他健康上的问题？"

凯利伯看向我来，我避开视线。没错，我让纳撒尼尔服用了两颗止痛药，我祈祷他没出状况，因为我得面对一个忙碌的早晨。这又怎么样？十个母亲有九个会和我做一样的事……唯一的例外，可能是在几番挣扎之后才放弃这个想法。

"他昨天从教堂回家的时候闹胃痛，"凯利伯回答，"而且他晚上还是有状况。"

但是这称不上健康上的问题。这和藏在床底下的怪物、和躲在窗外偷看的鬼怪有关，和突然失去说话能力完全扯不上关系。我看到在角落里玩积木的纳撒尼尔脸色通红，不免气恼凯利伯为什么要提起这些事。

欧堤兹医生摘下眼镜，用衬衫擦拭。"有时候，某些病症看起来像是身体上的疾病，其实不是。"她慢慢地说，"有时候，这可能是想要吸引注意力。"

她不像我，完全不了解我儿子，她以为五岁大的孩子有本事耍这种心机。

"他甚至有可能没注意到自己的行为。"医生仿佛读出我的心思，继续说话。

"我们该怎么做？"凯利伯说话的时候，我也同时问道："也许我们该找专家咨询？"

医生先回答我的问题。"我正打算这样建议。我打个电话，问问罗比许医生下午能不能帮你们看诊。"

对，这正是我们需要的：去找对这类疾病具备专业知识的耳鼻喉科医生看诊，让他来判断纳撒尼尔是否真的有什么问题需要医治。"罗比许医生的专业是哪科？"我问。

"她在波特兰，"我们的小儿科医生说，"是个精神科医生。"

七月，镇游泳池。缅因州的气温飙到三十九摄氏度，破了纪录。

"如果我沉下去怎么办？"纳撒尼尔问我。我站在泳池水浅的一侧，看着他瞪着池水看，好像眼前是一池流沙。

"你觉得我会让你受伤吗？"

他似乎考虑了一下。"不会。"

"那好。"我伸出双臂。

"妈咪，如果这是一池火山熔浆怎么办？"

"如果真的是，我也不会穿着游泳衣了。"

"如果我进到泳池里之后，忘了手脚该怎么动呢？"

"不会的。"

"有可能啊。"

"可能性不大。"

"这种事只要发生一次就够了。"纳撒尼尔严肃地说。我突然发现他听过我在浴室里边冲澡边练习的结辩词。

我突然有个主意。我张开嘴，高举双手，然后一股脑儿沉到池底。池水在我的耳边嗡嗡作响，世界越来越远。我数到五，接着池水波动，我面前有了动静。纳撒尼尔突然跳进水中游泳，双眼闪闪发光，从鼻嘴吐出气泡。我紧紧抓住他，探出了水面。"你救了我。"我说。

纳撒尼尔用双手捧住我的脸。"我必须救你，"他说，"这样，你才能救我。"

他先画了一张青蛙吞下月亮的图画。罗比许医生没有黑色蜡笔，所以纳撒尼尔只好用蓝色画出夜空。他用力过猛，手上的蜡笔断成了两截，他纳闷地想：不知道自己会不会挨骂。

没有人责怪他。

罗比许医生告诉纳撒尼尔，他高兴怎么做就怎么做，其他人只是坐在旁边看他玩。"其他人"指的是他的妈咪、爸爸和这个新医生。新医生的头发花白，纳撒尼尔看见她头发下的头皮跳动，就像心脏一样。诊疗室里有座像是用姜饼搭建起来的玩具小屋，有个摇摇木马可以让比纳撒尼尔小的孩子骑着玩，还有个形状像是棒球手套的懒人椅，以及蜡笔、水彩、玩偶和玩具娃娃。纳撒尼尔注意到自己每换个玩具，罗比许医生就会写下笔记，他猜想，也许她也在画图，说不定她拿的就是刚才找不到的黑蜡笔。

她偶尔会问他问题，就算他想回答，也说不出话来。你喜欢青蛙吗，纳撒尼尔？还有：你觉得那张懒人椅舒服吗？大部分的问题都很蠢，就像那种大人会问却不在乎答案的题目。罗比许医生的许多问题当中，只有一个让纳撒尼尔想要回答。他按下笨重塑料录音机的按钮，听到一个熟悉的声音：夹杂着万圣节和泪水的声音。"这是鲸鱼在唱歌，"罗比许医生说，"你从前听过吗？"

有，纳撒尼尔想说，但是我以为这是我躲在身体里面哭泣的声音。

医生开始和他的爸妈说话，夸张的字眼滑入他的耳里，然后又消声散去，像兔子一样跳开。无聊，纳撒尼尔看着桌下，想找出黑色蜡笔。他为自己的图画收尾，然后注意到角落里的玩具娃娃。

他将娃娃翻个面，立刻发现这是个玩具男娃娃。纳撒尼尔不喜欢娃娃，也不玩娃娃，但是掉在地板上的扭曲娃娃吸引了他的注意力。他拿起娃娃，扭正玩具的手臂和双脚，这样，娃娃看起来就不痛了。

接着他低头瞥见自己手上仍然握着断裂的蓝色蜡笔。

真是陈腔滥调：精神科医生说起了弗洛伊德。现代的精神疾病诊断标准称弗洛伊德所谓的"歇斯底里"为"身心症",比方说,年轻女性历经创伤之后,在没有任何生理病因的情况下却反映在身体上的病状。依据罗比许医生的说法,基本上,精神有可能导致身体上的疾病。现在和弗洛伊德的时代不同,身心症发作不再那么常见,因为受创的情绪有更多的抒发方式。但是这种情况偶尔仍然会发生,尤其常见于儿童,因为孩子无法明确用语言表达出造成沮丧的原因。

我瞄向凯利伯,不知道他是否相信这套说词。其实,我只想带纳撒尼尔回家。我想打电话给一名曾经出庭做证的专家证人,他是纽约市的耳鼻喉科专家,我可以向他请教波士顿有没有哪位专家可以看看我的儿子。

纳撒尼尔昨天还好端端的。我虽然不是精神科医生,但是我也知道精神崩溃不可能在一夕之间发生。

"情绪创伤,"凯利伯轻声问,"比方说什么?"

罗比许医生说了些话,但是我没听进去。我的视线停留在纳撒尼尔身上,他这会儿坐在游戏间的角落里,腿上放了一个面朝下的娃娃,一手拿着蜡笔压向娃娃的股沟。他的脸色苍白如纸。

我看过这一幕,而且不下数千次。我拜访过上百名精神科医生,也曾经坐在角落里,像贴在墙壁上的苍蝇一样,目睹孩子借由行为表达出无法诉诸言语的状况,当作我起诉的证据。

突然间,我已经坐到了纳撒尼尔的身边,双手扶住他的肩膀,和他四目交会。下一瞬间,我已经将他抱在怀里。我们紧紧贴在一起前后摇晃,谁也说不出两个人都心知肚明的实情。

学校游乐场后面有座山，巫婆就住在山后面的森林里。

我们都知道，也都相信有巫婆。没有人见过她，不过，这算是好事，因为只有被她带走的人才见过她。

阿什利说，每当风吹到后颈，让你忍不住浑身打哆嗦的时候，就表示巫婆靠得太近了。她身上总是披着一件法兰绒隐身外套，走动时会发出落叶的声音。

班上的威利有双凹陷的眼睛，仿佛沉进了脑袋瓜里，身上老是有股柳橙味。就算在天气变冷之后，他还是可以穿着运动凉鞋，脚上不但沾着泥巴而且还冻得发紫。妈咪总是会摇着头说："看吧？"我知道，但我希望自己也能像他一样。我要说的是，有一天，威利在点心时间和我坐在一起，把全麦饼干泡到牛奶里面，饼干全软了，烂烂地糊在杯底……然后第二天他就不见了。他不见了，一直没有回来。

阿什利在滑梯旁边的秘密基地告诉大家，是巫婆抓走了威利。"她只要一喊出你的名字，你就会管不住自己，任她摆布。她要你往东，你就不敢往西。"

蕾蒂开始哭。"她会把他吃掉，她会吃掉威利。"

"来不及了。"阿什利说话的时候，手上还拿着一根白色的骨头。

骨头太小，应该不是从威利身上拿下来的。这么细的骨头不可能来自任何会走路的动物。但是呢，我比谁都清楚这个东西，因为骨头是我找到的，是我把它从篱笆旁边的蒲公英下面挖出来，然后送给了阿什利。

"丹尼现在就在她手上。"阿什利说道。

莉迪亚小姐在说故事时间告诉大家，丹尼生病了。我们把他的脸画在板子上，放到小角落去。下课之后，每个人都要做一张卡片送给他。我告诉阿什利："丹尼生病了。"但是她盯着我看的方式，好像把我当成全世界最笨的人。"你以为大人会对我们说实话吗？"她说。

所以，我们——阿什利、彼得、布莱安娜和我这几个最勇敢的小朋友——趁莉迪亚小姐不注意时，从篱笆边的小洞溜出去。小狗和兔子都从这里出入。我们要去救丹尼，在巫婆没有找到他之前先去救他。

可惜莉迪亚小姐先找到了我们。她要我们回到游乐场去罚坐，说我们绝对、绝对、绝对不应该离开游乐场。难道我们不知道跑出去是一件很危险的事吗？

布莱安娜望着我。我们当然知道，就因为这样，我们才会跑出去。

彼得开始哭，还把巫婆的事和阿什利说的话全都告诉莉迪亚小姐。莉迪亚小姐的眉毛皱在一起，好像一条肥嘟嘟的毛毛虫。"他说的是真的吗？"

"彼得骗人，全都是他编的。"阿什利回答的时候，眼睛连眨都没眨一下。

我就是在那个时候发现的：巫婆早就抓到她了。

二

要知道，要是你不幸遭遇到这种事，你也不可能有所准备。你可能会走上街，百思不解，不明白大家就跟没事人一样。你会去搜索记忆，相信自己总会在某一刻发出"啊哈"一声惊叹，以为终能找出蛛丝马迹。你会握紧拳头用力敲打公厕的门，力道之猛，让你手上留下瘀青。收费站人员一句"祝你今天顺心"的问候，也能让你开始大哭。你会自问：怎么会这样？如果不是真的就好了。

凯利伯和我开车回家，谁都不说显而易见的事。至少，情况就像是有个庞然大物将我们分隔开来，但是我们两人都假装没看到。纳撒尼尔坐在后座睡着了，手里还握着吃到一半的糖，那是稍早罗比许医生给他的棒棒糖。

我实在没办法呼吸。又是大象的错，它坐得太近，手肘挤压到我的胸腔。"他得告诉我们那个人是谁，"我终于说话了，一开口，话语就像破堤的河水一涌而出，"他必须说出来。"

"他说不了话。"

简单来说这是现在的问题：就算纳撒尼尔想说，也说不出来。他还不识字，还不能写，等到他懂得沟通的那一天，我们已经没办法揪出罪魁祸首。到了他有能力沟通的时候，这件事已经无法立案，只会令人心痛。

"也许精神科医生弄错了。"凯利伯说。

我转过身子，说："你不相信纳撒尼尔？"

"我只相信他到现在什么都还没说。"他看向后视镜，"我不想当他的面谈这件事。"

"你以为这样就没事了吗？"

凯利伯没有回答，对我来说，这无异于默认了。"我们要在下个交流道出去。"我的语气生硬，因为凯利伯仍然开在内侧车道上。

"我知道该怎么走，尼娜。"他将车子切换到右侧车道，亮起方向灯，但随后却错过了出口。

"你刚刚——"我一看到他的脸便不忍继续指责，他的脸上写满了哀伤。我想，他大概不知道自己哭了。"喔，凯利伯。"我伸手想碰触他，但是那头该死的大象仍然挡在中间。凯利伯突然停车，下车走在路肩上，胸腔随着深深的呼吸上下起伏。

没多久，他回到车里，他说："我们掉头回去。"回哪里？回我还是纳撒尼尔身边？还是回复原来的自己？

我点点头，心想：有这么简单就好了。

纳撒尼尔狠狠咬着牙根，让马路上的嗡嗡声响穿透过他。他没睡着，只是在假装，这是他的拿手绝活。爸妈在说话，但是声音很轻，他听不清楚。也许他再也没办法睡着，说不定他会像海豚一样，永远半睡半醒。

去年，他们用蓝色皱纹纸布置教室，还用亮片胶水笔画上海星，莉迪亚小姐教大家有关海豚的知识。所以，纳撒尼尔知道海豚会闭上一只眼睛，停止一半脑袋的活动，也就是说，海豚只会一半睡，另一半负责应变。他知道海豚妈妈会帮休息中的宝宝游泳，利用水流带着宝宝一起游，仿佛被一股看不见的力量牵引着。他也晓得用来套住六瓶装可乐的塑料圈环可能会伤害到海豚，一旦被缠住，逐渐衰弱的海豚就会被冲刷上岸。尽管海豚会呼吸空气，但终究还是会死在岸上。

纳撒尼尔也知道如果有可能，他会摇下车窗往外跳，远远地跃过高速公路的界线和高高的篱笆，从石崖一跃而下，然后直直落在下方的海面。他会有一身银色的光滑皮肤，嘴角永远上扬。他会有特殊的器官，比方说，像是装满油料的心脏，而且还要改称为"甜瓜"，就是那种夏天才吃得到的水果。而且，这个器官还要长在脑袋前面，即使在最深沉的大海中，在最黑暗的夜里，也能为他指引方向。

纳撒尼尔幻想自己从缅因州的海岸游向世界的另一端，那里已经是夏天。他紧紧闭上眼睛，专心地制造出愉悦的声响，听从这些音符的引导，聆听拍向自己的音节。

尽管马丁·托什尔医生在他的专业领域是公认的权威人士，但是他宁愿以这项殊荣换取另一项专长。光是检验一名受到性侵的儿童就已经够让人沮丧了，而他在缅因州处理了上千件这样的案子，这简直骇人听闻，难以置信。

躺在诊疗台上的孩子会事先麻醉。通常他都会这样建议，因为这项检验往往会造成创伤，但是这次他还没开口提议，孩子的母亲就已经先请他进行麻醉了。马丁按部就班开始检验，一边大声说出检验的结果，以便录音。"龟头外观正常，性征成熟度：零期。"他变换孩子的姿势。"检查肛门边缘……几处明显的摩擦伤口正在愈合，长度自一到一点五公分以上，平均宽度大约一公分。"

他从旁边的桌上拿起一个肛门扩张器。假如肠壁黏膜有其他的撕裂伤，他们应该会知道，因为孩子到这时候应该早就病倒了。但是医生仍然在器械上抹了润滑剂，轻轻塞入，连接上光源，然后用长长的棉花棒清理直肠。马丁心想：有这种东西算是万幸吗？"肠壁前八公分没有伤痕。"

他脱掉手套和口罩，洗净双手，由护士接手让孩子清醒过来。这是轻度麻醉，很快就会消退。他一走出手术室，孩子的双亲就靠了过来。

"他还好吗？"父亲问。

"纳撒尼尔的状况不错，"马丁说出大家都想听到的回答。"他下午可能会想睡觉，这是正常的。"

孩子的母亲完全不理会这些陈腔滥调。"有什么发现？"

"的确有些符合遭受侵犯的证据，"医生温和地说，"直肠有几道愈合当中的撕裂伤。我很难断定伤害发生的时间，但是绝对不是新伤。应该已经有一个星期左右了。"

"证据是否符合侵入性的伤害？"尼娜·弗罗斯特问道。

马丁点点头。"从脚踏车跌下来是不会造成这样的伤口的。"

"我们可以看他了吗？"孩子的爸爸问。

"马上就可以了。他清醒之后，护士会叫你们。"

他准备离开，但是弗罗斯特太太拉住他的手臂。"你能分辨侵入的是阴茎、手指还是其他异物吗？"

家长通常会问他性侵是不是会让孩子感到痛苦，伤痕会不会有后续的影响，或是孩子对自身遭遇的记忆会不会存留太久。然而这些问题总是会让他觉得自己仿佛正在接受盘问。

"我没办法知道这样的细节，"医生说，"以现在的情况来看，我们只能说，是的，的确有事发生了。"

她转过身，踉跄地靠在墙边。一瞬间，她崩溃了，整个人跪在地上缩成了一团，她的丈夫张开手臂抱住她，想要安慰她。马丁走回手术室的时候突然发现，这是他首度看到她流露出身为人母的表现。

　　我知道这有些傻气，但是我这辈子一直过得很迷信。我说的不是将打翻的盐撒向身后、对着掉落的睫毛许愿，或是佩戴幸运马蹄形饰物出庭之类的。相反的，我一直认为自己的好运气与他人的不幸有直接的联系。我刚当上律师的时候，一直想要承接性侵害或性骚扰这类没人想碰的案子。我告诉自己，如果我每天都得面对陌生人的问题，就可以神奇地避开这些事，不至于发生在自己身上。

　　经常面对暴力事件，会让人习惯残酷的行为。你可以看着鲜血而不眨眼，可以毫不瑟缩地说出"强暴"这个字眼。结果呢，这层保护膜原来不堪一击。当噩梦来到你自己的床边时，所有的防护措施瞬时崩落。

　　纳撒尼尔静静地坐在他卧室的地板上玩，稍早的麻醉仍然让他四肢无力。他沿着轨道推动火柴盒小汽车，玩具车接近某个点，就会突然快速沿着斜坡冲向蟒蛇的口中。如果车速不够快，大蛇会迅速地合起嘴巴。纳撒尼尔的小汽车总是能扬旗通过。

　　我的耳朵里塞满了纳撒尼尔没说出来的话：晚餐吃什么？我可以玩计算机吗？你有没有看到车跑得多快？他抓住火柴盒小汽车的手仿佛是巨人的大掌，在这个虚幻的世界里，他就是主宰。

　　蟒蛇的下巴在一片寂静当中"啪"一声合了起来，让我吓了一大跳。接着我感觉到有个物体轻轻地沿着我的腿往上滑，接着颠簸地跳到我的脊椎骨。纳撒尼尔拿着火柴盒小汽车，把我的手臂当作车道。他把车停在我的锁骨之间，接着用指头碰触我脸颊上的泪水。

　　纳撒尼尔把车子放回轨道上，然后坐到我的腿上。他钻到我怀里，气息又暖又湿。我感到一阵心酸，因为他选择我来捍卫他的安全，而我却搞砸了。我们就这么久久地坐着，直到暮色降临，星光洒在地毯上，楼梯间传来凯利伯寻找我们的声音出现为止。我从纳撒尼尔的头上看过去，小汽车靠着自己的冲力不断地在轨道上绕圈圈。

七点过后没多久，纳撒尼尔不见了。他不在卧室或游戏间里，也不在屋外的游戏架这些他最喜欢的去处。我以为凯利伯陪着他，凯利伯以为我和他在一起。"纳撒尼尔！"我惊慌失措地大声喊他，但是他没有回答。其实，就算他想让我知道他躲在哪里，也没办法回答。我心里突然闪过数千种恐怖的场景：纳撒尼尔在后院里遭人绑架，但是没办法高声求救，或是纳撒尼尔跌到了井里，只能无声哭泣，再不然就是他受了伤，昏倒在地上。"纳撒尼尔！"我再喊，这次的声音更大了。

"你去楼上找，"凯利伯说。他也一样，我听出了他的焦虑。我还没来得及回答，他已经走向洗衣间，我听到烘干机的门开了又关上的声音。

纳撒尼尔没躲在我们的床下，不在他的衣柜里，也没蜷起身子藏在阁楼下楼梯间的蜘蛛网下面。他的玩具箱放在缝纫间的安乐椅后面，我没在里面找到他。计算机桌下、浴室门后都不见他的踪影。

我大声喘气，仿佛跑了一英里路。我靠在浴室外面的墙壁上，听着凯利伯用力关上厨房橱柜和抽屉的砰砰声响。用纳撒尼尔的方式去思考，我这么告诉自己。我五岁的时候会躲在什么地方？

我会爬上彩虹，会翻开石头，找出躲在下面睡觉的蟋蟀，会以重量和颜色来帮铺在车道上的小石头分类。但是纳撒尼尔经常这么玩，这些都是孩子被迫在一夕之间长大前会做的事。

浴室里传来微弱的水流声。是水槽。纳撒尼尔在刷牙的时候通常不会关掉水龙头。我突然好想去看看细细的水流，因为这可能会是一整天以来，我所能看到的最平凡无奇的事。但是浴室的水槽是干的。我朝声音来源看过去，拉开图案鲜明的浴帘。

然后放声尖叫。

在水中，他只听得到自己的心跳。纳撒尼尔纳闷地想：海豚是不是也这样？还是说，它们能听到我们听不到的东西，比方说珊瑚绽放，鱼群呼吸，或是鲨鱼思考的声音？他睁着眼睛，透过水面看过去，天花板飘来飘去。他用鼻子吹出气泡，印在浴帘上的鱼看起来活灵活现的。

但是妈咪突然进来，来到这片不该有她出现的海洋，她的表情惊狂，天空也越靠越近。妈咪一把揪住衬衫将他拉出水面的时候，他忘了要憋住呼吸。他开始咳嗽，从鼻子喷出海水。他听到她在哭，这才想起来：他终究得回到这个世界。

喔，天哪！他没有呼吸，没有呼吸！接着，纳撒尼尔猛抽了一口气。加上一身湿答答的衣服，他足足有原来的两倍重，但我还是将他从浴缸里拖出来，让他躺在浴室的脚踏垫上。楼梯间传来凯利伯的脚步声。"你找到他了吗？"

"纳撒尼尔，"我尽量靠近他的脸，说，"你在做什么？"

他金色的头发纠结地贴在头上，双眼圆睁，嘴巴抽动着，想要说却说不出话来。

五岁大的孩子会自杀吗？否则，我的儿子衣着整齐地泡在装满水的浴缸里，又该作何解释？

凯利伯挤进浴室，看见了浑身滴水的纳撒尼尔和正在排水的浴缸。"搞什么？"

"我先帮你脱掉这些衣服。"我说，好像把眼前的状况当作纳撒尼尔的每日例行活动。我伸手解开他法兰绒衬衫的扣子，但是他闪到一边，把身子蜷了起来。

凯利伯看着我。"小朋友，"他试着说，"如果你不换掉衣服会生病喔。"

当凯利伯抱住纳撒尼尔的时候，孩子全身瘫软。他很清醒，眼睛直盯着我看，但是我可以发誓：他的心根本不在这里。

凯利伯动手解开纳撒尼尔的扣子，但是我抓了条毛巾先裹在他的身上。我用毛巾围住纳撒尼尔的脖子，然后靠上前去，好让他听见我说的话。"是谁对你做这种事？"我问，"宝贝，告诉我。告诉我，我才帮得上忙。"

"尼娜。"

"告诉我。如果你不说，我没办法帮忙。"我的声音不连贯又沙哑，像是生锈的火车。我的脸和纳撒尼尔一样湿。

他努力尝试，喔，他真的试了。连番努力让他的脸颊泛红。他张开嘴，吐出来的却是压抑的空气。

我对他点点头，想鼓励他。"你做得到，纳撒尼尔，来，加油。"

他喉咙的肌肉收缩，听起来像是要再次溺水。

"是不是有人碰你，纳撒尼尔？"

"天哪！"凯利伯用力地将纳撒尼尔从我身边抱开，"放过他吧，尼娜！"

"但是他本来要说的。"我站起身来，想要再和纳撒尼尔面对面说话，"对不对，小宝贝？"

　　凯利伯高高举起纳撒尼尔，一言不发地走出浴室，把我们的儿子抱在怀中轻轻摇。他把我留在积水之间，负责清理善后。

　　讽刺的是，缅因州青少年儿童保护局对于受侵犯儿童的调查根本称不上调查。项目人员正式开案调查的时候，手上早就握有受侵犯儿童精神或生理的证据外加嫌疑犯的名字。一切不必凭猜测来推断，到了这个时候，所有的调查都已经完成。保护局的专员只需要按步骤来就行了，也就是说，如果成功立案，上了法庭，那么肯定得按照州政府的意愿来。

　　莫尼卡·拉法兰在保护局的受虐儿童项目小组服务至今有三年时间，对于自己总是在第二幕才能登场已经感到厌烦。她的办公室和综合大楼里的其他灰色方形隔间没有两样，她望向窗外废弃的游乐场。这片铺了混凝土的地面上有个金属秋千，保护局唯一的游乐设施，正好也是这个地区唯一不符合现行标准的器材。

　　她打个哈欠，伸手揉了揉鼻梁。莫尼卡累坏了。原因不只是昨晚熬夜看电视播出的《莱特曼深夜秀》，办公室的灰墙和廉价地毯似乎也慢慢地渗透进她的体内。填写一些无用的表格让她觉得疲乏，看到十岁孩子的脸孔上出现四十岁成人的眼神，也让她深感无力。她需要去加勒比海度个假，享受缤纷的色彩——蓝色的浪花、白色的沙滩和艳红的花朵，因为她的日常工作让她变得盲目。

　　电话铃声让莫尼卡从椅子上跳了起来。"我是莫尼卡·拉法兰。"说话的同时，她一边利落地翻开桌上的牛皮纸夹，仿佛担心电话另一头的人发现她正在做白日梦。

　　"是的，你好。我是克里斯汀·罗比许医生，是在缅因医学中心执业的精神科医生。"她停顿了一下，莫尼卡随即知道她接下来会说些什么。"我要报告一件疑似性侵害案，受害者是个五岁男童。"

罗比许医生说出她目睹男孩重复表现出来的行为，莫尼卡快速地做笔记，草草记下病患和双亲的名字。某件事引起她的注意，但是她先不理会，专心听精神科医生的叙述。

"你有没有警察局的报告，可不可以传真给我？"莫尼卡问道。

"我们还没有通知警方。男童还没办法证实自己遭到性侵。"

莫尼卡一听到这句话，立刻放下手上的笔。"医生，你也知道，在有人动手调查之后，我才能建立这个档案。"

"调查是迟早的事。纳撒尼尔罹患了身心症，身体虽然没有问题，却不能说话。我认为他在这几个星期之内就可以说出是什么人侵犯了他。"

"孩子的父母怎么说？"

精神科医生顿了一下。"这次的情况有点不同。"

莫尼卡拿着手上的笔敲打桌面。在她的经验当中，当父母双方表示对受到侵害儿童的说法或行为感到震惊的时候，通常其中一人或是双方就是加害人。

罗比许医生也很清楚。"我觉得你可能会想要从一开始就介入，拉法兰女士。我建议弗罗斯特夫妇去找一位专精儿童性侵研究的小儿科医生，做进一步的检验。他应该会把报告传真给你。"

莫尼卡记下这些信息，然后挂断电话。接着她低头读自己的笔记，准备开始另一桩最终会不了了之的案件。

弗罗斯特，她想了想，再次写下这个姓氏。应该是别人吧。

我们躺在黑暗里，彼此没有碰触，两人相隔了一尺远。

"莉迪亚小姐呢？"我低声说，感觉到凯利伯摇头，"那会是谁？除了我们两个人之外，还有谁会和他单独相处？"

凯利伯很安静，我以为他睡着了。"上个月我们去参加你表哥的婚礼，有一整个周末的时间，都是帕特里克在照顾他。"

我用手肘撑起身子。"你开什么玩笑。帕特里克是警察，我在他六岁的时候就认识他了。"

"他没有女朋友——"

"他六个月前才刚离婚！"

"我只是说，"凯利伯转过身来，"你对他的认识可能没有想象中来得深。"

我摇摇头。"帕特里克爱纳撒尼尔。"

凯利伯凝视着我，没有说话。虽然他从未说出口，但是他的回答很清楚：也许爱过头了。

第二天早上，凯利伯在月亮还斜挂在天边的时候就出门去了。我们讨论出这个计划，用时间换取牌局的赌注。凯利伯去砌墙，然后在中午之前回到家。这表示我可以在他回家之后去上班，但是我不打算这么做。工作可以等。纳撒尼尔遭人侵犯的时候，我没有陪在他身边，这次我绝对不能再冒险，让他走出我的视线之外。

我为了崇高的理由而战，为的是保护我的孩子。但是在这天早上，我很难体会母狮护卫幼狮的情操，反而比较能了解吞噬幼鼠的仓鼠。首先，我的儿子似乎根本没有发现我想要当他的英雄。再说，假如我得捍卫一个处处和我作对的男孩，我也不太确定自己是否真有这个打算。

天哪，他绝对有权恨我，恨我这时竟然如此自私。

我一向没有耐心。我懂得解决问题，知道怎么求偿。尽管我明白这与纳撒尼尔的意愿无关，但是他的缄默，无异是对罪魁祸首的保护，这让我气愤难平。

今天，纳撒尼尔逐渐崩溃。时间已经接近中午，他还是坚持要穿着印有超人图案的睡衣。更糟的是，他昨晚又意外尿床，全身散发出一股尿臊味。昨天凯利伯花了超过一个小时才脱掉他一身湿衣服。今天早上我花了两个小时，才了解到无论是就情绪还是体力而言，我都不想和他相争。我让另一场战斗起而代之。

纳撒尼尔像座石雕怪兽般地坐在凳子上，紧紧噘起嘴巴抗拒，不愿吃下我喂给他的食物。前一天早餐过后，他便不曾再进食。我试过黑樱桃，甚至连生姜都拿来喂他，翻箱倒柜试过冰箱里的所有东西。"纳撒尼尔。"我让手上的柠檬掉在流理台上，"你想吃意大利面吗？要不要来点鸡块？你想要吃什么我就帮你准备什么。随便你选。"

然而他只是摇摇头。

孩子不肯吃东西并不代表世界末日。末日早就降临了。但是我仍然抱持着一丝信念，如果我能喂儿子吃下一点东西，他的内心也许不会伤得如此重。我没有忘记母亲的首要责任就是喂饱自己的孩子，如果我能够做到这一点微不足道的小事，也许就可以证明我没有完全辜负他。

"鲔鱼？还是冰激凌？比萨呢？"

他坐在凳子上缓缓转过身子。一开始是不小心，他的脚滑了一下。接着他开始蓄意转动。他听到了我的问题，但是刻意忽视我。

"纳撒尼尔。"

他转来转去。

我克制不住了。我气自己，气这个世界，但是我选择了最简单的方式，一股脑儿发泄在他身上。"纳撒尼尔！我在和你说话！"

他先迎视我的目光，然后懒懒地转开。

"你得听我说话，就是现在！"

帕特里克在这个充满家庭魅力的一刻走了进来。他还没走进厨房找我们，我就先听到了他的声音。"世界末日一定是快要降临了，"他大声说，"除此之外，我找不到任何可能让你连请两天假的理由，当——"他绕过厨房的角落，一看见我的脸色就放慢了脚步，用踏入犯罪现场的谨慎态度移动身子。"尼娜，"他平静地问，"你还好吗？"

我想起凯利伯昨晚说的话，泪水突然决堤。不会是帕特里克，我不能忍受自己的世界有另一根支柱崩塌。我就是无法相信，帕特里克不可能对我儿子做出这种事。眼前就是证明：纳撒尼尔看到他并没有尖叫，也没有逃开。

帕特里克伸手环住我，我发誓，如果他没有这么做，我一定已经瘫倒在地上。我听到自己发出无法控制的扭曲字句。"我很好，好得不得了。"我虽然这么说，但是这句话的说服力犹如颤抖的白杨木叶。

我要怎么解释？我今早醒来所面对的世界和昨天迥然不同。我要怎么说出一件根本就不该存在的暴行？我是个检察官，习惯用侵入、性骚扰、遭到侵犯这类法律措辞来作为缓冲，但是再怎么说，这些用语都不如有人强暴了我的儿子这句话这么直接，这么真实。

帕特里克来回看着我和纳撒尼尔。他是不是以为我崩溃了呢？我终于被繁重的压力击倒了？"嘿，竹笋。"这是帕特里克给纳撒尼尔起的绰号。纳撒尼尔婴儿时期长得特别快。"你要不要和我上楼去换衣服，让你妈咪，嗯，清理流理台？"

"不。"我说，纳撒尼尔在同一时间冲出厨房。

"尼娜，"帕特里克又试了一次，"纳撒尼尔是不是在学校里碰到了什么事？"

"纳撒尼尔是不是在学校里碰到了什么事，"尼娜重复这句话，字句犹如从她舌尖滚落的弹珠，"碰到什么事？现在这是个价值六万四千美元的问题。"

他瞪着她看。如果他认真看，绝对可以看出实情，他一向有这个能耐。十一岁的时候，尽管尼娜尴尬地不想告诉帕特里克，但是他看出尼娜经历了初吻。在她还没鼓起勇气说出自己即将离开毕德佛到外地去念大学的时候，他也已经早一步知情。

"有人伤害了他，帕特里克。"尼娜低声说话，在他面前完全崩溃。"有个人，但是我……我不知道是谁。"

一阵冷战蹿上他的胸口。"纳撒尼尔？"

帕特里克曾经亲口对家长说出青少年死于酒驾，曾经在自杀丈夫的坟前扶持寡妇，也聆听过妇女诉说遭人强暴的经过。处理这种情况的唯一方式是抽离自己，这个社会有成员互相伤害，他必须假装自己不属于其中。但是，这次……喔，这次……他无法拉开距离。

帕特里克觉得胸口几乎要迸裂开来。他和尼娜一起坐在厨房的地板上，听她说出他不想知道的细节。我可以走出那扇门，他想：重新来过一次，让时光倒流。

"他没办法说话，"尼娜说，"我不知道该怎么让他说出来。"

帕特里克伸直手臂拉开她。"你知道的。你的工作就是让人说话。"

当她抬起头的时候，他看出自己带给她的力量。只要看得出远处模糊的希望，就不可能注定失败。

　　儿子因为他不愿相信的理由而不说话，第二天当凯利伯走出前门，意识到他的家正在崩塌。不是实实在在字面上的意思，因为他不谨慎小心。但如果仔细看，你还是会注意到老早以前就该处理的问题，比方说屋前的铺石小径、烟囱的顶端，以及划定住家土地范围的石砖矮墙，这些工作都因为他接了付费客户的工程而延宕了下来。他把咖啡杯放在前廊边，走下阶梯，想要以客观的角度来看这几处细节。

　　门前的小径，嗯，除非是专家，否则不会发现石头铺得不够平整，不值得优先处理。烟囱就相当让他难堪了，整片左侧都出现裂缝。但现在已经接近傍晚，选在这个时候爬上屋顶，实在无济于事，况且要爬高，最好是有个助手在旁边帮忙。于是凯利伯决定先处理矮墙。这道矮墙大约有一英尺宽，就砌在马路的旁边。

　　砖块还堆在他约摸一年前摆放的原位。一名承包商知道他在找使用过的砖块，于是运过来给他。这些砖块来自新英格兰各地，包括拆除的工厂、医院病房废墟、倾圮的殖民时代建筑，以及废弃的校舍。凯利伯就是喜欢这些砖块的特色和痕迹，他经常幻想，这些千疮百孔的红砖块里，说不定躲着古老的鬼魂或天使，如果这两者任何一方想在他的土地上散步，他随时欢迎。

　　感谢老天，他已经挖到了土壤的结冻线之下。矮墙原来破裂的石基有六寸深。凯利伯抱起一袋混凝土材料，倒进他用来搅拌的推车里，加了水，开始规律地搅和沙子和水泥。他一块块地砌上第一排砖头，感觉到水泥逐渐定型，每当他将全副体力投入工作的时候，总觉得头脑开阔清晰很多。

　　这是他的艺术，他已经上了瘾。他沿着墙基移动，好整以暇地修筑砖墙。这不会是一道单调的实心墙，两面都要修饰，顶部还要加上水泥装饰，光从外表绝对看不出里面有又粗又丑的肮脏泥浆。凯利伯没必要去讲究没人看得到的细节。

他伸手拿砖块，却摸到一个更小、更光滑的东西。原来是一个塑料制的绿色玩具大兵。上次他修补矮墙的时候，纳撒尼尔出来陪他。凯利伯挖土填砖，儿子则忙着把部队藏在滚落的砖头之间。

纳撒尼尔当时只有三岁。"我要逮捕你。"孩子拿起士兵指向家里的黄金猎犬梅森。

"你从哪学来这些话？"凯利伯问道，忍不住笑了出来。

"我听来的，"纳撒尼尔机智地回答，"我还是小婴儿的时候就会了。"

那么久以前的事啊，当时，凯利伯这么想。

如今，他把塑料士兵握在手里。车道上出现一道手电筒的光线，凯利伯这才发现太阳已经下山，不知怎么着，他竟工作到忘了时间。"你在做什么？"尼娜问。

"我看起来像是在做什么？"

"在这个时间砌墙？"

他转过身，用手掌包住玩具兵。"为什么不行？"

"但是……现在……"她摇摇头。"我要哄纳撒尼尔睡觉了。"

"要不要我帮忙？"

话一出口，他就知道尼娜会误会。他应该说：要不要帮忙。尼娜果然冒火了。"我想，经过了五年的时间，我自己应该就可以做得到。"她说完话立刻转身走回屋去，手电筒的光束像只蹦蹦跳跳的蟋蟀。

凯利伯犹豫了一会儿，不知道自己是否该追过去。最后，他选择什么也不做。他在闪烁的星空下眯起眼睛，把绿色的小士兵放到矮墙中央的缝隙里，然后在两侧依序砌上砖块。矮墙完成之后，不会有任何人知道里面有个安息的小兵。只有凯利伯会每天看这道墙不下千次，知道至少有这么一次，自己藏起了一桩无瑕的记忆。

纳撒尼尔躺在床上，想到有次他从学校带了一只小鸡回家。呃，其实还称不上是小鸡……莉迪亚小姐把这颗鸡蛋丢在垃圾桶里，难道她以为他们傻到连保温箱里的鸡蛋从四个变成三个都看不出来？其他几个鸡蛋全都变成了叽喳叫的黄色绒毛小球。所以，那天纳撒尼尔趁爸爸到学校接他回家之前，溜进莉迪亚小姐的办公室，从垃圾桶里摸出鸡蛋，然后放进衬衫的袖子里面。

睡觉时，他把鸡蛋放在枕头底下，相信再给这颗蛋一点时间，它就会和其他几个蛋一样孵出小鸡。结果当天他做了噩梦，梦到第二天爸爸把蛋拿去煎，一敲开蛋壳，活跳跳的小鸡就掉到吱吱作响的热锅上。三天后，爸爸在纳撒尼尔的床边发现一颗滚到地板上的鸡蛋。爸爸没有及时清理残局，纳撒尼尔还记得一双泛白的眼睛、扭曲的灰色身躯，以及本来应该是翅膀的东西。

纳撒尼尔一直觉得他在那天早上看到的怪物——那绝对不可能是小鸡，那是世界上最恐怖的东西。即使到了现在，在他眨眼时，偶尔还是会看到那个影像。他不敢再吃鸡蛋，因为他害怕里面可能躲着怪物。完全正常的外表可能只是伪装。

纳撒尼尔瞪着天花板看。现在他知道了，世界上还有更恐怖的事。

卧室的门拉得更开了些，有人走了进来。纳撒尼尔还在想那只怪物和另一件恐怖的事，而且走廊的灯光太亮，他一时看不清楚。他觉得有个沉沉的东西落到床上，伏到了他身边，纳撒尼尔似乎成了那只死去的怪物，想要长出外壳，好躲在里面。

"没事了，"爸爸的声音出现在他耳边，"是我。"他伸出双手紧紧抱住他，好让他不再发抖。纳撒尼尔闭上眼睛，从上床到现在，他终于不再看到那只小鸡了。

隔天，在我们踏入罗比许医生诊所的前一刻，我的心中突然涌现出一波希望。她会不会看着纳撒尼尔，然后表示她错认了他的表现？说不定她会道歉，然后在我们儿子的病历上，盖上"误判"的戳章。但是当我们踏进她的办公室时，发现里面还有张新面孔，我只好面对现实，放弃心里童话般的结局。约克郡是个小地方，我既然负责起诉儿童性侵犯，就一定认识莫尼卡·拉法兰。我对她个人没有任何意见，问题在于她所属的单位。检察官办公室老是喜欢改称缅因州保护局为"天杀的社工局"，或是"缅因州官僚局"。莫尼卡上次介入我手上的案子，是为了一名被诊断出对立性反抗症的男孩。孩子的病情让我们完全无法起诉侵害他的人。

她起身，伸出手来，仿佛我是她最亲近的朋友。"尼娜……听到这件事，让我真的真的很难过。"

我的眼神坚定，心脏的硬度可比钻石。在职场上，我从来不会听信这种感情流露的虚假言辞，我敢确定自己在私领域也可以完全相同。"你能帮我什么忙，莫尼卡？"我毫不修饰地问道。

我看得出罗比许医生吓了一跳。也许她从未见过有人对保护局的人员如此不假颜色。她可能觉得应该帮我开个抑郁药。

"喔，尼娜。我真希望能够多帮点忙。"

"你总是抱着这种希望。"我答道。这时候，凯利伯打断我的话。

"很抱歉，我们还不认识。"他轻声说话，捏捏我的手示意。他和莫尼卡握手，问候了罗比许医生，然后带纳撒尼尔到游戏室里去玩。

"拉法兰女士是纳撒尼尔这个案子的指派专员，"罗比许医生为我们说明，"我觉得让你们和她见面会有好处，让她来回答一些问题。"

"我有个问题，"我开始了，"我要怎么做，才能让青少年儿童保护局不要插手？"

罗比许医生紧张地看着凯利伯，然后才转头看我。"就法律上——"

"谢谢你，但是我相当清楚法律程序。就拿我刚刚刻意提出的问题来说好了，其实保护局根本就不管，他们从来就没管过。"我无法控制，脱口说出这些话。在这里看到莫尼卡实在是太诡异，仿佛私生活和公事穿过同一处时光隧道一起出现。"我把这个人的名字和他所做的事情告诉你，接着你就可以做好你的工作，对吧？"

"这个，"莫尼卡的声音十分柔和甜腻，我一向讨厌这种甜腻的感觉。"的确是这样，尼娜，受害者必须先指证，然后我们——"

受害者。她将纳撒尼尔归并到我几年来经手过的上百个案例当中，矮化成悲惨的结局。我知道，当我看到莫尼卡·拉法兰出现在罗比许医生办公室时，心情之所以会如此激愤，这就是原因。这表示纳撒尼尔在整个机制当中已经有了编号和档案，而且注定让他失望。

"这是我的儿子，"我咬着牙说，"我不想理会什么程序问题。我不管你们是不是已经掌握了嫌犯的身份，或是你们得花上几个月或几年的时间。要不然，干脆把整个缅因州的人口列入盘查范围，然后一个一个去查证。但是不管如何，莫尼卡，看在老天爷的份上，你尽管开始查就是了。"

我说完话的时候，大家盯着我看的样子，好像我冒出了第二个脑袋。我望向纳撒尼尔，他正在堆积木，这些为了他才聚在一起的人完全没去注意他。随后，我走出了办公室。

罗比许医生在停车场边追上了我。我听到她的鞋跟敲在地砖上的声音，闻到点燃香烟的味道。"要来根烟吗？"

"谢了，我不抽烟。"

我们靠在一辆车主不明的汽车旁边。这辆黑色的雪佛兰敞篷车上装饰着绒毛骰子，车门没锁。如果我跳上车直接把车开走，是否也可以偷走别人的人生？

"你好像……累坏了。"罗比许医生说。

我笑了出来，说："医学院的第一课是教你们低估病情？"

"当然。这是睁眼说瞎话的第一课。"罗比许医生深深吸了一口烟，然后用鞋子踩熄烟蒂。"我知道你绝对不会想听，但是我还是得说，纳撒尼尔这件案子，你要面对的敌人不是时间。"

她在一个星期之前才第一次见到纳撒尼尔，不可能会懂。她并没有每天看着他，也不会记得这孩子老是爱问问题。小鸟站在电线上为什么不会触电？为什么火焰的中心是蓝色的？牙线是谁发明的？我甚至一度愚蠢地希望他能安安静静。

"他会恢复的，尼娜。"罗比许医生静静地说。

我眯起眼睛看太阳。"代价是什么？"

她没有问题的答案。"纳撒尼尔的心智在保护他。他感觉不到痛苦，对于发生在他身上的事，他几乎不会去想。"她犹豫了一下，释出了善意，"我可以帮你介绍个成人精神科医生，让医生帮你开个药。"

"我不要吃药。"

"那么，也许你可以找个人谈谈。"

"对，"我直视她的脸孔，"找我儿子。"

为了确定起见，我又看了书本一眼。接着，我单手拍腿，弹了弹手指，说："狗。"家里的黄金猎犬仿佛听到信号，立即跑了过来。

我推开狗，纳撒尼尔在同时扬起了嘴角。"不要，梅森。现在别闹。"梅森在铸铁桌下绕了一圈，然后蜷在我的脚边。十月的凉风卷落了绯红、黄赭和金色的叶片，朝我们扫了过来。叶子落在纳撒尼尔的头发上，掉在美国手语教材上成了书签。

纳撒尼尔慢慢将双手从双腿边往上伸。他先指着自己，然后手掌向上地伸直手臂，弯起手指，将手往内缩。我要。他拍拍腿，试着弹手指。

"你想要狗？"我说，"要梅森？"

纳撒尼尔的脸色更灿烂了。他点点头，咧开嘴巴。将近一个星期以来，这是他第一次表达出完整的句子。

梅森一听到自己的名字，立刻抬起毛茸茸的脑袋，用鼻子轻推纳撒尼尔的肚子。"呃，这是你自找的喽！"我笑了出来。纳撒尼尔终于推开梅森之后，脸颊因为骄傲而泛起红光。我们学得不多，只学到了"要""更多""喝"，还有"狗"。但至少有了开端。

我拉起纳撒尼尔的小手。这个下午，我让这只小手化身成美国手语教材中的字母。他的手虽然小，但是袖珍的小指头却不太安分。我折下他的中指和无名指，让其他的指头张开，然后握着他的手，教他组合出代表"我爱你"的手势。

梅森突然跳了起来，差点撞翻桌子，它蹦蹦跳跳地跑到门口去迎接凯利伯。"怎么啦？"他开口问，看到了厚厚的教材和纳撒尼尔僵硬的姿势。

"我们，"我边说边用食指点着两侧肩膀，"在工作。"我双手握拳，一手向下敲另一手，模拟劳动的姿势。

"我们，"凯利伯一把拿起桌上的教材夹到胳膊下，大声说，"不是聋子。"

凯利伯并不赞成让纳撒尼尔学手语。他认为我们如果把这个工具提供给孩子，他可能再也找不到说话的动机。我则认为凯利伯没有花足够的时间来猜测孩子想要吃什么早餐。"你看，"我对纳撒尼尔鼓励地点点头，想让他再次比出完整的句子。"他真是聪明，凯利伯。"

"我知道他很聪明。我担心的不是他。"他握住我的手肘。"我可以和你单独谈一下吗？"

我们走到屋里，关上滑门，不让纳撒尼尔听到我们的对话。"你觉得你得先教会他多少单字，才能用这种语言问出谁对他做出这种事？"凯利伯说。

我的双颊涨红。难道我表现得这么明显吗？"我只是想要——罗比许医生也是这么想——给纳撒尼尔一个沟通的机会。因为他变成这样，自己也很沮丧。今天我教他说'我要狗'。也许你可以说说看这和定罪有什么关系。还是你要自己向你儿子解释，为什么你这么想剥夺他唯一的表达方式。"

凯利伯摊开两只大手，活像个裁判。虽然我相信他不知道，但这个手势代表了不要。"尼娜，我没办法和你争辩，我说不过你。"他拉开门，跪在纳撒尼尔脚边。"你知道吗，天气这么好，坐在这里工作太可惜了。如果你想玩，可以去荡秋千——"

玩：伸出拇指与小指摇晃。"——或是用沙子盖一条路……"

盖：弯曲手掌，左右手依次重复往上叠。

"而且，如果你还没准备好，可以什么都不必说，纳撒尼尔。甚至不用手说话。"凯利伯带着微笑对纳撒尼尔说，"这样好吗？"

看到纳撒尼尔点头，凯利伯才将他高举过头，让孩子坐在他的肩膀上。"我们去树林里摘山楂子，你说好吗？"他问道，"我当你的梯子。"

就在两人走到花园边缘的时候，纳撒尼尔坐在爸爸肩膀上转过身来。我在这么远的距离之外，实在看不清楚，但是他好像伸出了一只手。他在挥手吗？我也挥手响应，但接着却发现他弯起手指比画出"我爱你"，接着重新组合，握起拳头，光是竖起食指和中指两只指头，打出像是个"和平"的手势。

就技术层面来说，他的手势也许不完全正确，但是我明白纳撒尼尔想要大声说出来的话。

我也爱你。

亚尔福瑞办公室里的五名助理检察官共享一名书记官：蜜娜·欧利方。她的身宽和高度相当。她走路时，鞋子会嘎吱作响，身上有一股男用发油的味道，虽然从来没有人亲眼目睹，但是她的打字速度惊人，一分钟绝对超过一百个字。彼得和我老爱开玩笑，说我们看到蜜娜背影的机会大于正面，因为她似乎有第六感，只要有任何人需要她，就会消失踪影。

我在纳撒尼尔停止说话的八天后踏进办公室，她直直地朝我走过来。于是我知道大家都错了。"尼娜，"她沙哑地说，"尼娜。"她伸出一只手捂住喉咙，眼眶里泛着真心的泪水。"如果我能帮上什么忙……"

"谢谢你。"我低声说。我并不惊讶她会知道发生了什么事，因为我告诉了彼得，也相信他应该会把相关情形通知大家。只有纳撒尼尔喉咙痛或长水痘的时候，我才会用到病假。就某个层面来看，这次让我请假的原因也相同，只是这次的病因是潜藏性的。"但是你也知道的，在这个节骨眼上，我只想先处理好公务，才能赶快回家去。"

"对，你说得对。"蜜娜清了清喉咙，恢复专业的态度。"彼得已经先处理过你的留言。还有，华莱士要见你。"她正要走回自己的位置时犹豫了一下，想起一件事。"我在教堂里贴了告示."她说道。这时我才想起她同样也是圣安妮教堂的会众。教堂的布告栏上有一个特别的字段，让教友为有需要的家庭成员或朋友诵祷圣母经或天主经。蜜娜对着我微笑，说："也许天主正在聆听祷文。"

"也许吧。"我没有说出心里的话——当事情发生的时候，天主又在哪里？

我的办公室和我几天前离开时一模一样。我轻轻地坐在旋转椅上，推开桌上的文件，检查电话留言。能够回到一个看起来和记忆中完全相同的地方真好。

有人敲门。彼得走了进来，然后随手关上门。"我不知道该说什么才好。"他很坦白。

"那么，你什么都别说，进来坐下就好。"

彼得瘫坐在我办公桌前面的椅子上。"你确定吗，尼娜？我是说，精神科医生是不是太快下结论了？"

"我和她都看到相同的行为表现，也和她下了同样的结论。"我抬头看着彼得，"专科医生也发现了侵入的证据，彼得。"

"喔，天哪。"彼得沮丧地合掌，"我能帮你什么忙，尼娜？"

"你已经帮很多忙了，谢谢。"我微笑道，"车里的脑浆究竟是谁的？"

彼得看着我的眼光十分柔和。"谁在乎啊？你不该为这些事烦心的，你甚至不该进办公室来。"

我想要对他说出心事，又怕破坏自己在他心里的形象。"可是，彼得，"我静静地承认，"工作比较容易。"

他安静了好一下子，接着才说："最美好的一年？"彼得试着提问。

我紧紧抓住这条救生索。简单，那年我得到了升迁，几个月之后就怀了纳撒尼尔。"一九九六年。最佳受害者？"

"卡通影集《超狗任务》里的女主角波莉。"我们的顶头上司华莱士·墨菲特在这个时候走了进来，彼得抬起头看了他一眼，说，"嘿，老板，"接着对我说，"最好的朋友？"彼得起身走向门边，"答案是我。记着，无论任何事，无论何时何地都不会改变。"

"真是好人！"华莱士一边说，一边目送彼得离开。华莱士是标准的地方检察官，精得像鲨鱼一样，他头发茂密，光靠一口像电影明星一样整齐的牙齿，就可以为他赢得下一届的连任选举。同时，他也是个杰出的律师，可以让对手在挨了致命一刀之后，才发现他已经动手。"你准备好之后随时可以回来，"华莱士说，"但是如果你打算提早归队，我会亲自挡住门。"

"谢谢，华莱士。"

"我真的很遗憾，尼娜。"

"是啊。"我低头看笔记本。笔记本下面是月历。我桌上没有纳撒尼尔的相片，这是我在地方法院时养成的习惯，在那个时候，总是有些败类会来办公室里协商。我不想让那些人知道我有个家，不想让他们回过头来找麻烦。

"我能……能不能起诉这个案子？"

这个问题很卑微，好一会儿之后，我才明白自己真的问出口了。华莱士怜悯的眼神让我低下头去盯着自己的大腿看。"你知道你不能，尼娜。我也不想假手别人把这个变态家伙关进牢里去，但是，我们办公室所有的人都不能接下这个案子，因为涉及利益冲突。"

我点点头，但仍然说不出话来。我想起诉，想得不得了。

"我已经打电话给波特兰的地方检察官办公室了。那里有个很不错的检察官。"华莱士机灵地微笑，"几乎和你一样厉害。我把事情告诉了他们，可能要借调汤姆·拉克瓦过来支援。"

我向华莱士道谢的时候，眼眶里满是泪水。我们还没掌握到那个变态家伙是谁，他就已经开始调兵遣将，这对他来说，的确不是寻常的举动。

"我们要自己解决，"华莱士向我保证，"做出这种事的人一定会接受惩罚。"

我就是用这句话来安抚狂乱的父母。但是我知道，在我说这句话的同时，他们的孩子也会付出相当的代价。但这是我的工作，而且，如果没有证人，我就无法起诉，因此，我会向父母担保，保证一定会将那个禽兽关进监狱。我会对孩子的双亲说，如果换成是我，我一定会不计代价去做，包括让孩子出庭做证。

而现在家长是我，受害者是我的孩子，这完全是另外一回事了。

我曾在某个星期六带纳撒尼尔进办公室，利用时间处理公务。办公室像个空无一人的鬼城，复印机仿佛是个沉睡的巨兽，计算机屏幕一片空白，连电话铃声都没响起。我处理文件的时候，纳撒尼尔在旁边忙着玩碎纸机。"为什么给我取纳撒尼尔这个名字？"他突然间这么问。

我核对笔记上的证人姓名。"这个名字的意思是'上帝送的礼物'。"

碎纸机的入纸口开始运转。纳撒尼尔转过身来对我说："我出生的时候是不是也有外包装？"

"你和那种礼物不太一样。"我看着他，于是他关掉碎纸机开关，转身去玩我放在角落里的玩具。这些玩具是为了不幸走进我办公室里的孩子而准备的。"你想要什么名字呢？"

我怀孕的时候，凯利伯每天晚上都要向未出世的孩子道晚安，而且每天都有不同的称呼：佛迪密尔、葛齐达、凯斯贝等等。你再这么继续下去，我对他说，孩子一出生就会有身份认同的危机。

纳撒尼尔耸耸肩。"也许我可以叫蝙蝠侠。"

"蝙蝠侠·弗罗斯特，"我严肃地重复这个名字："听起来很不错。"

"我们学校里有四个迪伦，迪伦·S、迪伦·M、迪伦·D，还有迪伦·T。但是还没有蝙蝠侠。"

"这很重要。"突然间，纳撒尼尔爬进了书桌底下，暖暖的身子压在我的脚上，"你在做什么？"

"蝙蝠侠得有个洞穴啊，妈咪。"

"啊，对。"我交叠双腿，腾出空间给纳撒尼尔，然后继续研究警方的报告。纳撒尼尔伸手抓了一个订书机，即兴地拿来当对讲机用。

我当时正在处理一件强暴案，受害者在浴缸里被发现的时候，已经处于昏迷的状态。施暴者很聪明，事先打开水龙头，因此冲刷掉大多数足以作为鉴识之用的证据。我翻开档案，看着警方提供的犯罪现场照片，受害女子紫色的脸孔沉在水下。

"妈咪？"

我立刻将不堪入目的照片翻了过去。就是因为这样，我才不想把公事带入家庭生活中。"嗯，什么事？"

"你是不是每次都能抓到坏人？"

我想到受害者的母亲，她向警方提供证词的时候，一直不停地哭泣。"不一定。"我回答。

"大多数的时候都可以吗？"

"呃，"我说，"至少抓得到一半的坏人。"

纳撒尼尔想了想，然后说："这样已经和超级英雄一样厉害了。"我这时才发现这是蝙蝠侠在面试罗宾，只可惜我没时间扮演卡通里的助手。

"纳撒尼尔，"我叹着气说，"你知道我为什么要进办公室。"明确地说，我是为星期一早晨的开场辩论来作准备，重新检视自己的策略和证人名单。

我望着满脸期待的纳撒尼尔，心想，说不定蝙蝠侠才能真正行侠仗义。我内心天人交战：我今天什么也做不成；我做的是我最想做的事。"天哪，蝙蝠侠。"我踢掉鞋子，钻进书桌底下。在这之前，我还不知道书桌内侧用廉价的松木取代了桃花心木。"罗宾报到，但是你得让我开蝙蝠车。"

"你不能真的当罗宾。"

"我以为就是得这样玩。"

纳撒尼尔同情地瞪着我看，似乎在说：你活到这么老，难道还没有学会游戏规则？我们的肩膀顶住了书桌。"我们可以一起做作业，或做其他的事，但是你的名字只能是妈咪。"

"为什么？"

他翻个白眼，"因为，"纳撒尼尔对我说，"你就是妈咪。"

"纳撒尼尔！"我大声喊，开始脸红。控制不住自己的孩子应该不算罪孽吧？"对不起，神父，"我拉开门让他走进来，"他……最近看到外人会害羞。昨天快递人员走了之后，我花了一个小时才找到他。"

席辛斯基神父微笑地说："就说我该先打个电话，不要冒冒失失就跑过来。"

"喔，不是这样的。能看到你真是太好了。"这是谎言。我根本不知道该拿走进家里的神职人员怎么办。可以招待他们吃饼干？还是喝啤酒？我该不该为周末没去望弥撒道歉？该不该为了刚才的谎言忏悔？

"嗯，这也是我的工作，"席辛斯基神父弹了弹自己的衣领，说，"我星期五下午唯一的工作，是去妇女附属会旁听会议。"

"那算是额外的工作吗？"

"比较像是背上的十字架。"神父笑着说。他来到起居室，坐在沙发上。席辛斯基神父脚上穿的是高端球鞋。他会参加本地的半程马拉松赛，把成绩贴在布告栏上，就在请托祝祷经文的告示旁边。布告栏上甚至还贴了一张他冲过终点的照片，精瘦的神父当时并没有穿着教袍，看起来一点也不像神职人员，就只是个男人。他有五十多岁，但是看起来至少年轻十岁。我听他说过，他一度试着想联络撒旦换取不老青春，但可惜电话簿里找不到魔鬼的号码。

我纳闷地猜想，不知道教堂里有哪个长舌教友会把我们的事告诉神父。"主日学校的同学都很想念纳撒尼尔。"他对我说。他的说法很含蓄，精确的说法是缺席的场合不止是主日学校而已，我们有大半年的星期日都没有出现了，因为我们并没有虔诚地每星期去望弥撒。但是我知道纳撒尼尔很喜欢在弥撒时到地下室去画图，他尤其喜欢席辛斯基神父在弥撒结束后，让大人在楼上喝咖啡，自己到地下室为孩子们朗诵图画版的儿童圣经。纳撒尼尔说，神父会坐在圆圈圈中间，表演洪水、瘟疫和预言。

"我知道你心里在想什么。"席辛斯基神父说。

"真的吗？"

他点点头。"你认为现在已经是二〇〇一年了，若是要相信教会可以提供你生命的慰藉，未免过于陈腐。但是教会真的可以，尼娜。你可以向上帝求助。"

我直直地盯着神父看。"这阵子我对上帝不是太热衷。"我直率地说。

"我知道。有时候上帝的意旨实在看不出什么道理。"席辛斯基神父耸耸肩。"我自己也曾经怀疑过他。"

"你显然已经度过了这个时期。"我擦拭眼角，为什么我会哭呢？"我甚至不是虔诚的天主教徒。"

"你当然是。你一向都会回到教堂来，不是吗？"

然而那是为了罪恶感，不是因为信仰。

"事出必有因，尼娜。"

"是这样吗？那么请你帮我个忙，去问问上帝为什么要让一个孩子碰到这种事？"

"你自己去问他，"神父说，"你和他谈话的时候，也许要记得你们有个共通点：他也一样，亲眼目睹自己的儿子受苦。"

他递给我一本《戴维与歌利亚》的图画书，这是为五岁孩子改写的简易版。"如果纳撒尼尔出现，"他提高音调说，"请你告诉他，这是葛伦神父送给他的礼物。"圣安妮教堂的孩子都这么喊他，因为他们念不出他的姓氏。神父曾经说："哎，再过一阵子，连我自己都念不出来喽。"去年我在读故事书的时候，纳撒尼尔特别喜欢这个故事。他想知道我们可不可以也做个弹弓。"席辛斯基神父站起来，径自走向门口。"尼娜，如果你想找人谈谈，你知道可以去哪里找我。好好保重了。"

他沿着小径走出去，这条小径上的石块是凯利伯亲手铺下的。我目送他离开，把图画书紧紧抱在胸前，想着弱小的戴维如何打败巨人。

纳撒尼尔在玩小船，先把船压沉，然后看着它迅速蹿回水面。我想，光因为他愿意坐进浴缸里洗澡，我就应当要心怀感激。他今天好多了，不断通过手语来表达，而且还同意洗个澡，条件是让他自己脱掉衣服。我当然同意，当他手忙脚乱解开纽扣的时候，还努力克制伸手帮忙的欲望。罗比许医生曾经向我们提到"能力"，我提醒自己千万要记得：纳撒尼尔的无助是被动形成的，他必须去感觉自己能够重新控制自己。

我坐在浴缸边缘，看着他的背随着呼吸上下起伏。排水孔边的香皂闪闪发光，好像一条鱼。"要不要帮忙？"我问道，打出手势：用一只手拉起另一只手。纳撒尼尔用力摇头。他捡起香皂涂抹肩膀、胸口和小腹，犹豫了一下，才将香皂放到双腿之间。

他在身上抹了一层白色的香皂薄膜，看起来像是来自另一个世界的天使。纳撒尼尔抬起头看着我，把香皂递过来，让我归回原位。在那一刻，我们的手指互相碰触，在我们的新语言里，手指无异是双唇，这算不算亲吻？

我松手让香皂"啪"一声落入水中，然后用指头沿着噘起来的嘴巴绕圈圈。我伸出两手的食指，指尖先相对碰触，然后往后拉开。我指着纳撒尼尔。

谁欺负你？

但是儿子看不懂这个手势。他将两个手掌往外翻，骄傲地表达他刚学会的新字：完成了。他像海中仙子般地站起身来，水顺着他漂亮的小身子往下滴。我拿毛巾帮他擦干四肢，帮他套上睡衣。在帮他完全穿好衣服之前，我无声地自问，我是否是唯一碰到他身体这些部位的人。

凯利伯在半夜听到妻子猛喘了一口气。"尼娜？"他轻唤，但是她没有回答。他翻个身，来到她身边揽住她。她醒着，他可以感觉到从她毛孔散发出来的念头。"你还好吗？"他问道。

她转过头看着他，双眼在黑暗之中显得十分暗淡。"你呢？"

他将她揽入怀里，把头埋在她的颈际。凯利伯吸着她的气味，镇定了下来，她简直就像是他的氧气。他的嘴唇沿着她的皮肤滑动，停在她的锁骨之间，然后歪着头聆听她的心跳。

他想要找个地方，让自己迷失。

于是他的手缓缓移动，从她的纤腰来到隆起的臀部，探入窄窄的底裤下方。尼娜倒抽了一口气。这时她也感觉到了。她得抽身，得逃开。

凯利伯的手掌继续往下滑，紧紧贴住她。尼娜将他的头发抓得更紧了些，他几乎脱口喊痛。"凯利伯。"

他感到自己已经肿胀，沉沉地压在床垫上。"我知道。"他低声说，一边将手指往内探。

她仍然干涩。

尼娜拉扯他的头发，这回，他滚开她的身边，而这正符合她的期待。"你究竟怎么了！"她大声说，"我不想。我现在没办法。"她拉开被单，跑出卧室，走进黑暗当中。

凯利伯低下头，看到沾在床单上的精液。他下床，拉起床单，好让自己看不见印子。接着他本能地跟在尼娜身后。他久久地站在儿子的卧室门口，看着尼娜凝视着纳撒尼尔。

凯利伯没有陪我们到罗比许医生的诊所，没有参与接下来的精神科约诊。他表示自己有个排不开的会议，但是我觉得那只是借口。经过了昨晚，我们一直避开彼此。另外，在纳撒尼尔还不能说话之前，罗比许医生同样也使用手语，凯利伯并不赞同这个方式。他认为一旦纳撒尼尔准备妥当，自然会告诉我们谁是侵犯他的人，但是在此之前，我们只不过是在施加压力。

我希望自己能有他的耐性，但是我实在没办法坐着看纳撒尼尔受苦。我没有一刻不会想到纳撒尼尔的沉默，想到在这个世界上另外有个人才该被人阻止，被剥夺说话的能力。

今天我们学的是实用的手势，与食物有关，比方说谷片、牛奶、比萨、冰激凌，以及早餐。美国手语教材将词语归类分组，编排在一起。词语的旁边有照片，有书写的文字，还有仿真手势的图片。我们让纳撒尼尔决定自己要学的词语，他先选了季节，然后是食物，接着又开始翻书。

"没人知道他要停在哪一页……"罗比许医生开着玩笑。

他把书本翻到家庭的图片。"喔，选得好。"我说，一边试着打出最上方的手势，两手的拇指和食指指尖相碰，伸直其他指头，然后往外画个圈。

纳撒尼尔指着书上的孩子。"像这样，纳撒尼尔，"罗比许医生说，"男孩。"她作势碰触虚拟的棒球帽帽檐。这个手势和我学到的几个手语一样贴切，相当符合实际状况。

"母亲。"医生继续说，帮忙纳撒尼尔张开手，用拇指轻触下巴，然后摆动手指。

"父亲。"手势相同，但是拇指要轻触额头。"你做做看！"罗比许医生说。

做做看。

书上黑色的线条全扭成一团，粗粗的大蛇向他扑过来，缠住他的脖子。纳撒尼尔不能呼吸也看不见。他听到罗比许医生的声音在四周隆隆作响：父亲，父亲，父亲。

纳撒尼尔举起手，用拇指轻触额头，然后摆动指头。这个手势好像在取笑别人。

唯一的不同点，在于这一点也不好玩。

"看看，"医生说，"他已经比我们都厉害了。"她进行到下一个字：宝宝。"很好，纳撒尼尔，"罗比许医生顿了一下才继续说，"试试看这个字。"

但是纳撒尼尔没有动作。他的手停在头的旁边，拇指戳向太阳穴。"宝贝，你这样会弄痛自己。"我告诉他。我想要伸手拉他，但是他跳开，不愿意停下这个手势。

罗比许医生轻轻合上美国手语教材。"纳撒尼尔，你是不是想要说什么？"

他点点头，张开的小手仍然停在头上。我体内的空气似乎在一瞬间完全抽干。"他想要凯利伯——"

罗比许医生打断我的话。"尼娜，让他自己说。"

"你该不会认为——"

"纳撒尼尔，你爸爸有没有单独带你到什么地方去？"医生问道。

这个问题似乎让纳撒尼尔觉得有些困惑。他慢慢地点头。

"爸爸有没有帮你脱过衣服？"他再次点头，"他有没有在床上抱抱你？"

我僵直地坐在椅子上，开口说话的时候，嘴唇几乎完全麻痹。"不是你想的那样。他只是想知道凯利伯为什么没有来。他想念爸爸。他根本不需要打手势，如果……如果是……"我没办法说完自己的句子。"他可以指出来，指个上千次。"我轻声说。

"他可能会害怕直接指出来所造成的后果，"罗比许医生解释，"通过一个手势或符号，可以多一层心理上的保护。纳撒尼尔，"她继续轻声问，"你知道是谁伤害了你吗？"

他指着美国手语教材，然后再次比画出父亲的手势。

当你许下愿望的时候，要小心你所得到的结果。这么多天之后，纳撒尼尔终于给了个名字，而这个答案完全出乎我的意料，让我在瞬间无法动弹，仿佛变成了石块——正好是凯利伯工作用的材料。

我听到罗比许医生打电话到保护局，听着她告诉莫尼卡我们找到了嫌犯，但是我却仿佛置身在百里之外。我用客观的角度看着眼前的一切，知道后续会发生什么必然的状况。警方会出面，传唤凯利伯去问话。华莱士·墨菲特会联络波特兰的检察官办公室。接下来不是凯利伯认罪，就是纳撒尼尔得公开出庭指控。

梦魇才刚开始。

不可能是凯利伯。我知道，就像这么多年来我熟悉凯利伯大小事一样的清楚。当纳撒尼尔还是襁褓里的婴儿时，我看过他在夜里提着孩子在走廊上走动，这是让患了疝气的宝宝停止哭闹的唯一方法。我记得纳撒尼尔结束为期两天的幼儿园准备课程，凯利伯坐在我身边，在结业典礼上猛掉眼泪，一点也不觉得丢脸。他是个值得依赖又坚强的好人，是那种你可以托付一生，托付孩子的人。

但如果我相信凯利伯无辜，就代表我不信任纳撒尼尔。

我心中闪过几个不愉快的记忆。凯利伯暗示过帕特里克可能是下手的人。如果不是为了转移焦点，那他何必提起别人？凯利伯也告诉过纳撒尼尔，如果他不想学手语就不必学。这无异是让孩子无法说出实情。

我见过一些被判决有罪的儿童性侵犯，他们并没把罪行像标签一样张贴在身上，反而是掩盖在祖父慈祥的笑容，或是楚楚的衣冠之下。这些人看起来和我们没有两样，而这正是让人害怕的地方，我们知道这些禽兽夹杂在我们之间，而且我们并不比他们聪明。

这些人有深爱他们的女友或妻子，但是她们毫不知情。

我曾经怀疑，受侵害儿童的母亲怎么会没察觉自家发生的事，她们一定是不愿看见自己不想看的事，所以才会在事发前刻意避开。我过去一直以为没有任何妻子会与丈夫同床共枕，却不清楚他心中转着什么高深莫测的念头。

"尼娜。"莫尼卡·拉法兰拍拍我的肩膀。她什么时候来的？我觉得自己宛如从昏睡状态中苏醒过来，我甩甩头，恢复意识后的第一件事就是找纳撒尼尔。他在医生的办公室里，还在玩同一套火柴盒小汽车。

这位社工人员看着我。我知道，她心里一直这么怀疑。我不能怪她，换成我，我也会作出同样的猜测。事实上，过去我一向如此推测。

我的声音既苍老又沙哑。"通知警察了吗？"

莫尼卡点点头。"有没有我能帮忙的……"

我得先去个地方，而且不能把纳撒尼尔带在身边。开口问这句话让我很难过，但是我已经不知道该如何信任他人。"有，"我问，

"你能不能帮我照顾孩子？"

我找了几处工地，终于在第三个工地找到他。他正在砌一面石墙。凯利伯认出我的车，脸色明亮了起来。他看着我下车，然后他等着，以为会看到纳撒尼尔。这个时间已经够我冲上前，疾步走到他身边，用尽全身力量掴了他一巴掌。

"尼娜！"凯利伯握住我的手腕，将我从他身边拉开。"搞什么！"

"你这个浑蛋！你怎么可以这样做，凯利伯？怎么可以？"

他推开我，伸手揉脸颊。我在他脸上留下鲜红的掌印。很好。"我不知道你在说些什么，"凯利伯说，"慢慢说。"

"慢慢说？"我脱口而出。"我简单说给你听：纳撒尼尔告诉我们了。他说是你做的。"

"我没有对他做任何事。"

我久久没说话，光是瞪着他看。"纳撒尼尔说我……我……"凯利伯结结巴巴地说，"太荒唐了。"

所有的罪犯都这么说，这句话让我差点崩溃。"你别告诉我你爱他。"

"我当然爱他！"凯利伯摇着头，仿佛想让脑袋清醒。"我不知道他说了些什么，也不知道他为什么要那么说。但是尼娜，天哪，天哪！"

我没有响应，两个人相处的几年岁月开始崩落，记忆好比毫无意义的垃圾，而我们就站在及膝的回忆当中。凯利伯睁大了眼睛，眼眶泛泪。"尼娜，拜托你。想想你在说些什么话。"

我低头望着自己的手，我一手紧紧包住另一手紧握的拳头。这个手势代表在某种情况之中。陷入麻烦之中。恋爱之中。在假设之中。

"我想的是孩子不可能撒谎。纳撒尼尔不会编出这种事。"我抬头直视他。"今晚别回家。"说完话，我立刻走回车边。我的脚步沉稳，完全看不出内心已经破碎。

凯利伯目送尼娜的车灯远去。车子带起的尘埃落定，眼前的一切和一分钟之前没有两样。但是凯利伯知道，从此以后，一切都不同了，他已经没有退路。

他愿意为儿子做任何事。一向如此，而且在所不惜。

凯利伯低头看自己修筑的石墙。三尺石墙花了他大半天的时间。当儿子在精神科医生诊所里将世界搞得天翻地覆的时候，他在这里搬石头，堆石头。他刚开始和尼娜约会的时候，就带她看自己如何将不同大小的石块砌在一起。只要把边缘对齐就好了，他这么告诉她。

眼前就有个很好的例子，这块石英石的边缘参差不齐，他本来要把它斜插入平整的砂岩当中。然而他现在举起砂岩往地上一扔，石块应声碎裂。接着他捡起石英石扔到身后的树林里。他毁了这道墙，破坏了自己精心堆砌的杰作。他重重地坐在碎裂的石材上，举起沾满灰尘的手揉眼睛，为了无法修补的一切而落泪。

我还得去另一个地方。我像个机器人一样，走进东区地方法院的职员办公室。不管我多么努力克制，泪水依然流个不停。这个表现实在不够专业，但是我一点也不在乎。这和公事无关，纯属私事。

"请问青少年保护令的申请书放在哪里？"我问办事员，她刚到法院上班，我记不得她的名字。

她看着我，似乎不敢回答。接着，她指着一叠表格。我边回答问题边让她帮我填写表格，我几乎认不出自己的声音。

巴特雷法官在他的办公室里接待我。"尼娜。"他认识我，他们全都认识我，"我能帮你什么忙？"

我抬起下巴，把申请书递给他。吸气，说话，保持专注。"法官，我要为我儿子申请保护令，我不希望在法庭上做这件事。"

法官久久地看着我，然后接下申请书。"说说吧！"他轻声说。

"我们掌握了性侵的具体证据，"我很小心，不想说出纳撒尼尔的名字，我还没办法承受。"他在今天证实加害者是他的父亲。"是他的父亲，不是我丈夫。

"你呢？"巴特雷法官问道，"你还好吗？"

我摇摇头，紧闭着嘴。我紧紧握着手，感觉不到麻痹的指头。但是我什么都没有说。

"如果我能帮得上忙，你尽管开口。"法官喃喃地说。但是不管是他或是其他人都没办法帮忙，不管他们说了多少次都一样。事情已成定局，这正是问题的症结。

法官在申请书上签下难以辨认的名字。"你也知道效期不长，我们必须在二十天内举行听证会。"

"这让我有二十天的时间思考。"

他点点头。"我很遗憾，尼娜。"

我也一样，因为我没看出发生在眼前的事，因为我只懂得法律机制，却不知道如何保护一个孩子，也因为我的选择让我走到今天这个局面。还有，没错，在我开车回去接儿子的时候，几乎烧穿我口袋的滚烫禁制令也让我感觉到无比遗憾。

我家的家规：

早上起床自己整理床铺。一天刷两次牙。不可以拉小狗的耳朵。就算蔬菜没有意大利面好吃，还是得全部吃完。

学校的校规：

不可以从滑梯的外侧往上爬。如果有小朋友正在荡秋千，不可以从前面经过。和小朋友一起上课的时候，要先举手才能说话。小朋友如果想玩，每个人都可以玩一种游戏。如果想画图，就要先穿上围裙。

我还知道其他几个规定：

坐车要扣上安全带。

不可以和陌生人说话。

不可以打小报告，否则会下地狱。

三

事实证明，日子依然继续。没有任何一个宇宙通则会因为你面对惨剧，而提供你任何豁免权。垃圾桶还是会满，账单随着邮件送达，电话营销人员仍然会打断你的晚餐。

纳撒尼尔走进浴室的时候，我刚好盖上痔疮软膏的盖子。我曾经读过，将这种软膏擦在眼睛四周的皮肤上可以消肿，还可以去除黑眼圈。我转头对儿子露出过于夸张的灿烂微笑，他往后退了几步。

"嘿，宝贝，你刷牙了吗？"他点点头，我拉起他的手说，"我们来读故事书，好吗？"

纳撒尼尔爬进床铺，这和其他五岁大的孩子没两样，床铺是丛林，他是小猴崽。罗比许医生说过：孩子的复原速度很快，比父母快得多。我翻开书，紧紧抓住这个借口不放。故事书的主人翁是个独眼海盗，没发现站在他肩膀上的不是鹦鹉，而是只贵宾狗。我从头开始读，到了第三页，纳撒尼尔要我停下来，伸手划过颜色鲜艳的图片。他摇动食指，然后再次把手放到前额，打出我希望再也不要看到的手势。

爸爸在哪里？

我拿起故事书放在床头桌上。"纳撒尼尔，他今天晚上不会回来。"我心里想的是：他任何一个晚上都不会回来。

纳撒尼尔蹙起眉头看着我。他还不知道怎么问"为什么"，但是他脑袋里一定是这么想。他会不会以为是他害凯利伯不能回家？是不是有人告诉过他，如果把事情说出来，就会遭到某种报应？

我不想让他打断我的话，所以握住他的双手，尽量用轻松的语气说："这个时候，爸爸不能留在家里。"

纳撒尼尔挣脱双臂，弯起手指之后将手往内缩。我要。

老天爷，我也想要。纳撒尼尔开始发脾气，转头离开我身边。"爸爸做的事，"我没办法一口气说完话，"是错的。"

纳撒尼尔听到我的话立刻跳起来拼命摇头。

我曾经看过这一幕。如果家长就是性侵孩子的人，通常他们会对孩子说这是爱的表现。但是纳撒尼尔不断地用力摇头，头发跟着左右甩动。"停下来，纳撒尼尔，拜托你停下来。"他停下动作，用怪异的表情看着我，仿佛完全不明白我的意思。

就是因为这样，我才会大声把话说出来。我必须听到真相，必须让我儿子确认。"爸爸有没有伤害你？"我低声问出罗比许医生不让我问的关键问题。

纳撒尼尔放声大哭，躲进了棉被底下。我向他道歉，但是他仍然不愿意出来。

汽车旅馆里的一切——包括破损的地毯、洗脸槽，和让人看了就不舒服的被单在内，全都散发出潮湿的苔藓味。凯利伯打开暖气和收音机，脱掉鞋子，整齐地放在床边。

这里不是家，甚至称不上是个住处。凯利伯真想知道，其他人之所以会来到萨寇这地方住进简易套房，是不是也和他有相同的原因？

他无法想象自己要如何在这里过夜。但是他知道，如果这样能帮得了儿子，他可以在这里住一辈子。他愿意为纳撒尼尔放弃一切，包括他自己在内。

凯利伯坐在床边拿起电话，发现自己没有通话的对象。但是他还是将话筒放在耳边，好一会儿之后，接线生连上线，他才想起：无论如何，另一端总是会有人聆听。

不消说，帕特里克一定是以巧克力面包来当作一天的开始，别无其他选择。其他警察老爱拿这件事来取笑他：甜甜圈不够高档，是吗，杜沙姆？而他总是充耳不闻。他不在乎成为他人嘲笑的对象，只要负责采购当日新鲜面包糕饼的秘书买来他的最爱就好。但是那天早上，当他走进自助餐厅拿点心倒咖啡的时候，帕特里克却没找到他要的面包。

"喔，拜托，"他对身边的管区警员说，"是你们这些浑蛋家伙在搞鬼吗？是不是又把巧克力面包藏到女厕里去了？"

"我发誓我们连碰都没碰，小队长。"

帕特里克边叹气边走出自助餐厅来到柜台，梦娜正在查看她的电子邮件。"我的面包在哪里？"

她耸耸肩。"我订的东西和平常一样，别来问我。"

帕特里克开始搜寻整个警察局，检查其他几个警探的办公桌，走进外勤警员的休息室。他在走廊上和局长擦身而过。"帕特里克，你有没有空？"

"现在没空。"

"我有个案子要派给你。"

"能不能麻烦你放我桌上？"

局长咧嘴一笑。"真希望你在办案的时候和找该死的甜甜圈一样专心。"

"是羊角面包，"帕特里克看着局长远去的背影大声说，"不一样。"

他终于在收押室里找到嫌疑犯。有个小子坐在百无聊赖的内勤警员身边，看起来像是个穿着老爸制服的假警察。这家伙有一头深棕色的头发，一双浅蓝色的眼珠，下巴上还沾着巧克力。"你是什么人？"帕特里克问道。

"奥里昂警员。"

内勤警员交叉起双手，摆在分量十足的肚子上。"这位即将动手拧掉你脑袋的人，是杜沙姆小队长。"

"他为什么吃掉我的早餐，法兰克？"

老警察耸耸肩。"因为他才报到一天——"

"六个小时！"年轻小伙子骄傲地纠正。

法兰克翻了个白眼。"他根本不知道。"

"可是你知道。"

"是没错，但是如果我先告诉他，我就看不到这场精彩好戏了。"

菜鸟递出吃得剩下一小口的面包，当作求和的献礼。"我，呃，我很抱歉，队长。"

帕特里克摇摇头，考虑是否该没收冰箱里那个小伙子的母亲帮他准备的便当。"不准有第二次。"

真是该死，一天竟然用这种方式开始，他本来想靠巧克力面包内馅的咖啡因和咖啡来启动精力。这下子，他的头痛绝对会在十点钟准时发作。帕特里克慢慢走回自己的办公桌，听语音信箱里的留言。他有三个留言，但真正在乎的只有尼娜的来电。"打电话给我。"留言里只有这句话，没留名字，什么都没说。他拿起电话，看到局长放在他办公桌上的档案。

帕特里克打开牛皮纸档案夹，里面是保护局的报告。话筒掉到桌上，在他跑出办公室之后，依然继续嗡嗡作响。

"好。"帕特里克平静地说，"我马上处理。我一离开，就立刻去找凯利伯。"

他的音调中有种令人难以置信的冷静，让我濒临崩溃。我伸手抓着头发。"看在老天爷的份上，帕特里克。你可不可以不要这么……这么像警察？"

"你想要听我说，我真想为了他对纳撒尼尔的所作所为把他毒打到头破血流？然后，我还会为了他对你造成伤害，再狠狠地殴打他？"

他发怒的声音让我吓了一跳。我歪着头，想要利用他的愤怒。"对，"我轻声回答，"我想听你这样说。"他用双手圈住我的后脑勺，这个动作像极了祷告。"我不知道该怎么做。"

帕特里克伸手圈着我的头，然后拨开我的头发。我放下防备，想象他正在透析我的想法。"所以我才会在你身边。"他说。

当我告诉纳撒尼尔我们要去什么地方的时候，他有些畏怯。但是，如果我继续留在家里，我绝对会发疯。

光线从圣安妮教堂的彩绘玻璃天花板洒落下来，纳撒尼尔和我仿佛沐浴在彩虹当中。今天不是周末，在这个时间，教堂安静得犹如秘境。我谨慎地踏出脚步，不想制造出不必要的噪音。纳撒尼尔趿拉着脚上的球鞋，一路摩擦着马赛克拼贴地板。

"不要这样。"我低声说，却立刻后悔。我的声音打在石材拱顶和上了蜡的长椅上，然后又弹了回来。教堂里有好几盘点亮的白色蜡烛，其中有多少是为我儿子祈福呢？

"我只要一分钟就好了。"我告诉纳撒尼尔。我让儿子坐在长椅上，留了好几辆火柴盒小汽车陪伴他。上过蜡的木头长椅很适合当作跑道，我一挥手，把玩具汽车推到长椅的另一端以兹证明。接着，我趁自己还没后悔之前，走向告解室。

告解室很小，暖气又开得过热。我肩膀旁边有扇小窗，虽然我看不到席辛斯基神父，但是闻得到他上了浆的教袍味道。

告解总是能为人带来安慰，因为你必须依循亘古不变的规则。不管你有多久没告解，你仍然会记得自己应当怎么做，仿佛冥冥之中存在着天主教徒的潜在记忆。你负责说，让神父回答。你从小罪小恶开始，一件一件堆砌出以文字筑起的高塔，然后神父为你祈祷，敲垮高塔，让你能重新开始。

"神父。我是个罪人，愿在教会内悔改。我自从上次告解到现在，已经有好几个月的时间了。"

如果他感到震惊，也隐藏得很好。

"我……我不知道自己为什么要来。"我顿了好一下子没说话。"最近，我发现了一些事，让我身心俱疲。"

"说下去。"

"我儿子……受到伤害。"

"我知道。我一直在为他祈祷。"

"我觉得……好像……侵犯他的人是我丈夫。"我在小小的折叠椅上弯下了腰，整个人缩成一团。剧痛穿过我的身子，然而我展臂相迎。在此刻之前，我一直以为我不再有感受的能力。

久久的沉默，让我怀疑神父是否听见了我的话。接着他说："那么，你的罪过是什么？"

"我的……什么？"

"你不能替你丈夫告解。"

愤怒犹如沸腾冒泡的沥青，灼伤了我的喉咙。"我没这种打算。"

"那么，你今天想为什么事告解？"

我来这里，只是想来对一个负责聆听的人说出心里的话。但结果我却说："我没有保护好我的儿子。我根本没看见这件事。"

"不知情不是罪。"

"那么无知呢？"我瞪着两人之间的格子窗，"那么天真到以为我了解自己当初爱上的男人呢？想要让他承受和纳撒尼尔同样的痛苦算不算罪过？"

席辛斯基神父没有否定这番话。"也许他正在承受痛苦。"

我稳住呼吸。"我爱他，"我苦涩地说，"我爱他和恨他的程度不相上下。"

"你必须原谅自己没注意到这件事。原谅自己想要反击。"

"我不知道我能不能做到。"

"那么，"他停了一会儿才说，"你能不能原谅他？"

我看向一片黑暗，盯着应该是神父脸孔的位置。我说："我没有那么神圣。"在他还没来得及阻止我之前，我起身离开了告解室。

这有什么意义？反正我已经开始苦苦赎罪了。

他不想来这里。

教堂听起来和他脑子里的声音一样，咝咝作响的呼啸声比任何说出口的句子还要响亮。纳撒尼尔盯着母亲走进去的小隔间看，他在长椅上滑动小汽车，清楚听到自己的心跳。

他把其他几辆玩具汽车停好，然后一寸一寸地移动，离开长椅。纳撒尼尔像只小动物一样，把双手藏在衬衫下面，蹑手蹑脚地踏在教堂的中央走道上。

他来到祭坛前面，跪在阶梯上祷告。他在主日学校里学会了祷辞，应该要每天晚上祈祷，可是却经常忘记。然而他记得：任何人都可以为任何事祈祷，这就像通过生日蜡烛许愿一样，不同之处，在于祈祷是直接向上帝许愿。

他希望下次自己用手语说话时，大家都能看懂。他祈祷这样就能让爸爸回家。

纳撒尼尔注意到身边的大理石像，那是个女人，怀里抱着小耶稣。他忘了她叫什么名字，但是这里到处都看得到她，不但画像里有她，墙上还挂着许多她的雕像。每个雕像都是母亲抱着孩子。

他真想知道爸爸是否曾经站在雕像的台座上，或出现在画像里，这样，神圣的一家人就到齐了。难道每个人的爸爸都被带走了吗？

帕特里克敲了敲温馨旅栈经理指给他看的门。门打开来，凯利伯站在门里，他的双眼红肿，胡子也没刮。"听我说，"帕特里克立刻说，"这实在很难堪。"

凯利伯看着帕特里克手上的警徽。"我觉得这对我比对你更难堪。"

这个男人和尼娜共同生活了七年，睡在她身边，和她生了个小孩。这个男人过着帕特里克想要拥有的生活。他原本以为自己早就接受事情的发展，尼娜很快乐，帕特里克就是想看到她快乐，如果这代表他不能出现在和乐的画面当中，他也只好认了。但是先决条件必须是尼娜选了个值得托付的人，而且，这个男人不能让她落泪。

帕特里克一直相信凯利伯是个好父亲，然而他现在却惊讶地发现自己十分希望凯利伯就是罪魁祸首。如果真是凯利伯，这会立刻让他失去众人的信任，也证明尼娜看错了人。

帕特里克感觉到自己握紧了拳头，但是他努力克制动手的欲望。不管怎么样，这都帮不了尼娜，也帮不了纳撒尼尔。

"是你要她这样做的吗？"凯利伯咬着牙说。

"是你自己造成的，"帕特里克回答，"你愿意和我到警察局走一趟吗？"

凯利伯一把抓起放在床上的外套。"我们现在就去。"他说。

凯利伯来到门口，伸手碰帕特里克的肩膀。帕特里克本能地全身紧绷，但是他的理智要他放松。他转过头，冷冷地看着凯利伯。"不是我，"凯利伯静静地说，"尼娜和纳撒尼尔是我的半条命。有谁会笨到去抛弃这一切？"

帕特里克不想让自己的眼神流露出心里的想法。但是，他首度认为凯利伯说的可能是实话。

换成别的男人，可能会对妻子和帕特里克·杜沙姆的关系感到不舒服。虽然凯利伯从来没有怀疑过尼娜的忠贞——或是她对他的感情，但是帕特里克可是明目张胆地把破碎的心挂在身上。凯利伯曾经在好几次晚餐时，看着帕特里克的目光跟着妻子在厨房里打转，他看过帕特里克在自以为没人注意时，举起纳撒尼尔绕圈圈，享受孩子的笑声。但是，说真的，凯利伯并不介意。毕竟，尼娜和纳撒尼尔都是他的。如果一定要说他对帕特里克有什么感觉，那么他也只能说是同情，因为帕特里克没有他来得幸运。

刚开始，凯利伯也曾经嫉妒尼娜和帕特里克之间的友谊。但是她的男性朋友不少，而且他很快就了解到，帕特里克在尼娜过去的生命中占了太大的分量，硬要她把帕特里克从生命中抹杀掉，就像是分割共享一颗心脏的连体婴一样，只会造成伤害。

他和帕特里克以及莫尼卡·拉法兰一起坐在警察局的侦讯室里，心里想着尼娜。他正在回忆尼娜如何排除帕特里克的嫌疑，不愿相信帕特里克有可能是伤害纳撒尼尔的人，然而却在几天之后，毫不犹豫地指控凯利伯。

凯利伯打起哆嗦。帕特里克曾经说过，他们刻意将侦讯室的温度调低，比警察局里的其他地方要低个十摄氏度，目的就是要让嫌犯感觉到身体上的不适。"我被捕了吗？"他问道。

"我们只是谈谈。"帕特里克没有直视凯利伯的双眼，"老朋友聊聊天。"

老朋友，喔，这就对了，他们的关系好比希特勒和丘吉尔。

凯利伯不想坐在这里为自己辩护。他想和儿子说话，想知道尼娜有没有为他念完那本海盗故事书，还想知道纳撒尼尔有没有又尿床。

"开始了。"帕特里克按下录音机。

凯利伯突然发现最好的消息来源就坐在三尺之外。"你见过纳撒尼尔，"他喃喃地问，"他还好吗？"

帕特里克惊讶地抬头看。他习惯当开口发问的人。

"你去家里的时候他还好吗？看起来有没有哭过的样子？"

"他……在这种情况下，还算不错，"帕特里克说，"好了——"

"请告诉尼娜，有些时候，如果他不吃东西，可以说些他喜欢听的故事来转移他的注意力。比方说足球或是青蛙等等。记得说话的时候要一边把食物放在他的餐具上。"

"我们来谈谈纳撒尼尔的事。"

"你以为我现在在做什么？他说话了吗？我是说，开口说话，不是用手语。"

"你为什么这样问？"帕特里克充满防备地问，"你担心他会说出更多事？"

"担心？就算他只能说出我的名字也没关系，就算这样会让我被关一辈子，我也不在乎。我只想亲耳听见。"

"听见他的指控吗？"

"不，"凯利伯说，"听见他的声音。"

能去的地方我全都去过了。银行、邮局，还带纳撒尼尔去买了冰激凌，还去过公园和宠物店。离开教堂之后，我们在不同的地方来来去去，采购没有必要的杂货，只因为我不想回到自己的家中。

"我们去找帕特里克。"宣布地点之后，我在最后一刻把车子开进毕德佛警察局停车场里。他一定不喜欢我这么做——来警局监督他的调查进度，但是不管如何，他一定能够体谅。后座上的纳撒尼尔滑向门边，表达出他的感觉。

"五分钟就好。"我承诺。

我带着纳撒尼尔沿着步道走向警局大门，美国国旗在冷风中噼啪作响。法律之前，人人平等。就在我们离门口还有二十尺的时候，大门打开来。帕特里克先走出来，在阳光下眯起眼睛，莫尼卡·拉法兰和凯利伯紧跟在后。

纳撒尼尔喘了一口气，挣脱我的手。凯利伯也在同一个时间看到孩子。凯利伯单膝跪了下来，伸出双手紧紧抱住儿子。纳撒尼尔抬头看我，脸上露出开怀的笑容。在这个心惊的一刻，我发现他以为我特别为他安排这个美妙的惊喜。

帕特里克和我隔了一段距离分别站在两端，看着事情发生。

帕特里克先恢复理智。"纳撒尼尔。"帕特里克冷静又坚定地说，然后走过去拉开我的儿子。但是纳撒尼尔坚决不肯，他用双手环住凯利伯的脖子，想一头钻进爸爸的大衣里面。

凯利伯从儿子脑袋的上方看过来，与我四目相望。他站起身，牵着纳撒尼尔。

我强迫自己移开视线，努力回想自己见过的上百名孩童，那些身上留着瘀青，肮脏、挨饿而且被忽视的孩子，他们声嘶力竭地哭喊，不愿意离开家，恳求社工让他们留在施暴的父亲或母亲身边。

"小朋友，"凯利伯静静地说话，要纳撒尼尔看着他，"你知道我现在最想的，就是和你在一起。但是……我还有别的事要处理。"

纳撒尼尔摇摇头，皱起一张小脸。

"我一有办法，就会立刻去看你。"凯利伯抱起纳撒尼尔向我走过来，硬是拉开儿子，然后把孩子塞进我的怀里。到了这个时候，纳撒尼尔已经哭得喘不过气来，他的肋骨贴着我的手心上下起伏，好像活生生的小恐龙。

凯利伯走向他的卡车，纳撒尼尔这时才抬头看。他眯着眼睛，目光阴暗，握起拳头敲打我的肩膀。他接二连三地敲打，把怒气全出在我身上。

"纳撒尼尔！"帕特里克严厉地喊他。

但是我一点儿也不痛。比起其他的痛楚，这实在不算什么。

"退步是可以预期的，"罗比许医生静静地说。我们看着无精打采的纳撒尼尔，他趴在游戏间地毯上。"他的家庭面临瓦解，在他的内心里，会认为自己应该负责。"

"我们巧遇他的父亲，"我说，"你真该看看那个场面。"

"尼娜，你比任何人都清楚，这并不能证明凯利伯的无辜，处在这种状况下的孩子，常会觉得自己和动手侵犯的家长之间，有一种特别的联系。纳撒尼尔跑向爸爸，这是制式的行为反应。"

要不然就是——我让自己胡思乱想——凯利伯根本没做错事。但是我排除这个怀疑，因为在这个节骨眼儿上，我站在纳撒尼尔这一边。"那么我该怎么做？"

"什么都不必做。你只要当个和从前一样的母亲就好。纳撒尼尔越清楚自己生活当中有些部分永远不会相同，就越能克服变化。"

我咬着嘴唇。对纳撒尼尔最有帮助的方式，是我承认自己的错误，但是这不容易做到。"这不见得是最理想的方式。我每个星期工作六十个小时，也不是那种体贴的家长，凯利伯才是。"我说完立刻后悔，我不该这么说。"我是说……呃，你明白我的意思。"

纳撒尼尔翻个身侧躺。不同于以往，今天他来到罗比许医生的诊所，显得意兴阑珊，任何玩具都不能让他提起兴致。他没去动蜡笔，角落里的积木依然整整齐齐，木偶剧的小舞台冷冷清清。

医生摘下眼镜，拉起衣角擦拭镜片。"知道吗，作为相信科学的人，我一向深信我们有能力打造自己的生活。但是我仍然无法完全说服自己，因为我同时认为事出必有因，尼娜。"罗比许医生看向纳撒尼尔。这孩子站起身来，终于朝桌边走过去。"也许他不是唯一得重新开始的人。"

纳撒尼尔想消失。这绝对不难，每天都有各种各样的东西消失。

太阳高高挂在天空上的时候，学校外面的积水就会消失。他的蓝牙刷一消失，新牙刷马上跑出来。他一想到这些，就好想哭。所以，他试着幻想一些好事，比方说X战警、圣诞节，或是甜酒黑樱桃等等。但是他没办法在脑子里找到这些画面。他试着去幻想明年五月的生日派对，但是他只看到一片黑暗。

他希望能够闭上眼睛永远沉睡，留在那个梦境宛如实景的地方。他突然想到：也许现在才是噩梦。也许等他醒来之后，一切都会回到原来应有的状况。

纳撒尼尔从眼角看到了那本愚蠢又厚重的手语教材。如果不是那本书，如果他没学会用手说话，如果他安安静静，这事就不会发生。他站起来，朝放书本的桌子走过去。

这本教材是三孔装订的活页本。纳撒尼尔知道怎么打开装订的大圈环，因为他们曾经把书带回家。他一拉开装订环，立刻抽出第一页，图片上有个男人高高兴兴地用手语说"你好"。第二页有一只狗和一只猫，以及猫狗的手语图片。纳撒尼尔把两张纸都丢到地板上。

他动手抽出一叠叠的纸张丢向脚边，像是纷飞的雪花。他用力踩画着食物的图片，把画着家庭的教材撕成两半，还一边看着神奇镜子里的自己。这片单面镜的另一侧只是一片玻璃。接着他低下头，看到一个东西。

他一直在找这张图片。

他用力抓起这张纸，纸张在他的拳头里揉成一团。他穿过门，跑进罗比许医生的办公室，他的母亲正看着他。图片里有个身穿黑白两色教袍的男人正在打手势，纳撒尼尔比画出相同的手势，夹起拇指和食指在喉咙前面横着比画，好像要切开自己的喉咙。

他想自杀。

"不，纳撒尼尔，"我摇着头说，"不可以，宝贝，不可以。"他的脸颊上淌着泪水，紧紧拉着我的衬衫。我想伸手拉住他，但是他拼命抵抗，把一张纸摊开在我膝盖上，用指头用力戳着图片。

"慢慢来，"罗比许医生引导他，纳撒尼尔转过去面对着她。他再次在喉咙前横着比画，然后互触两手的食指，再指向自己。

我低头看纸，看着我不认得的手势。这一页是"宗教符号"，归类方式和美国手语教材中的其他内容相同。纳撒尼尔的手势与自杀无关，他比画出神职人员佩戴的白领，这个手势代表神父、修士等神职人员。

神父。伤害。我。

我心里念头一转：纳撒尼尔看到父亲这个字顿时呆滞，但是他一直称呼凯利伯爸爸。我们还来不及在睡前读席辛斯基神父带来的故事书，书就不见了。还有，今天早上我告诉儿子说我们要到教堂去，他明显表现出不愿意。

我还记得另一件事。几个星期前的星期日，我们终于鼓起勇气去望弥撒。那天晚上我帮纳撒尼尔换衣服时，发现他穿的不是自己的内裤。他穿了一件廉价的蜘蛛人内裤，而不是我花了7.99美元，从品牌童装店里买来的，和他爸爸相同的迷你版四角裤。你的裤子呢？我当时这么问过他。

他的回答是：在教堂里。

我当时以为他在主日学校上课时意外尿湿了裤子，所以老师从衣物捐赠箱里翻出一件备用的裤子借给他。我提醒自己要记得向费奥雷女士道谢，感谢她帮忙照顾纳撒尼尔。但是我得洗衣服，帮孩子洗澡，还有一大堆文件要看，所以一直没找到时间和老师说话。

现在，我握住儿子颤抖的双手，亲吻他的指尖。现在，我有的是时间。"纳撒尼尔，"我说，"妈咪在听你说话。"

一个小时之后，莫尼卡在我家里。她把马克杯拿到水槽边。"我去告诉你丈夫，你不介意吧？"

"不，我应该自己告诉他，但……"我没把话说完。

"这是我的职责。"她接着说，省得我说出实话：如今我原谅凯利伯了，只是不知道他能不能原谅我。

我让自己忙着冲洗马克杯，挤干茶包，然后丢进垃圾桶里。离开罗比许医生的诊所之后，我特别注意纳撒尼尔的一举一动，因为这是该做的事，而且也因为我心里十分胆怯。凯利伯会怎么说呢？

莫尼卡轻轻碰了我的额头一下。"你是为了保护纳撒尼尔。"

我直视她。难怪，社工人员的确有必要存在。人与人之间的关系像是太容易纠结在一起的线团，的确需要有个懂得沟通的人来理清紊乱的结。虽然说，在某些时候，切割才是解决缠结、重新开始的唯一方式。

她读出了我的心思。"尼娜，假如他是你，也会作出相同的推论。"

有人敲门，转移了我的注意力。帕特里克推门进来，向莫尼卡点头致意。"我正要离开，"她解释，"如果一会儿后要找我，我会在办公室里。"

这句话是对我们说的，也就是帕特里克和我。帕特里克想必会找她，以了解案情进度。我一定也需要她在精神上的支持。莫尼卡随手关上门后，帕特里克立刻走上前。"纳撒尼尔呢？"

"在他房间里，他没事。"我哽咽，"喔，天哪，帕特里克，我早该知道的。我做了什么事？我究竟做了什么事？"

"你只是做了该做的事。"他的回答很简单。

我点点头，想要相信他的话。但是帕特里克知道我办不到。"嘿。"他带我到厨房，让我坐在凳子上。"我们小时候经常玩杀人游戏，你还记得吗？"

我用袖子擦擦鼻子。"不记得。"

"那是因为我每次都赢你。不管证据怎么显示，你总会选芥末先生。"

"那是我故意让你赢的。"

"很好。因为，尼娜，如果你从前玩过，现在再玩就不会太难。"他伸出双手搭在我的肩膀上。"放手吧。尼娜，我了解这个游戏，而且是高手。如果你让我做我该做的事，不要把自己扯进来，我们绝对不会输。"他突然走开，把双手插进口袋里。"而且你眼前还有别的事。"

"别的事？"

帕特里克转过来直视我的双眼："比方说，凯利伯？"

这像是一场老掉牙的比赛，看谁会先眨眼。这次，我撑不住，是我先移开了视线。"去把他抓起来，帕特里克，是席辛斯基神父。我知道，你也知道。有多少神父因为这种……该死！"我瑟缩了一下，想到自己犯的错。"我在告解的时候，和席辛斯基神父谈起过纳撒尼尔。"

"什么？你脑袋里在想什么啊？"

"我只想到他是我的神父。"接着，我抬头看。"等等，他以为是凯利伯。我那时候是那么想的。这对我们有利，对不对？他不知道自己是嫌犯。"

"重点是纳撒尼尔知不知道他是嫌犯。"

"事情不是很清楚了吗？"

"可惜不是。的确，'父'这个字代表了不止一个意义。如果照这个逻辑来推理，全国的神父都有嫌疑。"他冷静地看着我。"你是检察官，你知道这个案子经不起任何错误。"

"天哪，帕特里克，孩子才五岁。他比出'神父'的手势，而席辛斯基神父是他唯一认识、唯一经常和他接触的神父。你去问问看纳撒尼尔，看他指的是不是这个人。"

"这在法庭上站不住脚，尼娜。"

突然间，我发现帕特里克不仅仅是为了纳撒尼尔而来，也是为了我。他来提醒我，我虽然身为人母，但仍然要以检察官的逻辑思考。我们没办法替纳撒尼尔指出嫌犯，他必须亲自做这件事。否则，加害者无法定谳。

我的嘴巴干涩。"他还不能说话。"

帕特里克朝我伸出双手。"那么，我们来看看他今天能告诉我们什么。"

纳撒尼尔在上铺整理他爸爸的棒球卡，分成好几沓堆放。他喜欢触摸卡片参差的边缘，也喜欢它们的味道。爸爸老是要他小心点玩，说不定有朝一日，这些卡片可以支付他的大学学费，但是纳撒尼尔才不管。现在他就是喜欢摸卡片，瞪着卡片上的滑稽脸孔，想着爸爸曾经也做过同样的动作。

有人敲门，妈咪和帕特里克一起走进来。帕特里克丝毫没有犹豫，一下子就爬到上铺，把六尺二的高大身躯挤进床垫和天花板之间的小小空隙里。纳撒尼尔觉得很好笑。"嗨，竹笋。"帕特里克用拳头敲了敲床铺。"真舒服，我也要买一个。"他坐直身子，假装敲到了脑袋。"你觉得呢？我要不要叫你妈咪也帮我买个这样的床铺？"

纳撒尼尔摇摇头，递了张卡片给帕特里克。"要给我的吗？"帕特里克问道。他念出卡片上的人名，开心地咧嘴笑。"费城人队的迈克·许密特！你老爸知道你这么大方一定会很开心。"他把棒球卡放进口袋，顺手掏出笔记本和一支笔。"纳撒尼尔，我可不可以问你一些问题？"

又是问题，他真是受够了。真的。但是帕特里克费了千辛万苦爬上来。纳撒尼尔点个头表示同意。

帕特里克慢慢地伸手碰孩子的膝盖，速度缓慢，让纳撒尼尔不至于跳起来。这一阵子，任何事都会吓到他。"你能告诉我实话吗？"他轻声地问。

纳撒尼尔又点头，但是这次动作慢了些。

"你爸爸有没有弄痛你？"

纳撒尼尔先看着帕特里克再望向母亲，然后果断地摇头。他觉得胸口似乎有东西打了开来，让他更容易呼吸。

"有没有别人弄痛你？"

点头。

"你知道那个人是谁吗？"

点头。

帕特里克紧盯着纳撒尼尔的双眼，不让他避开视线，无论纳撒尼尔多么想，都躲避不掉。"是男生还是女生？"

纳撒尼尔努力回想，那该怎么说？他望向母亲，但是帕特里克摇摇头，于是他明白了，现在全由他主导。他试着把手举到额头边，轻轻碰一下眉毛，好像自己戴了顶棒球帽。"男生，"他听到母亲的翻译。

"是大人还是小孩？"

纳撒尼尔对他眨眨眼，他还不会这几个字的手语。

"嗯，是像我这么高，还是和你一样小？"

纳撒尼尔的手在两人间来来去去，然后刻意停在两个人中间。

帕特里克忍不住笑了出来。"好，是中等大小，是你认识的人吗？"

点头。

"你能不能告诉我那个人是谁？"

纳撒尼尔觉得整张脸僵硬起来，肌肉不停抽动。他用力闭上眼睛。拜托，拜托，拜托；他心想，让我说。"帕特里克。"妈咪说话了，而且还往前走了一步，但是帕特里克举起手，示意她不要过来。

"纳撒尼尔，如果我带一沓照片——"他指着棒球卡，说，"像这样的照片过来，你能不能把那个人指出来给我看？"

纳撒尼尔伸手拍倒一沓沓的棒球卡，慌乱地想找个地方躲起来。他不识字，不能说话，但是他知道罗利·芬格斯留着一把胡子，艾尔·拉普斯基看起来像一头凶悍的棕熊。印在他脑子里的景象不可能消失，永远都在，再次出现只是时间问题。

纳撒尼尔抬头看着帕特里克，点了点头。这他办得到。

莫尼卡拜访过比这个汽车旅馆简易套房更糟糕的住处，但是相较之下，这里要刺眼得多，她认为这是因为她见识过他真正的住家。凯利伯从锁孔往外看，一认出莫尼卡，立刻拉开门。"纳撒尼尔怎么了？"他问，脸上浮现了真心的恐惧。

"没事，一点也没事。他指出了新的嫌犯。"

"我不懂。"

"这表示你没有嫌疑了，弗罗斯特先生。"莫尼卡平静地说。

疑问像营火般出现在他的脸上。"谁？"凯利伯终于问，这个字听起来犹如死灰。

"我觉得你应该回家去，和你的妻子谈谈这件事。"她说完话，用胳膊夹住皮包，迅速地转身离开。

"等一下，"凯利伯大声喊着，他深吸了一口气，问道，"尼娜……同意吗？"

莫尼卡笑了，眼睛同样出现笑意。"你以为是谁要我来的？"

我要到地方法院去撤销禁制令，而彼得也同意到那里和我碰面。手续只花了十分钟，盖个橡皮章就完成了，从头到尾，法官只问了一个问题："纳撒尼尔还好吗？"

我走到大厅的时候，彼得刚好跑进门。他立刻朝我走过来，把担心全写在脸上。"我尽快赶过来了，"他上气不接下气地说，看着牵住我的纳撒尼尔。

他以为我要请他帮我花言巧语，从麻木不仁的法官身上榨出血来，或是为了我在法律的天平上动手脚。我突然为了自己打电话给他的理由感到十分难为情。

"什么事？"彼得问，"尼娜，你尽管说就是了。"

我把手伸到外套的口袋里。"其实，我只是想喝一杯咖啡，"我承认，"我想要感觉一下，就算是五分钟也好，感觉一切都恢复了原来的样子。"

彼得的目光就像一盏聚光灯，看进我的灵魂深处。"这我也办得到。"他说，然后伸手钩住我的手臂。

　　帕特里克踏进"龙舌兰知更鸟"的时候，吧台已经没有空位，但是酒保看了帕特里克一眼，暗示他吧台尾端有个喝完饮料的生意人正打算离开。帕特里克低落的情绪像是件裹在身上的外套，他跳上高脚凳，向斯蒂劳森打个手势。酒保靠过来，一如往常地为他倒了杯格兰菲迪威士忌。但他随后把整瓶酒交给帕特里克，还在吧台后面放了一个杯子。斯蒂劳森解释："说不定还有别的客人会点。"

　　帕特里克看着酒瓶，再看看酒保。他把车钥匙往柜台上一丢，然后大口喝下酒。卖酒的和喝酒的，双方谁也不占便宜。

　　这时候尼娜应该已经从法庭回到家了，也许凯利伯还来得及回家吃晚餐。说不定他们提早让纳撒尼尔上床睡觉，也说不定他们此刻在黑暗中彼此依偎。

　　帕特里克再次拿起了酒瓶。他进去过他们的卧室，知道里面有张加大的双人床。如果是他娶到尼娜，一定会挑张小小的吊床，让自己尽可能靠近她。

　　他经历过一段为期三年的婚姻，因为他深信如果不想看到坑洞，只需要把洞填平就可以大功告成。在那个时候，他还不明白填补空缺的材料众多，但是实质意义却迥然不同。这让他如今依然空虚。

　　有个金发女郎用力推了他的肩膀一把，帕特里克猛然往前扑去。"你这个变态！"

　　"搞什么东西？"

　　她眯起双眼。她的眼眸是绿色的，睫毛膏已经凝结成块。"你刚刚是不是偷摸我的屁股？"

　　"没有。"

　　她突然笑了出来，挤进帕特里克和坐在他右侧的老男人中间。"呃，那可真糟糕。我还得在你面前来回走多少趟？"

　　她把自己的饮料搁在帕特里克的酒瓶旁边，伸出一只精心涂抹了指甲油的手。他最讨厌的就是上了指甲油的手。"我叫桑妮雅，你呢？"

　　"我真的没兴致。"帕特里克僵硬地一笑，把视线转回吧台。

　　"我可不是随便放弃的人，"桑妮雅说，"你做哪一行的？"

　　"我是葬仪社经理。"

　　"不会吧，真的吗？"

　　帕特里克叹了一口气。"我在侦防队服务。"

　　"不，说真的。"

　　他再次和她面对着面，说："真的。我是警察。"

　　她睁大眼睛："难道这表示我被逮捕了吗？"

　　"难说。你有没有犯法？"

　　桑妮雅上下打量他。"还没。"她伸出指头沾了冒着泡泡的粉红色饮料，然后摸上他的衬衫说，"要不要到我住的地方去把这件湿衣服换下来？"

　　他的脸红了起来，却假装没事。"不用吧。"

　　她把下巴靠在自己的手上。"那，你最好请我喝杯酒。"

　　他本来想拒绝，但犹豫了一下。"好吧，你喝什么？"

　　"高潮。"

　　"那当然，"帕特里克忍住微笑。这实在太简单了，和这个女孩回家，花个保险套和几个小时的睡眠来抒解流动在血液里的欲望。说不定他连名字都不必说出来，就可以和这个女人共度春宵。至少在这短短的几个小时，他可以感觉到有人需要他。至少在这一夜，他是某人的第一选择。

　　只可惜眼前的"某人"不是他的首选。

桑妮雅用指甲轻轻划过帕特里克的颈子。"我去把你的姓名缩写刻在化妆室的门上。"她一边喃喃地说，一边离开。

"你不知道我的缩写是什么。"

"我会编。"她轻轻挥个手，消失在人群当中。

帕特里克招来斯蒂劳森，帮桑妮雅付清第二杯酒账，然后把她的饮料放在杯垫上，任由杯子冒出水珠。接着，他清醒地走出"龙舌兰知更鸟"，面对事实：不必等到任何人动手，尼娜已经早一步毁了他。

纳撒尼尔躺在下铺听我为他读睡前的床边故事。突然间，他弹了起来，飞奔过房间，冲向站在门边的凯利伯。"你回来了。"我平淡地说出明显的事实，但是他没听见，完全迷失在这一刻当中。

我看着这对父子相聚，真想狠狠踢自己一脚。我当初怎么会相信凯利伯是罪魁祸首呢？

房间似乎突然变小，容不下我们三个人。我走了出去，随手关上房门，到楼下清洗放在水槽架上早就洗过的干净餐具，收拾纳撒尼尔丢在地板上的玩具。我走进起居室坐在沙发上，接着又烦躁地起身整理靠枕。

"他睡了。"

凯利伯的声音吓了我一跳。我转过身，双手环抱在胸前。这个姿势会不会显得太过防备？于是我垂下双手。"我……看到你回家，我很高兴。"

"是吗？"

他的脸上没有流露出任何感情。他从暗处向我走过来，停在两尺之外，但我们两人间的这段距离，也可能是整个宇宙之遥。

我熟悉他脸上的每一道纹路。在我们刚结婚时，他因为时常开怀大笑，所以在脸上留下了线条。他离开承包公司自行创业的那几年，忧虑躁烦也曾经留下痕迹。当他专注地凝视纳撒尼尔摇摇晃晃地踏出第一步，开始说话的时候，新的纹路出现在他的脸上。我的喉咙仿佛被螺丝紧紧锁住，所有的歉意只能苦涩地停留在胃中。我们曾经单纯地相信自己百毒不侵，可以蒙着眼睛奔跑在人生蜿蜒的道路上而不致碰撞。"哦，凯利伯，"我带着眼泪，终于说出口，"这些事，根本不应该发生在我们身上。"

他也跟着掉下眼泪，我们彼此攀附，想把痛苦挤压进对方的每寸曲线之间。"他竟然这样做，对我们的宝贝做出这种事。"

凯利伯捧起我的脸。"我们可以渡过难关。我们要帮助纳撒尼尔，让他好起来。"但是这些话听来却像是小动物的哀求。"尼娜，我们三个人一起面对，"他低声说，"我们一起面对。"

"一起面对，"我重复他的话，把嘴唇贴在他的颈子边，"凯利伯，对不起。"

"嘘。"

"真的对不起，不对，我——"

他用亲吻堵住我的嘴。这个出乎我意料之外的动作震住了我，但是我随即拉住他衬衫的领口回吻他。我全心全意地亲吻他，让他尝尽哀伤的滋味。一起。

我们粗暴地扯掉彼此的衣服，拉破了布料。脱落的扣子滚到沙发下，仿佛不为人知的秘密。我们遏止不住心中的愤怒，儿子的遭遇让我们气愤难平，而我们却没办法让时光倒流。这一天，我首度摆脱掉狂暴的情绪，将一切宣泄在凯利伯身上，明白他也有相同的感受。我们抓破了对方的皮肤，又咬又啮，但随后凯利伯轻柔无比地让我躺在地上。当他进入我体内的时候，我们直视对方，两个人都没敢眨眼。

我的身体还记得：这应该要充满爱恋，而不是绝望。

　　我上回和莫尼卡·拉法兰合作的案子称不上成功。她寄了份报告给我，表示葛拉迪太太打了电话给她。当葛拉迪太太帮七岁大的儿子洗完澡，正在帮他擦身体的时候，伊莱拿起印着米老鼠花样的毛巾，模仿起性交的姿势，然后指称他的继父是嫌犯。他们把孩子带到缅因州医疗中心，但是并没有发现生理上的证据。在接下来的日子里，伊莱饱受所谓对立性反抗症之苦。

　　我们在我办公室一间专门用来评估孩童是否具备出庭能力的房间里见面。房间的一边有一片单面镜，里面有张小桌、几把小椅子和一些玩具，墙壁上还漆着彩虹。莫尼卡和我在房间的这一侧，看到伊莱像个小坏蛋一样到处跑，甚至还爬上窗帘。"呃，"我说，"这下有的看了。"

　　葛拉迪太太在房间相连的另一侧，开口制止孩子。"伊莱，静下来。"她虽然这么说，但是伊莱却变本加厉，开始大吼大叫，并且跑得更凶。

　　我转身对莫尼卡说："对立性反抗症究竟是什么？"

　　这位社工人员耸耸肩。"要我说，"她猜，然后指着伊莱，"大概就像这样。只要叫他做什么，他就会做出相反的举动。"

　　我惊讶地问："这真的是精神科的诊断吗？我是说，难道不是所有七岁大的孩子都是这样？"

　　"谁知道呢。"

　　"鉴识有没有采得证据？"我打开杂物袋，拉出折叠整齐的毛巾，上面的米老鼠斜眼看着我。我心想，这双大耳朵加上歪嘴的笑容，这些特色还真让人有点毛骨悚然。

"那天晚上葛拉迪太太帮儿子洗完澡之后，也洗了毛巾。"

"不用说。"

我把毛巾递给莫尼卡，她叹了一口气。"葛拉迪太太打算告上法庭。"

"这由不得她来决定。"但是当伊莱的母亲来到我和负责调查此案的警官身边时，我还是说了一番冠冕堂皇的说词，表示我们应该看看拉法兰女士是不是可以从伊莱身上问出一些信息。

我们透过玻璃看到莫尼卡要伊莱坐下。

"不要。"他说完话，立刻开始绕着圈圈跑。

"我得请你坐在这张椅子上。可不可以请你坐下来？"

伊莱拿起椅子，一把丢到角落里去。莫尼卡表现出过人的耐心，拿回椅子，然后放在自己的椅子旁边。"伊莱，请你在这张椅子上坐一下，然后我们去找你妈咪。"

"我现在就要找妈咪。我不要留在这里。"但是，他坐了下来。

莫尼卡指着彩虹，说："你可不可以告诉我这是什么颜色，伊莱？"

"红色。"

"好棒！这个又是什么颜色呢？"她指着黄色的部分。

伊莱对她翻了个白眼，说："红色。"

"是红色，还是和其他线条不同的颜色？"

"我要找妈咪，"伊莱喊着，"我不要和你说话，你这个大屁股。"

"好，"莫尼卡平静地说，"你想不想去找妈咪？"

"不要，我不要我妈咪。"

莫尼卡继续进行了五分多钟，然后结束访谈。她透过单面镜对我扬扬眉毛，耸了耸肩。葛拉迪太太立刻靠向前，问道："接下来要怎么做？预定出庭的日期吗？"

听到这句话，我深深吸了一口气。"我不能确定你的儿子遭遇了什么事，"我婉转地说，"也许遭受过虐待，他的行为似乎可以作为佐证。我认为你应该评估你丈夫和孩子之间的关系。但尽管如此，我们没办法以刑法起诉这个案子。"

"可是……你刚刚也说了，他可能遭受过虐待。我们还需要什么证据？"

"你看到伊莱现在的状况了。他没有办法走进法庭，坐在证人席上回答问题。"

"如果你多花一点时间——"

"葛拉迪太太，不只是我。他必须面对辩护律师和法官提出来的种种问题，更何况在几尺之外，还有一整个陪审团盯着他看。你比任何人都要清楚伊莱的行为模式，因为你每天都和他接触。但是很不幸的，对无法适应这个司法架构的人来说，司法制度完全帮不上忙。"

葛拉迪太太的脸色苍白。"那么……像这样的案子，你会怎么做？你要怎么去保护像伊莱这样的孩子？"

我转过头去看玻璃的另一侧，伊莱把蜡笔折成两截。"我们帮不上忙。"我只能承认。

我从床上跳了起来，心跳狂乱。原来是梦，那只是个梦罢了。我的心脏怦怦跳，身上覆着一层冷汗，但是我的房子不动如山。

凯利伯躺在床铺的另一边，他面对着我，呼吸十分深沉，脸上有银色的痕迹，他在梦里哭了。我伸手轻碰他的泪水，然后放到嘴里。"我懂。"我轻声地说，醒着度过这一夜。

　　我在黎明时昏昏睡去，醒来正好看到冬季的第一场霜。缅因州很早降霜，一降霜之后，整个景观也会随之改变。白色世界仿佛长了针刺，一脚踏出去可能会震碎一切。

　　我放眼看去，没找到凯利伯和纳撒尼尔。屋子里安静无声，我穿上衣服走下楼时，似乎都能感觉到悸动的静默。冷风从门缝里钻了进来，在我喝咖啡阅读纸条时，紧紧裹住我的脚踝。纸条放在桌上，上面写：我们在谷仓里。

　　我找到他们的时候，这对父子正在搅拌灰泥。呃，应该说是凯利伯动手做，纳撒尼尔则是蹲在工作间的地板上，用砖头的碎屑围圈圈，将躺在水泥地面沉睡的大狗环在圈内。"嗨，"凯利伯抬起头，微笑地说，"我们今天要盖一道砖墙。"

　　"我看到了。纳撒尼尔怎么没戴手套和帽子？外面这么冷——"

　　"我帮他带了。"凯利伯扬起下巴，指着放在左边的蓝色刷毛配件。

　　"嗯，我得出个门。"

　　"去吧。"凯利伯拿着锄头搅拌水泥。

　　但是我不想离开。我知道他们并不需要我留下来。这几年来，我一直是家里主要的经济支柱，但也像是多出来的一分子了。然而在最近，我渐渐熟悉了自己的家，不太想离开。

　　"也许我——"

　　凯利伯低头斥喝纳撒尼尔，打断了我还没说出口的话。"不行！"纳撒尼尔往后缩了，但是凯利伯已经早一步抓住他的手臂，将儿子往后拉。

　　"凯利伯——"

"不可以碰防冻剂，"凯利伯斥责纳撒尼尔，"我说过多少次了？防冻剂有毒，后果很严重。"防冻剂是用来加入泥浆当中搅拌，以免泥浆在这么冷的天气里结冻。凯利伯拿起防冻剂的瓶子，用布盖住纳撒尼尔闯下的祸，怪异的绿色液体已经流向四方，扩散开来。大狗想去舔带着甜味的液体，凯利伯赶开它。"梅森，出去。"

纳撒尼尔站在角落里，眼泪就快流下来了。"过来。"我张开双臂对他说，他立刻飞奔到我怀里，我亲吻他的头顶。"你到房里拿玩具来玩，让爸爸工作，好不好？"

纳撒尼尔跑进屋里，梅森跟在他脚边，两个小家伙都懂得借机开溜。凯利伯不可置信地摇着头说："尼娜，你这样是直接损害我的威严。"

"我没破坏你的权威，我只是……嗯，你看看他，凯利伯，你把他吓坏了。他又不是故意的。"

"这不是重点，重点是我告诉过他，但是他没听。"

"你不觉得他最近已经够可怜了吗？"

凯利伯用毛巾擦擦手。"我知道。那么，假如他不听我特别警告过他的话，不守规则，最后害他心爱的小狗暴毙，他又该怎么面对？"他盖上防冻剂的盖子，把瓶子放到架子上。"我想让纳撒尼尔重新觉得自己和别的孩子一样。如果他在三个星期前做这种事，我绝对会好好修理他一顿。"

我完全摸不着他的逻辑。我忍下心里的话，转身离开，一直到我走进警察局，看见帕特里克趴在桌上睡觉时，我仍然在生凯利伯的气。

我用力甩上他办公室的门，吓得他几乎从椅子上滚下来。接着他缩起身子，用手护住脑袋。"我真乐意看到你们这些公仆尽心尽力拿纳税人的钱，"我尖酸刻薄地说，"嫌犯的特写照片进行到哪个阶段了？"

"我正在做。"帕特里克回答。

"是吗，看得出来你很努力。"

他站起来，对我皱着眉头说："谁惹你了？"

"对不起，不过是些鸡毛蒜皮的家庭琐事罢了。等你找到可以把席辛斯基神父关起来的证据之后，我的修养一定已经恢复到应有的水平。"

帕特里克直视我的双眼。"凯利伯还好吗？"

"很好。"

"听起来不像很好……"

"帕特里克。我来这里，是想要确定事情有进展。任何进展都好，拜托，让我看个成果。"

他点点头，握起我的手臂。我们穿过毕德佛警局几处我从没到过的走廊，最后终于走进一个没比衣柜大多少的密室。密室里没开灯，嗡嗡作响的计算机屏幕闪着绿光，前面坐着一个满脸青春痘的男孩，他手里还抓着一把薯片。"嘿，兄弟。"男孩向帕特里克打招呼。

我也转头看帕特里克。"你开什么玩笑？"

"尼娜，这位是艾密利欧，负责帮我们处理电子影像。他是个计算机天才。"

他越过艾密利欧，敲下键盘上的按钮，屏幕上立刻出现十张照片，其中一张正是席辛斯基神父。

我凑上前去看。我实在没办法从神父的眼神或轻松的笑容中，找出任何蛛丝马迹，让我相信他会犯下这种令人不齿的罪行。在这些照片中，半数以上的人都穿着神职人员的衣服，另外一半的人则穿着本地监狱的连身制服。帕特里克耸耸肩，说："我只找到席辛斯基神父穿教袍的照片，所以我也得让其他人看起来像传教士。这样一来，在纳撒尼尔指证过后，我们才不会有后续的问题。"

看他说话的方式，好像他能确定事情一定会这样发展。为此，我对他深感佩服。我们一边看，艾密利欧一边帮一个满脸横肉的恶棍重叠上教袍的影像。"你有空吗？"帕特里克问道。他看到我点头，于是带我走出这间临时办公室，穿过侧门之后走进庭院。

院子里摆了一张野餐桌，一个篮球架，四周用高高的铁丝网围了起来。"好，"我立刻说，"有什么问题。"

"没问题。"

"如果没问题，你大可在那个黑客小子的面前和我谈。"

帕特里克在野餐桌边的板凳上坐了下来。"是指认的事。"

"我就知道。"

"拜托你先停一下好吗？"帕特里克等我坐下，直视我的双眼。他的一双眼睛和我分享了太多故事。当年还在少棒队的帕特里克投出一颗棒球正中我的脑袋，我一醒来，第一个看到的就是他的双眼。我十六岁那年搭乘高山缆车，对惧高的我而言，这双眼睛无疑是一座堡垒。在我这辈子的大多数时刻里，这双眼睛都会在我无法掌控全局时告诉我：我表现得不错。"尼娜，你要明白，"帕特里克说，"就算纳撒尼尔能够指出席辛斯基神父的照片……这个指证依然很薄弱，五岁大的孩子没办法真正了解在一排人当中指出嫌疑犯的意义。他可能会为了安宁，而选择一张熟悉的面孔，或者随便指个人。"

"你以为我不知道吗？"

"你知道什么样的证据才能确实定罪。我们不能因为你想让案子进行的速度快一点，就引导他指证嫌犯。我想说的是，纳撒尼尔说不定再过一个星期就能开口说话，也说不定明天就可以。他总有一天能亲口说出罪犯的名字，这样的指控才能站得住脚。"

我弯下腰，把头埋入手掌当中。"到了那个时候，我该怎么做？让他出庭做证吗？"

"制度就是这样。"

"当我儿子成了受害者的时候就不是。"我厉声回答。

帕特里克轻碰我的手臂。"尼娜，如果纳撒尼尔不做证指控席辛斯基神父，案子就没办法成立。"他摇头，以为我没有仔细思考过这件事。

然而我这辈子再也没有更笃定的想法了。为了不让我儿子出庭做证，我愿意不计一切代价。"你说的没错，"我告诉帕特里克，"所以我才会指望你让神父认罪。"

看到圣安妮教堂之后，我才发现自己开着车来到这个地方。我把车子停进停车场，下车后没从大门走进教堂，而是蹑手蹑脚地绕到教堂后面。这里是神父的宿舍，与教堂后侧相连。我的球鞋踩在冰霜上留下了脚印，仿佛隐形人的足迹。

如果我站到排水沟突起的边缘上，就可以看进窗内席辛斯基神父的私人寓所。起居室的矮桌上有一杯茶，茶包放在一边，沙发上摊着一本汤姆·克兰西的谍战小说，到处都看得见教区居民送给他的礼物，包括一条手织的羊毛毯，一座木头圣经架，还有一幅画作，看得出是孩子的手笔。这些人全都相信他，显然我不是唯一的笨蛋。

我不知道自己究竟期待些什么。但是当我站在这里的时候，我想起了纳撒尼尔停止说话的前一天，那天，我们全家一起来望弥撒。那天有场欢送会，送餐桌上挂了送别的布条，祝福来访的两位传教士一路顺风。我还记得那天早上的咖啡散发的是榛果的香气，纳撒尼尔想吃撒了粉霜的甜甜圈，但一个也没剩。我也记得自己在和一对几个月没见面的夫妇闲谈时，看到其他孩子跟在席辛斯基神父身后，到楼下去参加每星期一次的说故事时间。"去啊，纳撒尼尔。"我对儿子说。他躲在我身后，紧紧抱着我的腿。我几乎是用推的，才让他加入其他几个小朋友的行列。

是我逼他去的。

我在排水沟边站了一个多小时，才等到神父走回起居室。他坐在沙发上端茶喝，一边看书。他不知道我正盯着他看，没发现我可以偷偷溜进他的生活里，就和他用见不得人的方法溜进我生命中一样。

帕特里克说到做到，他总共拿出了十张照片。每张照片的大小都和棒球卡一样，上面也印着不同的"神父"脸孔。凯利伯检视其中一张。"圣地亚哥恋童癖，"他喃喃地说，"只欠口供了。"

纳撒尼尔和我手牵着手走进房间。"啊哈，"我用轻快的语气说，"看看谁来了。"

帕特里克站起身来。"你好啊，竹笋。记得我前几天告诉你的事吗？"纳撒尼尔点点头。"你今天也愿意和我聊聊天吗？"

从他拖拉着脚步走向沙发的模样，我看得出他已经对照片充满了好奇。帕特里克拍拍身边的椅垫，纳撒尼尔立刻爬了上去。凯利伯和我分别坐在他们两侧的软垫沙发上。我心想：这个场景看起来真是正式。

"我答应过你，所以带这些照片来给你看。"帕特里克从牛皮纸信封袋拿出其他几张照片，一起排列在咖啡桌上，像是准备玩扑克牌。他先看了我一眼，然后望向凯利伯，无声地警告我们：现在由他发挥。"你记不记得你告诉过我，有人伤害了你？"

对。

"然后你说你知道那个人是谁？"

过了好一下子之后，纳撒尼尔才再次点头。

"我要拿几张照片给你看，如果其中有那个伤害你的人，你就指出来。但是，如果你没有在这些照片当中看到那个伤害你的人，你要摇头，好让我知道那个人不在里面。"

帕特里克的措辞非常妥善，用明确又合法的有效说词来让纳撒尼尔指证，却又不至于让纳撒尼尔以为问题一定有正确答案。

虽然说，答案一定就在照片里。

我们盯着纳撒尼尔的眼睛，这双深邃的眼睛轮番看着一张张照片。他把双手垫在大腿下坐着，双脚还踩不到地。

"你明白我要请你做什么事吗，纳撒尼尔？"帕特里克问道。

纳撒尼尔点点头，悄悄地抽出一只手。我希望他做得到，急切的希望隐隐作痛，因为我想让案子能够成立。但是我又为了相同的理由，希望儿子失败。

他的手依次停在每张卡片的上方，仿佛盘旋在溪水上方的蜻蜓，轻快，但偏又不肯停留。他的指头扫过席辛斯基神父的脸孔，然后继续前进到下一张卡片。我想要借由我的眼神呼唤他回头。"帕特里克，"我脱口而出，"问问他，卡片里有没有他认识的人。"

帕特里克不自在地微笑，咬着牙说："尼娜，你知道我不能这样做。"接着，他对纳撒尼尔说，"你看呢，竹笋，有没有看到伤害你的人？"

纳撒尼尔的手指像节拍器一样点来点去，划着席辛斯基神父的卡片。他犹豫了一下，然后移到其他的卡片上。我们全都在等待，想知道他会怎么表示。但接着他拿起一张张照片往上滑，直到剩下两张照片才停下来。他把照片排成一条对角线，他的动作显然经过思考，因为他排出了一个字母：N。

"他碰了那张卡片，对的那张。"我坚持我的说法，"这就算指证了。"

"不能算是。"帕特里克摇摇头。

"纳撒尼尔，再试一次。"我伸手弄乱照片。"把那张照片指出来。"

纳撒尼尔气我毁了他的作品，挥手把半数卡片拍落到地上。他把头埋进双膝中间，不愿意看我。

"你还真懂得帮忙。"帕特里克低声嘀咕。

"我可没看到你帮什么忙！"

"纳撒尼尔。"凯利伯从我面前伸过手去碰儿子的腿。"你做得很好。别听妈妈的话。"

"真贴心，凯利伯。"

"我没这个意思，你也知道。"

我的脸孔一阵燥热。"喔，是这样吗？"

尴尬的帕特里克动手把卡片收进信封里。

"我认为，我们该去别的地方好好谈谈。"凯利伯刻意地说。

纳撒尼尔举起手遮住耳朵，往侧面一倒，躺在沙发靠枕和帕特里克的大腿之间。"好啦，你们看看，你们对他做了什么好事。"我说。

房间里的一团混乱和火焰的颜色一样红，向他团团包围了过来，于是纳撒尼尔只好让自己缩小，才能塞进椅垫的缝隙里。帕特里克的口袋里有个硬硬的东西，他刚好就压在上头。帕特里克的裤子还飘着枫糖浆和十一月的味道。

他的母亲又开始哭，爸爸对她大吼大叫。纳撒尼尔还记得，以前，光是早上起床这件事就够让他们高兴了。但是现在不管他怎么做都不对。

他知道这是真的，事情都是因他而起。现在他和以前不一样，而且又脏，连自己的爸妈都不知道该拿他怎么办。

他希望自己能够再次逗爸妈开心，希望能说出答案。他知道答案一直在他的喉咙里面，就藏在"不能说的秘密"后面。

他的母亲甩手走向壁炉，背对着所有的人。她假装别人都看不到，但是她现在真的哭得很厉害。他的父亲和帕特里克努力不要去看对方，两个人的眼睛像是玩具弹力球一样，在小房间的每一样东西上跳来跳去。

纳撒尼尔听到了自己重新出现的声音，这让他想起母亲的车在去年冬天抛锚。她转动钥匙，引擎隆隆作响，轰隆隆了好久才活了起来。纳撒尼尔现在也有相同的感觉，位置在他的肚子。小小的火花，沙哑的声音，迷你泡泡从他的气管往上蹿。他觉得自己好像哽住了，胸口跟着疼痛。从他口中吐出来的名字薄弱无力，和粥一样稀，和过去几个星期以来偷走他所有话语的吸音板简直有如天差地别。如今这个名字就停在他的舌尖，像颗苦苦的药丸，他实在难以相信这么渺小的东西竟然一度占据了他体内所有的空间。

纳撒尼尔很担心，怕没有人听到他说话，因为愤怒的言语像是风筝一样在房间里飞来飞去。所以他只好跪起来，靠在帕特里克身上，用手圈住这个大个儿的耳朵。接着，他开口说话。

帕特里克可以感觉到纳撒尼尔暖暖的体温依偎在他的左侧。这也难怪，听到凯利伯和尼娜互相指责，连帕特里克自己都觉得无处躲藏，更何况是纳撒尼尔。他伸手环住孩子，"没事，小草儿。"他低声安慰。

但接着他随即发现纳撒尼尔拨开他耳边的头发，一个声音钻进了他的耳朵里。这声音没比吐气声来得大，但是帕特里克已经等待好久了。他轻轻地抱了抱纳撒尼尔，作为鼓励。接着他转头打断凯利伯和尼娜的争论。"那个家伙是……"帕特里克问道，"葛伦神父？"

搜索教堂最理想的时机，不外乎是在弥撒进行当中，就是席辛斯基神父——也就是包括纳撒尼尔在内，所有念不出这个姓氏的孩子们口中的葛伦神父——无法抽身的时候。帕特里克不记得上回自己穿西装打领带去搜索证据是什么时候的事了，但是他这么穿是为了想要混在教友当中。他在早晨九点前，就来到教堂门口排队，还对陌生人微笑打招呼。走进教堂之后，他没有随大伙儿一起沿着中央通道前进，而是走到另一侧的楼梯下方。

帕特里克没有搜查令，但因为教堂是公共场所，所以也没有必要。尽管如此，他仍然静静地穿过走道，不想引人侧目。他经过一间教室，坐在小桌椅旁边的孩子像鱼一样不安分地扭来扭去。如果他是神父，他会把衣物捐赠箱放在哪里？

尼娜把那个星期日的事情告诉过他，他晓得纳撒尼尔在自己衣服下穿着不同的内裤。这也许不代表什么，但是话说回来，这个事件难保没有特殊意义。帕特里克的工作就是要推翻障碍，以便掌握所有的证据，将席辛斯基神父逼入死角。

捐赠箱没放在饮水器旁边，不在厕所里，也没在席辛斯基神父的办公室里。神父的办公室是一间小小的隔间，墙面上摆满了宗教书刊。走廊上有几扇锁住的门，他试着去转动门把，想看看是否能打开。

"需要帮忙吗？"

主日学校的老师站在帕特里克身后，这位女老师看起来就像个母亲。"喔，对不起，"他说，"我不是故意要打断你们的课程。"

他努力施展自己的魅力，但是这个女人似乎听多了无伤大雅的小谎言，也看多了人赃俱获的场面。帕特里克杵在原地继续说："其实是这样的，我有个两岁大的孩子，他在席辛斯基神父讲道的时候尿湿了裤子……有人告诉我，这里有个衣物捐赠箱，对吗？"

老师露出同情的笑容，说："水变成酒总是能吓到他们。"她领着帕特里克走进教室，在十五张小脸孔同时转头过来打量他的同时，交给他一个蓝色的大塑料箱。"我不知道里面有什么东西，但是，祝你好运。"

几分钟之后，帕特里克躲进了锅炉室里，这是让他不至于受到干扰的最近去处。他站在及膝的旧衣服当中，其中有起码三十年历史的洋装，破了洞的鞋，还有学步幼儿穿的雪裤。他找到七件内裤，其中三件粉红色小裤子上印有芭比娃娃的图案。他把其他四件排在地上，掏出口袋里的手机打电话给尼娜。

"裤子长什么样子？"尼娜接了电话之后他问："我是说内裤。"

"为什么有轰隆隆的声音？你在哪里？"

"在圣安妮教堂的锅炉室。"帕特里克低声回答。

"今天？现在？你在开玩笑吧。"

帕特里克不耐烦地用戴了手套的手指翻动内裤。"好，我眼前有一件印着机器人，一件印了卡车，另外两件都是白底蓝条纹。有没有哪件比较像？"

"没有。纳撒尼尔穿的是四角短裤，上面印的是棒球手套。"

他实在无法想象她怎么能记得那么清楚，他连自己今天身上穿什么内裤都说不出来。"这里找不到吻合的裤子，尼娜。"

"一定在那里的。"

"虽然我们不能确定，但如果他真的留下内裤，有可能会放在他的私人住处里，而且会藏起来。"

"拿来当奖杯一样珍藏。"尼娜哀伤的语气让帕特里克心头一痛。

"如果在他那里，我们就申请搜索票去找。"他承诺。然而他并没有说出真心话：光是一条内裤证明不了任何事。这样的证据可以有千百种解释，而且他可能全都听过。

"你有没有和——"

"还没。"

"和他谈过之后，你会打电话给我吧？"

"你说呢？"帕特里克说完，切掉电话，然后弯下腰把散落在地上的衣服塞回塑料箱里。这时他突然发现锅炉后面的角落有个浅色的东西。他缩起高大的身躯，伸手去拿却够不到，于是用在置物柜里找到的火钳去钩角落里的东西。他先钩到了一角，心想可能是张纸，接着伸出手去拉。

棒球手套。百分之百纯棉。品牌童装最小号四角内裤。

他从口袋里拿出棕色的纸袋，戴着手套检视内裤，在裤子偏左后方的位置有一块干掉的污渍。

就在置物柜前方，正好就是席辛斯基神父正在讲道的圣坛下方，帕特里克低下头祈祷。在如此不幸的情况当中，说不定他们终究还是得到幸运之神的眷顾。

凯利伯感觉到一阵咯咯响的震动一路从纳撒尼尔的胸骨往上蹿，仿佛小规模的地震。他把耳朵重重地压在儿子的胸口。纳撒尼尔躺在地上，凯利伯靠在儿子身上，把耳朵凑向孩子的嘴边。"再说一次。"凯利伯要求儿子。

纳撒尼尔的声音依然颤巍巍的，音节连成了一串。他的喉咙必须再次学习如何运用一块块的肌肉将字句送到嘴边。在眼前这个阶段，一切都是崭新的经验，而且是件辛苦的差事。

但是凯利伯实在忍不住，当儿子尝试着用破碎的声音说出"爸爸"的时候，他按了按纳撒尼尔的手。

凯利伯笑了，高兴到整个人几乎裂成两半。他亲耳听到了由儿子肺部传出来的奇迹。凯利伯请求孩子："再说一次。"然后准备聆听。

我还记得一件事。我在屋里翻箱倒柜找我的车钥匙，我已经来不及送纳撒尼尔上学，自己上班也迟到了。纳撒尼尔已经穿好外套和外出的靴子，正等着我。"仔细想！"我大声自言自语，然后转头看纳撒尼尔。"你有没有看到我的钥匙？"

"在那下面。"他说。

"在哪下面（under where）？"

他咯咯发笑。"我只是让你说内裤（underwear）。"

我跟着捧腹大笑，忘了自己在找什么东西。

两个小时后，帕特里克再次步入圣安妮教堂。这次，教堂里没有人，摇曳的烛光投射出光影，尘埃在彩绘玻璃照射进来的光束中舞动。帕特里克没有迟疑，直接下楼走向席辛斯基神父的办公室。办公室的门敞开着，神父坐在书桌后面。好一会儿，帕特里克就这么享受着窥探的乐趣。接着他坚定地敲了两次门。

葛伦·席辛斯基抬起头，微笑地问道："我能为你效劳吗？"

帕特里克心想：希望如此。接着他走进了办公室。

在侦讯室里，帕特里克将一份印有嫌疑人权力的文件推到桌子的另一侧给席辛斯基神父。"这只是一般流程，神父。你并没有遭到羁押，也没被逮捕……但是如果你愿意回答问题，根据法律规定，我必须在开口问话之前，先告知你的权利。"

帕特里克读出米兰达规则之后，神父丝毫没有犹豫，立刻在上面签了名。

"如果能帮助纳撒尼尔，我很乐于尽一己之力。"

席辛斯基自愿协助调查，当帕特里克提起警方必须排除纳撒尼尔身边人士的嫌疑时，神父也同意提供自己的血液样本。帕特里克在医院里看着医生抽血，不禁怀疑这个男人血管当中的病态程度是否和血浆中的血红素一样，可以测量得出来。

这会儿，帕特里克往后靠着椅背，眼睛直视神父。他见过的罪犯不下千名，这些人不是声称自己无辜，就是表示自己不知情。大多数时候，凭着执法人员冷静客观的判断，他可以一眼认出这些人残暴的内心。但是在这一天，这名瘦小的男人坐在他对面，呃，他得压抑下怒火，才不至于在神父说出纳撒尼尔的名字时动手痛殴神父。

"你认识弗罗斯特一家人有多久了，神父？"帕特里克问道。

"啊，我一来教区报到时，就认识他们了。之前，我病了一阵子，因此重新分配教区。弗罗斯特一家人在我报到的一个月之后，就搬到毕德佛来。"他微笑地说，"纳撒尼尔的受洗典礼是我主持的。"

"他们会固定到教堂来吗？"

席辛斯基神父的眼光落到腿上。"没有我期望的频繁，"他承认，"当我没说。"

"你有没有在主日学校教过纳撒尼尔？"

"我没有在主日学校授课，课程由一名家长——珍奈特·费奥雷负责。楼上进行弥撒的时候，她在楼下上课。"神父耸耸肩，说，"但是我爱孩子，也喜欢和小家伙们交流——"

帕特里克心想：我看也是。

"——所以在弥撒结束之后，大人参加团契享用咖啡，我会带孩子到楼下，读故事书给他们听。"他羞涩地笑了。"恐怕，我有点像失意的演员。"

这也不令人惊讶。"你为孩子读故事书的时候，家长都在哪里？"

"大部分家长都留在楼上，享受清静的时光。"

"有没有别人和你一起说故事，还是说，只有你一个人？"

"只有我。主日学校的老师通常会在清理完教室之后，上楼去喝咖啡。说故事时间大约只有十五分钟。"

"有没有孩子会中途离席？"

"只有在上厕所的时候会离开。厕所就在走廊上。"

帕特里克思考了一会儿。他不知道席辛斯基神父要怎么样在其他孩子都在场的时候，让自己和纳撒尼尔独处。也许他会让孩子们自己看书，然后跟着纳撒尼尔到厕所去。"神父，"帕特里克问，"你有没有听说过纳撒尼尔遭受到什么样的侵犯？"

神父犹豫了一下，接着点点头说："有。很不幸，我听说了。"

帕特里克盯着席辛斯基神父的双眼问道："你知道证据显示纳撒尼尔的肛门遭到外物侵入？"他想看神父会不会脸红，或是让急促的呼吸泄了密。他想找的是惊讶、退缩，或是慌乱等表现。

但是席辛斯基神父只是摇头。"愿上帝帮助他。"

"神父,你知不知道纳撒尼尔告诉我们,是你伤害了他?"

帕特里克等待已久的震惊终于出现。"我……我……当然没伤害他。我绝对不可能做这种事。"

帕特里克没有说话。他想让席辛斯基去思考,全世界有多少神职人员因为这项罪名遭到定罪。他想要让席辛斯基明白,是他自己步上了处决的绞架。"啊,"帕特里克说:"那就有趣了。因为我前一天晚上才刚和他说过话,他明确地告诉我是葛伦神父。孩子都这样喊你,对吧,神父?那些……怎么说:你爱的孩子?"

席辛斯基不停地摇头。"不是我。我不知道该怎么说,那孩子一定是迷糊了。"

"嗯,神父,所以我们今天才会请你过来。如果你没有伤害纳撒尼尔,我必须弄清楚他为什么会这样说。"

"那个孩子度过了一段难熬的——"

"你是否曾经将任何东西放进他的肛门里?"

"没有!"

"你有没有看过任何人把异物放进他的肛门里?"

神父深深地吸了一口气。"完全没有。"

"那么依你看,纳撒尼尔为什么会这样说?假如没有,你能不能想出任何让纳撒尼尔以为真的发生这种事情的原因?"帕特里克往前靠。"也许在你和他单独相处的某个时候,你们之间发生了什么事,导致他有这种想法?"

"我从来没有和他单独相处。我们身边还有其他十四个孩子。"

帕特里克用椅子支撑住身子,前后摇晃。"你知不知道我在置物箱后面的锅炉边,找到纳撒尼尔的内裤?我拿去化验,鉴识人员在上面找到精子。"

席辛斯基神父张大了眼睛。"精子？是谁的？"

"是你的吗，神父？"帕特里克静静地问。

"不。"

断然否认。帕特里克没有猜错。"那么，为了你好，我希望你没说错，神父，因为我们会从你血液的DNA中，查证你的说法是否属实。"

席辛斯基的面容扭曲，脸色苍白。"我现在想离开。"

帕特里克摇头。"很抱歉，神父，"他说，"但是我要逮捕你。"

托马斯·拉克瓦虽然听过尼娜·弗罗斯特的名字，但却从来没见过她本人。他记得她起诉过一桩发生在浴缸里的强暴案，尽管所有的证据都被冲掉，但是她还是一举让嫌犯定谳服刑。他担任地方检察官的时间已经长到让他不再怀疑自己的能力，去年，他曾经以同样的罪名让波特兰的一名神父锒铛入狱。但是，他同时也知道这类案件通常很难胜诉。无论如何，他都要好好施展身手。这和尼娜·弗罗斯特或她的儿子无关，他只想让约克郡的检察官看看波特兰的人怎么办事。

铃声才响了一声，她就接起电话。听他自我介绍完毕之后，她这么说："也该是时候了，我真的得和你谈谈。"

"那当然。我们可以在明天早上法院传讯之前先谈一谈，"托马斯开口说，"我只是想先打个电话——"

"他们为什么找上你？"

"你说什么？"

"华莱士为什么觉得你是最出色的起诉检察官人选？"

托马斯吸了一口气。"我在波特兰服务了十五年，起诉过上千起类似案件。"

"所以你现在打电话来，只是做个表面工夫？"

"我没这么说，"托马斯坚持自己的说法，但是脑子里想：她在交叉质询的表现一定很精彩。"我知道明天的事让你很紧张，尼娜。但是传讯嘛，你也清楚是怎么一回事。我们先完成这个步骤，然后才可以坐下来为你儿子的案子好好拟定策略。"

"好。"接着，她冷冷地问，"你知道程序吗？"

她又在挖苦他了。这里是她的地盘，这是她的生活，就两者而言，他都只是个外人。"听着，我可以想象你的心情。我有三个孩子。"

"我从前也觉得自己可以体会，而且以为因此我的工作才做得好。但是，我现在才发现这根本大错特错。"

她没有继续说话，体内的火花似乎已经燃烧殆尽。"尼娜，"托马斯承诺，"我会尽全力起诉这个案件，就像你亲自上场一样。"

"不，"她静静地回答，"要比我更好。"

"我没有拿到自白书。"帕特里克承认。他踏着大步经过尼娜身边，走进厨房。他只想赶快为自己的失败做个了断。所有该骂的话，他都已经责骂过自己了。

"你……"尼娜瞪着他看，沉沉地坐在凳子上。"喔，帕特里克，不会吧。"

痛苦压住了他的双肩，让他也坐了下来。"我试过了，尼娜，但是他就是不露口风，连我说出裤子上沾到了精子，还有纳撒尼尔说出了证词都没有用。"

"怎么样！"凯利伯用轻快的语调刻意打断谈话。"小朋友，冰激凌吃完了吗？"他用锐利的眼神警告妻子和帕特里克，别有用意地歪起头指向纳撒尼尔。帕特里克根本没注意到孩子正坐在桌边吃睡前点心。他只不过看了尼娜一眼，就忘记屋里还有别人。

"嘿，"他说，"这么晚了，你还没睡啊？"

"睡觉时间还没到。"

帕特里克忘了纳撒尼尔原来的声音像什么样子。但现在这个声音依然粗哑，听上去像个满头银发的牛仔，而不是个孩子，但是无论如何，这声音听起来都像是天籁。纳撒尼尔从凳子上一跃而下，伸出细瘦的手臂跑向帕特里克。"你想摸摸我的肌肉吗？"

凯利伯笑了出来。"纳撒尼尔一直在看体育频道转播的铁人三项竞赛。"

帕特里克压压纳撒尼尔瘦弱的二头肌。"哇，有这么结实的手臂，你都可以打倒我，"他严肃地说，接着转头看尼娜，"他很强壮。你看看吧？"

他想要说的是另一种不同的力量，而她也明白。尼娜交叠双臂。"就算他是大力士赫克力斯，帕特里克，对我来说他都是孩子。"

"妈！"纳撒尼尔唉声叹气。

尼娜在儿子的上方无声地说："你有没有逮捕他？"

凯利伯双手按着纳撒尼尔的肩膀，带他走回正在融化的冰激凌旁边。"嘿，你们两个得谈谈，但是这里不是理想的地点。你们何不干脆到外面去？等纳撒尼尔睡了之后，你再告诉我就好了。"

"可是，难道你不想——"

"尼娜，"凯利伯叹口气说，"你能够听得懂帕特里克说的话，但是我得经过说明解释才能了解。干脆就让你来当翻译员好了。"他看着纳撒尼尔吃下最后一口冰激凌。"来，小朋友。我们去看看罗马尼亚选手的颈动脉胀破了没有。"

纳撒尼尔在厨房门口放开父亲的手。他跑向尼娜抱住她的膝盖，动作仿佛是橄榄球员的擒抱。"再见，妈咪，"他面带微笑，酒窝显得更深了，"做个大梦。"

帕特里克想：错得真可爱。假如尼娜办得到，她一定很想把纳撒尼尔这个遭遇当作大梦一场。他看着尼娜亲吻儿子道晚安，当纳撒尼尔朝凯利伯跑去的时候，她低头眨了眨眼睛，让眼眶里的泪水没那么闪烁。"好，"她说，"那我们走吧。"

为了挽救星期日夜晚的惨淡收入，"龙舌兰知更鸟"推出了自助餐卡拉OK之夜，用无限量供应的汉堡大餐来搭配歌声。帕特里克和我一走进酒吧就觉得所有的感官都饱受攻击。吧台上用灯光排列出棕榈树图案，天花板上挂着一只皱纹纸做的鹦鹉，一个妆太浓、裙子太短的女孩正在荼毒电影《情比姊妹深》的主题曲《你是我羽翼下的风》。斯蒂劳森看到我们走进来，咧嘴一笑，说："你们两个从来没有在星期日夜晚出现过。"

帕特里克望着可怜的女侍，她穿着比基尼边发抖边上菜。"现在我们终于知道为什么了。"

斯蒂劳森在我们面前摆了两张纸巾，招呼着："第一杯玛格丽特算我招待。"

"多谢了，但是我们想要一点没那么……"

"高兴的饮料。"我接着把话说完。

斯蒂劳森耸耸肩。"随便啦。"

斯蒂劳森转身为我们准备饮料和汉堡，我感觉到帕特里克盯着我看。他已经准备好了，打算和我谈谈，但是我还没有，就是没有。因为只要话一说出口，即将发生的事便无法改变。

我望着唱歌的女孩，她握住麦克风的样子仿佛手执魔杖。她的歌声实在让人不敢恭维，但是她还是站在这里，荒腔走板地表演这首一开始就不该选的歌。"人们为什么干这些事？"我心不在焉地说。

"为什么有人会做出那种事？"帕特里克拿起杯子，啜了一口饮料之后露出笑容。女孩终于走下临时舞台，可能是唱够了吧，周遭响起零零落落的掌声。"我听说卡拉OK可以帮助一个人发现自我，知道吗，就像瑜伽一样。你走上台，鼓起勇气做之前不敢的事，当一切结束之后，你会因此而成为一个更好的人。"

"是喔，然后让其他听众不得不吞下头痛药，我还不如赤脚过火。喔，这就对了，我不是已经经历过了吗？"我尴尬地发现自己眼眶含泪，为了掩饰，我大口喝下威士忌。"你知道吗，当我对他告解的时候，他提到了原谅。你相信吗，帕特里克，他竟敢对我说出这种话？"

"他什么都不愿意承认，"帕特里克轻柔地回答，"他看着我的样子，好像根本不知道我在说什么。比方我提到内裤和精子的痕迹，他就显得十分震惊。"

"帕特里克，"我抬起眼睛看着他，说，"我该怎么办？"

"如果纳撒尼尔做证——"

"不要。"

"尼娜……"

我摇头。"我不要当那个逼他出庭做证的人。"

"那么，你就等，等到他更坚强一点的时候。"

"面对这种事，他永远不可能足够坚强。难道我要等到他的心智决定抹灭这件事之后，才又让他坐在证人席上重新恢复记忆？告诉我，帕特里克，怎么做对纳撒尼尔才会最有利？"

帕特里克久久没有说话。他和我一样了解整个制度，也知道我是对的。"也许，如果精子检验的结果相符，神父的辩护律师有办法说服他认罪协商。"

"协商，"我重复这个字眼。"纳撒尼尔的童贞换来的是一个协商。"

帕特里克什么都没说，拿起我的酒杯将威士忌递给我。我先尝了一小口，然后不顾喉咙火辣辣的感觉大口喝下烈酒。"这……太可怕了。"我又喘又咳。

"那你为什么要点？"

"因为你每次都点。而且，我今天晚上不想当自己。"

帕特里克笑了。"也许你该喝平常点的白葡萄酒，然后上台唱首歌给大家听。"

操作伴唱机的女人仿佛接到了指示，拿着一本活页簿朝我们走过来。她漂染过的头发垂在脸上，热带风情的印度纱丽下只穿着丝袜。"这对爱情鸟，"她对我们说，"要不要来个男女对唱？"

帕特里克摇头。"我不想。"

"喔，好啦。歌本里有好几首适合你们这种情侣唱的歌，比方说音乐剧《油脂》的《夏夜》，还是说，想不想试试亚伦·纳维尔和琳达·朗丝黛的那首歌？"

不会吧，这不可能是真的。我来这里是想讨论如何将强暴我儿子的罪犯送进监狱，这个女人竟然要我去唱歌。"走开。"我简短地说。

她低头看着我面前原封不动的汉堡。"也许你可以拿礼貌配汉堡吃。"她说完话，就转头走回舞台。

当她离开之后，帕特里克凝重的眼神重重地落在我身上。我问：
"怎么样？"

"没事。"

"显然有事。"

他先深深地吸了一口气，然后呼气。"尼娜，你也许永远无法原
谅席辛斯基，但除非你不再对他心怀怨怼，否则你没办法渡过……没
办法帮助纳撒尼尔渡过这件事。"

我喝光杯里的酒。"我会诅咒他，帕特里克，直到他死亡那天才
可能停止。"

新出场的歌手填补了我和他之间的空间。这个重量级的女人长发
及臀，随着伴唱机播放的旋律扭动分量十足的臀部。

只要一分钟……
就足以让你的生命往前迈进……

"她在舞台上干什么？"我喃喃抱怨。

"是啊……她其实唱得很不错。"

我们的眼神同时离开舞台，四目相望。"尼娜，"帕特里克说，
"你不是唯一一个受到伤害的人。我看到你这样……唉，简直难过得
要命。"他低头看自己的饮料，搅拌一下。"我希望——"

"我也希望。我可以一直希望到地球停止转动为止，然而一切都
不可能改变，帕特里克。"

过去一度是当下……
在记忆褪色之前……

宝贝啊，好人总是最后才退场。

帕特里克的指头缠住我放在桌上的手。他认真地看着我，好像要记住我脸上的每一处细节。接着，他似乎用尽了所有的力量，才转过头去。"事实是，对他这种浑蛋而言，审判根本不该存在。这种人就应该枪毙。"

我们相握的手像是一颗心。帕特里克按了按我的手，我也回以同样的动作。我们唯一需要的沟通，就是两人的脉搏，我的答复。

隔天早上最急迫的议题，是我们该如何安置纳撒尼尔。在这之前，不管是凯利伯或我都完全没有想到这一点，一直到法院出现在我们的面前，我才意识到纳撒尼尔不能在传讯的时候出面，而且，我们也不能将他一个人留下来。我们站在法院的走廊上，他左右手分别牵着凯利伯和我，宛如一道有生命的桥梁。

"我可以陪他坐在大厅里。"凯利伯自告奋勇地提议，但是我立刻否决这个方案。凯利伯低头看着纳撒尼尔。"你有没有秘书，可以帮我们照顾一下纳撒尼尔？"

"这不是我的辖区，"我指出重点，"而且我不会把他交给我不认识的人。"

那当然，这种事绝对不可再犯。尽管到了现在，我们发现，该留意的其实不是陌生人。

就在这个进退两难的时候，一名守护天使现身了。纳撒尼尔先看到她，接着立刻挣脱我们的手。"莫尼卡！"他大声喊出她的名字，莫尼卡将他举到半空中旋转。

"这是我听过最美妙的几个字。"莫尼卡笑着说。

纳撒尼尔也笑了。"我可以说话了。"

"罗比许医生告诉了我。她说，只要你一走进她的办公室，她连说话的机会都没有。"莫尼卡将纳撒尼尔甩到她的另一侧挂在腰边，然后对我们说，"你们还好吗？"

就好像今天有什么不同一样。

"呃，"听莫尼卡说话的方式，好像我们已经回答了她的问题似的。"我们到家事法庭旁边的游戏间去好吗，纳撒尼尔？"她扬了扬眉毛。"还是说，你们对他另有计划？"

"不……没有。"我嗫嚅地说。

"我猜也是。今天早上找人带小孩……这应该不是你们的首要事务。"

凯利伯抚摸纳撒尼尔的一头金发。"要听话。"说完话，他在儿子的脸颊上印下一个吻。

"他一直都很乖。"莫尼卡放下纳撒尼尔让他站好，迈步带他离开。"尼娜，结束后，你知道该上哪里找我们。"

我一直看着他们离开。两个星期之前，我还完全无法忍受莫尼卡·拉法兰，然而现在却接受了她的帮助。"莫尼卡！"我出声喊她的名字，她回过头。"你为什么没有孩子？"

她耸耸肩，带着一抹淡淡的微笑说："到现在也没人和我生。"

我们四目相接，一眼就抹去两人间过去的恩怨。我说："这是他们的损失。"然后露出微笑。

托马斯·拉克瓦比我矮两寸，而且过不了多久就会脑门全秃。这当然都无关紧要，但是在这次的会面当中，我发现自己仍然会忍不住盯着华莱士看，并且百思不得其解：他为什么不能找一个在各方面都完美无瑕，内外都无可挑剔，让陪审团找不出毛病的模范检察官。

"我们把这件事完全交付给汤姆，"我老板说，"你知道我们都会支持你和凯利伯，是你们的后盾，但是我们不想给起诉造成任何问题。如果我们走进法庭，会让人觉得我们仗势欺人。"

"我懂，华莱士，"我说，"我没关系。"

"那好！"华莱士完成他今天的重责大任，站起来说，"我们期待接下来的发展。"

走出去之前，他拍了拍我的肩膀。他离开之后，室内只剩下我们三个人——凯利伯、我，以及托马斯·拉克瓦。托马斯表现出优秀检察官的态度——像我一样——立刻讨论正事。"这个案子太多人关注，所以他们会在午餐过后才传讯他，"汤姆说，"你们进来的时候，有没有看到媒体的阵仗？"

看到？我们简直被围攻了。如果我不知道可以从员工出入口进入法院，我根本不可能把纳撒尼尔带进来。

"我已经和法警说过了。他们会先处理完其他几个案子的嫌犯，再把席辛斯基带进来。"他看看手表，"目前我们的时间安排在一点，所以你们还有些时间。"

我把双手平摊在桌子上。"你不能让我儿子出庭。"我宣布了自己的立场。

"尼娜，你也知道现在只是传讯，顶多盖个戳章就结束了。我们——"

"我是要让你知道，现在就知道。纳撒尼尔不会出庭做证。"

他叹口气，说："我处理这种案子已经十五年了，我们必须看发展来行事。现有证据的情况你比我清楚，而且你肯定比我更清楚纳撒尼尔的进展。但是你同样明白我们还在等待几片拼图，比方说实验室的报告，以及你儿子的复原状况。也许在六个月或一年之后，纳撒尼尔的状况可能更好，到时候出庭做证也许就没那么辛苦。"

"他才五岁。在你十五年的经验当中，有多少五岁大的孩子可以让性侵犯终身监禁？"

一个都没有，而且他也知道。"那么我们就等，"汤姆说，"你知道我们有时间，辩方也需要时间。"

"你不可能永远关着他。"

"我打算提出十五万美元的保释金要求，我不认为教会愿意为他负担这笔钱"。他对我微笑。"他哪里都去不了，尼娜。"

凯利伯的手滑到我的手上，我紧紧握住。刚开始，我以为他是在表达对我的支持，但是他接着却用力回握，紧到让我的指头疼痛。"尼娜，"他的语气轻快，"也许我们现在应该让拉克瓦先生负责处理。"

"这也是我的责任，"我指出重点，"我每天都在让儿童出庭做证，然后眼看他们受伤，接着还要目睹性侵犯拍拍屁股离开。你怎么可能要我在讨论纳撒尼尔的时候忘记这些事？"

"没错，正是因为现在我们说的是纳撒尼尔，对他来说，他今天需要母亲的程度更胜过需要担任检察官的母亲。我们必须按部就班来处理，今天要做的，是把席辛斯基先关起来，"汤姆说，"我们先解决眼前的障碍，再决定后续要怎么进行。"

我低头看着自己的双腿，我早已紧张地揉皱了裙子。"我明白。"

"那好。"

我抬起眼睛，略带微笑地说："面对受害者，当我没办法确定是否可以让加害者定罪的时候，我也和你说过一样的话。"

汤姆果然没有辜负自己的声誉，他点了点头。"你没说错，而且我不打算骗你。我们永远不知道哪些案子会成功，哪些案子的嫌疑人会认罪，哪些孩子会突然改变态度，或是哪些孩子会复原，且有能力在一年后说出最早那天无法表达的证词。"

我站起身来。"但是你自己也说了，汤姆，今天我不应该去想到其他的孩子。今天，我只关心我的儿子。"我在凯利伯还没来得及起身之前，就走到门边。"一点见。"这是一句警告。

凯利伯一直到大厅才追上她，而且还得将她拉到一个记者看不见的小角落。"刚刚是怎么一回事？"

"我在保护纳撒尼尔。"尼娜交叉双臂，挑衅地看他会不会回嘴。

她和平常不同，显得紧张又不安。也许这显露出今天最真实的一面。天晓得，凯利伯自己也觉得不太好。"我们应该把传讯时间往后延的事告诉莫尼卡。"

但是尼娜忙着穿大衣。"你去说，好吗？"她问道。"我得去趟办公室去。"

"现在？"虽然位于亚尔福瑞的高等法院离这里只有十五分钟的路程，但现在可不是时候。

"我得拿个东西给托马斯。"她向他解释。

凯利伯耸耸肩。他目送尼娜走下阶梯。此起彼落的镁光灯仿佛子弹般投射过来，在她跑下阶梯时，定定地落在她的身上。凯利伯看到她挥开苍蝇般地挥开一名记者。

他想追上去，环住她，直到围在她周遭的人墙崩落，所有的痛苦倾泻而出为止。他想要告诉她，有他在，她不必逞强，因为他们两个人可以一起面对。他想带她到楼下明亮的游戏间里，让儿子坐在中间，全家一起坐在铺了字母地砖的地板上。她只要摘掉蒙蔽理智的眼罩，就会看到自己并不孤单。

凯利伯只走到玻璃门前，拉开门，探出头。这时候，她穿过停车场的身影只剩下黑点大小。他还没将她的名字叫出口，突然出现的强光就让他什么都看不见，又是报纸的摄影记者。他退回法院里，想要甩开映在眼中的模糊光影，但是他花了好一段时间才恢复原来的视力。因此，他没能亲眼看见尼娜驾车驶离法院停车场，朝办公室的反方向前去。

我迟到了。

我匆匆忙忙地走进法院大门，绕过在金属探测器前面排队的人。"嗨，麦克！"我上气不接下气地从熟识的法警身后走过，他只是对我点了个头。这个案子的法庭在左边，我拉开门走了进去。

法庭里挤满了记者和摄影师，他们全坐在最后面，活像占据公交车后座的坏孩子。对于缅因州的约克郡而言，这是件大案子。对任何地方而言，都是头条新闻。

我走到前面，帕特里克和凯利伯都坐在前排，他们帮我留了一个走道边的座位。我花了一点时间，压抑下油然而生的欲望，才没有推开栅门，走到检察官的桌边和托马斯·拉克瓦并肩而坐。所谓"通过栅门"的意思就在这里，我们通过了考试，因而得以来到法庭的最前方工作。

我不认识辩护律师，也许他是从波特兰过来的。教会总是有人手来处理这种事。辩护席的右边有一名摄影师，他低着头调整机器，准备开拍。

帕特里克先注意到我。"嘿，"他说，"你还好吗？"

果然不出所料，凯利伯老大不高兴。"你去哪儿了？我一直打——"

他接下来的话被法警打断。"主审法官杰若迈亚·巴特雷法官就位。"

我当然认识这位法官，是他为我签了限制凯利伯的禁制令。他要大家坐下，我试着就座，但是我的身体僵硬得一如纸板，座位完全不合适。我的眼睛看着一切，却同时什么都看不见。

"我们准备好要召开州政府起诉席辛斯基一案的传讯庭了吗？"法官问道。

托马斯利落地站起身来。"是的，庭上。"

辩方桌边的另一名律师跟着起立。"我代表席辛斯基神父，我们也准备好了，庭上。"

这个场景，我见过不下数千次，一名法警往前走向法官席。他这么做，是为了保护法官。毕竟这些被带进法庭的被告都是罪犯，任何事都可能发生。

拘留室的牢门打了开来，法警带着双手铐在身前的神父走出来。我可以感觉到身边的凯利伯似乎忘了如何继续呼吸。我紧紧抓着放在腿上的皮包。

第二名法警领着神父走向辩护席，让他坐在内侧的位置，因为他必须在法官面前站起身来抗辩。他现在离我够近，我可以向他啐口水，我就算低声说话，他也能听见。

我要耐心一点。

我看向法官，然后看着法警。我担心的就是这几个法警，他们站在神父身后，以确定他就座。

退开。退开，退开。

我伸手探进皮包里，略过熟悉的物品，握住落入我手中的重担。

144

法警退开了，这个人渣被告依然有权和律师私下交谈。法庭里出现此起彼落的低语，仿佛嗡嗡作响的小昆虫，但是我并没有真的去注意。

我站起来的那一刻，仿佛纵身跳下悬崖。倏然退开的世界犹如一片模糊的色彩和光影，我倒栽葱般地越落越快。接着我心想：坠落是学飞的第一步。

我跨出两步穿过法庭走道，一瞬间便举起枪对准神父的头颅。我接连击发四枪。

法警抓住我的手臂，但是我不愿放下武器。我不能——除非我知道我已经完成任务。我看到四溅的血水，听到满堂尖叫，接着我继续往前坠落，穿过栅门，来到我应该在的地方。"我射中了吗？他死了吗？"

他们将我压制在地上，我一睁开眼就看到了他。几尺外，倒卧在地的神父已经少了半边脑袋。

我放开手上的枪。

压在我身上的重量看起来十分熟悉，我听到帕特里克在我耳边说："尼娜，住手。不要反抗。"他的声音带我回到真实世界，我看到辩方律师躲到了速记员的桌子底下，媒体记者的闪光灯没有停歇，像极了一片萤火虫。法官按下桌下的警铃，高喊清场。而凯利伯呢，他的脸色苍白，仿佛认不得我是谁。

"谁有手铐？"帕特里克问道。一名法警解下腰带上的手铐递给他，帕特里克将我的双手铐在背后，一把拉起我，将我推向神父刚才走进来的门。帕特里克的身体完全没有退缩，下巴紧紧顶在我的耳边。"尼娜，"他轻声对我说，"你这是做什么？"

不久之前，我曾经站在自己的家里问帕特里克同样的问题。现在，我把他的答案还给他。我说："我做了我该做的事。"然后要我自己相信这句话。

第二部

心生怀疑，便要断然解决。

——莎士比亚，《奥赛罗》

夏令营有蟋蟀的叫声，有时绿到让我眼睛痛。

我很怕到夏令营去，因为那是在户外，而户外会有蜜蜂。蜜蜂会让我肚子痛，光看到一只蜜蜂，我就想快点躲起来。在我的噩梦里，蜜蜂会吸我的血，就像吸蜂蜜一样。

妈咪告诉夏令营辅导员我怕蜜蜂。他们说，这么多年来，没有任何一个小朋友被蜜蜂螫过。

我想，事情总是会有第一次。

有天早上，我的辅导员——这个女生戴了一条流苏花边项链，连游泳的时候都不摘——带我们到树林里健行。她说，我们该围个圈圈说故事了。她搬了一块木头当作长椅，接着又搬开第二块木头，结果到处都有蜜蜂乱飞。

我呆住了。蜜蜂盖住辅导员的脸、手，还有她的肚子。她一边大声尖叫，一边想拍掉蜜蜂。我向她扑过去，动手拍打她的皮肤。虽然我被蜜蜂螫了好几口，但我还是救了她。

夏令营结束的时候，辅导员要颁奖，蓝色缎带上印着大大的黑色字母。我的缎带上写的是：最勇敢的男孩。

我还留着缎带。

四

事后，帕特里克想不明白为什么他知道尼娜最喜欢的数字是十三，她下巴的疤痕来自一次雪橇意外，她连续三年圣诞节都想要鳄鱼当作礼物。然而他不知道在这段期间，她的内心竟然犹如一颗随时会引爆的手榴弹。"我做了我该做的事。"她穿过法庭里血水遍布的湿滑地板，口中喃喃地这么说。

尼娜在他的怀里抖个不停，整个人轻得像朵云。帕特里克头脑混乱。尼娜仍然有种苹果的味道，那是她的洗发精，她依然没办法直行，但是却不着边际地含糊说话，这和帕特里克所熟悉、条理分明的尼娜截然不同。当他们跨进拘留室的门槛时，帕特里克回头望了身后的法庭一眼，他只看到一片嘈杂混乱的地狱。他一向觉得说话的声音听起来就像个吵闹的马戏团，眼前正是如此。辩护律师的西装前襟沾满了脑浆，旁听席的地上有一些散落的纸张和笔记本，有些记者低声啜泣，有些则忙着指挥摄影师录像。凯利伯依然像座雕像般纹风不动，法警巴比通过夹在肩膀上的无线电说："是，发生了枪击，我们需要救护车。"另一名法警罗诺克急忙推着面色如土的巴特雷法官进到法官办公室。法官吼着："清场，法庭清场！"罗诺克则回答："我们不能这么做，法官大人。他们全是证人。"

席辛斯基神父的尸体依然躺在地板上，完全没人理会。

杀掉他是正确的决定，帕特里克来不及阻止自己突然冒出来的念头。但马上又想到：天哪，她究竟做了什么事？

"帕特里克。"尼娜喃喃地喊他。

他没办法直视她。"别和我说话。"老天爷行行好，他必须在尼娜因谋杀受审时出庭做证。不管她对他说什么话，他都必须在证人席上一五一十地说出来。

有个急着抢新闻的摄影记者朝拘留室挤过来，帕特里克稍微移动身子，帮尼娜挡下镜头。他现在的工作是要保护她。他只希望当初有人保护他。

帕特里克推着尼娜进到拘留室里面，好关上门。在这里面等待毕德佛警局派人过来会比较轻松。门关上之前，他看到紧急医疗人员已经来到了法庭，正俯身打算检视尸体。

"他死了吗？"尼娜问，"请你告诉我，帕特里克。我杀死了他，对不对？我开了几枪？我必须这样做，你知道我必须这样做。他死了，对吗？医护人员救不活他了，是吧？他们不能救他。拜托，让他死。你看看他死了吗，我保证我一定会乖乖坐在这里不动。"

"他死了，尼娜。"帕特里克轻声地说。

她闭上眼睛，晃动着身子。"感谢上帝，喔，天哪，感谢主。"她重重地坐在拘留室的铁板凳上。

帕特里克转身背对她。他的同僚已经来到法院。局里的另一名警探伊凡·赵负责指挥封锁犯罪现场，他拉开嗓门，想压下越来越刺耳的哭声和尖叫。警员蹲着采指纹，一边拍照，记录下四溅的血渍，以及当帕特里克压制尼娜夺枪时折断的栏杆。缅因州警的人马也到了，以狂风般的声势卷向法庭的中央走道。有个被带去问话的女记者瞥见了神父残缺的尸体，开始呕吐。场面混乱不堪，宛如一场梦魇。然而帕特里克的眼神没有游移，他宁愿正视现实，也不想去看在他身后哭泣的人。

纳撒尼尔讨厌这个桌上游戏的原因，是参加游戏的人必须用错误的方式旋转转盘，这样一来，玩家的小人偶棋子就会顺着中央长长的滑梯往下滑。如果你用正确的方式，虽然可以爬梯子，但不一定能够成功，大多时候你都是在不知不觉中输得一塌糊涂。

莫尼卡让他赢，但是纳撒尼尔并没有如他想象中一样的高兴。这让他想起有次他从脚踏车上跌下来，下巴严重擦伤。看到他的人都假装没事，其实他知道那些人只想转头不看。

"你要玩吗？还是我得等到你满六岁？"莫尼卡逗着他玩。

纳撒尼尔拨动转盘。四。他把小人棋子往右移四格，果然来到其中一道滑梯的顶端。他停在上面，但是他知道如果自己只移动了三格，莫尼卡也不会说什么。

但是就在他拿不定主意，不知是否该作弊的时候，他的注意力忽然转移到莫尼卡的背后。游戏间的大玻璃窗外有一个警察……不，两个……五个……他们全都跑向走廊。他们看起来和帕特里克在工作的时候一模一样，虽然穿衬衫打领带，可是衣服都皱巴巴的。他们脚上的靴子发亮，佩戴银色的警徽，手放在枪上。有时纳撒尼尔在晚上下楼喝水，爸爸妈妈来不及换台的时候，电视上的警察就是这样。

"走火。"他轻声说。

莫尼卡对着他微笑。"对。但是你下次的运气应该会好一点，纳撒尼尔。"

"不……是开枪走火。"他弯起指头，比画出枪支，正好是美国手语当中的G。"是这个，砰！"

他知道莫尼卡听懂他的话了。她回头看向脚步声的出处，然后瞪大了眼睛。但是她回头的时候面带微笑，封住想从颤抖双唇间冒出来的问题。"轮到你转了，对不对？"莫尼卡问。但是他们两个都知道他才刚刚轮过。

当凯利伯的手脚恢复知觉之后，他的末梢神经仿佛遭受到霜冻，使他的四肢肿胀，几乎不像自己的肢体。他踉跄地往前走，经过尼娜在不久之前才冷血枪杀一个人的地点，穿过那些一拥而上、训练有素的工作人员身边。凯利伯远远地避开席辛斯基神父的尸体。这具尸体倒向一扇门边，凯利伯刚才看见尼娜就是被拉进这扇门内。

天哪，牢房。

一名不认识他的警探拉住他的手。"这不是你随便进的地方。"凯利伯没说话，一把推开警探，接着透过这扇门的小窗看到帕特里克的脸。凯利伯动手敲门，但是帕特里克似乎在考虑是否该开门。

这时候凯利伯才发现，这些人和这些警探全以为他可能是尼娜的共犯。

他突然感到口干舌燥，因此当帕特里克终于拉开一道门缝的时候，他甚至没办法开口要求见自己的妻子。"去接纳撒尼尔，带他回家。"帕特里克冷静地建议，"我再打电话给你，凯利伯。"

对，纳撒尼尔。纳撒尼尔。一想到儿子在事情发生的时候就在楼下，凯利伯的胃不由得痉挛。他以高大男子少有的敏捷，迅速地穿过人群，来到法庭的正后方，也就是走道尽头的门。站在门口戒备的法警看着凯利伯越靠越近。"我儿子在楼下。拜托你，你得让我去找他。"

也许是因为凯利伯神情痛苦，也许是因为他语气哀伤，但不管是哪个原因，这名法警开始动摇。"我发誓我会马上回来。但是我得先确定他没事。"

法警点个头，凯利伯等的就是这个动作。当法警转头看向别处的时候，凯利伯从他的身后溜出去。他三步并作两步，冲下楼梯跑向游戏间。

他在厚玻璃前面站了好一会儿，看儿子玩游戏，想先让自己集中精神。纳撒尼尔看到他，带着笑容跳起来开门，然后投向凯利伯的怀抱。

莫尼卡紧张的脸孔出现在他眼前。"发生了什么事？"她用嘴形无声地问道。

然而凯利伯只是将脸埋入儿子的颈边没有说话，和纳撒尼尔当初无法解释自己的遭遇时一样。

尼娜对帕特里克说过，她曾经站在纳撒尼尔的婴儿床边看他睡觉。简直令人赞叹，她说：毯子下盖着一个纯洁无瑕的孩子。他现在终于懂了。看着尼娜的睡姿，没有人会知道两个小时前发生了什么事，也绝对看不出她平顺的眉毛下藏着什么念头。

难过的人反而是帕特里克。他似乎没办法顺畅地呼吸，每踏出一步，胃部就跟着隐隐作痛。他每次凝视尼娜的脸，都犹豫不决地想：究竟自己宁愿相信她今早完全抓狂……或是她根本没疯。

门一打开，我就完全清醒过来了。我弹坐在床板上，拉平帕特里克拿给我当枕头用的外套。毛料外套有种搔刺的感觉，在我的脸颊上留下了印痕。

有个我不认识的警员探头进来。"队长，"他的语气很正式，"我们需要你的证词。"

没错，帕特里克当然也看到了。

警员的目光仿佛是小虫子般从我身上爬过。帕特里克走向门口的时候，我站了起来，抓住牢房的铁栏。"你可不可以帮我看看他是不是死了？拜托？我一定得知道。一定。我得知道他死了没有。"我的话像是刀刃，直接射到帕特里克的背上，让他慢下了脚步。但是他并没有看我。他迈步准备离开拘留室，先经过另一名警员的身边，然后打开门。

我从门缝里看到帕特里克在过去几个小时里一直不想让我看到的场景。这一定是谋杀案的机动侦查小组，一组州警的侦查人员带来了专门调查谋杀案的器材和操作人员。这些人密密麻麻占据了法庭，正在为证人采指纹、登记姓名和记录证词。有人动了一下，我看到一只灰白色的手摊开在地上，四周有一片绯红色的污渍。我看到摄影师弯腰拍下血迹泼溅的角度。我的心猛抽了一下。我心想：这是我做的，是我。

昆丁·布朗其实一点也不喜欢开车到任何地方，尤其是长途车程，更别提要从奥古斯塔一路开到约克郡。当他开到布蓝斯维克的时候，他非常确定，如果再继续下去，他六尺五寸的身躯，就会被这辆小得离谱的福特双开门跑车永远固定成型。等他到了波特兰，绝对需要复健治疗。但是他是处理谋杀案件的助理州检察长，只要有人召唤，他就得报到。如果有人在毕德佛枪杀了一名神父，那么毕德佛就是他的去处。

尽管如此，当他到达地方法院的时候，用"心情愉快"这几个字还不足以形容他的感觉。根据一般标准而言，昆丁·布朗有些令人生畏——这包括刻意剃光的脑袋、超乎常人的身高，加上更不寻常的肤色。在这个放眼望去皆是白人的州境之内，大多数的人都会以为他是重罪犯或是正在度假的职篮选手。但是，检察官？黑人检察官？套句当地人的话：怎么可能。

其实，缅因州大学的法律学院一直积极招收有色人种，来弥补校园内"色彩"的不足。许多人和昆丁一样来到这里就读，但是，和昆丁不同，留下来的人并不多。他在州法院待了二十年，让不少没有准备的辩护律师感到十分意外。老实说，昆丁颇能享受这种感觉。

他大步走进毕德佛地方法院，一如往常，人群自动为他分开，瞠目结舌地看着他。他走进门口用封锁线围起来的法庭，然后继续穿过走道，穿过栅门。昆丁完全明白身边的人动作全都慢了下来，对话也戛然停止，这时他弯下腰检视死者。"对一个疯女人来说，"他说，"她枪法还挺准。"接着昆丁抬头瞪着把他当成火星人看的警员。"怎么，"他面无表情地说，"你没看过身高六尺五的人吗？"

一名警探走了过来，神气活现地问："有何贵干？"

"我是昆丁·布朗。来自州检察长办公室。"他伸出手。

"我是伊凡·赵。"警探竭尽全力压抑恍然大悟的表情。天哪，昆丁真是爱透了这一刻。

"有多少证人目睹枪击案发生？"

赵警探在本子上计算了一下。"目前有三十六个，但是我们大约还有五十个人等着采录证词。他们说的都一样，而且枪击经过全程被拍摄了下来，因为电视台来为五点钟的新闻拍摄审讯经过。"

"枪在哪里？"

"被巴比抢下来，已经封袋了。"

昆丁点点头。"嫌犯呢？"

"在拘留室里。"

"好。我们准备以谋杀案起诉。"他四处张望了一下，评估调查进度。"她的丈夫呢？"

"我猜，大概是和其他人在一起吧，等待问话。"

"有证据显示他和谋杀有联系吗？他参与了吗？"

赵警探瞥了几名警官一眼，他的几名同僚喃喃地说了些话，然后耸耸肩。"显然我们还没有找他问话。"

"那么，把他带过来，"昆丁说，"我们来问问他。"

赵警探转身对法警说："罗诺克，能不能麻烦你去把凯利伯·弗罗斯特带过来？"

年纪稍长的法警看着昆丁，显得有些畏缩。"嗯，这个，他不在这里。"

"你确定吗？"昆丁慢慢地说。

"他问我能不能去领他儿子，但是保证一定会回来。"

"他说什么？"昆丁的声音只比低语大一点点，然而这句话出自他庞大的身躯，于是变成了威胁。"他妻子谋杀了被控性侵他儿子的男人之后，你还让他走出去？你们是电影里的白痴警察吗？"

"不是，长官，"法警严肃地说，"这是毕德佛地方法院。"

昆丁下巴的肌肉开始抽动。"派人去找这家伙，带他来问话，"他告诉赵警探："我不清楚他知道什么事，不晓得他是否涉案，但是，如果我们必须逮捕他，立刻去做。"

赵警探开始备战。"别把事情推给警方，这是法警的疏失。根本没人告诉我，他人是不是在法庭里。"

性侵他儿子的人正在被传讯，他不在场能去哪？然而昆丁只是深深地吸了一口气。"不管怎么样，我们都得处理开枪射击的人。法官还在吗？我们可不可以请法官审讯嫌犯？"

"法官目前……身体不适。"

"身体不适。"昆丁重复。

"枪击发生之后，他吞了三颗安眠药，目前还没醒过来。"

虽然他们可以请另一位法官来法院，但是时间已经不早了。而昆丁最不乐于见到的，就是因为保释官愚蠢，而放掉这个女人。"控告她。我们拘留她过夜，然后安排在明天早上审讯。"

"过夜？"赵警探问。

"对。我上次看过，约克郡的亚尔福瑞有座监狱。"

警探低头看自己的鞋子，好一会儿之后才说："是没错，但是……呃，你知道她是地方检察官吗？"

他当然知道，在检察长办公室接到要求来进行调查的那一刻就知道了。"我只知道，"昆丁回答，"她是谋杀犯。"

伊凡·赵认识尼娜·弗罗斯特，所有在毕德佛任职的警探或多或少都和她合作过。而且他和警方的每一名同仁一样，一点也不责怪她。该死了，如果换成自己遭遇相同的处境，少说也有半数人希望自己有胆量做同样的事。

他不想做这件事，但是话说回来，由他出马，总比让那个浑球布朗出面去问话来得好。至少他可以保证接下来的程序可以不至于让她觉得太过痛苦。

他支开看守她的警员，自己来到牢房的前面。如果他能做到，他会带她到会议室，帮她倒杯咖啡，让她舒服一点，才比较容易开口。但是法院里没有其他具备安全警戒设备的会议室，所以这次的问话只能隔着铁栏进行。

尼娜的头发披散在脸上，眼眸绿得发亮。她手上有些红色的印子，看起来像是她自己抓的。伊凡摇头，说："尼娜，我真的很遗憾……但是我必须以谋杀席辛斯基神父的罪名起诉你。"

"我杀了他？"她喃喃地问。

"是的。"

她的脸上绽放出笑容，整个人为之改观。"请问我可以看他吗？"她礼貌周到地问，"我保证不会乱碰，但是拜托你，我得看看他。"

"他已经被带走了，尼娜。你没办法看他。"

"但是我杀了他，是吗？"

伊凡重重地吐气。上次他见到尼娜的时候，她正在法庭上为了他的一桩约会强暴案进行辩论。她直接走到坐在证人席上的被告面前，将他修理得体无完肤。尼娜现在就和那名被告模样一样。"你愿意录口供吗，尼娜？"

"不，我不能。我做了我该做的事，没办法继续了。"

他掏出米兰达规则。"我必须宣读你的权利。"

"我做了我该做的事。"

伊凡只好抬高音调盖住她的声音。"你有权利保持缄默，你所说的一切都将当作呈堂证供。你有权……"

"没办法继续了，我做了我该做的事。"尼娜含糊地说。

伊凡终于宣读完尼娜的权利。他将笔穿过栏杆递给她，让她在表格上签名，但是笔从她的指头间掉了下去。她低声说："没办法继续了。"

"别这样，尼娜。"伊凡柔声说。他打开牢门的锁，带她穿过走廊来到警长办公室，然后走到等在外面的警车里。他帮她拉开门，扶她坐进车里。"我们明天才能审讯你，所以我必须带你到监狱里过夜。你会有一间单人牢房，我会要他们好好照顾你，好吗？"

尼娜·弗罗斯特在警车后座像个胎儿般地蜷起了身子，似乎完全没听见。

收押台后面的狱管一边吸吮薄荷圈圈糖，一边要我把自己简化成监狱所需要的信息：姓名、出生日期、身高体重、眼睛颜色，是否对任何东西过敏，是否正在接受用药，以及一般医疗项目。我轻声细语回答这些让我为之着迷的问题。过去，我通常在第二个阶段才会出现在剧本当中，从头参与是一种全新的体验。

一阵薄荷药味直扑我而来，狱管再次敲他的笔。"特征？"他问道。

他指的是胎记、痣，或者是刺青。我有伤疤，我默默地想着，在我的心里。

我还没回答，另一名狱管就已经拉开了我的黑皮包，把里面的东西全倒在桌上。口香糖、三颗沾了毛屑的圈圈糖、一本支票簿，以及我的皮夹。此外，还有几件我作为人母的杂物：纳撒尼尔去年的照片，一个早就没人记得、孩子长牙时咬的橡皮圈圈，一组从墨西哥餐厅拿来的四支装蜡笔。最后，是另外两排子弹。

我突然打了一阵寒战，于是环起双臂。"我没办法。没办法继续了。"我低声嗫嚅，想要蜷起身子。

"还没结束呢。"狱管说。他握着我的指头在印台上滚了滚，接着盖下三组指纹。他把我架起来靠墙壁站好，然后递给我一块牌子。我没有直视他的眼睛，行尸走肉般地听从他的指示进行所有的步骤。他并没有说他会在哪一刻按下闪光灯，现在我才知道，为什么所有罪犯的照片看起来都满脸意外。

我的视力在白光一闪之后渐渐恢复，随后看到一名女警卫站在我的面前。她的两道眉毛连成一线划过前额，体格可比橄榄球后卫。我脚步蹒跚地跟在她身后走进一间没比衣橱大多少的房间，墙边一排排的架子上排满折叠整齐的鲜橘色囚衣。我突然想到康乃迪克州的监狱之所以卖掉所有崭新的深绿色囚衣，就是因为受刑人经常逃进森林里。

警卫递给我一件制服。"脱掉衣服。"她下达命令。

我一定要，我听到她"啪"一声戴上乳胶手套，我心里想：一定要不惜一切，离开这个地方。于是我强迫自己放空心思，当成是电影映毕之后的银幕。我可以感觉到警卫用指头检查我的嘴巴、耳朵、鼻孔、阴道，以及肛门。我心头一惊，突然想到了儿子。

检查完毕之后，警卫拿起我依然沾着神父鲜血的湿衣服，然后装袋。我慢慢地套上囚衣，拉紧腰带，紧到连自己都难以喘气。走回大厅的时候，我左右张望。这些墙壁仿佛在盯着我看。

当我们回到位在监狱最前方的收押室之后，女警卫把我带到一座电话前面。"去吧，"她指示，"去打你的电话。"

我有宪法保障的权利，可以私下打一通电话，但是我仍然可以感觉到落在我身上的目光。我拿起话筒把玩，敲打长长的手柄。

无论他们听到我说了什么话，在听证会上都不会承认。我曾经想让几个狱管出庭做证，但是他们一概拒绝，因为他们最后仍然得回到监狱，每天看守受刑人。

有史以来的第一次，我发现这个状况对我有利。

我看了离我最近的狱管一眼，慢慢开始演戏。我拨打电话，等待与外界连上线。"喂？"凯利伯回答。这是所有语言中最美丽的字眼。

"纳撒尼尔还好吗？"

"尼娜。老天爷啊，你究竟在做什么？"

"纳撒尼尔还好吗？"我重复相同的问题。

"你觉得他会怎么样？他母亲刚因为杀人被捕！"

我闭上双眼。"凯利伯，你得听我说。我见到你之后会再解释。你和警方谈过了吗？"

"还没有——"

"别说。我现在在监狱里，会在这里过夜，明天才会传讯。"我的眼泪开始涌了上来。"我要你打电话给费舍尔·卡灵顿。"

"谁？"

"他是一名辩护律师，而且是唯一能让我脱身的人。不管你得怎么做，反正就是找他来替我辩护就对了。"

"我要怎么告诉纳撒尼尔？"

我深吸了一口气。"说我很好，明天就会回家。"

凯利伯很生气，他虽然没说话，但是我还是听得出来。"你这样做，这样对我们，我还应该帮你吗？"

"如果你以后还想过有我们的生活，"我说，"你最好去找他。"

凯利伯挂断电话之后，我依然将话筒靠在耳边，假装他还在在线。接着我挂上电话，转身看那名等着带我到牢房去的狱管。"我必须这样做，"我解释，"他不懂。我没办法让他了解。换成你，你也会这样做，对不对？如果受害的是你的孩子，难道你不会做相同的事？"我的眼睛瞥向右边，目光却没有焦点。我啃咬指甲，咬到皮肉出血。

我刻意表现出疯狂的举动，因为我就是要他们看见。

我发现自己被带进了单人牢房，这丝毫没让我惊讶。首先，新入狱的囚犯总是会有人监督，以防受刑人自杀。再者，这里的女囚有半数都是我关进来的。狱管离开后，随手"砰"一声关上门，这个空间便成了我的新世界：六尺长八尺宽，金属床上放了块肮脏的床垫，另外还有个厕所。

警卫转身离开，我首度让自己在今天松开揪紧的心。我杀了人。我直接走向他撒谎的脸孔旁连开四枪。我的记忆像是零碎的片段：我按下扳机踏上不归路，枪声隆隆作响，我的双手可以感受到手枪击发之后的后坐力，虽然太迟，但枪支似乎也想要停止。

他温热的血水泼溅到我的衬衫。

喔，天哪，我杀了一个人。我有冠冕堂皇的理由，我是为了纳撒尼尔才这么做，但是，我杀了人。

我无法遏制地颤抖，这时候，我的失控完全不是假意的表演。在可能会对我做出不利证词的证人面前刻意表现疯狂是一回事，发现自己有能力杀人则又完全不同。席辛斯基神父不可能再次主持教堂的星期日弥撒，不可能在睡前享用热茶，不可能晚祷。死在我手中的神父没有得到临终仪式和祷告，我会跟在他身后一起下地狱。

我屈起双膝，把下巴埋在中间。在暖气过强的监狱当中，我冻到了极点。

"你还好吗？"

有个声音从走廊对面另一个单人拘禁室里传了出来。黑暗中，有个不知名的女人正在凝视我。我感觉到脸上一阵燥热，抬头看见一个黑皮肤的女人。她将囚衣绑在肚脐上方，脚趾甲漆成了橘色，刚好搭配制服。

"我叫亚德莲，最擅长聆听了。我没什么机会和人说话。"

她以为我会踏进她设下的陷阱吗？监狱里除了喊冤的就是给警

方传递信息的线人，这两种人我都见识过。我本来打算开口说自己知情，但再仔细一想，才发现自己错了。从一双长腿、布满皱纹的腹部和手背上的青筋看来，亚德莲根本不是个女人。

"我不会把你的秘密说出去。"这个有变装癖的男人说话了。

我直视她——他——壮观的胸脯说："有纸巾吗？"我平淡地问。

好一下子，两人之间只有一片沉默。"你是在打岔。"亚德莲回应。

我再次移开目光。"是，我不打算和你说话。"

从我们的上方传来熄灯的广播。但是，监狱里永远不可能是漆黑的。这里是一片无尽的暮色，这个时间沼泽生物出洞，蟋蟀占领大地。我在昏暗的光线下看到亚德莲光滑的皮肤，在牢房的栏杆之间的夜色中，她的肤色看来没那么暗。"你做了什么事？"亚德莲问道。她的问题十分明确。

"你呢，你做了什么事？"

"毒品，宝贝，还不就是毒品嘛。但是我打算戒掉，真的。"

"贩毒？那狱方为什么把你关在单人牢房里？"

亚德莲耸耸肩。"这个啊，我不属于男孩子那边，知道吗，他们老是想揍我。我想关在女监，但是他们不肯，因为我还没动手术。我一直都按时服药，但是他们说我下面一天没切，我就还是个男人。"她叹口气，"老实说啊，宝贝，他们还真不知道该拿我怎么办。"

我瞪着用煤渣砖砌起来的墙壁，看着天花板上的安全灯，瞄向我致命的双手。"他们也不知道该拿我怎么办。"我说了。

州检察长办公室安排昆丁住进长住型的公寓酒店里，房间里除了简易厨房、有线电视之外，还有闻起来满是猫膻的地毯。"谢谢你。"他冷冷地说，递给充当门童的打工少年一块钱。"这地方简直像宫殿一样。"

"随便。"孩子回答。

让昆丁大感讶异的是，青少年似乎是唯一不会在看见昆丁之后有意外反应的族群。不过话说回来，他有时候觉得就算有一群野马擦过这些人穿着球鞋的脚边狂奔而去，他们恐怕也不会多看两眼。

他实在搞不懂这些青少年，不管是一群还是单个。

昆丁拉开冰箱，一股诡异的味道窜了出来，直扑软塌塌的床垫上。哎，他就算住进五星级的丽池卡登酒店都能挑出毛病，毕德佛这个小地方不让他心浮气躁才怪。

他叹口气，拿起车钥匙，开车离开旅馆。还是早点解决吧。他漫无目的地开着车。当然啦，他知道她会在。这些日子以来，支票的收件地址一直没变。

他惊讶地发现车道上有座篮筐。不知怎么着，历经了去年那场风波，他现在只希望基甸恩的新嗜好没那么让检察官尴尬。车库里停了一辆破旧的五十铃越野休旅车，车门边的脚踏板已经锈蚀不堪。昆丁深吸一口气，站直身子，然后伸出手敲门。

谭雅打开门，昆丁觉得自己的胸口仿佛遭到重击。这女人一身皮肤的颜色如同威士忌酒，加上巧克力色的眼睛，整个人就像一道等待品尝的甜点。但是昆丁提醒自己：就算是顶级的松露巧克力，内馅儿依然有可能苦口。他发现，当她看到他的时候，也往后退了几步，这让他心里好过了些。"昆丁·布朗，"谭雅摇摇头，喃喃地说，"我怎么会有这种荣幸？"

"我来这里处理案子，"他说，"要待上多久还不确定。"他想要偷瞥她的背后，想知道她的家里面会是什么样子。"觉得最好是来一趟，因为这阵子，你可能会在附近听人提到我的名字。”

"应该还有其他四个字也会出现。”谭雅低声嘀咕。

"我没听懂。”

她微微一笑，让他完全忘了两人正在聊些什么。“基甸恩在吗？”

"不在。”她的回答太迅速。

"我不相信你。”

"我也不喜欢你，所以啦，你应该把可怜兮兮的身子塞回那辆小车里，然后——”

"妈？”基甸恩的声音比人早出现，他突然来到母亲身后。虽然他刚满十六岁，但几乎和昆丁一样高。当他看见站在门口的人，黝黑的脸庞凑得更近了些。“基甸恩，”昆丁说，“我们又见面了。”

"你是来带我回戒治中心的吗？”他嗤之以鼻地说，“我不需要你帮忙。”

昆丁知道自己握起了拳头。“我帮过你。我不顾办公室的压力，费尽心思通过和一名法官的私人关系，才让你不必进青少年感化中心。”

"所以，我就该向你道谢吗？”基甸恩大笑。“就像我每天晚上跪下来感谢有你这个父亲一样？”

"基甸恩！”谭雅斥责他，但是他挤过她的身边。

"晚点再说吧。”他用力推了昆丁一把，像是个警告，然后走下阶梯，坐进了休旅车里面。没多久，车子便呼啸地冲到街上。

"他没有再犯吧？”昆丁问道。

"你是关心他才这么问，还是因为你不想为了这件事再次玷污你的事业？”

"你这样说就不公平了，谭雅——"

"人生本来就不公平，昆丁。"在这短短的一瞬间，她的眼角浮现了一抹悲哀的神情，宛如希望的种子。"不是吗？"

昆丁还来不及回答，她便关上了门。一会儿之后，昆丁小心地倒车退出车道。足足开了五分钟之后，他才发现自己完全不知道车子正朝哪个方向前进。

凯利伯侧躺着，所以看得见天空。弦月纤细如丝，说不定在他眨个眼之后就会消失无踪，但是今晚，天边却挂满了繁星。他注意到有颗星星特别闪亮。那颗星星离地球大概有五十或一百光年之远吧。凯利伯盯着这颗星星看，其实他看到的是过去的历史。百代万世以前的一场爆炸花了这么久的时间，才出现在他的眼前。

他转个身躺正。假如他们也能这样就好了。

这些日子以来，他一直认为尼娜病了，她需要协助，就和那些被病毒感染或断了腿的人一样。如果她的心理出现任何状况，凯利伯会最先知道，因为当他想到纳撒尼尔的遭遇时，自己也曾经面临崩溃的边缘。但是尼娜打电话回家的时候，显得十分理性冷静，并且有所坚持。这表示她一开始就打算要杀害席辛斯基神父。

凯利伯对杀人和这件事都不觉得震惊。每个人的内在都有无限宽广的空间来保留种种情绪，例如爱、喜悦，以及决心。但如果负面的情绪同样强烈，就有可能挤进这些空间然后全盘占领，这是理所当然的结果。让他惊讶的是她的方式和想法：她认为自己是为了纳撒尼尔而做出这件事。

这件事彻头彻尾都只与尼娜有关。

凯利伯合上眼睛不想再看那颗星星，但是星星似乎仍然映在他的眼皮上。他想要回忆尼娜说出自己怀孕的那一刻。"这原本不可能发生的，"她对他说，"就是这样，我们才永远不会忘记。"

毛毯和床单下传来一阵窸窣声响，接着凯利伯感觉到一股暖意贴到他的身边。他转过身，希望——并且祈祷——这不过是一场梦，当他醒过来的时候，尼娜已经安安稳稳地躺在他的身边睡觉。但是，躺到她枕头上的是纳撒尼尔，儿子的眼眶里还泛着泪光。"我想要妈咪回家。"他低声说。

凯利伯想起尼娜怀着纳撒尼尔的样子，她的脸色亮得一如星星。也许这抹光芒在许久之前就已经褪了色，经过数个光年的漫长旅途才来到他的面前。他转身对儿子说："我也想要。"

费舍尔·卡灵顿背对会议室的门，站着看向外面的运动场。当狱管走出会议室并且随手带上门，留下他一个人之后，他才缓缓转身。他的样子和我们上次在瑞秋听证会上见面时没有两样，依然穿着阿玛尼西装搭配马格利皮鞋，浓密的银发往后梳，凸显出一双充满感情的蓝眼睛。这双眼睛先看了我过大的囚衣一眼，然后立刻回到我的脸上。"嗯，"他严肃地说，"没想到会在这里和你说话。"

我走向椅子，重重地坐了下去。"你知道吗，费舍尔？天下事无奇不有。"

我们互相打量，想调适角色的变换。他不再是敌人，而是我唯一的希望。接下来将由他主导，我只能配合演出。一切将以专业态度处理：他不会问我做了什么事，而我也不会告诉他。

"你得把我弄回家，费舍尔。我想要在儿子吃午饭之前到家。"

费舍尔仅仅点了个头。他不是第一次听到这种话，而在一切都成了定局之后，我想要如何已经不再是重点。他说："你知道检方会要求召开汉尼许特别听证会。"

我当然知道，如果由我负责起诉，我也会这么做。在缅因州，如果州政府能够提出谋杀案的充分证据，那么被告有可能遭到羁押，并且不得交保，一直在监狱里关到审判出庭为止。

时间可能长达好几个月。

"尼娜，"这是费舍尔第一次没有以检察官来称呼我，"听我说。"

但是我不想听他说，我要他听我说。经过一番努力自制，我才抬起一张面无表情的脸看着他。"接下来会怎么样，费舍尔？"

他可以看透我的心思，然而费舍尔·卡灵顿是个绅士，所以他和我一样刻意佯装。他露出微笑，仿佛我们是多年老友。"接下来，"他回答，"我们要出庭。"

帕特里克站在最后面，他的前方是一群蜂拥而来的记者，这些人为了冷血枪杀神父的检察官而来，打算拍下审讯的过程。这个题材简直可以拍成电视剧或写成小说，也可以当作同事之间在茶水间闲聊的话题。事实上，帕特里克一直在收看几个电视台的评论。记者的毒舌不时说到"报应"和"报复"这类字眼，有时候却连尼娜的名字都未曾提起。

那些人谈到子弹射击的角度，说到她得跨多少步才能来到神父身边，还整理出历年涉嫌性侵儿童的神职人员资料。他们完全没提到尼娜为了摆平儿子的好奇心，费尽心思去探究正铲挖土车和平土机的差别，也没报道在监狱点收的皮包里面有一辆火柴盒小汽车，还有一枚夜光蜘蛛造型戒指。

他们不认识她，帕特里克心想，所以他们没办法了解。

他的前方有个一头金发的女记者即席采访一名生理学家，摄影师一边拍，她一边活力十足地点头赞同。"杏仁核以神经传导的路径将情绪传达至海马回，"生理学家表示，"将一波波的电流刺激发放到终纹，引发愤怒的情绪。当然，我们另外还要考虑到外在的环境因素，但是如果没有初始模式……"

帕特里克对这段对话充耳不闻。旁听席上突然出现一片骚动，大家纷纷就座，摄像机的灯光亮了起来。帕特里克留在法庭的最后方，背抵墙站着。虽然他自己也不知道确切的原因何在，但是他不想让别人认出他来。是因为愧于见证了尼娜的憾事？还是担心她看到他脸上的表情？

他实在不该来的。帕特里克心里正这么想，就看到拘留室的门打了开来，两名法警带着尼娜出现。她看起来既弱小又害怕，他想起昨天下午，当他推着她离开一团混乱的场面时，她背抵着他的前胸，止不住颤抖。

尼娜闭上眼睛往前走，脸上的表情和她十一岁那年刚坐上滑雪缆车时一模一样，当时帕特里克担心她会昏倒，不得不想尽办法说服缆车操作员放她下去。

他实在不应该来，但是帕特里克知道自己没办法置身事外。

昨天，我在法庭谋杀了一个人，今天，我在同一个法庭受审。法警把手放在我的肩膀上，护着我穿过一扇门。我双手铐在背后，踏上昨天神父走过的路。如果我仔细看，可能可以看到他的脚印依然白热发亮。

我们经过检察官的桌边。今天的记者有昨天的五倍之多，甚至还有好些来自NBC和CNN的熟面孔。你们知道吗？电视台摄像机发出来的声音很一致，听起来很像蝉鸣。我看向旁听席，想找凯利伯，但是费舍尔·卡灵顿的身后只有一排空荡荡的座椅。

我身穿囚衣，脚踏低跟鞋。监狱不提供鞋子，所以只能穿着被押时穿的同一双鞋。昨天我还是个职业妇女，到了今天，我却有一种恍如隔世的感觉。我的鞋子勾到垫子上的毛球，我绊了一下，然后低头往下看。

我们正好来到神父昨天倒地丧命的位置。我猜，清洁人员应该是没办法完全刷掉地板上的血迹，于是用一小块垫子遮住痕迹。

突然间，我一步也没办法继续走。

法警施力握住我的手臂，拉我走过垫子，来到费舍尔·卡灵顿身边。我恢复了神志。神父昨天也坐在同一个位子上，而我走上前来对他开枪。座位是暖的，也许是因为法庭天花板的灯光直射，也许是逝去的灵魂还来不及离开。法警离开我身边的瞬间，我感觉到一股冷风扫到我的脖子，我猛然转身，以为后面有人拿枪等着我。

没有子弹，也没有枪杀。我身后只有所有旁听人士犹如强酸般炽热的目光。为了满足这些人，我开始啃咬自己的指甲，在座位上不停扭动身子。紧张的表现很容易被人当成疯狂。

"凯利伯呢？"我低声问费舍尔。

"我完全不知道，但是他今天早上带了授权状到过我的办公室。抬起头来。"我还没回答，法官就敲下了议事槌。

我不认识这名法官，他应该是从刘易斯顿调过来的。我也不认识坐在检方席位——我的老位子——的助理检察长。他个头高大、秃头，看起来令人胆战心惊。他看了我一眼，但目光没有多作停留，我知道他已经将我打入邪恶势力的一方。

其实我现在最想做的事，是走向这位检察官，然后拉拉他的袖子。不要评断我，我想说，除非你先从这个角度观察。不要以为自己多么坚强，没有弱点，这些弱点的确微不足道，好比沉睡婴儿的睫毛，或孩童的小小手掌。生命无常，一个人对善恶的观点也是一样。

"州政府准备好了吗？"法官问道。

助理检察长点点头。"是的，法官大人。"

"被告律师准备进行了吗？"

"是的，庭上。"费舍尔说。

"被告请上前。"

一开始，我没站起来。我不是存心抗拒，而是因为我不习惯在审讯庭的这个节骨眼儿上起立。法警一把将我从椅子上拉起来，过程当中一直没松开手。

费舍尔·卡灵顿还坐着，这让我全身发冷，这是他侮辱我的大好机会。如果被告起立，而律师依然坐在位子上，明眼人一看，就知道律师对客户的处境毫不关心。当我抬起下巴转过头去的时候，问题解决了，费舍尔终于慢慢起身。他站在我的右侧，像座碉堡一样值得信赖。他转头，扬起一道眉毛看着我，似乎在质疑我的信心。

"请说出你的名字。"

我吸了一口气。"尼娜·莫里耶·弗罗斯特。"

"书记官，请为我们宣读诉状好吗？"法官说。

"缅因州政府控诉尼娜·莫里耶·弗罗斯特于二〇〇一年十月三十日，在缅因州约克郡毕德佛谋杀葛伦·席辛斯基。被告是否认罪？"

费舍尔伸手抚平领带。"我们要提出无罪答辩，法官。另外，我要告知法庭和州政府，我们的答辩理由是精神失常。"

法官听到这番话，丝毫不显得惊讶。虽然费舍尔和我并没有事先讨论是否以丧失心智来答辩，但是我也同样不觉得讶异。"布朗先生，"法官问，"你打算在什么时候安排汉尼许听证会？"

这也是意料当中的问题。过去我视"州政府控诉汉尼许"一案为天赐恩典。由于这案子的影响，检方可以短期监禁重罪犯，让我有足够的时间做好准备，以便将他们终身监禁。毕竟，有谁会希望一个犯下谋杀罪的人大摇大摆地走在街上？

不过话说回来，过去我从来不是被告。

昆丁·布朗看着我，然后回头面对法官。他深色的眼睛一如黑曜石，完全没有透露任何信息。"法官大人，由于本案的严重性以及在法庭公然犯案的大胆程度，检方要提出美元五十万的保释金要求，并且被告必须提出连带保证人。"

法官惊愕地看着他眨了眨眼，费舍尔也转过头看他。我也想瞪他，但是我不能，因为这无异对他承认我明白这份意外馈赠的意义。"我有没有听错，布朗先生？你是说检方打算放弃召开汉尼许听证会的权利？"法官想要问得更清楚，"你打算让被告保释，而不是反对？"

布朗僵硬地点头。"请允许我们上前说明好吗？"

他往前靠近一步，费舍尔也如法炮制。我积习难改，也跟着往前走，但是站在我身后的法警拉住我的手臂。

法官用手盖住麦克风，不让其他人听见这段对话，我虽然站在几尺之外，但仍然听得到。"布朗先生，我知道你手上的证据相当有力。"

"法官，老实说，我不知道她是否能够成功地用丧失心智的理由抗辩，但是，我不能要求法庭拒绝她保释。她担任检察官已经十年了，我不认为她会逃亡，我也不觉得她会对社会造成危害。法官大人，我和我的长官以及她的上司讨论过这件事，我想请求您不要给媒体大做文章的机会。"

费舍尔立刻展现出感激的笑容。"法官大人，我想让布朗先生明白，我的客户和我都很感谢他的体贴。对每个相关的人来说，这件案子都很棘手。"

我高兴得想跳舞。略过汉尼许听证会等同小小的奇迹。"检方要求五十万美元的保释金。卡灵顿先生，被告对于这点有什么意见吗？"法官问道。

"法官大人，被告是缅因州的永久居民，还有个年幼的儿子。被告会乐意交出护照，并保证不离开州境。"

法官点点头。"有鉴于被告长期担任检察官，我必须限制她不得与约克郡地方检察官办公室的所有现职员工交谈，来作为保释的附带条件之一，这是为了确认她无法接触相关信息。"

"没问题，庭上。"费舍尔为我回答。

昆丁·布朗在这时候插嘴。"除了保释之外，庭上，我们还要一项特殊要求，请求精神科专家进行评估。"

"这我们也没问题，"费舍尔回答，"辩方想提出自己的精神评估，由私人医生来进行。"

"检方对于是否由检方或私人委任的医生来进行评估有没有意见，布朗先生？"法官问道。

"我们希望由州政府指派医生。"

"好。我也将这点纳入保释条件当中。"法官在档案上写了些数据，"但是我不认为让她留在州境内需要五十万美元。我要将保释金设定在十万美元，外加保证人。"

接下来的程序宛如一阵旋风，有人拉着我的手臂将我推往拘留室的方向，费舍尔的脸孔出现在我面前，告诉我他会负责打电话给凯利伯，记者冲向走道，急着到大厅打电话给公司。我和一个骨瘦如柴、腰带松松垮垮挂在身上的副警长待在一起。他将我锁进牢房，然后立刻埋头读他的运动杂志。

我马上就要出去了。我会回家和纳撒尼尔一起吃午饭，就像我昨天告诉费舍尔·卡灵顿的一样。

我紧紧环住屈在胸前的膝盖，开始哭泣，让自己相信我有可能度过这一关。

事情第一次发生的那天，他们正好学到了诺亚方舟。费奥雷太太告诉纳撒尼尔和其他学生，说那是一艘大船，大到装得下全部的小朋友，还有他们的家长和宠物。她给孩子们发蜡笔和纸片，让他们画出自己最喜欢的动物。"看看我们会看到什么动物，"她说，"然后在葛伦神父说故事之前，全都拿给他看。"

那天，纳撒尼尔坐在爱玫丽雅·安德伍的旁边，这个女孩闻起来老是像意大利面酱和卡在浴缸出水口的杂屑。"大象有没有上船呢？"她问道。费奥雷太太点头回答："所有动物都上去了。"

"浣熊呢？"

"也有。"

"独角鲸呢？"问话的是奥伦·惠福德。在纳撒尼尔还不认得几个字母的时候，奥伦就已经可以看儿童读本了。

"有啊。"

"蟑螂呢？"

"很不幸，蟑螂也上去了。"费奥雷太太说。

菲尔·费伯特举手说话："圣羚羊呢？"

费奥雷太太皱起眉头。"是'圣灵',菲利浦,这完全不同。"但接着她考虑了一下,"不过,我想应该也有吧。"

纳撒尼尔举起手。老师对他露出微笑:"你想到什么动物?"

然而他想的根本不是动物。"我想去尿尿。"他说完话,其他孩子都笑了出来。他的脸开始燥热,拿起费奥雷太太递给他的放行小木块之后就冲出教室。洗手间在走廊的另一边,纳撒尼尔在厕所里逗留了许久。他冲了好几次马桶,只为了听冲水的声音,搓洗双手,让洗手槽里的肥皂泡浮得像座小山。

他不急着回去。首先,大家一定都还在笑他,接着呢,是因为爱玫丽雅·安德伍的味道比厕所便斗里的除臭剂还要臭。于是他继续在走廊上闲逛,来到葛伦神父的办公室。办公室的门通常都是锁上的,但是现在却开了一条缝,刚好让纳撒尼尔的小身躯可以溜得进去。他一点也没有犹豫,直接滑进门里。

办公室里有柠檬的香气,味道和教堂大厅一样。纳撒尼尔的母亲曾经告诉过他,这是因为有很多女士自愿来擦洗教堂的长椅,让长椅发亮。所以他猜想她们一定也经常来办公室里擦擦洗洗。只是这里没有一排排的长椅,只有一排排的书架。书脊上写了太多字,纳撒尼尔看得晕头转向,看不懂这些到底是什么书。挂在墙上的画作引起他的注意,画中有个男人骑着白马,一剑刺穿巨龙的心脏。

也许方舟装不下大龙,所以现在才看不见这种动物。

"圣乔治实在是太勇敢了。"他身后有个声音,纳撒尼尔这才发现自己不是独自一人。"你呢?"神父慢慢地微笑,问道,"你是不是也很勇敢?"

如果尼娜是帕特里克的妻子,他一定会坐在旁听席的最前排。他

177

会在她穿过门走进法庭的那一刻,与她四目相望,让她知道他无论如何都会支持她。他不可能需要别人来到家中,把审讯的结果送到他的耳边。

等到凯利伯来应门,帕特里克对他的怒火又重新燃了起来。

"她可以保释,"帕特里克劈头就说,"你得想办法弄来一张十万美元的支票送到法庭。"他瞪视凯利伯,双手插在外套口袋里。"我想你应该办得到。还是说,你打算在同一天里,让你的妻子体会两次孤立无援的滋味?"

"你说的是她丢给我的处境吧?"凯利伯反驳,"我走不开,我找不到人看顾纳撒尼尔。"

"放屁。你可以找我帮忙,我现在就帮你看着纳撒尼尔。你去接尼娜,她在等你。"他叉起双臂,知道凯利伯在虚张声势。

"我不去。"凯利伯说,接着,帕特里克在转瞬之间就把他压制在门板上。

"你他妈的是在搞什么?"他咬着牙说,"她现在需要你。"

凯利伯的块头比帕特里克来得壮,他动手推开帕特里克,一拳将他挥向门前小径的矮树丛边。"我不必你来告诉我,说我妻子需要什么。"后面传来一个微弱的声音,喊着爸爸。凯利伯转身走回去关上门。

帕特里克倒在树丛边,试图稳住自己的呼吸。他慢慢地站起身,拍掉衣服上的树叶。现在,他该怎么办?他不能让尼娜留在监狱里,但也没有钱去保她出狱。

门突然又打了开来。凯利伯站在门口,手里拿着一张支票。帕特里克接下支票,凯利伯点头表示感谢,两人都没提到几分钟前彼此几乎杀掉对方。这是歉意的货币,这桩交易是为了那个曾让两人的生命发生天翻地覆变化的女人。

凯利伯没有出席传讯庭，我会好好跟他谈谈这件事。但是这得稍候，等到我紧紧抱住纳撒尼尔，让他融在我怀中之后再说。我惶惶不安地等待副警长打开牢门，他带我走进警长办公室的接待室。我看到一张熟悉的面孔，但这不是我等待的人。

"我缴纳了保释金，"帕特里克说，"凯利伯给我一张支票。"

"他……"我开口说话，接着才想起站在面前的人是谁。就算是帕特里克，但我仍得小心。我眼神茫然地转身让他带我走向法院的员工出入口，好避开媒体。"他真的死了吗？你没骗我，他真的死了吧？"

帕特里克搂住我的手臂，让我转身面对他。"够了。"他的脸上写满了痛苦。"拜托你，尼娜，真的够了。"

他知道，他当然知道。他是帕特里克。就某个层面来说，这让我松了一口气，因为我不必继续在他面前假装，也可以和一个能够了解的人谈谈。他带我穿过建筑物内部复杂的走道，来到员工出入口，接着压低我的身子，让我坐进停在一旁的福特轿车里。停车场里停满了媒体的厢型车，车顶上的卫星接收器像极了诡异的大鸟。帕特里克把一沓东西往我腿上扔，原来是厚重的《波士顿环球报》。

报纸的头条标题是：法律之上。下面的副标题写着：缅因州神父惨遭谋杀——地方检察官的神圣正义，旁边是帕特里克和法警联手扑倒我的彩色照片。右手边还有一张席辛斯基神父倒卧在血泊当中的照片。我用指头划过照片上的帕特里克。"你出名了。"我轻声说。

帕特里克没有回答。他瞪着路，把全盘注意力放在前方。

我曾经和他无所不谈。这不可能因为我做了这件事而有所改变。

但是当我望向窗外，我看到了一个不一样的世界——两脚猫在街上跳着前进，乞讨的流浪汉涌向车道，僵尸伸手敲门。我怎么会忘了今天是万圣节，没有任何人和前一日的自己相同。"帕特里克。"我再次开口。

他抬手一挥，阻止我继续。"尼娜，情况已经够糟了。我每次想到你做的事，就会想起事发前一晚，我在龙舌兰知更鸟酒吧里对你说的话。"

这种人就应该枪毙。直到现在，我才想起他的这句话。还是说，我早就想到了呢？我伸手到邻座去碰触他的肩膀，想要安抚他，告诉他这不是他的错，但是他避开我的手。"不管你想的是什么，你都错了，我——"

帕特里克突然将车子停到路肩。"拜托，什么都别对我说。我得在你的审判上出庭做证。"

但是我一向信赖帕特里克。要我缩回精神失常的假面之下，似乎是一件更疯狂的举动，那个定制的躯壳毕竟小了两号，完全不合身。我用疑问的眼光看着他，而一如往常，他在我开口之前就先说出回答："你可以找凯利伯谈。"说完话，他将车子驶回正午的车流当中。

有时候，当你抱起自己的孩子时，双手似乎可以感觉到自己的骨骼脉络，或者你会在孩子颈背之间闻到自己皮肤的味道。为人母最奇妙的体验，是你发现脱离了自己的那一部分是最无法割舍的。这种感觉就像是将最后一块碎片拼进了一千片的拼图当中，是胜负难分的足球赛事当中最后一记进球，是孩子牙缝和手指间的快乐归家和目瞪口呆的惊讶。纳撒尼尔像阵飓风般冲进我的怀里，他毫不费力地将我扑倒。"妈咪！"

喔，我心想，这就是原因。

我从儿子的头顶望过去，看到凯利伯远远地站着，脸上毫无表情。我说："谢谢你的支票。"

"你很出名，"纳撒尼尔告诉我，"报纸上有你的照片。"

"小朋友，"凯利伯问，"你到我的房间去看录像？"

纳撒尼尔摇摇头。"妈咪要不要一起来？"

"等一下就去。我要先和爸爸说话。"

接下来我们开始克尽父母的责任，凯利伯将纳撒尼尔安置在我们浩瀚如海洋的床罩上，我按下开关，播放迪士尼录像带。他沉浸在画面中，而凯利伯和我则避到他的房里去面对真实世界，这似乎相当自然。我们坐在他的小床边，身边围满了色彩过分艳丽的亚马孙树蛙，吊在天花板上的毛毛虫玩具挂饰兀自转动，似乎一点也不在乎俗世的一切。"你究竟在搞什么，尼娜？"凯利伯发动攻击，"你到底有没有用脑袋思考？"

"警方找你谈过了吗？你是不是也有麻烦？"

"我怎么会有麻烦？"

"因为警方不知道你是不是和我共谋计划。"

凯利伯弯下腰去。"你是这样吗？经过计划？"

"我计划让这件事看起来像是临时起意，"我解释道，"凯利伯，他伤了纳撒尼尔。他伤害到我们的儿子，而且很快就会逍遥法外。"

"你又不知道——"

"我就是知道。这种戏码我每天都在看。但是这次，伤害到我的儿子就是不行。他是我们的宝贝。你知不知道这件事会让纳撒尼尔连续几年噩梦不断？他得接受多少年治疗？我们的儿子不可能恢复到原来的样子。我们不可能要回席辛斯基从他身上取走的东西。所以为什么我不能对他做同样的事？"我心想：己所不欲，勿施于人。

"但是尼娜，你……"他没办法说完他的句子。

"当你发现这件事，当纳撒尼尔第一次说出这个名字的时候，你心里第一个念头是什么？"

凯利伯低下头。"我想杀了他。"

"对。"

他摇头。"席辛斯基马上就要受审。他原本可以受到应得的惩罚。"

"那不够。你也知道法官不可能判下足以弥补一切的刑责。我做的是所有人父人母都会做的事。我只要假装发疯就可以成功。"

"你怎么会这么想？"

"因为我知道在法庭上被宣判丧失心智需要哪些条件。我只要看着被告走进法庭内，就可以判断哪些人可以脱身，哪些会被判刑。我知道怎么说、怎么表现。"我直视凯利伯的双眼，"我是个检察官。但是我在法官面前，在一整个法庭的旁听民众面前枪杀了一个人。如果我没疯，怎么可能这么做？"

凯利伯没有说话，思索事情的真相。"你为什么要对我说这些话？"他轻柔地问。

"因为你是我的丈夫，你不会在法庭上说出对我不利的证词。你是我唯一能倾吐的对象。"

"那么，当你打算动手的时候，为什么不告诉我？"

"因为——"我回答，"你会阻止我。"

凯利伯起身走到窗边，我跟在他后面。我把手轻轻地放在他的背后。对一个大男人来说，他的后腰看起来仍然十分脆弱。"这是纳撒尼尔应得的。"我喃喃地说。

凯利伯摇摇头。"任何人都不该承担这种遭遇。"

原来，就算你的心正在被撕裂，还是能正常运作，血液依然循环，呼吸不会停歇，神经细胞照常执行传导的任务。渐渐消失的只有情感，你的语调与动作中会出现一种难以理解的平板与单调——当然先决条件是要有人发现——诉说着深不见底的无底洞。凯利伯瞪着这个女人看，昨天她还是他的妻子，现在却成了个陌生人。他聆听她的解释，一边纳闷不解地想：她在哪里学来这种他从未听过，并且毫无道理可言的语言。

当然，面对一个染指儿童的恶魔，任何父母都会这么做。但是这些人当中，有百分之九十九点九的人都不会付诸行动。尼娜也许认为自己是为纳撒尼尔复仇，但是这种不顾后果的行为，是拿她自己的生命来作为赌注。如果席辛斯基被关进牢里，这个家庭会有修补过后的痕迹，但他们仍然是一家人。但如果尼娜被关，凯利伯会失去妻子，纳撒尼尔也没了母亲。

凯利伯感觉到怒意宛如强酸般腐蚀了肩膀上的肌肉。除了愤怒和震惊之外，他也许还有些畏怯。他对这个女人了如指掌，知道什么事会让她落泪，什么会让她欢喜。他熟悉她身上每一寸肌肤、每一道曲线，然而他却不认识她。

尼娜怀着期待的心情站在他身边，等待他赞许她做了正确的事。真好笑，她可以藐视法律，却依然想得到他的赞同。正是因为如此，也为了其他所有的原因，她想从他口中听到的话绝对不会出现。

当纳撒尼尔披着餐厅的桌布走进房间的时候，凯利伯一把抱起儿子。在这场不可思议的风暴当中，纳撒尼尔是他唯一认得的人。

"嗨！"凯利伯用过于热切的声音招呼，把儿子抛到半空中，"这件披风太酷了！"

尼娜也转过身来，原来写在脸上的诚挚表情现在换成一个微笑。同样，她也对纳撒尼尔伸出手，但是凯利伯将孩子举到肩膀上让她碰不到，这个举动完全是为了泄愤。

"天快黑了，"纳撒尼尔说，"我们可以走了吗？"

"去哪里？"

纳撒尼尔指向窗户作为答复。外头的街道上出现了成群结队的小精灵、迷你怪物和仙女。凯利伯这时才发现树叶全落了，咧着嘴笑的南瓜仿佛是蹲在邻居家石墙上的母鸡。他怎么没注意到万圣节的征象呢？

他望向尼娜，但是她似乎有心事。门铃在这个时候像是接到暗示般地响了。纳撒尼尔坐在凯利伯肩膀上咯咯地笑着说："开门！去开门！"

"现在不行。"尼娜无助地看了他一眼，家里没有糖果。家里什么甜的东西都没有。

更惨的是，他们没有准备道具服装。凯利伯和尼娜同时想起这件事，这个想法拉近了两个人的距离。两个人都想起了纳撒尼尔历年来的万圣节装扮，由近而远往前推分别是：穿着闪亮甲胄的国王、航天员、南瓜、鳄鱼，以及婴儿时期的打扮：一只毛毛虫。"你想扮成什么？"尼娜问。

纳撒尼尔上下拍动肩膀上的神奇桌布。"超级英雄，"他说，"新的超级英雄。"

凯利伯有信心，认为他们可以在最短的时间里打扮出一个超人。"旧的超人有什么不好。"

一切都不好。纳撒尼尔不喜欢超人，因为一块克利普顿石就可以撂倒超人，绿灯侠的神秘绿色陨石戒指对任何黄色的东西都无效，无敌浩克太笨，甚至连神奇队长都会面临危机，如果他中计说出"沙赞！"，就会变回原来的小比利·巴特森。

"钢铁人怎么样？"凯利伯建议。

纳撒尼尔摇头。"他会生锈。"

"水行侠呢？"

"他要有水。"

"纳撒尼尔，"尼娜轻声说，"没有哪个人是完美的。"

"但是他们应该要完美。"纳撒尼尔辩解道，凯利伯完全能懂。今天晚上，纳撒尼尔必须要所向无敌。他要知道过去的遭遇绝对不可能再次发生。

"我们要的是，"尼娜沉思着，说，"没有致命缺点的超级英雄。"

"没有什么？"纳撒尼尔问。

她拉住他的手。"我们来想想看。"她从儿子的衣柜里找出一条海盗头巾，俏皮地绑在儿子的头上，接着拿出一卷从前帕特里克带过来的黄色封锁条捆在儿子胸前。她给他一副蓝色镜片的泳镜，这是为了让他有X光透视力，然后在他的运动长裤外，套上红色的短裤——毕竟这里是缅因州，她不想让儿子穿着短裤出门。最后她向凯利伯打个手势，要他脱下红色的保暖衬衫递给她。尼娜把红衬衫围在纳撒尼尔的脖子上当作第二件披风。"喔，老天爷，你看看这像谁？"

凯利伯完全摸不着头绪，但是他仍然配合演出。"我简直不敢相信。"

"谁？像谁？"纳撒尼尔兴奋得几乎跳起舞来。

"哈，当然是超能小子啦，"尼娜回答，"你没看过他的漫画书吗？"

"没有……"

"喔，他是超强的超级英雄。他有两件披风，所以他可以飞得更高更远。"

"酷毙了！"

"而且他甚至不必和人说话，就可以读出别人脑袋瓜里在想什么事。其实啊，你这么像他，我敢说，你一定已经具备了这些超能力。试试看，"尼娜闭上眼睛，"你猜我在想什么。"

纳撒尼尔皱起眉头，全神贯注："嗯……你在想，我和超能小子一样会猜？"

她拍了拍前额。"喔，我的老天爷啊！纳撒尼尔，你是怎么猜到的！"

"我想，我应该也有他的透视眼，"纳撒尼尔大声说，"我能看穿房子，知道大人要发什么糖果！"他往前冲向楼梯，"快点！"

为两人带来缓冲的儿子离开之后，凯利伯和尼娜不自在地对彼此微笑。"如果他没办法看穿门，你打算怎么办？"凯利伯问。

"就说他的视觉接收器发生故障，得修理一下。"

尼娜走出去，但是凯利伯在楼上逗留了一会儿。他从窗口看着披披挂挂的儿子一大步就跳下前廊，动作自信而优雅。即使在楼上，凯利伯仍然看得见纳撒尼尔的笑容，听到他响亮的笑声。他想，说不定尼娜是对的，也许超级英雄只是个相信自己不可能失败的凡人。

当我问话的时候，她拿着一把枪对准脑袋——其实是吹风机。"爱之后是什么？"

"你说什么？"

我说不清自己想说的话。"你爱梅森，对吧？"

小狗听到自己的名字开始笑。"呃，那当然。"她回答。

"然后，你爱爸爸比爱梅森多？"

她低头看我。"对。"

"那你爱我是不是更多？"

她的眉毛抬了起来。"的确是。"

"那爱之后是什么？"

她抱起我，让我坐在浴缸边。她刚刚放吹风机的洗手台上还暖暖的，说不定吹风机有生命。她认真想了一下。"爱之后，"她告诉我，"是成为母亲。"

五

在我的人生历程当中，我曾经动过拯救世界的念头。我天真地睁大眼睛聆听法学院教授讲课，打从心底相信：一旦担任了检察官，我绝对可以一举歼灭邪恶帝国。之后，我才学到，如果手上同时处理五百个案件，就必须作出取舍，尽可能多地让案子在法庭受到审理。正义与其说是裁决，不如说是说服；而且还发现自己选择的不是圣战，而是一门职业。

尽管如此，我仍然从未想要担任辩护律师，甚至没办法想象自己起身为道德沦丧的罪犯撒谎。因为对我而言，这些人在证明其无辜之前，全都有罪。但是当我坐在费舍尔·卡灵顿花大钱装潢着豪华饰板的事务所里，从他利落又有效率的秘书手上，接下一磅要价二十七美元九十九美分的牙买加咖啡时，我开始明白吸引力何在。

费舍尔走出来接待我。他那双保罗·纽曼般的蓝眼睛明亮闪烁，仿佛见到我是最快乐的事情。的确是这样。他可以开口索价，就算得赔上我一只手和一条腿，他也知道我会心甘情愿地支付。他有这个机会在一桩备受瞩目的谋杀案中担任辩护律师，新的客户绝对会源源不绝而来。而且重点是：这个案子太简单了，费舍尔就算闭着眼睛也能赢得官司。

"尼娜，"他说，"看到你真好。"他好像忘了，不到二十四小时之前，我们才在监狱的会议室里见过一面。"来，到我的办公室去。"

办公室壁面依然装饰了大量的饰板，相连的休息室里飘出雪茄和白兰地的味道。他的书架和我的一样，摆着同一套法令全书，这让我心里稍微舒坦了些。"纳撒尼尔还好吗？"

"很好。"我坐在一张巨大的皮革高背安乐椅上，眼睛四处打量。

"看到妈妈回家，他一定很高兴。"

我心想：比他父亲高兴多了。我的目光停在墙上一幅毕加索的素描上。这不是复制品，是真迹。

"你在想什么？"费舍尔问道，在我对面坐了下来。

"我在想，政府付我的薪水实在微不足道。"我转过头看着他说，"谢谢你昨天帮忙，让我回家。"

"我虽然很想居功，但这实在是天上掉下来的礼物，而且你很清楚。我没料到布朗会这么宽宏大量。"

"我不敢期待第二次。"我感觉到他用目光打量我。比起昨天短暂的见面，我现在显得十分自制。

"我们来谈正事，"费舍尔宣布，"你录过警方的口供了吗？"

"他们要求过，但是我一直说我做了我该做的事，没办法继续了。"

"你说了多少次？"

"反复不停地说。"

费舍尔放下华特曼名笔，双手交叠，脸上的表情融合了惊愕、尊敬与无可奈何。他说："你清楚自己在做什么。"这是个陈述。

我从咖啡杯沿的上方看着他。"你还是不知道的好。"

费舍尔往后靠向椅背，咧开嘴笑了。他有酒窝，一边脸颊各有一个。"你进法学院之前是不是主修戏剧?"

"那当然,"我说,"你不也一样?"

他有太多问题想问,我看得出来,这些问题像是抢着要参加战役的小兵。我不怪他。到了现在,他已经知道我其实神志正常,对我选择的这场游戏也了如指掌。但这和见到火星人一样,谁都想看看到底是什么。

"你为什么要你丈夫打电话给我?"

"因为陪审团都爱你,大家都相信你。"我犹豫了一下,才说出实话,"还有,我不想和你对着干。"

费舍尔欣然接受我的理由。"我们要准备用丧失心智,要不然就是以极端愤怒来作为辩护。"

在缅因州的法律当中,谋杀案并没有区分等级,宣判的刑期一律是二十五年的监禁。这也就是说,如果我打算得到无罪释放,我必须完全无罪,但是这很难,因为一切有录像为证。要不,就是因丧失心智而获判无罪,或是受到某种极端程度的挑衅,而出现同等程度的愤怒情绪。如果采取最后这项辩护方式,我的罪名可以减轻到一般杀人。这实在很难相信,但是在缅因州,如果你受到刺激而杀人,同时陪审团也认同你的理由,那么你等于有某种程度的合法性。

"我的看法是,我们采用这两种方式来辩护,"费舍尔建议,"如果——"

"不。提出两项说法反而会在陪审团面前显得站不住脚。相信我。这样看起来,会像是连你也没办法断定我为什么无罪。"我想了一会儿,"此外,要十二个陪审员同时认定挑衅的性质太困难,不如让他们认定在法官面前枪杀嫌犯的检察官丧失心智。况且,以极端愤怒的理由来作为辩护并不能一了百了,只能减低刑责。如果用丧失心智来答辩，才能真正无罪释放。"

我心底的答辩策略开始有了雏形。"好。"我往前靠，准备让他加入阵营，"布朗会打电话给我们，告知检方的精神科医生会着手评估。我们可以早一步去找这个医生，然后根据他的评估报告去找一个我们自己的精神科专家。"

"尼娜，"费舍尔耐心地说，"你是委托人，我才是律师。你必须先了解这一点，否则我们很难继续下去。"

"少来了，费舍尔。我知道该怎么做。"

"不，你不知道。你是检察官，你对辩护一窍不通。"

"重点不就在于精彩的演出吗？我不是已经这么做了？"费舍尔一言不发，看我挫败地靠回椅背，双手交抱在胸前。"好吧。那我们要怎么做？"

"去找检方委任的精神科医生，"费舍尔冷冷地说，"然后去找个我们自己的精神科专家。"我扬起眉毛，但是他刻意不理会。"我会要求杜沙姆警探交出一份你儿子的案子的资料，因为那是导致你不得不杀人的关键证据。"

杀人。这句话让我脊背发寒。我们轻轻松松地说出这些字眼，仿佛我们谈的是天气或是红袜队的得分。

"我还需要知道什么其他信息吗？"

"内裤，"我告诉他，"我儿子的内裤上沾到精液。裤子送去做DNA检验，但是报告还没回来。"

"呃，其实这没有关系了——"

"我想看，"这件事没有争辩的余地。"我必须看这份报告。"

费舍尔点头，记录下来。"那好，我会去要。还有别的吗？"我摇头。"很好。我一拿到报告就会打电话给你。同时，你在这段期间不要离开缅因州，不能和检察官办公室的任何人说话。别搞砸了，因为你只会有一次机会。"他站起来，准备结束会谈。

我走向门口，一边用手指轻轻划过墙壁上的抛光饰板。就在我握住门把手的时候，我停下脚步回头看他。他就像我开始处理案件的时候一样，正在档案中加注笔记。"费舍尔？"他抬头看，"你有没有孩子？"

"两个。一个女儿在达特茅斯学院读二年级，另一个还在读高中。"

我突然觉得吞咽困难。"嗯，"我轻声说，"真好。"

上主啊，求你垂怜。基督啊，求你垂怜。

来圣安妮教堂参加席辛斯基神父追思弥撒的记者或教区的居民不少，但是没有任何人认出坐在教堂倒数第二排身穿黑衣、对垂怜曲毫无反应的女人。我小心地用面纱遮住脸，而且保持沉默。我没告诉凯利伯我要去哪里，他以为我和费舍尔见面之后就会回家。但结果我这个犯下不赦之罪的人却是坐在教堂里，聆听枢机主教赞扬一个死在我手中的男人。

他也许曾经遭到起诉，但是没有被定罪。讽刺的是，我让他成了受害者。长椅上挤满了他的会众，这些人来教堂为他献上最后的敬意。放眼望去，无论是来将席辛斯基神父送交天主的神职人员衣袍、排在走道上的百合花、捧着小蜡烛引领队伍的辅祭侍童，以及棺木的罩布，净是一片银白，教堂看起来就和我想象中的天堂一样。

枢机主教在棺木边诵念祷文，他身边有两名神父手持香炉和圣水。这两个人似乎有些面熟，我认出他们是前一阵子才刚来教区拜访的神父。我想，既然教区少了个神父，或许其中有一人会接任。

我向全能的天主和各位教友，承认我思、言、行为上的过失。

蜡烛甜腻的烟和花朵的香味让我头晕。在这之前，我参加的最后一场追思弥撒是我父亲的丧礼，虽然规模没有这么盛大，但是仪式过程同样充满感伤。我还记得主持仪式的神父用双手握住我的手，致以最深的哀悼之意："他现在同上帝在一起了。"

诵读福音的时候，我环顾四周的会众。几名年长的女人不停地低声啜泣，大多数的人则是凝视着枢机主教主持庄严的仪式。如果席辛斯基的身躯属于基督，那么是谁控制了他的心灵？谁在他的脑子里种下伤害儿童的种子？谁让他选上我的儿子？

我猛然听到：赞美他的灵魂，齐声赞美我主。

管风琴的乐声跳动，接着枢机主教起身献上悼词。"葛伦·席辛斯基神父，"他开口说道，"深受会众的关爱。"

我说不出自己为什么要来，如果为了见证席辛斯基的葬礼，就算游泳过海、横穿大陆、踏破铁鞋我也不在乎。也许这对我来说是一个结束，也许我依然需要证明。

这是我的身体。

我的脑海中出现我扣下扳机前一刻，他侧面轮廓的线条。

这一杯是我的血。

他的头骨碎裂。

在一片寂静当中，我倒抽了一口气，坐在我两边的人好奇地转头看我。

当大家像机器人一样站起来，依序踏上走道准备领取圣餐的时候，我发现我的双脚跟着移动，却不记得去阻止。我在手持圣体的神父面前张开嘴。"圣体。"说完话，他直视着我的双眼。

"阿门。"我回应。

我转头看向左侧最前排的长椅，有个身穿黑衣的女人弯下腰哭泣，几乎喘不过气来。她黑色的钟形帽压着一头铁灰色的卷发，双手紧紧握住长椅的边缘，木板看起来似乎要应声碎裂。刚才主持圣餐式的神父对另一名神父低声说了几句话，要他过来接替位置，然后自己过去安抚这个女人。这时候我才蓦然想到：

席辛斯基神父也是儿子。

我的胸口像是灌了铅般的沉重，双腿瘫软无力。我可以告诉自己：我为纳撒尼尔讨回了公道；我能够说，在道德上我没有犯错。但是，我不能忽视这个事实：因为我，一名母亲失去了她的儿子。

开启另一个痛苦的循环来结束前一个循环，这个决定正确吗？

教堂开始打转，花篮离我的脚踝越来越近。我的面前出现一张比月亮还大的脸，口中念念有词，说些我听不见的话。如果我昏过去，他们会知道我是谁，会将我钉上十字架。我聚集了体内所剩无几的力量，拨开挡住我去路的人，摇摇晃晃地穿过走道，推开圣安妮教堂的大门，挣脱枷锁。

尽管黄金猎犬梅森在纳撒尼尔出生的十个月前，就已经是这个家庭的一分子，但是从纳撒尼尔有记忆以来，梅森一直被称作"纳撒尼尔的狗"。奇怪的是，如果先后次序互换——纳撒尼尔先来到这个家——他会告诉父母，其实他想要一只猫。他喜欢那种可以把猫咪挂在手臂上的感觉，天气太热的时候，大家就是这样把外套挂在手上。他也喜欢听猫咪在他耳朵旁边发出呼噜呼噜的声音，好像连皮肤都会随着颤动。他还喜欢猫咪不必洗澡，从高处落下可以四脚稳稳着地。

他许过愿，希望圣诞节能够收到一只猫，圣诞老人虽然帮他带来其他东西，但唯独漏了猫咪。他知道，一定是因为梅森的关系。这只狗会习惯性地带礼物回家，比方说没啃干净的老鼠、在车道尾端捡到的还奄奄一息的蛇，或是直接叼着活生生的蟾蜍。天知道，纳撒尼尔的母亲说过：它会怎么对付猫咪。

所以，那天，当纳撒尼尔在教堂地下室闲逛，走进葛伦神父办公室里去看龙的图片时，他首先注意到的就是猫咪。那只黑色的母猫有三只白色的爪子，仿佛是三只脚踩到了油漆之后，才突然发现不妥急忙撤退。另外，它尾巴抽动的方式像极了弄蛇人的眼镜蛇，它的脸甚至没纳撒尼尔的手掌心大。

"啊，"神父说，"你喜欢爱思米。"他弯下腰来搔弄猫咪的双耳之间。"乖女孩。"他抱起猫坐在沙发上，就在龙的画下面。纳撒尼尔觉得神父很勇敢，因为如果换成是他，他一定会担心这只怪兽活过来吞掉他。"你想不想摸摸它？"

纳撒尼尔点头，他觉得幸福涨到了喉咙边，让他完全说不出话来。他走向沙发，靠近神父腿上的小毛球，然后把手放在猫咪背上。他感觉到猫咪的体温和心跳。"嗨，"他低声说，"嗨，爱思米。"

猫尾巴搔得纳撒尼尔的下巴发痒，他忍不住笑了起来。神父也跟着笑，还把手放在纳撒尼尔的后颈上。纳撒尼尔正好抚摸着猫咪的相同部位，在这一瞬间，他觉得自己好像在游乐场里看着魔镜一样，他摸猫咪，神父摸他，说不定上帝也伸出隐形的大手正在抚摸神父。纳撒尼尔抬起手，往后退开。

"它很喜欢你。"神父说。

"真的吗？"

"绝对是真的。它对大部分的孩子都不是这样。"

这让纳撒尼尔觉得自己长得好高。他又伸手搔弄猫咪的耳朵，他敢发誓，猫咪高兴地笑了。

"这就对了，"神父鼓励他，"别停下来。"

昆丁·布朗坐在地方检察官办公室尼娜原来的位置上，他百思不解，不知道欠缺了什么。由于办公室的空间不足，因此他们临时让他借用她的办公室，他没有忽略其中的讯讯之处：他将要坐在这个女人的位置上研拟策略来将她定罪。根据他的观察结果，尼娜·弗罗斯特有洁癖。天哪，她的回形针竟然依大小尺寸摆放在不同的碟子里。他在她依字母顺序排列的档案里找不到任何线索，没有写着枪贩的便签，桌垫上也没有席辛斯基神父的脸部涂鸦。任何人都不可能在这样的空间里工作，昆丁心想：因此问题一定藏在某处。

哪有女人不在办公桌上摆孩子或丈夫的照片？

他仔细思考了一下：这会不会有什么特殊的意义？接着，他掏出自己的皮夹。他从内侧隔层里抽出基甸恩婴儿时期的旧照片。那是他们在西尔斯百货拍的。当初为了让他笑，他拿起玩具橄榄球假装扔向谭雅的头，结果不小心打掉了她的隐形眼镜。他把照片放在尼娜·弗罗斯特桌垫的角落上，这时候门刚好打开。

两名毕德佛的警探走了进来，如果昆丁没记错，他们分别是伊凡·赵和帕特里克·杜沙姆。"请进，"他指着面前的两张椅子，"请坐。"

这两个人块头都不小，肩膀几乎要碰在一起。昆丁拿起遥控器，播放两人身后录放机里的带子。他自己已经看过不下千次，他相信这两个警探一定也看过。该死，到了这个时候，整个新英格兰地区应该都已经看过了，哥伦比亚广播电台的所有分台都在播放。赵和杜沙姆两个人转过头去，目不转睛地看着尼娜·弗罗斯特以异常优雅的姿势走向旁听席的栏杆，接着举起手枪。在这个未经处理的毛带中，葛伦·席辛斯基的右脑随着枪击迸裂。

"天哪。"赵警探喃喃地说道。

昆丁让影带继续转。这次他看的不是电视上的影像，而是两名警探。他并不了解这两个人，但是他很清楚一件事：他们和尼娜·弗罗斯特共事了七年，和他一起工作则只有短短的二十四小时。镜头开始剧烈摇动，带到尼娜和法警扭打成一团的画面，赵低下头去，杜沙姆的眼神虽然没有闪躲，但是脸上毫无表情。

昆丁"咔嗒"一声关掉电视。"我看完证人的口供了，总共一百二十四份。但是让这一场混乱活生生地重现当然也无妨。"他往前靠，手肘撑在尼娜的办公桌上。"我们手上的证据确凿。唯一的问题是：当时她究竟是不是因为精神失常才犯罪。她如果不用这个理由辩护，就是会采用极端愤怒。"他转头问赵，"你有没有陪同验尸？"

"有。"

"结果呢？"

"法医已经将尸体送到葬仪社去了，但是他们要等到受害者的医疗记录送到之后，才会把报告给我。"

昆丁翻了个白眼。"难道死因会因此改变？"

"不是这样，"杜沙姆插进来说，"他们得附上医疗报告，这是正式流程。"

"那只好叫他们快一点，"昆丁说，"就算席辛斯基是个艾滋病患者我也不在乎，因为那不是他的死因。"他翻开桌上的档案，拿起一张纸在帕特里克·杜沙姆面前挥舞。"这是什么鬼东西？"

他让警探自己去读。这份侦讯报告的对象是凯利伯·弗罗斯特，当时他涉嫌侵害自己的儿子。"那孩子当时没办法说话，"帕特里克解释，"他学了一些基本手语，当我们要他指认嫌犯的时候，他不停地比画出'父'的手势。"帕特里克把报告还给昆丁。

"当时她有什么反应？"昆丁问道，没有必要指名道姓。

帕特里克伸手揉脸颊，手掌遮住了含糊的回答。

"我没听清楚，警探。"昆丁说。

"她申请了禁制令，不让她丈夫接近孩子。"

"在这里申请？"

"在毕德佛。"

"我要一份副本。"

帕特里克耸耸肩。"已经撤销了。"

"我不管。尼娜·弗罗斯特射杀了一名遭指控性侵她儿子的男人。但在事发的四天之前，她以为加害者是另一个男人。她的律师准备告诉陪审团，说她之所以杀害神父，是因为神父伤害了她的孩子，但是她当时有多确定？"

"我们在她儿子的内裤上，"帕特里克说，"发现了精子。"

"没错。"昆丁继续翻阅资料。"是谁的DNA？"

"还在实验室，报告应该会在这个星期出来。"

昆丁慢慢抬起头。"她没有看到DNA的检验报告，就一枪杀了他？"

帕特里克下巴的肌肉抽动。"纳撒尼尔告诉了我。她的儿子做了口头指控。"

"我五岁大的侄子告诉我牙仙会带钱给他，但是这并不表示我相信他，小队长。"

昆丁还没说完话，帕特里克就已经从椅子上弹起来，越过桌面俯视昆丁。"你不认识纳撒尼尔·弗罗斯特，"他恶狠狠地说，"你也无权质疑我的专业判断。"

昆丁站了起来，俯视着警探。"我有这个权力。因为从你的调查报告看来，就是因为你让一个太早下定论的地方检察官享受特权，才会把事情搞得一团糟。我们起诉她的时候，绝对不可能让你再犯。"

"她没有太早下定论，"帕特里克争辩，"她知道自己在做什么。天哪，如果是我的孩子，我也会那样做。"

"你们两个都听好了。尼娜·弗罗斯特是杀人嫌犯，她选择犯罪，在法庭所有人的面前冷血杀人。你们的工作是捍卫法律，没有人——没有任何人可以为了自己的利益扭曲法律，连检察官都不行。"昆丁转头对另一名警探说，"这样清楚了吗，赵警探？"

伊凡·赵僵硬地点点头。

帕特里克直视昆丁的双眼，重重地坐回椅子上。一直到两名警探离开办公室久久之后，昆丁才想到杜沙姆根本没有回答。

对凯利伯而言，所谓"预作准备好过冬"，纯粹是一厢情愿的想法。就算你作了最周全的准备，风暴依然防不胜防。东北风之所以棘手，就在于它难以预测，就算出海去了，还会回头逆袭，狠狠地摧残缅因州。最近几年来，凯利伯好几次在拉开门之后发现积雪及胸，他也曾经目睹世界在隔日之间完全变了个样子，让他只好拿出放在门边柜子里的雪铲挖出一条路。

今天他要为房子作准备，也就是说，将纳撒尼尔的脚踏车收到车库里，找出尘封多时的雪橇和滑雪板。之前，凯利伯已经为门前的灌木搭好了棚架，让脆弱的枝叶不致受冻，或是被屋顶滑下来的积雪打伤。

接着只剩下贮存足够的木柴来过冬。目前他已经砍回了三堆木柴，正在地下室里忙着交叉堆栈。他动作规律，一次捡起两块堆放在隔墙边的柴堆上，整齐地排列在一起，橡树的碎片随着他的动作刺进了厚厚的手套。凯利伯感觉到一股越来越深的渴望，仿佛柴堆每增高一寸，夏天的气息，比方说亮丽的金翅雀群、奔流的溪水，或是农夫翻开的每一铲沃土，就跟着堆积起来。当凯利伯在漫漫冬日燃烧这堆木柴的时候，他总是会像解谜一样推敲想象。被他扔进火中的木柴让他想起蟋蟀的叫声，或是七月的星空。如此这般，直到地下室再度成为空荡荡的一片，春天嫣然来到他的产业上为止。

"你觉得这样够我们过冬吗？"

尼娜的声音突然出现，让凯利伯吓了一跳。她来到地下室，站在阶梯的下面，双手环胸打量着柴堆。"看起来没多少。"她补充。

"还有很多，"凯利伯继续堆下两块木柴，"我只是还没全拿下来。"

他转身弯腰，抱起一大块木柴放在高高的柴堆上面，知道尼娜的眼光跟着他打转。"就这样。"

"嗯。"她答道。

"律师怎么说？"

她耸耸肩。"他是个辩护律师。"

凯利伯猜想这应该是某种程度的侮辱。碰到这种与法律相关的主题，他一向不知该如何回答。地下室才半满，但是凯利伯突然发现自己身躯有多么庞大，他和尼娜有多么接近，而这个空间对他们两个人来说似乎过于狭小。"你还要再出门吗？因为我得去趟五金店买防水油布。"

他根本不需要防水布，车库里已经放了四块了。他不知道这些话怎么会突然冒出来，简直像是急着想从烟囱逃脱的鸟。然而他仍然继续说："你能不能看着纳撒尼尔？"

尼娜静静地站在他面前。"我当然可以看着纳撒尼尔。还是说，你觉得我情绪太不稳定，没能力照顾他？"

"我没这个意思。"

"你是这个意思，凯利伯。你也许不愿意承认，但你就是这个意思。"她的眼眶里有泪水。但是凯利伯想不出该说什么来打消她的泪意，于是他只好简单地点个头，然后和她擦肩而过，走上楼梯。

当然，他并没有开车到五金店去，而是漫无目地开在乡间的小路上，最后停在龙舌兰知更鸟酒吧前面。尼娜偶尔会提到这个地方，他知道她每个星期会在这里和帕特里克共进一次午餐，甚至知道绑着马尾的酒保叫斯蒂劳森。但是凯利伯从来没有来过这里，他推开门走进在下午几乎空无一人的酒吧内，他觉得心底好像有个秘密逐渐在膨胀，他十分了解这个酒吧，但是这地方却完全不知道他。

"午安。"斯蒂劳森看到凯利伯走进酒吧，于是开口招呼。尼娜都坐在哪个位置？他瞪着像齿列一般整齐的座位，想要猜出是哪一个。"我能帮忙吗？"

凯利伯喝啤酒，对烈酒一向没有多大兴趣，但是他点了一份泰利斯卡威士忌。他坐在吧台，看到正前方的瓶子标签上印着这个品牌，他想，这款威士忌尝起来应该会像名称一样滑顺。斯蒂劳森把酒摆在他面前，还附上一碟花生。与凯利伯隔了三个凳子之外的吧台边，坐了个生意人模样的男人，一旁的卡座还有个女人，边写信边忍住泪水。凯利伯举杯对酒保说："干了！"他曾经在电影里听到过这个说法。

"你是爱尔兰人吗？"斯蒂劳森一边问，一边拿布擦拭吧台抛光的木面。

"我老爸是。"其实凯利伯的双亲都在美国出生，祖先来自瑞典和英国。

"没开玩笑吧！"旁边的生意人看了过来。"我姐姐住在柯克郡，好地方。"他笑着说，"你怎么会到这里来？"

凯利伯啜了口威士忌。"没办法，"他撒谎，"两年前的事了。"

"你住桑佛？"

"不是。我是业务员，来这里出差。"

"我们不都是吗？"男人举起啤酒，"上帝祝福公账，对吧？"他向斯蒂劳森招个手，说："帮我们都再上一轮。"说完，他对凯利伯说，"我请客。或者应该说：我公司请客。"

他们闲聊即将到来的生意旺季，说起看似即将来临的降雪，争辩生意人的家乡——美国中西部与新英格兰的优缺点。凯利伯不知道自己为什么不对这名生意人说实话，但是谎言来得太容易，而且，光知道这个男人愿意相信他此刻的每一句话，就让他感到一种奇特的解脱。于是凯利伯谎称自己来自新罕布什尔州的罗契斯特——一个他从来没去过的地方，编造出公司的名字和一系列建筑工具的商品，以及辉煌的业绩。他让谎言滚落双唇，将这些话当作赌桌上的筹码，来不及看自己抓到了多少，就已经全盘出手。

男人看了手表一眼，低声咒骂。"我得打个电话回家。如果晚了，我老婆会以为我开着租来的车到处转。你懂吗？"

"我没结过婚。"凯利伯耸耸肩，向须鲸一样，从牙缝间吸了一口威士忌。

"算你聪明。"生意人跳下高脚凳，走向酒吧后面的公共电话。尼娜在手机没电的时候，曾经用这个公共电话打过一两次电话给凯利伯。生意人在经过凯利伯身边的时候伸出手来。"对了，我叫迈克·琼森。"

凯利伯和他握手。"我是葛伦，"他回答，"葛伦·席辛斯基。"

随后他才想起自己应该是爱尔兰人，不是波兰人，而且斯蒂劳森住在这一带，一定会注意到这个名字。但是，这都没关系。当生意人回到吧台边，而斯蒂劳森仔细想过之后，凯利伯已经离开了酒吧。他觉得借用另一个男人，并且不太可能成真的身份，比这几天以来当自己来得好多了。

坐在桌子另一边的检方精神科医生很年轻，我真想伸手抚平他前额上的卷发。但是，如果我这么做，史托若医生很有可能会以为我打算用皮包的肩带勒死他，然后活活吓死。这就是他之所以会选择亚尔福瑞法院作为我们会面地点的原因，而我一点也不怪他。这个男人面对的患者不是精神失常就是有杀人倾向，除了监狱之外，进行会谈最安全的地点就是法警穿梭不停的公共场所。

我刻意改变了自己的着装。我没穿平时的保守套装，而是套件卡其裤搭配高领棉衫，脚上踩了双平底便鞋。当史托若医生看到我的时候，我不想让他想到检察官，而是要让他想起站在足球场边为他喝彩欢呼的母亲。

我以为他一开口说话，一定会沙哑到不成声。"你曾经在约克郡担任检察官对不对，弗罗斯特太太？"

我在回答之前先思考了一下。疯到哪种程度才叫作疯狂？我是不是该露出听不懂的样子？该不该开始啃咬衬衫的领口？要欺骗史托若这样经验不足的精神科医生并不难，但是，这不再是重点了。现在我必须确认我当时的失去心智是暂时性的。这样，才会得到我们所谓的无罪开释。于是我对着他微笑。"叫我尼娜就好，"我向他示好，

"还有，对。"

"好，"史托若医生说，"我有张问卷，嗯，必须填好交给法庭。"他拿出一张我看过至少上千次、列满填充题的表格，然后开始读："请问你今天来到这里之前有没有服药？"

"没有。"

"过去你曾否因犯罪而被起诉？"

"没有。"

"你是否曾经出庭？"

"十年以来，"我说，"每天都出庭。"

"喔……"史托若医生眨眨眼，仿佛现在才发现自己在和谁说话。"啊，对。呃，如果你不介意，我还是得问完这些问题。"他清了清喉咙。"你知道法官在法庭上扮演什么角色吗？"

我翻了个白眼。

"这应该表示知道。"史托若医生继续填写表格，"知不知道检察官的角色是什么？"

"这个，我想我应该相当清楚。"

你知不知道辩护律师的角色？你是否了解检方排除各项合理怀疑，试图证明你有罪？问题一条接着一条出现，蠢得和扔到小丑脸上的奶油派不相上下。费舍尔和我会善加利用这个只为了盖上橡皮戳章的约谈报告。纸上的答案少了声调的抑扬顿挫，所以不显得荒谬，只会让人觉得有些闪烁和怪异。而史托若医生太没有经验，他不可能在证人席上表达出我从头到尾都听得懂他的话。

"如果在法庭上出现你不了解的状况，你应该怎么做？"

我耸耸肩。"我会请我的律师去询问法庭上依循的是哪个判例，然后再去查阅。"

"你知不知道你的律师不能透露你对他所说的一切信息？"

"真的吗？"

史托若医生放下表格。他毫无表情地说："我们应该可以继续下个问题了。"他看着我的皮包，当时我就是从这个皮包里掏出手枪。"你过去有没有精神疾病的病史？"

"没有。"

"你曾否因为精神上的问题而服药？"

"没有。"

"有没有因压力而引起情绪崩溃的病史？"

"没有。"

"你曾否拥有枪支？"

我摇头。

"你曾否接受过任何形式的辅导？"

这个问题刚好让我喘口气。"有的。"我承认，想到我曾经到圣安妮教堂去告解。"那是我这辈子最严重的错误。"

"怎么说？"

"我发现儿子受到性侵之后，曾经到教堂里去告解，和我的神父谈起这件事。之后，我才发觉他就是下毒手的浑蛋东西。"

听到我的用词遣字，一阵红晕从他的衬衫领口一路往上爬。"弗罗斯特太太，呃，尼娜，我还有些问题得问你，是有关那天事情……事情发生的状况。"

我开始将套头毛衣的袖子往下拉。不多，稍微往下拉一点点好盖住我的手。我低头看自己的双腿。"我必须这样做。"我低声说。

我越来越会演戏了。

"你那天有什么感觉？"史托若医生问道。他的声音里有一丝怀疑，就在几分钟之前，我的神志似乎完全正常。

"我一定得那样做……你明白吗。这种事我看太多了，我不能把儿子赔进去。"我闭上眼睛，脑子里想的是在我的经验中，在法庭上成功地以心智丧失答辩的案例。"我别无选择。我控制不住自己……感觉上像是看着别人做了那整件事，是别人在动手。"

"但是你当时知道自己在做什么。"史托若医生回答，我及时阻止自己，没有太快抬起头来。"你曾经起诉过一些犯下严重罪行的人。"

"我没有犯下什么严重的罪行。我救了我的儿子，难道母亲不就该这么做吗？"

"你认为母亲该怎么做？"他问。

在婴儿感冒的时候熬夜看顾，以为不睡觉就可以帮助孩子呼吸。学会儿童之间的秘密语言，约束自己一整天只能这样讲话。每种不同材料的蛋糕都必须烤出至少一个成品，这样才能比较口味的优劣。

每天多爱你的儿子一点。

"尼娜？"史托若医生说，"你还好吗？"

我抬起头，含着眼泪点头。"对不起。"

"你是吗？"他靠向前来，"你真的感到抱歉？"

我们说的不再是同一回事。我想象着席辛斯基神父一路下到地狱。我找遍了能够诠释这个想法的字眼，接着我迎视史托若医生的目光，说："他呢？"

尼娜的滋味比任何女人都好，凯利伯一边让嘴唇沿着她肩膀的弧度滑动，心里一边这么想。从她的嘴角一路滑到后膝，尝起来像蜂蜜、阳光和焦糖。凯利伯一直以为自己可以恣意享用妻子，而且绝对会意犹未尽。

她抬起双手扣住他的肩膀，她的头在昏暗的光线中往后仰，颈部的线条宛如美景。凯利伯把脸靠在她的颈子上，试着用双手探索。这里，在这张床上，她是他上辈子爱上的女人。他知道她会在什么时候碰触他的哪个位置，能够预知她的每个步骤。

她的双腿圈住他身体的两侧，凯利伯让自己往她推进。他的背部弓起，想象自己在她体内的那一刻，想象蓄积到顶点才终于像子弹般爆发的压力。

就在这时候，尼娜的手滑进了两个人的身躯之间握住他，就这样，凯利伯完全松软。他试着靠紧她摩擦，尼娜的指头仿佛吹笛手一样舞动，但是他仍然什么动静都没有。

凯利伯感觉到她抬起手，再次放到他的肩膀上，也感觉到少了这只手，包覆他的成了冷冷的空气。"嗯，"当他翻身躺在她身边的时候，尼娜说，"这可是第一次。"

他瞪着天花板，除了身边这个陌生人之外，看什么都好。他心想：这不是唯一的事。

星期五下午，纳撒尼尔和我一起去购物。P&C大卖场对我儿子来说等于一场美食集会，纳撒尼尔先在熟食区试吃了一片起司，接着我们走到饼干区买了一盒动物造型饼干。来到面包区之后，他又领到一个原味贝果。"你觉得怎么样，纳撒尼尔？"我问道，从我刚刚放进推车里的葡萄串里摘了几颗递给他。"我该不该花四美元九十九美分买一颗甜瓜？"

我拿起甜瓜闻瓜蒂的味道。其实，我从来就不懂如何挑选水果。我知道要凭软度和香气挑选，但是我觉得有些甜美的果实偏偏就是有坚硬的外壳。

纳撒尼尔拿在手上吃到一半的贝果突然掉到我的手上。"彼得！"他大声喊。纳撒尼尔坐在购物车的儿童座椅上，身上系着安全带。"彼得！嗨，彼得！"

我抬起头，看到彼得·艾伯哈特从食品区的走道朝这里走过来，手上拿着一袋薯片和一瓶白葡萄酒。打从我撤销凯利伯禁制令的那天起，我就没有再见到彼得。我有好多话想对他说，不，应该说是想要问他，因为我没有再进办公室，所以太多事不知道，但是法官在保释条件中明白要求我不得和自己的同事联络。

纳撒尼尔当然不知道。他只知道皮特的办公桌抽屉里永远有棒棒糖，他打喷嚏的声音最像鸭子，而他已经好几个星期没看到彼得，现在他突然站在我们的六尺之外。"彼得！"纳撒尼尔大声喊，向彼得伸出手臂。

我从彼得的脸上可以看得出他想了一下，但是，他太喜欢纳撒尼尔，世上没有任何理由足以对抗我儿子的笑容。彼得把薯片和葡萄酒放在红苹果陈列架的上面，给纳撒尼尔一个熊抱。"听听你的声音！"他轻吼，"你的声音全回来了，对不对？"

彼得撑开纳撒尼尔的嘴巴检查，逗他咯咯笑个不停。"音量也恢复正常了吗？"他问道，假装转动纳撒尼尔肚子上的按钮，让孩子的笑声越来越响亮。

接着彼得转头看着我。"他听起来好极了，尼娜。"在这短短的几个字之间，我听出他其实想要说：你做了正确的事。

"谢了。"

我们互相打量，两个都在思索哪些话能说，哪些不能提。因为我们正忙着盘算友谊的分量，于是我没有注意有辆购物车渐渐靠近，还轻轻地碰到我这辆购物车的后侧，清脆的碰撞声刚好让我抬起头，看到昆丁·布朗站在一堆汪洋似的脐橙旁边微笑。"好哇，好啊，"他说，"这些水果都熟了吧？"他掏出放在胸前口袋里的手机开始拨号。"请派辆警车过来，我要逮人。"

"你不懂。"我想要解释，这时他收起手机。

"有什么难懂的？你公然违反保释条件，弗罗斯特太太。这位是不是你在地方检察官办公室的同事呢？"

"看在老天爷的份上，昆丁，"彼得抢着说话，"我是在和这孩子说话，是他喊我过来的。"

昆丁抓住我的手臂。"我大胆信任你，结果你反而给我难看。"

"妈咪？"纳撒尼尔的声音像河水一样涌向我的耳边。

"没事，宝贝。"我转身看着助理检察长，咬着牙说，"我会和你走，"我压低声音说，"但是请你有点气度，不要让我的孩子再次陷入恐慌。"

"我没有和她说话，"彼得吼道，"你不能这样做。"

当昆丁转头看他的时候，眼神深不可测。"艾伯哈特先生，我相信你没有说出来的话是：'他听起来好极了，尼娜。'尼娜，你没交谈的女人，名字正好就是尼娜。老实说，就算你笨到去靠近弗罗斯特太太，她也应该推着购物车避开你。"

"彼得，没关系。"我说话的速度很快，因为我听到店外已经有警笛的声响。"麻烦你带纳撒尼尔回家给凯利伯好吗？"

两名警员跑向走道过来，把手按在枪把上。纳撒尼尔张大眼睛看着这一幕，最后才发现警察想做什么。"妈咪！"他大声尖叫，昆丁则下令要警察铐住我的双手。

我面对纳撒尼尔，用力装出的笑容几乎要绷裂我的脸。"没事，你看，我很好。"我的双手被往后拉，原来夹住的头发跟着散落下来。"彼得，现在就带他走。"

"来，乖孩子。"彼得开口安慰纳撒尼尔，将他从购物车的座位抱出来。他的鞋子钩到推车的金属横杆，纳撒尼尔开始拼命反抗。他向我伸出双手，放声大哭，激动之下开始打嗝儿。"妈咪——"

购物的人群自动让开一条通道，正在堆货的员工看得目瞪口呆，收银员手上的扫描枪定定地停在半空中。我从这些人面前走过，一路上仍然听得到儿子的哭喊。他的尖叫声跟着我来到停车场，进到了警车里。车顶的警示灯不停闪动。没多久之前，纳撒尼尔才指着一辆追逐嫌犯的警车，以为是热闹的假日景象。

"很抱歉，尼娜。"押我进警车里的警员对我说。透过车窗，我依然看得到双手环胸的昆丁·布朗。柳橙汁，我心想：烤牛肉和切片美式奶酪。芦笋、起司饼干、牛奶以及香草酸奶。我一路默念着回到监狱里，这些我留在卖场手推车里的物品会慢慢变坏，除非有人想到，去将它们放回原来的位置。

凯利伯打开门，看到儿子在彼得·艾伯哈特的怀里啜泣。"尼娜怎么了？"他立刻开口问，并且伸手去抱纳撒尼尔。

"那家伙简直是个浑球，"彼得垂头丧气地说，"他这么做，是为了在所有人面前留下深刻的印象，他——"

"彼得，我太太在哪里？"

彼得瑟缩了一下。"回监狱里了。她违反了保释条件，助理检察长下令逮捕她。"

有那么一会儿，纳撒尼尔仿佛和铅块一样沉重。凯利伯抱着儿子，责任让他略有摇晃，但接着他站稳了脚步。纳撒尼尔还在哭，但现在安静多了。孩子的衬衫背后湿了一整片，凯利伯揉搓孩子的脊背。"先等等，告诉我发生了什么事。"

凯利伯听到了几个关键的字眼：杂货、食品、昆丁·布朗。但是他的脑子里一片轰隆隆的声音呐喊着：尼娜，你这下又做了什么事？声音大到让他几乎听不见彼得的话。彼得解释着："纳撒尼尔喊我过去，我听到他能说话太兴奋了，不可能不理他。"

凯利伯摇头。"你……是你去接近她？"

彼得足足比凯利伯矮了一尺，在这一刻，他清楚感觉到每一寸的分量。他往后退了一步。"我绝对不可能让她惹上麻烦的，凯利伯，这你也知道。"

凯利伯想象儿子放声哭叫，两名警察夹着他的妻子离开，在这个混乱的场面中，还有一堆水果滚到地上。他知道这不是彼得的错，不完全是。一个巴掌打不响，对话也要有两个当事人，尼娜应该直接离开才对。

但尼娜想必会告诉他：她当时可能没有多加思考。

彼得把手搭在纳撒尼尔的小腿上轻轻按摩，但这个动作反而让孩子再次抓狂，不但在前廊疯狂的哭喊，还扯掉了树上的枝叶。"天哪，凯利伯，我很抱歉。这太荒唐了。我们什么也没做。"

凯利伯转过身，让彼得看到纳撒尼尔的后背因为恐惧而上下起伏。接着他抚摸儿子湿漉漉的头发。"什么都没有吗？"凯利伯撂下质疑，让彼得站在屋外。

我浑身僵硬地被带进单人牢房，但是我不知道自己为什么会失去知觉，是因为遭到逮捕，或是只是单纯地感觉到冷。监狱里的暖气设备故障，狱管全穿上了厚外套。通常只穿短裤或内衣的受刑人也套上了毛衣，但由于我什么都没有，只好在被锁进囚室之后坐着发抖。

"甜心。"

我闭上眼睛，转头面对墙壁。今天晚上我不想理会亚德莲。今晚我必须明白昆丁·布朗抓住我的把柄了。第一次得到保释出狱是个奇迹，好运通常不会再次驾临同一个地点。

我真想知道纳撒尼尔好不好，也想知道费舍尔是否已经和凯利伯谈过。这次被收押，我选择打电话给我的律师。这是懦弱的解决方式。

凯利伯会说这是我的错，但是，这也要他愿意再和我说话才行。

"甜心，你的牙齿再这样咯咯咬个不停，就得去做根管治疗了。来。"有个东西在栏杆边窸窣作响，我一回头，看到亚德莲丢了件毛衣过来给我。"是安哥拉羊毛的，别太用力拉。"

我笨手笨脚地套上毛衣，活动的空间还大得很，因为亚德莲比我高六寸，罩杯起码也比我大两号。我还在发抖，但至少现在我可以确定这和寒冷无关。

当警卫宣布熄灯的时候，我试着想象热气。我记得，当梅森还是幼犬时，经常躺在我的脚边，温暖又柔软的肚子就靠在我的光脚丫上。当我们在圣托马斯海边度蜜月的时候，凯利伯曾经用沙子埋住我，只露出头来。还有，我在一大早脱下纳撒尼尔的睡衣时，还感觉得到衣服上的温度和孩子睡觉的味道。

亚德莲在走廊的对面嚼绿色的圈圈糖。糖果在昏暗的光线中闪着绿光，看起来就像是亚德莲知道怎么制造光线。

即使在监狱这片压抑的沉静之中，我仍然听得见当我被戴上手铐时，纳撒尼尔哭喊着要找我的声音。纳撒尼尔恢复得如此之好，慢慢地恢复正常，这件事会对他造成什么影响？虽然我不能回家，但是他是不是会在窗口等我？他会不会睡在凯利伯身边躲开噩梦？

我像倒带播放监视录像带般地回想自己在卖场里的一举一动：我做了什么事，以及我应该怎么做才对。我也许把自己当作纳撒尼尔的守护者，但是在今天，我的表现一点也不好。我以为和彼得说说话没什么关系，但是这个行为却可能让纳撒尼尔的状况急遽恶化。

几尺之外，亚德莲囚室里的绿光像极了舞动的萤火虫。事情不能光看表面。

比方说，我一直以为自己知道怎么样做对纳撒尼尔最好。

但是，如果我错了怎么办？

"我倒了些热可可在杯子里，好让你配着鲜奶油喝。"凯利伯说了个冷笑话，一边把马克杯放在纳撒尼尔的床头桌上。纳撒尼尔甚至连看都没看他一眼。他面对墙壁，整个人蜷了起来，哭得红肿的双眼让他一点也不像平常的纳撒尼尔。

凯利伯脱掉鞋子，直接钻到纳撒尼尔的床上，然后用双臂紧紧圈住儿子。"纳撒尼尔，没事的。"

他感觉到儿子的小脑袋摇了一下。他用手肘支起身子，轻轻地将床上的儿子转过身来让他躺好。他咧开嘴笑，努力想装出一切正常的样子，想假装纳撒尼尔的世界没有变成水晶雪花球，不会在雪花落定没多久之后又开始飘动不安。"怎么样，要不要喝点热可可？"

纳撒尼尔慢慢地坐起来。他抽出被子里的双手，朝自己身体方向缩，接着举起手掌伸直指头，用拇指抵住下巴——要妈咪。

凯利伯整个人愣住了。的确，自从彼得带他回家之后，纳撒尼尔就光是哭，和他没有什么互动。只有在凯利伯帮他洗完澡，要穿上睡衣之前，才稍微停止啜泣。但是，如果他想，他当然能说话。"纳撒尼尔，你能不能告诉我你想要什么？"

又是手语。接着纳撒尼尔又比画了第三次。

"你能不能用说的，小朋友？我知道你想要妈咪。来，说给我听。"

纳撒尼尔的泪光一闪，眼泪跟着落下来。凯利伯握着孩子的手。"说说看，"他乞求，"拜托，纳撒尼尔。"

但是纳撒尼尔一声不吭。

"好，"凯利伯喃喃地说，把纳撒尼尔的手放回孩子的腿上，"没关系。"他尽全力摆出笑容，然后下床。"我马上回来。你用这个时间喝热可可，好吗？"

凯利伯回到自己的房间，从皮夹里掏出一张名片，拨打上面的电话号码。他找的是儿子的精神科医生：罗比许医生。打过电话之后，他握起了拳头，在墙上捶出个洞。

纳撒尼尔知道这都是他的错。彼得嘴里虽然说不是，但是他在撒谎，大人在半夜里就是用这种语气说话，要孩子相信床下没躲着可怕的东西。他们带贝果走出卖场时，没有先通过机器刷条形码。开车回家时，车子里也没有儿童座椅。而现在，他的爸爸把热可可带进卧室，可是他明明就不准在楼上吃东西。他的妈妈走了，没有人遵守规矩，这全是因为纳撒尼尔的关系。

他看到彼得，开口和他打招呼，结果这变成坏事。非常、非常不好的坏事。

纳撒尼尔只知道他一说话，那个男人就抓住他母亲的手。他一说话，警察就来。他开口说话，妈妈就被抓走。

所以，他再也不说话了。

到了星期六早上，暖气终于开始运作。但由于修得太好，因此监狱里的温度大概有二十七度。当我被带到会议室和费舍尔碰面的时候，我只穿着短袖上衣和囚服的裤子，而且还在冒汗。反观费舍尔呢，就算穿西装打领带，他仍然是一副怡然自得的模样。"要找法官安排撤销假释的听证，最快也得等到星期一。"他说。

"我要见我儿子。"

费舍尔的脸上没有任何表情。他很生气，如果我们角色互换，我一定也会如此，因为我让自己的案子变得更复杂。"今天的探监时间是从早上十点到十二点。"

"费舍尔，请你打电话给凯利伯。请你尽力，要他带纳撒尼尔过来。"我整个人沉沉地坐在他对面的椅子上，"他才五岁，亲眼看到警察把我带走。现在，他必须看到我没事。就算他得在这里看也好。"

费舍尔没有承诺。"我不必说你也知道，你的保释被撤销了。你好好想一想，你到底要我在法官面前怎么说，尼娜，因为你没有别的机会了。"

一直等到他直视我，我才开口问："你会不会帮我打电话回家？"

"你明不明白负责这个案子的是我？"

我们久久对望，谁也不愿先眨眼，最后我先让步。我低头瞪着自己的腿看，听到费舍尔走出会议室之后顺手关上门。

亚德莲知道，随着探视时间即将结束，我的心情也越来越焦虑。时间已经接近中午，但是一直没有人叫我去会见访客。她趴着，正把指甲涂成荧光橘色。据她说，这是为了向狩猎季节致意。当我看到狱管在例行的每刻钟巡逻时间走过来的时候，我就站起身来询问："你确定没有人来找我？"

他摇摇头，继续往前走。亚德莲对着指甲吹气，想吹干指甲油。"指甲油还有剩，"她拿着瓶子说，"要我把它滚过去给你吗？"

"我没有指甲，我会咬指甲。"

"哎，太离谱了，有些人就是不懂得善用上帝赐予我们的天赋。"

我笑了。"和你说话还真有趣。"

"亲爱的，上帝在配置我的时候刚好有点恍惚。"她坐到下铺，脱掉了球鞋。昨天晚上她仔细在脚趾甲上绘了迷你版的美国国旗。"呃，该死，"亚德莲说，"把脚趾甲弄花了。"

时钟完全没有动静，一秒都没有走动，我可以发誓。

"说说你的儿子，"亚德莲发现我又探头看着走廊，于是开口问，"我一直想生个儿子。"

"我还以为你想要女儿。"

"宝贝，我们女人需要细心呵护。男孩子呢，万事都在意料当中。"

我试着想，应该要怎么来好好形容纳撒尼尔。这很像试着用纸杯装进一片大海。我要怎么去解释一个依照颜色吃东西，在半夜吵醒我只为了急着要知道人为什么要呼吸氧气而不是水，还会拆开迷你录音机想在里面找出自己声音的男孩？我太了解我儿子，而且，用来形容他的字句太多，让我自己都感到惊讶。

"有时候，当我握住他的手，"我终于慢慢地说，"我会觉得他的手和我的手越来越不相配。我是说，他才五岁，你晓得吗？但是我已经可以感觉到即将来临的一切。有时候我觉得他的手掌有点太大，或是指头太有力气。"我瞟了亚德莲一眼，耸耸肩，"每次牵他的手都像是最后一次。因为接下来，可能要换成他牵住我的手。"

她轻柔地对我微笑。"甜心，他今天不会来的。"

时间是十二点四十六分，我转过头去，因为亚德莲是对的。

狱管在接近傍晚的时候走过来对我说："来吧。"然后拉开我的牢门。我揉着眼睛，跌跌撞撞地站起身。他带我沿着走廊来到监狱里一处我没到过的地方。我的左边有一排小房间，像是迷你监狱。狱警打开其中的一扇门，带我走进里面。

这个空间没比放打扫用具的杂物箱来得大，里面有一面塑料玻璃，玻璃前放了张板凳，旁边的墙上挂了一具话筒。玻璃的另一边有个一模一样的小房间，凯利伯正坐在里面。

"啊！"我脱口惊呼，急忙冲向电话边，将话筒靠在我的耳边，说，"凯利伯，"我知道他看得到我的脸，也听得到我的话。"拜托，拜托，请你拿起电话。"我不断地比手画脚，但是他的脸色严峻，双手紧紧环抱在胸前。他连这一点小小的满足都不愿意给我。

我挫败地沉坐在凳子上，前额靠向了塑料玻璃。凯利伯弯腰抱了个东西起来，我这才发现纳撒尼尔一直都在，只是他在台面的下方，我没看到他。他跪在凳子上，瞪大眼睛，十分紧张。他犹豫地碰着玻璃，似乎想知道我不仅只是光影下的错觉。

我们曾经在沙滩上看到过寄居蟹。当时，我把寄居蟹翻了过来，好让纳撒尼尔看寄居蟹蠕动多节的脚。把寄居蟹放在你的手掌上，我说：它会爬。纳撒尼尔伸出了手，但是每当我想把寄居蟹摆上去，他就缩回小手。他想碰，但是又害怕，两种情绪程度相当，也僵持不下。

所以，这时候我露出微笑，挥了挥手，让他的名字充满在这个小空间里。

我做出方才对凯利伯做的动作，拿起话筒。"你也拿起来，"我无声地说，然后又拿了一次话筒，让纳撒尼尔知道他该怎么做。但是他摇摇头，把手放到下巴。妈咪，他打出手语。

我手上的话筒掉了下来，像条蛇一样打向旁边的墙壁。我甚至不必看凯利伯，光是这个手势，我就知道了。

我的泪水顺着脸颊往下滑，我伸出右手打出I—L—Y的组合手势：我爱你。接着我憋住呼吸，看着纳撒尼尔举起小拳头，手指展开和我一样的手势。然后又是个代表和平的手势，他用手指比出数字二，说：我也爱你。

到了这时候，纳撒尼尔已经哭了出来。我听不到凯利伯对他说了什么话，但孩子摇摇头。狱警这时拉开了他们背后的门。

喔，天哪，我就快看不到他了。

我轻轻敲着玻璃要他看过来，把脸贴向玻璃，然后指着纳撒尼尔点头示意。他照我的手势做，把自己的脸颊贴在透明的隔墙上。

我靠过去，亲吻母子间的这道障碍物，假装玻璃并不存在。即使在凯利伯带他离开会客室之后，我依然头靠玻璃坐着，要自己相信我还能感觉到纳撒尼尔在玻璃的另一侧。

事情发生不止一次。过了两个星期之后的星期日，纳撒尼尔的父母到了麻州。费奥雷太太当时正在为小朋友读某个小家伙用弹弓对付巨人的故事，神父走进教室里来。"我需要个帮手。"虽然大家都举起了手，但是神父直直看着纳撒尼尔。

"你也知道，"他在办公室里对纳撒尼尔说，"爱思米想念你。"

"它真的想吗？"

"喔，千真万确。这几天它一直在念你的名字。"

纳撒尼尔笑了。"它才没有。"

"你听，"神父用手圈住耳朵，靠向躺在沙发上的猫咪，"它又叫了。"

纳撒尼尔也凑上前去，但是他只听到猫轻柔地咪呜叫。

"你可能要再靠近一点，"神父说，"上来坐这里。"

纳撒尼尔稍有犹豫，他想起来了。他的母亲告诫过，和陌生人单独相处时要小心。但是这不是陌生人，对吧？他坐在神父的腿上，把耳朵贴在猫咪的肚子上。"这样才是乖孩子。"

这个男人动了动双腿。有时候，当纳撒尼尔在父亲的腿上睡着，父亲也会这样挪动双腿。"我可以起来。"纳撒尼尔建议。

"不，不必。"神父的手沿着纳撒尼尔的背往下滑，经过孩子的臀部，然后放到自己的腿上。"这样很好。"

这时候纳撒尼尔发现自己的衬衫被掀了起来，感觉到神父又热又湿的指头靠在他的脊椎上。纳撒尼尔不知道该怎么拒绝。他满脑子只想到那天当他们开车的时候，有只被困在车里的苍蝇拼命撞向窗户只想脱身。"神父？"纳撒尼尔嗫嚅道。

"我只是在祝福你，"他回答。"只有最特别的小帮手才有资格得到。我要上帝每次看到你的时候都会注意到你。"他的指头停了下来。"你应该也这么希望吧？"

祝福是好事，让上帝格外注意嘛——呃，纳撒尼尔确定爸妈应该也会高兴。他将注意力放在懒洋洋的猫咪身上，这时候他听到了，一个轻得像喘气般的声音，是爱思米——但也可能不是爱思米——在轻叹他的名字。

狱管在星期日下午第二次带我去会客。他带我来到楼上的会议室去，受刑人通常在这里私下和律师见面。也许，是费舍尔来探视我的状况。也许他想和我讨论明天的听证会该怎么准备。

门一打开，我吓了一跳，在里面等着我的是帕特里克。会议室的桌子上一字摆开了六盒外带的中国菜。"你爱吃的菜我全买来了，"他说，"左宗棠鸡、蔬菜捞面、花椰菜炒牛肉、洞庭虾，还有蒸饺。对了，另外还有那道吃起来像橡胶的东西。"

"豆腐。"我抬起下巴挑衅，"我以为你不想和我说话。"

"我是不想。我只想和你一起吃饭。"

"你确定？你想想看，在你塞得满嘴食物的时候，我可以说多少话，你甚至没机会——"

"尼娜，"帕特里克的蓝眼睛似乎褪了色，看起来很疲惫，"闭嘴。"

他尽管斥喝，但依然伸出手摆在桌上，这比桌上的任何东西都吸引我。

我在他对面坐下，握住他的手。帕特里克立刻紧紧回握，在这一刻，我瞬间崩溃。我把脸颊贴在冰冷斑驳的桌面，帕特里克梳理我的头发。"我偷看了你幸运饼里面的签，"他自首，"签上说你会无罪获释。"

"那你的签怎么说？"

"也说你会获释。"帕特里克笑了，"我不知道你要选哪一个。"

我放下警戒，眼神开始游移。"没事了。"帕特里克对我这么说，而我相信他。我拿起他的手掌贴在我滚烫的脸上，好像他的掌心可以带走我的羞愧，然后远远地扔到别的地方。

当你拨打监狱的付费电话时，受话的一方会知道是谁来电。每隔三十秒，在线就会自动出现语音提示，告知受话人这通电话来自位于亚尔福瑞的约克郡郡立监狱。去洗澡之前，我用帕特里克在那天下午给我的五十分铜板打了一通电话。"嘿，听着，"我一接通费舍尔家中的电话，立刻开口说，"要我告诉你周 开庭该说什么吗？"

"尼娜？"我听到电话另一头的远处有个女人的笑声。还有杯子或瓷器在水槽里碰撞的声音。

"我得和你谈谈。"

"我们正在吃晚饭。"

"天哪，费舍尔。"这时刚好有一群男人从外面的院子走进来，于是我背过身去。"我干脆等你方便的时候再打好了，我一定还有机会的，比如说，再等个三四天就好。"

我听到远处的声音越来越模糊，接着是咔嗒的关门声。"好了。怎么了？"

"纳撒尼尔不说话了。你得把我弄出去，因为他又开始崩溃。"

"他不说话？又不说了？"

"凯利伯昨天带他过来，他又……开始打手语。"

费舍尔想了想。"如果我们让凯利伯出庭做证，还有纳撒尼尔的精神科医生——"

"你必须传唤他。"

"你是说精神科医生？"

"凯利伯。"

如果他感到惊讶，那么他也没有表现出来。"尼娜，老实说，你搞砸了。我会想办法让你出来，但是我还是觉得可能性不大。如果你要我想办法，就得先安分一个星期。"

"一个星期？"我抬高音调。"费舍尔，我们说的是我儿子。你知不知道纳撒尼尔在一个星期内可能会恶化到什么程度？"

"我就是指望这样。"

一个声音切进了我们的对话。这通电话来自亚尔福瑞的郡立监狱。如果要继续通话，请投入二十五分钱铜板。

当我告诉费舍尔让他去死的时候，电话线已经断了。

狱方让亚德莲和我一起到院子里活动筋骨，时间有半个钟头。我们先沿着墙边散步，在觉得太冷之后，便逆风站在高耸的砖墙下方。当狱管走进院子的时候，亚德莲正在抽烟。她撕下《简·爱》——这是她露露阿姨寄来的生日礼物——的超薄纸张，然后卷起从自助餐厅捡来的干橘子皮充当香烟。她已经撕到第二百九十八页了。我告诉她，明年要她阿姨寄《名利场》过来。

我跷起腿坐在干枯的草地上。亚德莲跪在我后面抽烟，双手插进我的头发里。她出狱之后想当美容师。她用指甲帮我的头发从太阳穴到后颈分线拨开。"不要扎马尾。"我吩咐她。

"你这是在侮辱我。"她又帮我的头发分了另一道线，和第一道分线平行，接着开始一排排编起紧紧的发辫。"你的头发很细。"

"谢谢。"

"这可不是称赞，甜心。你瞧瞧……我根本抓不住。"

她又编又扭，好几次让我痛得眯起眼睛。如果整理脑袋里纠结成一团的思绪也能这么简单就好了。她的香烟抽到只剩下一寸长，越过我的肩膀落到篮球场上。"好啦，"亚德莲说，"这不是好多了吗？"

我自己当然看不到。我先伸手触摸服贴在头皮上凹凹凸凸的发辫，接着闹别扭地动手松开亚德莲精心编织的辫子。她耸耸肩，坐到我身边来。"你一直都想当检察官吗？"

"不是。"有谁会想当呢？有哪个孩子会认为检察官是个魅力十足的行业？"我想要当马戏团里的驯狮人。"

"没错，缝满亮片的戏服还真抢眼。"

对我来说，戏服从来都不是重点。我爱极了驯兽师洁伯-威廉斯的能耐，他可以走进兽笼里，让一群野兽以为自己是家猫。就这点而言，我发现我的工作与这个目标并没有太大的落差。"你呢？"

"我老爸希望我当芝加哥公牛队的中锋，而我比较希望成为拉斯维加斯的歌舞女郎。"

"啊。"我弓起膝盖，用双手抱住。"你老爸现在怎么想？"

"我猜，他没什么机会去想吧，他已经过世了。"

"我很遗憾。"

亚德莲抬起头来。"没必要。"

但是她缩回到自己的小世界里去，我惊讶地发现我想要她回来。我想起我和彼得·艾伯哈特常玩的游戏，我转头对亚德莲说："最好看的肥皂剧？"我挑战她。

"什么？"

"跟着我玩就是了，说出你的答案。"

"《青春岁月》，"亚德莲说，"顺道一提，这些个在低设防监狱当警卫的孩子们真傻，竟然不懂在下午一点该收看什么电视节目。"

"最难看的蜡笔颜色？"

"赤赭色。那到底算什么颜色？还不如说是呕吐色。"亚德莲咧嘴笑，脸上闪过一丝白光。"最好穿的牛仔裤？"

"李维斯501。最丑的狱管？"

"哈，那个午夜过后才会出现，应该要把胡子漂白的女人。你有没有注意到她的屁股有多大？甜心宝贝，让我为你介绍珍妮·克雷格小姐出场。"

我们一起大笑，仰躺在冷冷的地上，感觉到冬天渗入我们的体内。当我们终于缓过呼吸之后，我的胸口却有种空洞沉重的感觉，我实在不应该还有能力感受喜悦。"最希望去的地方？"过了一会儿，亚德莲问了。

这堵墙的另一边。在我家，我的床上。任何有纳撒尼尔在的地方都好。

"从前。"我回答，因为我知道她懂。

昆丁坐在毕德佛一家咖啡店里，这里的凳子连矮人都会嫌小。他靠着马克杯沿啜饮，热可可立刻烫伤了他的嘴唇。"该死！"他咕哝着抱怨，拿起餐巾捂住嘴，谭雅正好在这个时候走进店里，她穿着护士的制服，连身衣上印着迷你泰迪熊。

"什么也别说，昆丁，"她滑坐上他身旁的凳子，说，"我没心情听你取笑我的制服。"

"我没有。"他指着马克杯，弃械投降不打算争吵。"要我帮你点什么东西？"

他帮谭雅点了一杯低咖啡因的卡布奇诺。"你很喜欢吗？"他问道。

"咖啡？"

"当护士。"

他在缅因大学结识了谭雅，当时她也是学生。这叫什么，在第一次约会结束的时候，他伸手划过她的锁骨。叫锁骨，她说。这里呢？他的手沿着她的脊椎往下滑。尾骨。他张开手掌包覆住她的臀部。这是你身上最让我喜欢的部位。他碰触她光裸的肌肤，然后亲吻她的臀部，她的头随着他的动作往后仰，喃喃地低语：肠骨。

基甸恩在九个月之后现身报到。他们在他出生的六天之前结了婚，这是个错误的决定，这桩婚姻撑不到一年就宣告结束。从此之后，昆丁一直提供儿子经济上的援助——暂且不谈精神上的支持。

"如果我能撑这么久，就表示我一定很讨厌。"谭雅说。昆丁想了好一会儿，才明白她只是在回答他的问题。他的脸上一定是流露出什么表情，因为她伸手碰他的手。"对不起，我太粗鲁，反而是你这么有礼貌。"

她的咖啡送了过来，她先轻吹了一下才喝。"我在报纸上读到你的名字，"谭雅说，"他们要你来起诉谋杀神父的嫌犯。"

昆丁耸耸肩。"其实这案子很单纯。"

"那当然，如果你光是看新闻的话。"但是谭雅依然摇摇头。

"这是什么意思？"

"世界不止黑白两色，但是你一直学不会。"

他扬起眉毛。"我没学到教训？当初是谁把谁踢出家门的？"

"是谁发现谁和某个看起来像只老鼠的女孩胡搞？"

"情况并没有那么严重，"昆丁说，"我当时喝醉了。"他犹豫了一下，然后补充道，"而且，说真的，她看起来比较像兔子。"

谭雅翻个白眼。"昆丁，那已经是十六年半之前的事了，你还像律师一样在狡辩。"

"呃，要不然你想怎么样？"

"要你当个男人，"谭雅的答案很简单，"要你承认高高在上、影响力深远的布朗先生偶尔也会犯个错。"她推开喝不到半杯的咖啡。"我老是在想，你是个了不起的检察官，是不是因为这个工作可以减轻你自己身上的压力。你知道的，规范其他人的行为会让你觉得自己充满正义感。"她从皮包里掏出五块钱放在柜台上。"起诉那个可怜女人的时候，你自己先想想。"

"你究竟想说些什么？"

"你有没有办法想象她的感受，昆丁？"谭雅歪着头问道，"还是说，你根本没办法想象那种亲子间的联系？"

她起身，他跟着站起来。"基甸恩不想和我有什么关系。"

谭雅扣上外套，朝门口走过去。"我老是说，他遗传到你的聪明才智。"说完话，她再一次地脱离他的掌握。

到了星期四，凯利伯已经建立起一套生活作息：早上叫醒纳撒尼尔之后让他吃早餐，带他一起遛狗散步。随后父子开车到凯利伯正在施工的工地，凯利伯砌墙的时候，他会让纳撒尼尔留在小卡车的车斗里把玩装在鞋盒里带过来的乐高积木。父子俩一起吃午餐，有时候是花生酱三明治夹香蕉，有时候喝装在保温壶的鸡汤，搭配小冰柜里的汽水。接着他们会到罗比许医生的诊所，这位精神科医生虽然努力尝试，但仍然无法让纳撒尼尔再次开口说话。

这一切宛如一出芭蕾舞剧，一个没有话语的故事，但是任何人看到之后，都能了解凯利伯和儿子缓缓地度过每一个日子。凯利伯惊讶地发现这套作息甚至开始像个正常生活了。他喜欢这种宁静，因为如果不必说话，他就不会说错话。而且，就算纳撒尼尔不说话，至少他也已经不再哭泣。

凯利伯没有多想，一项一项地进行手边的工作，喂饱纳撒尼尔，帮他穿好衣服，送他上床，一天下来，可以胡思乱想的时光所剩无几。通常他在这个时候已经躺在床上，原来尼娜躺的位置如今空了下来。尽管他试着不去想，但是他口中的事实比柠檬还苦涩：没有她，生活变得简单多了。

费舍尔在星期四带来新数据让我看，里面包括一百二十四名证人对于我杀害席辛斯基神父的证词，帕特里克写的性侵案报告，当初伊凡·赵为我采录，而我说词反反复复的口供，以及验尸解剖报告书。

我先读帕特里克的报告，这种感觉很像选美皇后在翻阅自己的剪贴簿。这份报告足以解释放在我手边的其他数据。我接下来读的是案发当天法庭内所有人员的证词。我当然把最精彩的验尸报告留在最后才看，我虔诚地将报告捧在手上，仿佛我面对的是一册《死海古卷》。

我先看照片，目不转睛地凝视，一直到闭上眼睛之后，仍然看得见神父破碎脸孔的残缺轮廓，也能够想象他乳白色的脑浆。根据验尸官凡恩·波特的记录，他心脏的重量为三百五十公克。

"冠状动脉解剖显示，"我大声念出来，"动脉粥样硬化斑块导致管腔狭窄，以左前降支动脉最为明显，此一部位的管腔横切面缩小程度达百分之八十。"

管腔。我重复读着这个字眼和这个怪物残存的部位：无血栓迹象，胆囊外壁光滑，膀胱有轻微小梁化状况。

胃部残留尚未完全消化的培根与肉桂卷。

后脑在子弹穿入孔周围有一圈弹药灼伤痕迹，子弹路径四周有坏死现象，残余的脑为八百一十六公克，小脑扁桃体挫伤。死亡原因：头部遭受枪击。死亡方式：他杀。

突然间，我发现可以流畅地说出这些原来陌生的语言。我伸手触摸验尸报告。接着，我想起他母亲在葬礼上的扭曲脸孔。

验尸报告中还夹着另一份报告，上面盖了本地内科诊所的戳章。这应该是席辛斯基神父的病历。这份档案相当厚，远超过五十年例行体检的分量，但是我没费心去翻阅。何必呢？我做了一般感冒、干咳、疼痛和痉挛做不到的事。

我杀了他。

"这是给你的。"助理把一份传真递给昆丁。他抬起头接下这几张传真，再低头看了一会儿，觉得有些困惑。实验室的报告上有席辛斯基的名字，但是和他的案子无关。接着他懂了，这是有关上一件案子，也就是与被告的儿子有关，而且已经结案的案子。他瞥了报告一眼，然后耸耸肩，这个结果并不令人惊讶。"这不是我的事。"昆丁说。

助理看着他，眨了眨眼睛。"那你要我拿它怎么办？"

他本来想递回给女助理，但想想又放在桌边。"我来处理。"他说完话，随即再次埋头工作，让助理离开办公室。

凯利伯能说出上千个他宁愿去的地方，比方说战俘的宿舍，或是在龙卷风袭击的时候站在空旷的野地。但是他今天一定得出席，因为他接到了传票。他身穿唯一的西装还打上旧领带，站在法院的自助餐厅里捧着一杯热到烫手的咖啡，一边还要假装自己的手没有因为紧张而颤抖。

他想，费舍尔·卡灵顿不是坏人。至少一点也不像尼娜讲的那么糟。"放轻松，凯利伯，"律师说，"一下子就过了。"他们一起走向餐厅出口。再过五分钟就要开庭了，法警说不定正带着尼娜走进法院。

"你只要回答一些我们早就准备过的问题就可以了，接着布朗先生会问一些他自己的问题。你只需要说实话，好吗？"

凯利伯点头，想啜一口热乎乎的咖啡。其实，他一点也不喜欢咖啡。他想知道纳撒尼尔和莫尼卡在楼下的游戏室里玩什么游戏。他想要分散自己的注意力，于是在脑中为一名保险公司退休总裁即将砌的复杂砖墙构图。几分钟之后，十多个记者加上好奇的民众还有一名法官，都要聆听这个男人说话，而他宁愿保持沉默。"费舍尔，"他先开口，然后深深吸了一口气，"他们不能问任何，你知道的，任何她告诉我的事，对吧？"

"任何尼娜告诉你的事？"

"有关……有关她做的事。"

费舍尔瞪着凯利伯看。"她和你谈过？"

"对，在她——"

"凯利伯，"律师顺势打断，"别告诉我。而且我会确保你不必告诉任何人。"

凯利伯还来不及弄清楚自己究竟松了多大的一口气，费舍尔就已经穿过门口，消失无踪。

彼得为昆丁·布朗在撤销保释的听证会上做证，他迅速地看了我一眼，眼神中充满歉意。他不能撒谎，但是他也不想当个将我送进监狱的黑手。为了让他好过一些，我尽量不要与他有眼神的接触。我把注意力放在帕特里克身上，他坐在我身后，而且距离非常近，我可以闻到他身上肥皂的香气。至于布朗呢，他个头实在太大，不适合在小小的法庭里踱步。

费舍尔用手压住我的腿。我完全没注意到自己紧张得抖起了腿。"停下来。"他以嘴形默示。

"你在那天下午是否曾和尼娜·弗罗斯特见面？"昆丁问。

"没有，"彼得说，"我没有和她碰面。"

昆丁扬起眉毛，露出一脸不可思议的表情。"你有没有朝她走过去？"

"是这样的，我在食品区，她的推车正好就和我在同一个走道，她的儿子坐在上面。我朝孩子走过去。"

"弗罗斯特太太有没有也向手推车靠过去？"

"有，但是她朝她的儿子走过去，不是朝着我。"

"请你就我的问题回答。"

"听着，她站在我身边，但是没有和我交谈。"彼得说。

"你有没有开口和她说话呢，艾伯哈特先生？"

"没有。"彼得转头看着法官，"我朝纳撒尼尔走过去。"

昆丁碰了碰检方桌上的文件。"你有这起案子的资料吗？"

"你也知道，布朗先生，她的案子并非由我处理。你才是负责的人。"

"但是我借用她的办公室工作，而你的办公室就在隔壁，是不是？"

"是的。"

"而，"昆丁说，"办公室的门都没有锁，对不对？"

"是的。"

"所以我猜想她之所以会接近你，是因为她想探听内情？"

彼得眯起眼睛。"她不想惹麻烦，我也不想。"

"你现在想帮她摆脱这个麻烦，是不是这样？"

昆丁没等彼得回答，直接将证人交给辩方律师质询。费舍尔起身扣好西装。我感觉到汗水沿着我的脊椎往下淌。"当天谁先开口说话，艾伯哈特先生？"他问道。

"纳撒尼尔。"

"他说什么？"

彼得看着栏杆。这时候他已经知道纳撒尼尔又不说话了。"我的名字。"

"如果你不想让尼娜惹上麻烦，你为什么不转身直接走开？"

"因为纳撒尼尔想找我。而且在……在性侵事件之后，他有好一阵子没开口说话。当时是事发后，我首度听到他的声音。我不可能直接转身离开。"

"布朗先生就是在这个时候绕过来看到你们？"

"是的。"

费舍尔的双手在背后交握。"你有没有和尼娜谈起她的案子？"

"没有。"

"你有没有提供这件案子的任何内线消息？"

"没有。"

"她有没有开口问你？"

"没有。"

"你有没有处理任何与尼娜这件案子相关的事宜？"

彼得摇头。"我永远是她的朋友。但是我了解我的职责，以及我身为检察官对于法庭的义务。我绝对不可能让自己和这个案子有任何关联。"

"谢谢你，艾伯哈特先生。"

费舍尔回到辩护席坐在我身边，昆丁则是抬头看法官。"法官大人，检方没有问题了。"

我心想：至少我们有一方是如此。

凯利伯朝她望过去，却大吃了一惊。他的妻子过去一向干净整齐，现在却穿着亮橘色囚服坐着。她的头发乱成一团，眼旁出现了黑眼圈。她的手背上有一道伤痕，一脚的鞋带也松脱了。虽然不可能，但是凯利伯想要跪在她面前帮她绑紧鞋带，把头埋在她的腿上。

他明白了，你可以恨一个人，却又同时疯狂地爱着她。

费舍尔盯着他看，将凯利伯拉回现实的责任当中。如果他搞砸了，尼娜可能无法回家。然而费舍尔也说过，就算他在证人席上的表现毫无瑕疵，她也可能得留在监狱里等待正式开庭。他清了清喉咙，想象自己漂浮在语言的大海上，努力将头抬出水面。

"在你们发现纳撒尼尔遭到性侵之后，他从什么时候才开始再度说话？"

"大约三个星期之前。那天晚上杜沙姆警探来找他谈话。"

"从那个晚上开始，他的语言能力是不是逐渐有进展？"

"是的，"凯利伯回答，"几乎恢复正常。"

"他的母亲花了多少时间陪他？"

"比平时来得多。"

"你觉得纳撒尼尔有没有什么改变？"

凯利伯想了一下，说："变得比较快乐。"

费舍尔移动脚步，来到尼娜背后。"在卖场的事件发生之后，有什么变化出现？"

"他开始歇斯底里，哭到几乎不能呼吸，完全不肯开口说话。"凯利伯直视尼娜的双眼，把这句话当作礼物送给她。"他一直打手语，要妈咪。"

她发出像猫咪般的微弱声响。这让他顿时无言，还必须请费舍尔重复问题。"他在过去一个星期之间有没有说话？"

"没有。"凯利伯回答。

"你有没有带纳撒尼尔去看他的母亲？"

"去过一次。这对他来说……很不容易。"

"怎么说？"

"他不想离开她，"凯利伯承认，"会客时间截止的时候，我必须拖着他离开。"

"你儿子晚上睡得还好吗？"

"除非我陪他一起上床，否则他不睡。"

费舍尔严肃地点头。"弗罗斯特先生，你觉得孩子是否需要母亲回家？"

昆丁·布朗立刻起身。"抗议！"

"这是保释听证会，我允许辩方提出这个问题，"法官回答。"弗罗斯特先生？"

凯利伯看到许多个答案出现在他眼前。答案太多了，他该选择哪一个？他张开嘴然后闭上，接着又是同样的动作。

就在这个时候，他看到了尼娜。她明亮的眼光热切地看着他，他试图回想这个眼光为什么如此熟悉。他想起来了：几个星期之前，当她努力说服纳撒尼尔用"心"来说话，而且任何字眼都比不出声好的时候，他也曾经看到这道目光。"我们都需要她回来。"凯利伯毕竟还是作出了正确的回答。

罗比许医生的证词才说到一半，我就发现，如果当初我没有枪杀神父，那么我们应该会借这场审判让神父定罪。证词的重点集中在纳撒尼尔受到的性侵和随之而来的影响。罗比许医生在法庭上陈述了她对纳撒尼尔遭受性侵之后的评估、他的疗程，以及他如何运用手语。

"纳撒尼尔是否曾经回复到能够再次开口的状态？"

"有的。在他对杜沙姆警探亲口说出性侵犯的名字之后。"

"在那之后，根据你的了解，他是否可以正常说话？"

罗比许医生点点头。"情况逐渐恢复正常。"

"过去一周中你见过他吗，医生？"

"见过。他的父亲在星期五晚上打过电话给我，而且非常沮丧。纳撒尼尔又不愿意说话了。当我在星期一早上看到孩子的时候，他的退步十分明显，态度退缩，而且没有意愿沟通，我甚至没办法说服他使用手语。"

"依据你的专业判断，和母亲分开是否会让纳撒尼尔在心理上受到打击？"

"绝对会，"罗比许医生说，"事实上，如果这个情况持续越久，就越可能造成永久性的伤害。"

医生离开证人席之后，布朗起身结辩。他一开始就指着我说："这个女人公然藐视规范，而且显然不是第一次。她在看见彼得·艾伯哈特当下，就该转身离开。但事实证明她没有这么做。"他转身面对法官，"法官大人，你制定了尼娜·弗罗斯特的保释条件，规定她不得接触地方检察官办公室的任何成员，因为你也同样担心他们会提供她和其他被告不同的待遇。但是，如果你对她没有任何制裁，那么你就是在做同样的事。"

尽管我十分紧张，却也发现昆丁犯了一个策略上的错误。你可以对法官提出建议，但是绝对，绝对不可以告诉法官该怎么做。

费舍尔站起身。"法官大人，布朗先生在生鲜食品区看到的不过是酸葡萄罢了。就本质来看，当时根本没有任何信息的交流。事实上，没有证据显示出双方曾经开口询问相关信息。"

他把双手放在我的肩膀上。我过去曾经在办公室里看过他为其他委托人摆出相同的姿势，我们都称之为"祖父的架势"。"这是一场不幸的误会，"费舍尔继续说，"但不多不少，仅止于此。如果你把将孩子和尼娜·弗罗斯特分开作为这个事件的结局，那么孩子可能会无辜牺牲。在大家都经历过这么多事之后，我相信这个法庭绝对不会愿意看到这种情况。"

法官抬头看着我。"我不会把她和孩子分开，"他作了裁决，"但是我也不打算给她任何机会来违抗本庭的规则。我同意开释尼娜·弗罗斯特，但是条件是她必须在自宅监禁。她必须佩戴电子手铐，并且遵循缓刑和假释的所有电子监控规定。""弗罗斯特太太。"他看到我点头之后才说，"除了与律师见面或出庭之外，你不得离开自宅。只有在这些时候，电子手铐才可以依状况重新设定行动范围。如果我必须亲自到你住的街上巡逻，才能确定你确实遵守这些规则，我绝对乐于执行。"

我的新电子手铐通过通信网络来运作。如果我离家超过一百五十尺，手铐便会触发警报。此外，保释官有可能随时来找我，要求我提供血液或尿液的检体，来检查我是否服用任何药物或酒精。我决定直接穿囚衣回家，并且请副警长安排将我的旧衣服直接送给亚德莲。那些衣服对她来说太短也太紧，但正是她想要的。

"你好像有九条命。"费舍尔低声说。设定好我的电子手铐之后，我们一起离开了假释官办公室。

"还剩七条。"我叹气。

"希望你别全用掉。"

"费舍尔，"走到楼梯口，我停住了脚步，说，"我只想告诉你……换成是我，也不可能表现得更好。"

他笑了。"尼娜，我想，如果真要你开口说出'谢谢'，你可能会噎到。"

我们并肩走上楼梯来到大厅。费舍尔到最后一秒钟还保持着绅士风度，他推开厚重的防火门，拉住门让我先过。

瞬间迸发的闪光灯让我几乎看不见，过了好一会儿，我才再次看到这个世界。恢复视力之后，我才发现除了记者之外，帕特里克、凯利伯和莫尼卡全都在等我。接着，我看到我的儿子从他父亲的高大身躯旁边冲出来。

她穿着滑稽的橘色睡衣，头发像极了纳撒尼尔上次在车库汽水瓶后面发现的鸟巢，但是她有张母亲的脸，当她开口喊他名字的时候，说话的声音也和母亲一样。她的微笑像个钩子，他一口吞下这个钩子，感觉到喉咙直接卡了上去，让他从这个小空间中脱身往前冲。妈咪。纳撒尼尔举起手臂，他先踩到电线，又被大人的脚绊了一下，接着开始往前跑。

她立刻跪了下来，这个动作让拉力更强。纳撒尼尔靠得好近，看得到她在哭，但其实他看不太清楚，因为他自己也在哭。他感觉到钩子松了开来，拉出在他肚子里足足胀了一个星期的沉默，在他冲进她怀抱的前一秒钟，沙哑颤抖的声音从他的双唇之间迸了出来。"妈咪，妈咪，妈咪！"纳撒尼尔放声呼喊，他的音量大到盖过一切，孩子耳边只剩下母亲如雷的怦怦心跳。

才一个星期的时间，他就长大了。我一把抱起纳撒尼尔，像傻子般蠢笑，摄像机捕捉住每一个镜头。费舍尔将记者们集合在一起，开始长篇大论地陈述。我把脸埋进纳撒尼尔甜蜜的颈际，拿现实来比对记忆。

凯利伯突然站到我们的身边。他的表情和我们上次隔着监狱探视室玻璃单独见面时一样，深不可测。虽然他的证词帮了我，但是我了解我的丈夫。他的表现符合众人的期待，但这不代表他真心想这么做。"凯利伯，"我激动不安地开口，"我……我不知道该说什么。"

我惊讶地发现他献上了求和的橄榄枝，他竟然露出一抹微笑。"嗯，这可是有史以来头一遭。难怪有这么多记者出现。"凯利伯展开笑脸，同时伸出手臂环住我的肩膀，引领我往回家的路上前进。

六

　　我就这样回到了原来的生活当中。一家三口坐在早餐桌边，和其他家庭没两样。纳撒尼尔用手指描着早报头条的标题，"妈，"他静静地说，"咪……"我从咖啡杯口上方望过去，看到一张照片。照片中的我抱着纳撒尼尔，凯利伯站在我旁边。费舍尔不知怎么着，也把脸凑进照片里来。帕特里克站在几步之后，我是看到鞋子才认出他来的。照片上方斗大的标题写着："妈咪"。

　　凯利伯收拾儿子吃完谷片的空盘，纳撒尼尔跑进游戏室，他在里面筑起了两支恐龙大军，准备来场侏罗纪大战。我瞥了报纸一眼，说："我是恶人父母的典范人物。"

　　"总比'缅因州女谋杀犯'好。"他朝桌子点个头，"信封里有什么？"

　　这像是公务部门之间传递文件用的牛皮信封，封口有红线缠了起来，就夹在报纸的当地新闻版和体育版之间。我翻到信封背面，但是上面没有寄件人地址，也没有任何记号。

　　信封里装了一份州政府检验室的报告，过去我经常看到这种图表。图表上有八个字段，每项字段代表不同的人体DNA序列，其中有两排数字在每一点上都完全吻合。

　　结论：内裤上所找到的DNA图谱与席辛斯基的DNA图谱完全吻

合。因此我们无法排除于这处痕迹上取得的遗传物质来自席辛斯基之可能性。于随机挑选出的无关人士身上取得吻合于内裤上之遗传物质的比率，约为六十亿分之一强，相当于全球人口数。

用白话文来说，就是：我儿子内裤上的精子来自席辛斯基神父。

凯利伯从我背后探头看。"那是什么？"

"赦免令。"我叹口气。

凯利伯从我手上拿走报告，我指着第一行数字对他说："这是席辛斯基血液采样的DNA。下面这行是内裤污渍的DNA。"

"数字一样。"

"对。你全身上下的DNA都相同。所以警察逮捕到强暴犯之后，会取他的血液样本。你想想看，如果要他交出精子的取样也太荒谬了？关键是，如果嫌犯的血液DNA和证据相符，几乎就可以保证将嫌犯定罪。"我抬头看他，"这代表那件事是他做的，凯利伯。就是他。而且……"我没把话说完。

"而且什么？"

"而且我做了正确的事。"

凯利伯把报告盖在桌上，站起身来。

"怎么样？"我挑衅地问道。

他慢慢地摇头。"尼娜，你做的不是正确的事。你自己也说了，如果你拿嫌犯的血液DNA来比对证据，就可以将他定罪。所以，如果你肯等，他一定会得到惩罚。"

"然后纳撒尼尔就必须坐在法庭上做证，重新经历他的遭遇，因为如果没有他的证词，检验报告根本就没有用。"我尴尬地发现自己眼眶含泪，"我认为不用出庭做证，纳撒尼尔受的罪也已经够多了。"

"我知道你在想什么，"凯利伯温柔地说，"问题就在这里。纳撒尼尔要怎么去面对因为你这个做法而带来的一切？我不是说你做错，我也不是说我不会去做这种事。但是，就算这是正义的、恰当的举动……尼娜，这仍然不是正确的事。"

他穿上靴子，拉开厨房的门，留下我和这份检验报告。我用手支着头，深深地吸了一口气。凯利伯错了，他一定是错的，因为假如他没错，那么——

我的注意力转移到牛皮纸信封上。是谁拿过来的，难道是什么间谍？是不是检方有人从检验室拦截下这份报告？说不定是彼得放的，也说不定是那个助理认为这份报告有助于神志失常的抗辩。但不管怎么说，我都不该拿到这份报告。

因此，我也不能告知费舍尔。

我拨电话给他。"尼娜，"他说，"你有没有看到今天的早报？"

"不想看到都很难。嘿，费舍尔，你有没有看到神父的DNA检验报告？"

"你是指内裤污渍的采样吗？没有。"他顿了一下，"现在那案子已经结案了，可能有人通知检验室，不必继续比对。"

不太可能。地方检察官办公室的人员太忙，不可能去处理这样的细节。"我很想知道结果。"

"这和你的案子实在没什么关连——"

"费舍尔，"我很坚持，"你的助理有没有打电话给昆丁·布朗，要他把报告传真给你？我一定得看这份报告。"

他叹口气。"好吧。我再回你消息。"

我放下话筒，坐在桌边。凯利伯在外面劈柴，借由沉重的力道来抒发心里的挫折。昨天晚上，他温暖的手在被子下轻触我的电子手铐。不过仅止于此，接着他翻个身，躺到床的另一侧去。

我端起咖啡，再次阅读报告上的两行数字。凯利伯错了，这份报告举足轻重。这些文字和数字都是证据，白纸黑字来证明我是英雄。

昆丁粗略地再瞥了检验室报告一眼，然后把报告放在办公桌的角落上。毫无惊奇可言，任何人都知道她为什么要枪杀神父。问题是，这些全都不重要了。这场审判与性侵案无关，这是谋杀案。

那名不断骚扰他、一头金发还褪了色的书记官——他忘了她叫朗黛、汪黛还是什么诸如此类的名字——把头探进他的办公室里。"这地方的人都不敲门吗？"昆丁嘀咕。

"席辛斯基的检验报告在你那里吗？"她问道。

"就在我桌上。怎么了？"

"辩方律师刚刚打电话过来，想要一份副本传真，而且昨天就要。"

昆丁把报告递给书记官。"急什么呢？"

"不知道。"

昆丁不明白。费舍尔·卡灵顿一定知道这分报告对辩方不会有突破性的帮助。但是，话说回来，这对检方也没有任何意义。他确定尼娜·弗罗斯特一定会定罪，任何和死人相关的报告都不可能改变这个事实。当书记官走出办公室带上门的时候，昆丁已经把卡灵顿的要求抛到了脑后。

玛绮拉·温沃斯讨厌雪。她在缅因州长大，在那个地方工作了十年，真的受够了。她痛恨一早醒来发现自己得铲出一条路才能走到车边，痛恨脚下踩着滑雪板的感觉，更讨厌轮胎在薄冰上无可控制地打滑。事实上玛绮拉这辈子最高兴的日子，就是当她从缅因州立检验室辞职的那天：她搬到弗吉尼亚州，把雪靴丢在高速公路上麦当劳快餐店的垃圾桶里。

她在"细胞核心"私人检验室工作有三年了。玛绮拉一年到头都保持着日晒后的浅棕肤色，衣橱里也只有一件中等厚度的大衣。但是她的桌上摆了一张尼娜·弗罗斯特寄来的明信片，这位地方检察官在去年的圣诞节寄来这张卡片，上面的漫画是错认不了的缅因州地图——她的出生地看起来像极了连指手套——图片上还有一双搞怪的对眼和小丑帽，上面写着：一日为缅因人，终身是缅因人。

玛绮拉看着卡片，想到北方的缅因州现在应该已经开始积雪，这时尼娜正好打电话过来。

"你相信吗，"玛绮拉说，"我正在想着你。"

"我需要你帮忙。"尼娜回答。都是公事，尼娜向来只关心工作。玛绮拉离开州立检验室之后，尼娜打过一两次电话给她，都是为了请她再确认报告内容。"我有份DNA报告，需要确认一下。"

玛绮拉瞄了瞄堆在桌上收件箱里的文件。"没问题。说来听听。"

"儿童性侵案。我们有血液采样，还有遗留在内裤上的精子。我不是专家，但是结果很明了。"

"啊，我猜是化验结果不符，你是不是觉得州立检验室搞砸了？"

"结果符合，我只是要完全确定。"

"看来你真的不想放这家伙。"玛绮拉开起玩笑。

尼娜犹豫了一下。"他死了，"尼娜说，"我开枪杀了他。"

凯利伯一向喜欢劈柴。他爱极了力量迸发的那一刻：举起斧头往下劈，就好像在嘉年华游乐场里丈量自己的力气一样。他喜欢木头裂开来的声音，先是爆裂，接着"咚"一声往两边落地。他也喜欢劈柴的节奏，可以抚慰思绪和记忆。

也许当他劈完所有的木柴之后，会觉得自己已经准备好，可以回到屋里面对妻子。

尼娜一根筋的个性一向吸引人，对性格犹豫的男人更是如此。但现在这个缺点被放大到了遗憾的地步。她就是不愿放手。

凯利伯曾经接过一个工作，要为公园筑一道砖墙。在工作的这段期间，他认识了住在纪念凉亭下的一名流浪汉。有人告诉凯利伯，这个流浪汉叫煤块。煤块虽然精神不太正常，但也无害。凯利伯工作的时候，煤块偶尔也会坐在旁边的凳子上。煤块会花好几个小时解开鞋带，脱掉鞋子搔脚踝，然后再把鞋子穿上去。"你看到了吗？"流浪汉问凯利伯，"你看到伤口流出毒药了吗？"

有一天，社工人员到公园找煤块，想带他去收容所安置，但是他不肯。他坚称毒药会传染，他不想传染给别人。几个小时之后，那位女性社工人员终于耐心尽失。"我们想要帮忙，"她对凯利伯说，"却得到这种结果。"

于是凯利伯来到煤块身边坐下。他脱掉脚上的工作靴和袜子，指着脚踝说："你看到了吗？其他人也有伤口。"

之后，流浪汉便乖得像只猫一样离开了。脚上是否真的有伤口并不重要，重要的是，煤块在当下真的相信凯利伯的脚上有个洞。那一刻，凯利伯让流浪汉知道他是对的。

尼娜现在就是这样。她为自己的行为设下了新的定义，因此，就算对别人不然，但是对她而言，她怎么做都有道理。说她杀人是为了保护纳撒尼尔？这个嘛，不管出庭做证会对孩子造成什么创伤，都不可能和他亲眼目睹母亲被戴上手铐送进监狱一样严重。

凯利伯知道尼娜寻求的是正当性，但是他没办法像当初对待煤块一样直视她的双眼，然后对妻子说：是的，他了解。他就是没办法直视她。

他不知道自己为什么要在两人之间筑起一道墙。是不是因为这样一来，在她被判刑之后，他会比较容易放手。

凯利伯拿起另一块木头放在砧板上。斧头往下劈，木头利落地一分为二，事实出现了：尼娜的行为并不会让凯利伯觉得自己在道德上比较崇高，而是让他成了个懦夫，因为他不够勇敢，不敢将想法付诸行动。

纳撒尼尔记不得所有的细节，比方说，在他第一次摇头拒绝的时候说了什么话，或是他们之中是谁解开他裤子上的纽扣。尽管有些时候他拼命想忘记，但是他还是记得当裤子脱掉的时候空气有多冷，以及事后他的手有多么烫。他也记得有多痛，虽然他嘴巴说不痛。纳撒尼尔记得自己紧紧抱住爱思米，紧到猫咪叫了出来。他也记得在猫咪金色的眼睛里看到一个不再是自己的小男孩。

尼娜乐坏了。

玛绮拉读过了DNA的结果，看到精子痕迹和神父的血液采样完全吻合之后，立刻就有这个念头。虽然没有哪个科学家会在出庭做证时这么说，但是这些数字和数据就是明证。毫无疑问，这家伙就是罪犯。

她拿起电话打算把这个消息告诉尼娜。她用下巴夹住话筒，用手将橡皮筋圈起附在检验报告上的医疗档案。之前，玛绮拉没去读这些东西，因为尼娜说得很清楚，神父死于枪杀。尽管如此，尼娜还是请玛绮拉再次仔细阅读这些档案。她叹口气，然后挂回话筒，打开厚厚的档案阅读。

两个小时后，她读完整份文件。而且还明白了一件事：虽然她想置身事外，但是她仍然得回缅因州一趟。

我在这个星期当中学到了一件事：不管形状和尺寸有多大的不同，监狱就是监狱。我和狗一起看着窗外，渴望能走向玻璃的另一边。我愿意付出一切代价来换取最平凡的琐事，比方说跑银行、开车到保养厂，或是耙树叶。

纳撒尼尔开始回学校上课。这是罗比许医生的建议，算是迈向常态。然而我难免怀疑凯利伯在其中是否也提供了一些意见，因为他可能不希望让我和儿子单独相处。

一天早上，我不假思索地走到车道去拿报纸，事后才想起电子手铐这回事。凯利伯后来才发现我坐在门廊上一边哭，一边等警车出现，因为我确定他们一定会过来巡查。但不知发生了什么奇迹，我并没有触动警铃。我在户外待了六秒钟，而且没人发现。

为了让自己有事可做，我偶尔也下厨。我做了意大利笔管面、法式红酒鸡，甚至还有中式锅贴。我挑选的都是异国料理，只要不是这里，哪个地方的口味都好。但是今天我打算打扫屋子。我已经清理过放大衣的柜子和厨房的橱柜，依据使用次数重新排列里面的物品。我扔掉买了好几年，却一直放在楼上卧室忘了穿的鞋子。我把衣服排得像一道彩虹，从浅粉红色到深紫再排到巧克力色。

凯利伯走进来脱掉脏衬衫的时候，我正在清理他的衣柜。"你知道吗，"我说，"楼下的柜子里有一组全新的鞋底防滑钉，尺寸足足比纳撒尼尔的脚大了五号。"

"我在车库拍卖买来的。纳撒尼尔会长大，将来会派上用场。"

经过这一切之后，难道他还不了解未来不一定会顺遂地出现？

"你在做什么？"

"整理你的抽屉。"

"我喜欢我的抽屉。"凯利伯拿起我放到一旁的破衬衫，胡乱塞进抽屉里。"你休息一会儿，或是看书，做点别的事？"

"那是浪费时间。"我找到三只落单的袜子。

"为什么花时间就叫浪费时间？"凯利伯一边问，一边穿上另一件衬衫。他抓起我摆在旁边的袜子，丢回放内衣的抽屉里。

"凯利伯。你在搞破坏。"

"怎么会？抽屉本来就好好的！"他把衬衫塞进牛仔裤里，系上皮带，"我还是喜欢原来的样子。"凯利伯很坚持。有那么一会儿，他看起来还想继续说，但他摇了摇头，接着跑下楼去。没多久，我从窗口看着他走进清凉明亮的阳光之下。

我拉开抽屉抽出那几只落单的袜子，再拉出破掉的衬衫。他可能要过好几个星期才会发觉不同，到了那一天，他一定会感谢我。

"喔，天哪。"我从窗口看到一辆眼熟的车停到路边，不禁脱口惊呼。一名身材娇小，一头深色浓密头发的女人用双手环住自己抵御寒风。

"怎么了？"凯利伯听到我的惊呼，走进屋里来，"什么事？"

"没事。一点事都没有！"我拉开门，对玛绮拉展露大大的笑脸，"我简直不敢相信，你竟然来了！"

"给你个惊喜，"她说完话后给我一个拥抱，"你还好吗？"她的眼神闪了一下，但我还是看到了——她往下瞄，想看我的电子手铐。

"我……很好，现在更好了。没想到你会亲自把报告带过来。"

玛绮拉耸耸肩："我觉得你需要人陪。而且，我好一阵子没回来了，还真想家呢。"

"骗人。"我笑了。我将她拉进屋里，凯利伯和纳撒尼尔正好奇地观望。"这是玛绮拉·温沃斯，在她抛弃我们到私人公司去工作之前，曾经在州立检验室服务。"

我的心情十分愉快。这倒也不是因为玛绮拉和我有多亲近，而是在这阵子以来，我实在没机会见到太多人。帕特里克偶尔会来，此外，我的家人当然也会来探视。但是我大多数的朋友都是同事，在上一场听证会过后，他们全都严格地保持距离。

"你是出差，还是来玩？"凯利伯问道。

玛绮拉看了我一眼，不知道该怎么说。

"我请玛绮拉帮我看看那份DNA报告。"

凯利伯的笑容暗淡了些，但也只有像我这样对他如此熟悉的人，才捕捉得到这个细微的变化。"不如我带纳撒尼尔出门，让你们两个好好聊聊。"

他们离开之后，我带玛绮拉来到厨房。我们聊着弗吉尼亚州在这个季节的天气，提到缅因州已经开始降霜。我也为她准备了冰茶。终于，我们再也憋不住，于是我在她面前坐下。"是好消息，对不对？DNA是不是完全吻合？"

"尼娜，你在读医疗记录的时候有没有注意到一件事？"

"我没那个时间。"

玛绮拉伸出指头在桌面上画圈圈。"席辛斯基神父有慢性骨髓性白血病。"

"那很好，"我冷冷地说，"我希望他受尽折磨。我希望他在每次化疗之后都把五脏六腑给吐出来。"

"他没有接受化学治疗。他在大约七年前接受了骨髓移植，病情逐渐稳定。实质上的说法应该是他已经痊愈。"

我开始觉得有点僵硬。"你这是不是在说，枪杀了一个打败癌症病魔的人，我应该要感到愧疚？"

"不是。是……嗯，是白血病的治疗方式会影响到DNA的分析结果。简单来说，要治疗白血病，病患需要有新的血液，也就是说，可以通过骨髓移植达到这个目的，因为骨髓可以造血。经过几个月的时间，患者的骨髓会完全被捐赠者的骨髓取代，旧的血液没有了，白血病也跟着解决。"玛绮拉抬起头看着我，"这样你懂吗？"

"到目前为止都懂。"

"病患的身体会使用这些健康的新血，但是那不是病患本身的血，而且就DNA层面来说，也不会和病患原来的血液相同。病患的皮肤细胞、唾液，和精子的DNA都是出生时原有的DNA，但是血液中的DNA则来自骨髓捐赠者。"她伸出双手盖住我的手。"尼娜，检验室的报告正确无误，席辛斯基神父血液采样的DNA，的确和你儿子内裤上沾到的精子采样DNA相符。但是席辛斯基神父的DNA并不是他自己的DNA。"

"不，"我说，"不可能是这样。我前两天才向凯利伯解释过，你可以从身体的任何细胞采得DNA，就是因为这样，血液采样和精子采样的DNA才会完全相符。"

"百分之九十九点九的状况都是这样没错。但是这是个非常特殊的例外。"她摇摇头，"很遗憾，尼娜。"

我猛然抬起头。"你是说……他还活着？"

她没有回答。

我杀错了人。

玛绮拉离开之后，我在自己制造出来的困境中来回踱步，仿佛笼中的狮子。我的双手颤抖，似乎怎么样也暖不起来。我究竟做了什么事？我杀了一个无辜的人。一名神父。这个人曾经在我世界崩落的时候来安慰我，他爱孩子，包括纳撒尼尔在内。我杀害了一个战胜癌症的人，他本来可以活得长长久久。我犯下了谋杀，而且我再也无法找出正当的理由来为自己开脱。

我一直相信最卑劣的恶人，例如连续杀人犯、专找儿童下手的性侵犯，或是为了钱包里的十块钱就可以动手割断人喉咙的反社会分子等等，都会沦落到地狱某个特殊的地方。就算我没有办法让这种人定罪，我也会安慰自己：他们一定会得到应得的报应。

我也会。

我之所以会知道，是因为尽管我没有力气站起身来，尽管我想要把动手杀人的自己从这个躯体上撕裂剥除，但是我的心里仍然有个念头盘旋不去：他还逍遥法外。

我拿起电话拨给费舍尔，但想想还是挂掉。他必须知道这件事，但是他有能力自己去发现。然而，我还不知道这会为审判带来什么影响。这可能会激发检方更强烈的同情心，因为死者是个货真价实的受害人。但是话说回来，丧失心智的辩护就是丧失心智的辩护，如果我真的在那个时间点上丧失了心智，不管我杀的是席辛斯基神父，是法官，或是当天法庭里的任何一个人都一样，我仍然无罪。

事实上，这可能会让我看起来更疯狂。

我在厨房的桌边坐下，把头埋在双手之间。我听到门铃响，接着帕特里克突然就站在厨房里，这地方对他来说太小了。他看到我留在他呼叫器里的简讯匆忙赶过来。"怎么了？"他问道，全神贯注地看着我以及静悄悄的屋子。"是纳撒尼尔吗？"

从这个问题中，我听得出他关心的重点。我实在忍不住，开始大笑。我笑到胃部痉挛，上气不接下气，直到眼泪扑簌簌地落下，我才发现自己在哭。帕特里克伸手触摸我的肩膀、前额和腰间，他以为我体内破碎的部分不过是像骨头这样简单的东西。我用袖口擤了擤鼻涕，强迫自己迎视他的目光。"帕特里克，"我喃喃地说，"我搞砸了。席辛斯基神父……他没有……他不是——"

他让我冷静下来，好好说出一切。当我说完之后，他瞪了我整整三十秒之后才开口。"你这是在开玩笑吧，"帕特里克说，"你杀错人？"

他没等我回答，倏然起身踱步。"尼娜，先等等。实验室经常犯错，这种事不是没发生过。"

我抓住这条救命的求生索。"说不定就是这样，某种医学上的错误。"

"但是在拿到精子检验报告之前，我们就已经掌握到嫌犯了。"帕特里克摇摇头，"纳撒尼尔当时为什么会说出他的名字？"

我现在终于知道：时间会停止。你有可能感觉到心脏停止跳动，血液在血管中凝结静止。你会发现自己被困在这一刻，无法脱身，这个感觉让人惊恐却又无法抵御。"再说一次，"我的每一个字都像是散落的石子，"把他告诉你的话再说一次。"

帕特里克转身面对我。"葛伦神父，"他回答，"对吗？"

纳撒尼尔记得自己感觉到好脏，脏到就算洗过上千次澡，还是得再洗一次。但问题是肮脏的地方是在他的皮肤底下，他得先搓破皮才洗得干净。

那里好烫，连爱思米都不肯靠近他，只管呼噜呼噜地发出声音，然后一股脑跳到木头大桌子上瞪着他看。这是你的错，它当时就是这样说的。纳撒尼尔想去捡裤子，但是他的手和木棍一样僵硬，捡不起任何东西。在他终于捡起内裤的时候，他发现裤子湿答答的。这实在没道理，因为他没有尿裤子，他清楚得很。但是神父拿着他的内裤一直看，他一定很喜欢上面的棒球手套。

纳撒尼尔不想再穿那条内裤，再也不要穿了。

"我有办法。"神父说话的声音像枕头一样软，然后，他消失了一会儿。纳撒尼尔数到三十五，然后又数了一遍，因为他最多只能数到这里。他想要离开，想躲在桌子下或档案柜里面，但是他得拿回内裤。没穿内裤不能穿衣服，内裤要最先穿。有时候他忘了，妈咪会告诉他，然后要他上楼去穿内裤。

神父拿着一条小裤子回来，这和爸爸穿的那种短裤不一样。纳撒尼尔很确定神父一定从大箱子找来这条内裤，那个箱子里有好多油腻腻的外套和臭兮兮的球鞋，都是大家留在教堂里忘记带走的东西。怎么会有人忘了穿球鞋就离开，而且竟然没发现？纳撒尼尔一直想知道答案。接着他随即又想：那么怎么会有人把内裤给忘了？

这件干净的内裤上面有蜘蛛人的图案。穿起来太小，但是纳撒尼尔不介意。"把你那件交给我，"神父说，"我会洗干净再还你。"

纳撒尼尔摇头。他穿上厚运动裤，把自己的四角短内裤放进运动衫上那只袋鼠的袋子里。他事先把裤子翻个面，才不必去摸到恶心又黏答答的那一面。他感觉到神父拍拍他的头，他站得直挺挺的，像花岗石一样，他的体内也有同样粗重的感觉。

"你要不要我陪你走回去？"

纳撒尼尔没有回答。他等到神父抱着爱思米离开之后，才沿着走廊走到锅炉室。锅炉室里很恐怖，不但没有电灯开关还有蜘蛛网，他甚至在里面看过死老鼠的骨骸。从来没有人会走进这个地方，所以纳撒尼尔才会进去，把内裤塞到嗡嗡作响还会冒热气的大机器后面。

纳撒尼尔回到教室之后，葛伦神父还在读《圣经》的故事。纳撒尼尔坐下来，试着去听故事。他仔细听，甚至在他感觉到有人盯着他看的时候还是这样。他抬起头，看到另一个神父单手抱着爱思米站在走廊上微笑。他举起另一手的指头放在嘴唇上。嘘，不能说。

在这一刻，纳撒尼尔丧失了他所有的话语。

在我儿子停止说话的那一天，我们曾经到教堂望弥撒。弥撒结束后有场团契的点心时间，凯利伯老是爱称之为"圣经贿赂"，为的是让出席弥撒的人换个甜甜圈当奖赏。纳撒尼尔绕着我打转，把我当成了五朔节的花柱，等待席辛斯基招呼所有的孩子去听他讲故事。

这场点心时间算是某种形式的欢送会，因为两名来圣安妮教堂潜修教化的神父要回到自己的教区。斑驳的桌边挂了一面欢送布条，祝他们一路顺风。由于我们一家人不是固定去教堂，因此我没去注意两位神父是否达成了学习目标，做了该做的事。有几次我看见其中一名神父的背影，将他误认成席辛斯基神父，直到他转过身之后，才发现自己认错了人。

我儿子不太高兴，因为糖霜甜甜圈全被吃光了。"纳撒尼尔，"我对他说，"别一直拉我。"

我将他从我的腰边拉开，带着微笑向一对正在和凯利伯聊天的夫妇致歉，我们有好几个月没看到这对夫妻了。他们年纪和我们差不多，但是没有小孩，我想，凯利伯之所以喜欢和他们聊天，似乎和我有相同的原因。我们的对话之间充满了想象的空间，凯利伯和我似乎把托德和玛格丽特当作欢乐屋里面的魔镜看待，暗自猜想：假如我当年没有怀孕，今天是不是就是这个样子。托德提到他们即将到希腊旅行，还打算包下一艘船去不同的小岛游玩。

纳撒尼尔不知怎么着突然咬了我一口。

我吓了一跳，惊吓的程度大过了疼痛，我一把拉住纳撒尼尔的手腕。这让我陷入了两难的窘境，孩子应该为自己的行为接受惩罚，但因为我们身在公共场所，有一定的规则该遵循。他因此逃过一劫，没被我痛揍两下屁股。"不可以再这样喽，"我咬着牙说话，一边挤出微笑，"你听到了吗？"

接着我看到其他孩子急着跟席辛斯基神父下楼，神父仿佛身怀魔力的吹笛手。"去啊，"我催他，"别错过神父说故事。"

纳撒尼尔把脸埋进我的毛衣底下，凑在我小腹的脑袋隆了起来，像是假怀孕。"好了。你的朋友全都跟过去了。"

我花了一番力气才拉开他的手臂，把他朝正确的方向推过去。他回头看了两次，而我两次都点头鼓励他继续往前走。"对不起，"我带着微笑对玛格丽特说，"你刚刚说到科西嘉岛？"

直到现在，我才想起另一个个子比较高、老是把猫当成长袍一部分抱在身上的神父也匆匆跟着孩子下楼了。他追上纳撒尼尔，把手搭在我儿子的肩膀上，他的姿势熟稔，不可能是第一次这么做。

纳撒尼尔说出了他的名字。

一个回忆跳进了我的眼前：与"左"相反的是什么？

"六"。

我想起席辛斯基神父的丧礼，这个神父将圣体递给我的时候，直视着我面纱下的双眼，似乎认得我的脸。我想起那天，在纳撒尼尔停止说话之前，咖啡桌边的布条上写着：祝奥图神父和葛文神父一路平安。

我要帕特里克把纳撒尼尔告诉他的话告诉我。

葛伦神父。

也许帕特里克的确听到了。但是纳撒尼尔不是这样说的。

"他说的不是葛伦神父，"尼娜喃喃地对帕特里克说，"他说的是葛文神父。"

"是啊，但是你也知道纳撒尼尔说话的毛病，他的 L 老是说不清楚。"

"这次不是这样，"尼娜叹口气，"这次他的发音很正确。葛伦，葛文，这两个名字的发音太接近。"

"谁是该死的葛文？"

尼娜站起来，把指头扒进了头发里。"帕特里克，他才是伤害了纳撒尼尔的人，而且他还有可能继续对其他上百个孩子做这种事，而且——"她沮丧地跌靠在墙边。帕特里克伸出一只手扶住她，惊讶地发现她抖得十分厉害。他的第一个直觉是去揽住她，接下来比较明智的念头则是让她走开。

她靠在冰箱上往下滑坐到地板上。"他是骨髓捐赠者。他肯定是。"

"费舍尔知道了吗？"她摇头，"凯利伯呢？"

他此刻想到的是许久以前在学校读过的特洛伊战争。帕里斯当时有几个选择：当个全世界最有钱或最聪明的人，抑或是爱上另一个男人的妻子。同样不智的帕特里克也会犯下相同的错误。因为尼娜虽然乱发纠结，双眼红肿，哀伤的情绪溃堤，但是在他眼中仍然和当年的海伦一样美丽。

她抬起头看他。"帕特里克……我该怎么办？"

这个问题吓得他立刻开口回答。"你，"帕特里克清楚地说，"什么也不要做。你要乖乖待在家里，因为你要为杀人案接受审判。"尼娜想争辩，帕特里克抬起手阻止她。"你已经被关过一次了，想想这次对纳撒尼尔造成什么影响。如果你再次走出家门去动用私刑，纳撒尼尔会怎么样，尼娜？你唯一能保护他的方式是陪他在一起。让我……"他犹豫了一下，知道自己就像是站在悬崖边上，不是后退就是纵身一跳。"让我来处理。"

她完全明白他许下了什么承诺。这表示他必须违反自己的职责和道德观，表示他将和尼娜一样背弃整个体制，而且得面对后果——就像尼娜一样。他看到她的脸上出现了惊讶的神色，一闪即逝的光彩让他知道她有多么想接受他的提议。"然后，让你冒着失去工作、被关进监狱的危险？"她说，"我不能让你去做这种傻事。"

我还不够傻吗？帕特里克什么也没说，其实他根本不必开口。他蹲了下来，把手放在尼娜的膝盖上。她伸手盖住他的手。他从她的眼睛里读出她知道他对她的感情，一直都知道。这是她首度几乎愿意去正视。

"帕特里克，"她静静地说，"我觉得，我已经毁掉许多我爱的人的生活了。"

当门骤然打开，纳撒尼尔带着冷风冲进厨房的时候，帕特里克站了起来。孩子身上有爆米花的味道，外套里还塞了青蛙玩偶。"你们猜怎么样，"他说，"爸爸刚刚带我到商场去。"

"你真是个幸运的小家伙。"帕特里克回答，他的声音连自己听来都不觉得有力。凯利伯接着走了进来，随手关上身后的门。他的眼光从帕特里克身上转到尼娜，然后不自在地笑了。"我以为你和玛绮拉在一起。"

"她和别人有约，得先走了。她要离开的时候，帕特里克刚好过来。"

"喔。"凯利伯揉了揉后颈，"所以……她怎么说？"

"说什么？"

"那份DNA报告。"

帕特里克眼见尼娜突然变了个人。她对丈夫抛出一个修饰过的笑容。"符合，"她撒谎，"完全吻合。"

我一踏出屋外，就感觉到这个世界的魔力。冰冷的空气冻得我鼻头发僵，颤抖的太阳宛如一颗冷掉的蛋黄，宽阔的蓝天一望无际。屋里和户外的味道截然不同，但这也只在其中一项被剥夺了之后，你才感受得到。

我要到费舍尔的办公室去，所以电子手铐解除了锁定。置身户外实在太美好，几乎压过我隐藏的秘密。我在红灯前减速，看到一个慈善组织救世军的人员摇着铃，轻轻摆动募捐箱。现在正是筹募爱心的季节，我一定也能分到一份。

帕特里克的提议像是一缕轻烟，飘过了我的脑海，让我很难保持清晰的眼力。在我认识的人当中，他是最讲道德、最正直的一个。他不可能随便地自愿成为我一个人的保护者。我当然不能让他这么做。但是我仍然暗自期待他忽视我的拒绝，决定径自动手。我随即为了这个想法而痛恨起自己。

我还告诉自己，我之所以不想让帕特里克动手处理葛文，还有另一个原因。但我也只有在黑夜最阴暗的角落里才敢承认：我想要亲自动手。因为这是我的儿子，我的怨恨，以及我要伸张的正义。

我成了这样的人，不但有能力杀人，而且还想再次动手，不顾在这段历程摧毁了哪些价值。难道我的这一面一直蛰伏在体内，等待出头的时机？也许，在最正直的人——比方说帕特里克——的内心当中，也有一颗罪孽的种子，只要所有条件具备，就会萌芽。这颗种子在大多数人的心里处于休眠状态，但是对其他人而言，种子会开花结果，而且一旦有了动静，就会一发不可收拾，扼杀理智，抹灭了怜悯与同情。

圣诞节的气氛也是如此。

费舍尔的办公室同样应景布置，火炉上挂着一串花环，秘书办公桌的正上方吊了一圈槲寄生，咖啡壶旁边也放了热苹果酒。在我等待律师来接待我的时候，我抚摸沙发上的皮靠枕，想摸摸摸家中起居室绒布老沙发之外的其他新颖家具。

我一直没忘记帕特里克讲过的话：实验室可能犯错。我不打算把骨髓移植的事情告诉费舍尔，至少，在证明玛绮拉的说法百分之百正确之前，暂时什么也不说。昆丁·布朗没理由去追究DNA这个不显眼的差错，所以在目前这个阶段，我不必拿一个不必要的信息来困扰费舍尔。

"尼娜，"费舍尔朝我走过来，皱着眉头说，"你瘦了。"

"瘦成奴隶一样是新时尚。"我跟在他后面，在心里计算大厅和相连小房间的大小，因为我不熟悉这个地方。进到了他的办公室，我瞪着窗外看，光秃秃的枝丫嘀哆地敲打着玻璃。

费舍尔注意到我的目光。"你想不想到外面去？"他静静地问。

这天很冷，气温接近零度。但是我不会拒绝送到手上来的礼物。

"很想。"

于是我们走到律师事务所后面的停车场，寒风刮起一堆堆的枯枝，像是小小的龙卷风。费舍尔戴着手套的双手拿了一沓文件。"我们拿到了检方精神科医生的评估报告。你没完全直接回答他的问题吧？"

"喔，真是的。你知道法官在法庭上的角色吗？天哪。"

费舍尔微微勾起了嘴角。"但是他还是认为你在攻击的当下具有行为能力，而且神志清楚。"

我停下脚步。现在该怎么办？想要完成一度失败过的任务是疯狂的想法吗？还是说，这是全世界最明智的决定？

"别担心，对付他不是大问题。但是我希望找个精神科医生诊断你当时丧失心智，现在恢复正常。我绝不想让陪审团认为你仍然是个威胁。"

然而现在的我的确还有威胁性。我想象自己去枪杀葛文神父，这次，我要把事情做对。我转过头，面无表情地看着费舍尔。"你想找谁？"

"席德维·麦凯如何？"

"我们在办公室里会拿他开玩笑，"我说，"任何检察官都能在五分钟内搞定他。"

"彼得·卡萨诺夫呢？"

我摇摇头。"吹牛最厉害。"

我们都转身背对着风，想要作出最合理的决定，找个最佳人选来宣告我神志失常。也许这不是件难事，毕竟，有哪个理智的女人每次低头时，都会看到手上沾染着错杀被害人的血，然而却还可以在洗澡的时候花一个小时，来想象如何去杀害正确的人？

"好，"费舍尔建议，"那么波特兰的欧布莱恩怎么样？"

"我打过几次电话给他。他好像还可以，也许比较懂得配合。"

费舍尔点头表示同意。"他的表现比较像学院派，我觉得这正好符合你的需要，尼娜。"

我堆起满足的笑容。"嗯，费舍尔，你说了算！"

他谨慎地看着我，然后把精神科医生的评估报告递给我。"这是检方送过来的。在你去见欧布莱恩之前，你得熟记自己说过的话。"

这么说，辩护律师的确会要求委托人熟记他们对检方精神科医生说过的话。

"顺道一提，尼尔法官会南下主持审判。"

我稍稍退缩。"喔，你一定是在开玩笑。"

"为什么？"

"他太容易上当。"

"这么说，你的运气还真好，因为你是被告。"费舍尔冷冷地说，"说到这里……我不想让你上证人席。"

"有两名精神科医生的证词，我想你也不会让我上去。"但是我心里想的是：以我现在所知道的事，我也不能做证。

费舍尔停下脚步看着我。"在你准备把辩护策略告诉我之前，尼娜，我得先提醒你，你现在是以检察官的立场来看丧失神志的辩护案，我——"

"费舍尔，"我打断他的话，瞥了腕表一眼，"我今天没办法和你说这些。"

"怎么，灰姑娘的马车变回南瓜了吗？"

"对不起，今天不行。"我避开他的目光。

"你不可能永远推诿。你的审判会在一月开庭，而我会和家人去度假。"

"让我先想一想，"我讨价还价地说，"然后我们再坐下来好好谈。"

费舍尔点头。我想着欧布莱恩，不知道自己是否能说服他相信我丧失神志。我想到时候我可能已经不需要装疯卖傻了。

十年来，昆丁第一次花了长长的时间吃午餐。在地方检察官办公室没人在意别人，他们只是容忍着他，如果他缺席，他们说不定还会跑到他的桌上去跳舞。他仔细看过从计算机上下载的位置图之后，把车子停进高中的停车场。看到他经过，穿着臃肿羽绒外套的青少年匆匆地瞥着他一眼。昆丁的脚步毫不犹豫，直接穿过毽球游戏场地，继续朝学校后面走。

这里有座不入流的足球场，一圈同样破烂的跑道，以及一个篮球场。基甸恩在球场上，滴水不漏地防守矮他六寸的娘炮中锋。昆丁两手插在口袋里，看着儿子抢下一球，接着轻松投进一个三分球。

上次他儿子拿起电话和他联络的时候，打电话的地点是监狱，当时基甸恩因为持有毒品而遭到逮捕。昆丁虽然为了自己的儿子遭受许多刻薄毒辣的批评，但是他仍然想尽办法将课刑改为送交戒治。尽管如此，基甸恩对这个结果还是不满意，他不想接受任何惩罚。"有你这个老爸实在没什么用，"他对昆丁说，"我早该知道，你当检察官也一样没用。"

如今，事情已经过了一年。基甸恩盖了对手球员一记火锅，转身时看见昆丁在一旁观战。"妈的，"他低声嘀咕，"暂停。"其他几名球员散开，到场边拿起水瓶对着嘴喝，纷纷披上衣服。基甸恩走过来，双手环胸。"你又要来叫我对着杯子撒尿是吗？"

昆丁耸耸肩说："不是，我来看你，来找你聊聊。"

"我没话和你聊。"

"这可真意外，"昆丁回答，"我可是累积了十六年的话。"

"那再等一天也不急？"基甸恩转身回球场，"我很忙。"

"对不起。"

孩子听到这几个字，不禁停下了脚步。"对，没错。"他咕哝着说道。他冲回场上，抓起一颗篮球放在指尖上旋转，这也许是刻意制造的效果，目的是为了让昆丁留下深刻的印象。"上场，开始了！"他大喊，其他人挤到他身边。昆丁离开球场，听到有个孩子问基甸恩："那家伙是谁，兄弟？"基甸恩以为昆丁已经走远，不会听见，于是回答："问路的。"

帕特里克从达纳法博癌症研究中心的办公室窗口望出去，看到了波士顿往外延伸的市区。奥丽薇雅·贝塞特是席辛斯基神父病历上的肿瘤科医生，她本人比帕特里克想象中要年轻，比他大不了几岁。她双手交叠地坐着，头发梳成了俭朴的发髻，一只脚上的胶底白色便鞋轻轻点着地板。"血癌只会影响血球，"她解释，"慢性骨髓性白血病一般好发于四五十岁的患者，但是我也见过二十多岁的病患。"

帕特里克不知道坐在病床边告诉病患他们生命将尽，会是什么样的感觉。他猜，这应该和他在半夜敲门，通知某户人家说他们的儿子在酒驾意外中丧命的感觉差不多。"血球会受到什么影响？"他问道。

"血球的寿命本来就有期限，和我们一样。血球也是由初生阶段开始慢慢发育，直到成熟之后才会离开骨髓。在这个阶段，白血球应该可以帮助身体抵抗外来的侵入，红血球应该要携带氧气，而血小板也应该要有凝血的功能。但是如果你是白血病患者，那么你的血球不会成熟，而且会永远存在。所以，没有功能的白血球数量急遽增加，超过其他的血球数。"

帕特里克来这个地方并不算完全违背尼娜的心愿。他只是想弄清楚他们知道的事，没有做出任何行动。他编了个借口，谎称自己正在为助理检察长进行调查。他解释：布朗先生有提供证据的责任。这也就是说，他们必须确定席辛斯基神父不是在攻击者掏枪的当下因血癌病发而身亡。所以他想请问神父从前的肿瘤科医生——也就是贝塞特——是否有什么看法。

"骨髓移植有什么作用？"帕特里克问。

"如果移植成功，可以带来奇迹。我们的细胞中有六型蛋白质，也就是人类白血球抗原，或简称为HLA。这些组织配对抗原会让身体认得你我的不同。当你要找骨髓捐赠者的时候，你必须要找到这六型蛋白质都和你相符的人。捐赠者多半是亲手足，或是同父异母、同母异父的兄弟姊妹。表亲也有可能，因为亲属之间骨髓移植的排斥率似乎比较低。"

"排斥？"帕特里克问。

"是的。基本上，你这是在试着去说服你的身体，让身体以为捐赠者的血球就是你的，因为血球中都有相同的六型蛋白质。如果这个尝试失败，那么免疫系统会排斥移植的骨髓，而引发移植物反宿主疾病。"

"和心脏移植相同的道理。"

"完全正确，只是移植的不是器官。我们从骨盆抽取骨髓，因为骨盆是重要的造血骨骼。我们会先让捐赠者接受麻醉，然后将抽吸针插入两侧骨盆，每侧的穿针次数大约一百五十次，抽出早期的细胞。"

他略有畏缩，医生浅浅一笑。"这的确很痛。捐赠骨髓是一件无私的举动。"

是啊，这家伙是他妈够无私。帕特里克心想。

"另一方面，血癌患者必须先接受抑制免疫力药剂的疗程。在移植手术的前一星期，患者还必须接受相当剂量的化疗，消灭体内的血球。这样的时间安排，是为了消灭体内的骨髓细胞。"

"这样不会危及病患的生命吗？"

"病患很有可能会感染，他的体内仍然有血球，只是不再继续制造新的血球。接下来就是通过简单的点滴注射法，为病患植入捐赠者的骨髓。手术时间大约是两个小时，我们虽然不知道道理何在，但是捐赠者的骨髓细胞会进入患者的骨髓内开始成长。经过几个月，捐赠者的骨髓就可以完全取代患者原来的骨髓。"

"所以，患者的血液细胞里就会有捐赠者的六型蛋白质，也就是所谓的HLA？"帕特里克问道。

"没错。"

"那么捐赠者的DNA呢？"

贝塞特医生点头。"是的。就各方面而言，患者的血液其实是别人的。他只是让身体去相信这是自己的血。"

帕特里克靠向前去。"但是，在癌症康复之后，病患的身体会不会再次制造自己原来的血液？"

"不会的。如果是这样，我们会视之为对于移植的排斥，白血病也会复发。我们要的是病患永远以捐赠者的骨髓造血。"她敲了敲桌上的档案。"以葛伦·席辛斯基的病例来说，在移植的五年之后，他完全恢复了健康。他的新骨髓发挥了良好的作用，白血病复发的机会低于百分之十。"贝塞特医生点点头。"我认为检方可以确定地说，不管神父怎么死的，绝对不是死于血癌。"

帕特里克对她微笑。"看到案例这么成功，你们一定很欣慰。"

"当然。席辛斯基很幸运，能找到完全吻合的配对。"

"完全吻合？"

"是指捐赠者的HLA与病患的完全相符。"

帕特里克深吸一口气。"尤其在两者没有亲属关系的情况之下。"

"喔，"贝塞特医生说，"他的情况不同。席辛斯基神父和他的捐赠者是同母异父的兄弟。"

法兰琪丝卡·马丁在经历了新罕布什尔的工作之后，才来到缅因州立检验室，在这个好机会找上她之前，她在新罕布什尔担任DNA科学研究员。当时，某种不是出自子弹弹道的东西打碎她的心，于是她迁居北上疗伤，发现一件自己早就知道的事：胶体和细菌培养皿可以带来安全感，而且数字绝对不会伤人。

然而就算是数字，也无法解释当她第一眼看到昆丁·布朗时所感受到的震撼。在电话里听到他的声音时，她以为他和其他的公务员没有两样，疲惫不堪，薪水不高，皮肤还泛着病态的灰白色。但是从他走进她实验室的那一刻起，她的眼光就只能跟着他打转。他很显眼，当然啦，他不但身高过人，还有一身赤褐的肤色，但是法兰琪知道这不是他吸引她的地方。她感觉到两人之间有一种牵引力，他们两人都知道自己与众不同，共同的经验成了相吸的磁力。她不是黑人，但是她通常是所有场合中唯一智商超过二百二十的女人。

不巧的是，如果她要昆丁·布朗进一步认识她，那么她得把自己变成法医的验尸报告。"你为什么要再次检视这份报告？"法兰琪问道。

他眯起眼睛。"你怎么会这样问？"

"好奇。这对检方来说，算是比较难以理解的信息。"

昆丁犹豫了一下，似乎在考虑是否该对她吐实。喔，好啦，法兰琪想：放轻松一点嘛。"辩方特别要求看这份报告，而且要得很急。但是这份报告似乎不值得如此重视。我实在看不出DNA报告的结果会对我们或他们造成什么差别。"

法兰琪环起双手。"他们感兴趣的不是我核发的实验室报告，而是医疗档案。"

"我不懂。"

"你记得DNA报告上面怎么写的：随机挑选出无关人士，却能比对出完全相符的遗传因子的几率只有六十亿分之一吗？"

昆丁点点头。

"呃，"法兰琪解释，"你刚好就碰上这一个。"

开棺验尸大约要花掉纳税人两千块美元。"不行。"泰德·普蓝断然拒绝。缅因州检察长——也就是昆丁的顶头上司——既然这么说，事情就应该这么办。但是昆丁不打算直接弃械投降，至少这回不行。

他紧紧握着电话听筒。"州立检验室的DNA专家说，我们可以取牙髓来检验。"

"昆丁，这对起诉没有帮助。她杀了他，事情就是这样。"

"她杀害了一个侵犯她儿子的人。我得将他的身份由性侵犯转变为受害者，泰德，这样才对。"

泰德在电话的另一头久久没有出声。昆丁抡起指头轻敲尼娜·弗罗斯特办公桌上的木纹。他不断地重复这个动作，仿佛在把玩护身符。

"家人没有反对意见？"

"他的母亲已经同意了。"

泰德叹了一口气。"媒体绝对会大做文章。"

昆丁往后靠向椅背，咧嘴笑了。"交给我来处理。"他向老板提议。

费舍尔一阵风似的冲进地方检察官办公室，神色罕见地慌乱。他以前当然来过这里，但是他不知道处理尼娜这件案子的昆丁·布朗被安置在哪里。他正打算开口询问书记官，布朗本人恰好端了杯咖啡从小厨房走了出来。"卡灵顿先生，"他和气地打招呼，"在找我吗？"

费舍尔从胸前的口袋里掏出早上收到的公文：检方要求开棺验尸的申请。"这是什么？"

昆丁耸耸肩。"你怎么能不知道？毕竟，急着要看DNA报告的人是你。"

其实费舍尔完全在状况外。他是应尼娜的要求才急着要看DNA检验报告，但是他宁可布朗不知道这回事。"你打算做什么，检察官？"

"做个简单的检验，证明你委托人枪杀的神父不是性侵她儿子的人。"

费舍尔眼神坚定地看着昆丁，说："我们明天早上法庭见。"当他开车来到尼娜家的时候，他开始明白为什么一个平凡的普通人也可能会沮丧到想要杀人。

"费舍尔！"我喊着，我真的很高兴看到他。对此，我自己也感到惊讶，究竟是我和这个宿敌的关系渐入佳境，还是我在家里拘禁了太久。我拉开门让他进来，这才发现他正在气头上。"你早就知道了。"他的声音很冷静，但是这种自持更吓人。他递给我一份助理检察长的申请书。

我从心底开始打战，真的很不舒服。我用尽全力地咽下口水，抬起眼睛直视费舍尔的双眼，全盘招供绝对比暗藏秘密来得好。"我不知道该不该告诉你，不知道这个信息对案子来说是否重要。"

"那是我的工作！"费舍尔爆发了，"你付钱雇用我是有原因的，尼娜，尽管你无意明显表态，但是就某种程度而言，你知道我有能力让你无罪开释。事实上，我比缅因州任何其他律师都更有这个能力，这包括你在内。"

我转开头。就本质而言，我是个检察官，而检察官是不会将一切全告诉辩护律师的。这两个角色宛如起舞般互相出招，但是检察官永远主导，而辩护律师则必须找到自己的立足点。

永远如此。

"我不信任你。"我终于说了。

费舍尔巧妙地接下我的攻击。"这点我们倒是一样。"

我们瞪视着对方，仿佛两头龇牙咧嘴的大狗。费舍尔气愤地转开头，就在这时候，我在窗户的玻璃上看到我的倒影。其实，我已经不再是检察官了。我无力为自己辩护，我甚至不知道自己是否想那么做。

"费舍尔，"在他走出大门之前我出声喊他，"这对我的伤害会有多大？"

"我不知道，尼娜。这件事不会让你看起来正常，但是会让你失去群众的同情。你不再是枪杀恋童癖者的英雄，而是个杀害无辜——而且是个神父——的焦躁分子，不过如此而已。"他摇头，"你就是法律存在的原因。"

我在他的眼中看到真相：我不再是为儿子而采取行动的母亲，而只是个鲁莽、有勇无谋又自以为比别人聪明的女人。当闪光灯照在一个人的皮肤上时，我不晓得那种感觉是否会因为你是罪犯或受害者而有所不同。而那些曾经揣摩过我，但不同意我做法的家长，当他们在今天之后看到我后，会不会穿越马路走到另一侧来避开我，因为他们担心错误的判断具有传染性。

费舍尔重重地吐了一口气。"我没办法阻止他们开棺验尸。"

"我知道。"

"还有，如果你还继续瞒我，你会受到伤害，因为我不知道该怎么处理。"

我低下头。"我了解。"

离开时，他抬起手致意。我站在门廊上看着他走远，用双臂紧紧环住自己好抵御寒风。当他的车子开到马路上的时候，结冻的排气管在寒冷的天气中咳出一声轻叹。我深吸了一口气转过头，看到凯利伯站在我身后三尺之外。"尼娜，"他说，"刚刚是什么事？"

我推开他，摇了摇头，想从他身边经过。但是他抓住我的手臂不让我走。"你对我撒谎。你骗我！"

"凯利伯，你不懂——"

他一把抓住我的肩膀，再摇了我一次，这次的手劲更强了些。"我不懂什么？不懂你杀了一个无辜的人吗？天哪，尼娜，你什么时候才会醒？"

纳撒尼尔曾经问过我，雪是怎么消失的。缅因州就是这样，融雪不需要经过长时间，只要有个温暖的艳阳天，和大腿一样高的积雪也会在日落之前全部蒸发。我们一起到图书馆去找答案：这叫升华，是固体转化成气体的过程。

我在凯利伯的双手之间彻底崩溃。我释放出自己在过去一个星期以来不敢抒发的一切。我脑海中充满了席辛斯基神父的声音，他的脸孔游移到我的面前。"我知道，"我啜泣着说，"喔，凯利伯，我知道。我以为我办得到，我以为我可以处理。但是，我搞砸了。"我抵着凯利伯墙壁般的胸膛蹲了下来，等着他伸出双手抱住我。

但是他没有伸手。

凯利伯往后退了一步，将双手插进口袋里。他的双眼通红，似乎着了魔。"你搞砸了什么，尼娜？是你杀了人吗？"他嘶哑地说，"还是你杀错了人？"

"真遗憾，"教堂秘书麦拉·里斯特摇摇头，递给帕特里克一杯茶。"圣诞节弥撒转眼就要到了，结果我们却没有神父。"

帕特里克知道最好的信息管道不见得是华丽的大路，而是那些曲折蜿蜒而且最常被人遗忘的小径。由于他在许久之前也曾经接受天主教的熏陶，因此他还知道群众的集体记忆以及蜚短流长，通常都会集中在秘书的身上。于是他在脸上摆出了最关心的表情，这个表情总是会让年长的女士忍不住掐他的脸颊。"教堂的会众一定很震惊。"

"有关席辛斯基神父的谣言满天飞，再加上他的死法——呃，我只能说，这未免太不体面了。"她吸了吸鼻子，把可观的臀部坐到神父住处的安乐椅上。

他其实希望自己在此刻能假扮成他人，比方说，某个刚搬来毕德佛，到教区打探环境的居民。但是当初在调查性侵案的时候，已经有人看过这位警探。"麦拉，"帕特里克说完话，含笑看着她，"对不起，我是说里斯特太太。"

她涨红了脸，开始吃吃地傻笑。"喔，没关系，你高兴怎么叫我都可以，警探。"

"嗯，麦拉，我一直想联络在席辛斯基神父过世前，曾经来圣安妮教堂参访的几个神父。"

"喔，是的，他们真是好人。可爱极了！奥图神父说话的时候带着迷人的南方腔，每次他说话，我总是会想到桃子酒……咦，还是那是葛文神父？"

"检方一直逼我。不知道你晓不晓得我可以在哪里找到他们？"

"他们当然是回到原来自己的教区去了。"

"有没有什么数据呢？还是说，他们有没有留下转寄邮件的地址？"

麦拉皱起眉头，她的前额出现几道蜘蛛般的线条。"一定有的。这间教堂没有我不知道的事。"她走向堆在她办公桌后面的账本和日志，翻阅了一本用皮革装订的本子，找到一笔记录。她用手拍了拍页面。"在这里，布兰登·奥图神父，马萨诸塞州哈维治的圣德尼教堂。阿瑟·葛文神父，根据波特兰主教辖区的资料，他应该在下午离开。"麦拉用铅笔顶端的橡皮搔了搔头发。"我猜，另一名神父应该也是从哈维治来的，但这没办法解释为什么我会想到桃子酒。"

"也许是因为他的动作和孩子一样。"帕特里克建议，"波特兰什么？"

"是Ｓ—Ｅ—Ｅ，主教辖区，当然就是管理缅因州这带的主教辖区啊。"她抬头看着帕特里克说，"就是他们负责指派神父给我们。"

比起在午夜时分来到墓园里和出土的棺材为伴，帕特里克可以想出其他上千个更好的地方去。但是他还是站在两个汗流浃背的男人身边，看着他们把棺材从土堆里拉出来，放在席辛斯基神父的长眠之处旁边，在月光下，棺木看来仿佛一座祭坛。他许下了承诺，要当尼娜的双眼，为尼娜跑腿。如果有必要，他也会为尼娜动手。

帕特里克和伊凡·赵、费舍尔·卡灵顿、昆丁·布朗、法兰琪·马丁，以及验尸官凡恩·波特全都穿上了全套的防护衣。在这圈手电筒的光线之外，一只猫头鹰在黑暗中发出尖锐的叫声。

凡恩跳了起来。"老大爷。恐怕僵尸随时都有可能从墓碑后面跳出来。难道我们不能在白天做这件事吗？"

"我宁愿看到僵尸，也不想和媒体对阵，"伊凡·赵低声咕哝，"撑着点吧，凡恩。"

"遵命。"验尸官拿起铁橇挖开席辛斯基神父的棺木，从里面冒出来的恶臭让帕特里克几乎窒息。费舍尔·卡灵顿转过头，用手帕遮住面罩。昆丁迅速地走开，到树后去呕吐。

神父看起来并没有太大的改变，依然缺了半张脸。他的双手放在身体两侧，皮肤灰败并且出现皱纹，但是尸体还没开始腐败。"嘴巴张开。"凡恩低声说，然后他拉开尸体的下巴，用牙科的手术钳拔出一颗臼齿。

"也帮我拔两颗智齿，"法兰琪说，"还有头发。"

伊凡对帕特里克点头示意，要他到一边说话。"你相信吗？"他问道。

"不。"

"说不定这浑蛋真的是得到报应。"

帕特里克愣了一下，才想到伊凡不可能知道帕特里克已经晓得的事，也就是席辛斯基神父是无辜的。"也许吧。"他勉强开口说。

几分钟之后，凡恩将一个小瓶子和一个信封交给法兰琪。昆丁跟在她身边离开，费舍尔紧跟在后。验尸官盖上棺木，转身对挖坟的工人下达指示："你们可以把他放回去了。"接着他对帕特里克说，"你要离开吗？"

"马上就走。"帕特里克看着凡恩离开，接着转头盯着两名大汉铲起泥土再次往棺木上堆。他等到他们完工之后才离开，因为他觉得应该要有人看着。

帕特里克开车来到毕德佛地方法院的时候，仍然十分困惑，不知道阿瑟·葛文神父是否真有其人。他驾着车从开棺所在地的墓园来到波特兰的主教辖区教堂，但是秘书室的教士告诉他，前去毕德佛的参访记录上只登录了奥图神父一人。如果葛文神父也去了圣安妮教堂，有可能是出自毕德佛当地神父的私人邀请。而这正是帕特里克必须确认的疑点。

法院遗嘱认证的管理人员将神父的遗嘱交给他，这份数据在一个月前成了公开档案，归档在法院里。文件内容极其简单，席辛斯基神父将百分之五十的资产留给他的母亲，另一半则交给他的遗嘱执行人，也就是人在路易斯安那州贝尔夏斯的阿瑟·葛文神父。

珐琅质是人体内最坚硬的天然组织，因此，要敲开珐琅质不是一件容易的事。为了达到目的，法兰琪将拔出来的臼齿在液态氮中浸泡了五分钟左右，因为牙齿在结冻之后比较容易碎裂。"嘿，昆丁，"她对检察官一笑，焦躁地等待，"你有没有零钱？"

他在口袋里捞了捞，但是他摇摇头说："抱歉，没有。"

"没关系。"她从皮夹里掏出一块钱钞票泡进液态氮，接着拿出来在台面上敲碎。她笑着说："我有。"

他叹了一口气。"这就是为什么检验室报告永远这么耗时的原因吗？"

"嘿，我不是让你插队了吗？"法兰琪从液态氮里取出牙齿，放在灭菌过的研钵组里。她开始研磨，然后又加了把劲，但是牙齿就是磨不碎。

"研钵和捣杵？"昆丁问道。

"我们从前用法医的骨锯，但结果每次都得换新的锯片。再说，如果切割面过热，也可能会让DNA产生变化。"她透过护目镜看着他。"你不希望我搞砸吧？"她再用力一磨，但是牙齿仍然完好无缺。"老天。"法兰琪从液态氮里拿出第二颗牙齿。"来，跟我走。我想赶快处理好。"

她用两层夹链袋装起牙齿，然后领着昆丁来到楼梯间，一路来到实验室的地下停车场里。"退后。"她说，接着蹲下来把袋子放在地上，从实验袍的口袋里拿出一把榔头开始敲，她自己的下巴似乎也有所共鸣地痛了起来。敲了第四下之后，牙齿终于裂开，碎片散落在塑料袋里。

"现在要怎么办？"昆丁问。

牙髓呈浅棕色，体积很小……但肯定有。"现在，"她说，"我们只好等了。"

昆丁不习惯先在墓园里熬夜，然后一路开车到奥古斯塔的检验室，坐在大厅的一排椅子上睡觉。当他发现有只冰冷的手贴在他的后颈上时，他倏地惊醒过来，由于坐起身子的速度太快，他一时感觉到短暂的晕眩。法兰琪站在他面前，手上拿着一份报告。"怎么样？"

他问。

"牙髓中有混合基因。"

"请说英语。"

法兰琪在他身边坐下。"我们之所以要检验牙髓，是因为里面有血球和组织细胞。对你、我或绝大多数的人来说，在这些细胞当中的DNA完全相同。但是对接受过骨髓移植的人来说，他们的牙髓细胞会出现混合过的DNA。第一种是病患本身与生俱来的DNA，会出现在组织细胞当中，第二种则是骨髓捐赠者的DNA，会出现在血球当中。在这个案例当中，嫌犯的牙髓出现混合DNA。"

昆丁看着报告上的数字，皱起了眉头。"所以——"

"所以这是你的证据，"法兰琪说，"侵犯孩子的另有他人。"

听到费舍尔打电话来告诉我的消息之后，我立刻走进浴室呕吐。我不停地吐，直到我的胃部清空，除了罪恶感之外什么都没剩下为止。事情的真相是我亲手杀害了一个人，而这个人根本不该接受惩罚。这让我成了什么?

我想要淋浴，直到把自己洗干净为止，我还想撕下自己一层皮。然而最深的惊恐其实存在我的心里。这种感觉椎心刺骨，好像是看着自己流血致死。

就像我看着他死去。

我在走廊上和凯利伯擦身而过，他一直没和我说话。我们两人之间完全没话可说，每句话都有自己的能量，不是附着在他的身上就是在我身上，将我们彼此推得更开。我走进卧室，踢掉鞋子，穿着一身衣服就躺进了被子下。我拉起被子盖住头，把自己包在这个茧里面呼吸。如果我昏过去，没有了空气，事情会有什么变化?

我的身子暖不起来。我要留在这个地方，因为从这一刻起，我做的任何决定都会遭到质疑。最好是什么也不做，然后再冒个可能会改变这个世界的险。

帕特里克领悟了一件事：想要以同等程度去伤害让你痛苦的人，是一种本能。过去在他当宪兵的时候，他逮捕过以暴力反抗的军人，当时他的双手覆满鲜血，宛如涂了一层软膏。现在他不但了解这个推论，而且还更进一步地发扬光大：如果有人伤害了你珍视的人，那么你会出自本能，以同等的程度去伤害这个人。这是唯一的解释，否则他没道理搭乘波音757型班机，从达拉斯的沃斯堡机场飞往新奥尔良。

问题不在于他愿意为尼娜做什么事。"任何事都愿意。"如果真有人问，帕特里克会毫不犹豫地这么回答。尼娜刻意警告他，不让他去追捕阿瑟·葛文，然而帕特里克到目前为止的所有行动都可以归类作"搜集信息"，但到了这个时候，就算是他本人也没办法忽视这项事实：如果不是为了来和这个男人面对面，他不会搭机飞来路易斯安那州。

即使是现在，他也说不准接下来会发生什么事。他这辈子一直循规蹈矩，不管在海军，当警察，或是作为一个得不到回报的爱人都一样。但是规则只有在大家全都遵守的时候才有用。那么如果有人犯规，结果对他的生命造成伤害呢？在这种情况下，究竟是维持法律的需要比较强，还是转身背弃法律的动力会比较大？

帕特里克震惊地发现罪犯的心理和理性的正常人相差无几，追究起来，其实和渴望有关。毒虫可以为几克的可卡因卖身，纵火犯不惜冒生命危险，也要感受身边有东西起火燃烧的刺激。帕特里克一直以为自己身为执法者，一定可以凌驾于这股强烈的需要之上。但是，如果一个人迷恋的不是毒品、刺激或者钱财呢？如果你在这世上最想要得到的是生命回复到一个星期、一个月或一年之前的原貌，而且你愿意不惜一切代价去换取呢？

尼娜就是犯了这个错。她误将"让时间停止转动"与"回到过去"划上了等号。他没办法责怪她，因为每次和她在一起，他也会犯同样的错。

帕特里克知道问题不是他愿意为尼娜做什么事，而是有什么是他不愿意的。

空服员推着像婴儿推车般的饮料车过来，停在帕特里克座位旁。"你想喝点什么饮料呢？"她脸上的微笑让他想起纳撒尼尔去年万圣节的面具。

"番茄汁，不加冰。"

坐在帕特里克隔壁的男人折起报纸。"番茄汁和伏特加，"他带着笑，用拉长声调的得州腔说，"对，要加冰块。"

空服员继续往前走，两个男人都拿起饮料啜了一口。邻座的男人低头看着报纸，摇摇头，低声咕哝："真该毙了那个烂女人。"

"你说什么？"

"喔，是那起谋杀案。你一定也听说了，有个蠢蛋要求将死刑延后十一个小时，因为她找到了主耶稣。其实，真相是州长不想注射毒液，因为她是个女人。"

帕特里克一向支持死刑，但是他却听到自己说："听起来很合理。"

"我猜你是左倾的北佬，"男人嘲笑道，"我呢，我觉得这和一个人的性别无关。如果你在便利商店里对着别人的后脑勺开枪，你就得付出代价。你懂吗？"他耸耸肩，一口喝完饮料。"你是出差还是来玩？"

"出差。"

"我也是。我是良心捕兽器的业务员。"他透露身份，仿佛这是有特殊身份的人才能知道。

"我是律师，在美国公民联合会工作，"帕特里克谎称，"我这趟行程是为这个女人来向州长求情。"

业务员脸色立刻涨红。"呃，我不是故意要——"

"真的？"

他再次收起报纸，塞进座位前方的置物袋里。"你们这些烂好人救不了全部的人。"

"一个就好，"帕特里克回答，"我只希望救一个。"

有个女人穿了我的衣服，有我的皮肤和气味，但是她不是我。罪孽和墨水一样，会渗透到你的体内，帮你染色，让你变成和过去不同的人，而且还会留下永远无法抹灭的痕迹，不管你如何尝试，就是找不回原来的自己。

话语无法将我拉回来，白昼也没有作用。这无法克服，我必须在这片大气当中学习如何呼吸。我得为自己的罪过长出鳃，随着每一口气将我的罪带进肺里。

太令人诧异了，我不知道这个伪装成我、过着我生活的人是谁。我想要牵起她的手。

然后我要用力推，将她推下悬崖。

帕特里克迈步走在路易斯安那州贝尔夏斯的街上，沿途经过一扇扇的铸铁栅门和搭有常春藤架的庭院，他开始剥掉身上层层的衣服。

在这种气候下，圣诞节似乎不太搭调，潮湿的热气让圣诞装饰看起来像是在冒汗。他实在不明白像葛伦·席辛斯基这样在路易斯安那长大的人，要怎么在遥远的北方生活。

但是他已经得到了答案。和一群白人、印第安人、黑人和法国的混血儿一起长大，和照顾教区里的北方法国后裔并没有太大的差别。证据就在他胸前的口袋里：他请位于新奥尔良的路易斯安那户口记录处一名员工帮他影印下一份公开资料。阿瑟·葛文出生于一九四三年十月二十三日，父母亲分别是亚历山大·葛文和赛西丽雅·马格特·葛文。四年之后，当时守寡的赛西丽雅·马格特·葛文再嫁给泰奥铎·席辛斯基，随后于一九五一年生下葛伦。

同母异父的兄弟。

席辛斯基最后一次修改遗嘱的时间是在一九九四年，阿瑟·葛文很有可能不再是贝尔夏斯的居民，但是这里至少是个起点。天主教在这个地方是最主要的宗教，因此居民不可能没注意到神父离开本地，如果葛文和邻居保持书信联络，那么帕特里克知道自己一定可以追出他的行踪。为了完成这个使命，帕特里克的口袋里还放着另一份线索：一张从电话分类簿撕下来的纸张。教堂。本地最大的教堂是仁慈圣母堂。

拿到这份资料之后，帕特里克不想去考虑他要干什么。

帕特里克转个弯后就看到了教堂。他跑上石阶，走进教堂大殿，迎面看到圣水台。教堂里，摇曳的烛光映在墙面上，彩绘玻璃窗在拼贴瓷砖的地板上投射出明亮的光影。在祭坛上方，一座以扁柏雕刻的耶稣受难雕像向下逼视，仿佛在宣告预言。

教堂里弥漫着一片天主教信仰的气氛，混合了蜜蜡、浆料、昏暗的光线以及平和宁静，将帕特里克带回到童年。当他在大殿后方的长椅上坐下的时候，他发现自己无意识地在胸口画十字。

他看到四个女人低着头祈祷，她们无形的信念轻柔地落在身边，宛如南北战争时期南方美人的裙摆。除了她们之外，另外还有个女人正在掩面啜泣，一名神父在她身边低声安慰。帕特里克耐心等待，抡起指头轻弹抛光的木料，无声地吹起口哨。

突然间，他感觉到后颈的汗毛全都竖立起来。有只猫沿着椅背走了过来，用尾巴拍打帕特里克的颈子，他惊喘了出来。"该死的，吓死我了。"他低声说完话，瞥了耶稣的雕像一眼。"呃，该打的小东西。"他赶紧修正自己的用词。

猫咪对他眨眨眼，一跃跳进了刚走到帕特里克身边的神父怀里。"太不应该了。"神父开口责骂。

帕特里克花了几秒钟才回过神，原来神父是在斥责自己的小猫。"请问，我想找阿瑟·葛文神父。"

"嗯，"这位神父笑着说，"你找到了。"

每次纳撒尼尔想找妈妈的时候，她总是在睡觉。不管是大白天，或是在儿童频道播放《小乌龟法兰克林》的时候都一样。别吵她，他的爸爸说，她想静一静。但是纳撒尼尔认为妈妈根本不想这样。他想到自己有时候会梦到蜘蛛钻进他的皮肤底下，或在半夜里喊梦话惊醒。唯一没让他跑出房门的理由，是因为房里太黑，以及床到门口的距离太远。

"我们得想想办法。"纳撒尼尔告诉爸爸。已经三天了，妈妈还在睡觉。

但是父亲脸色一沉，这个表情和他每次听到纳撒尼尔洗头发时在浴室里的尖叫声时一样。"我们什么也不能做。"他告诉纳撒尼尔。

不对。纳撒尼尔知道事情不是这样。所以当他的爸爸走到屋外，到车道尽头去丢垃圾的时候（两分钟而已，纳撒尼尔，你可以在这里乖乖坐个两分钟，对吧？），纳撒尼尔一直等到听不见爸爸踩在碎石步道的声音，立刻一鼓作气，冲到楼上自己的卧室里。他把垃圾桶翻过来当作踏脚梯，然后在衣柜里找到他所需要的东西。他悄悄地转开爸妈卧室的门把，蹑手蹑脚地走进去，仿佛地板上铺的是轻软的棉花。

纳撒尼尔连试了两次，才点亮母亲床边的灯，然后他爬到了被子上。妈妈根本不在这里，毯子下只有一大块隆起的东西，听到他喊妈妈的名字，这东西甚至连动都没动一下。他戳了戳，皱起眉头。接着他拉开被单。

这个不是他母亲的东西呻吟了两声，在突然出现的光线下眯起了眼睛。

她的头发乱七八糟，纠结成一团，和宠物动物园里的棕色绵羊一模一样。她的眼睛深深地嵌在脸上，嘴边还有又长又深的皱纹。她身上有股哀伤的味道。她看到纳撒尼尔，眨了一下眼睛，他似乎存在她的记忆当中，但是她无法将他放到心里最优先的位置。接着，她又拉起毯子盖住头，转过身去。

"妈咪？"纳撒尼尔低声说话，因为这个地方好像很需要安静。"妈咪，我知道你想要什么。"

纳撒尼尔一直在想这件事，也回忆起了自己困在一片黑暗当中，却又无法解释的感觉。他记起当时她为他做了什么事。于是他拿出罗比许医生给他的手语教材，塞到母亲盖在毯子下的手中。

当她的手碰到教材开始摸索的时候，他屏气凝神地等待。纳撒尼尔听到一个从来没听过的声音，有点像地震时世界随之裂开，也说不定是心碎的声响，接着教材从床单中间滑出来，"啪"的一声掉到地上。突然间，被子站了起来，宛如白鲸的大嘴，吞噬掉他整个人。

接下来，他被包进了原来放手语教材的地方，被她的双手紧紧捆住。她紧紧抱住他，两人间容不下任何话语或手语。但是这一点儿也没关系，因为纳撒尼尔完全明白母亲在对他说什么。

天哪，我缩了一下，心想，把电灯关掉。

费舍尔径自将文件档案等数据摊在毯子上，面对疲惫到无法走出卧室的委托人似乎是他的家常便饭。不过话说回来，谁知道呢？说不定他真的就是每天面对这种人。

"走开。"我低声咕哝。

"症结在于他接受过骨髓移植，"费舍尔单刀直入地说，"你杀错了神父。所以我们得想个办法来利用这个重点让你开释。"在他想起要自我克制之前，我们的眼神先有了交会，他来不及掩饰他看到我这副模样所感到的惊讶，以及——是的，没错——厌恶。我没洗澡，没打扮，而且心不在焉。

是啊，费舍尔，你瞧瞧，我心想：这会儿，你不必假装我丧失心智了吧。

我翻个身，几张纸掉到地上。"你不必和我玩这种游戏，尼娜，"费舍尔叹口气说，"你聘请我，就是为了不去坐牢，我不会让你坐牢的。"他停了一下，仿佛要说出什么重要大事，结果却讲些无关紧要的话。"我已经提出申请陪审团的文件了，但你是知道的，我们也可以在最后一刻取消要求。"他打量我的睡袍和乱发。"试着去说服单一个人，说你……精神错乱，会比较容易。"

我拉起被子盖住头。

"我们拿到欧布莱恩的报告了，你表现得很好，尼娜。我把报告留在这里让你读……"

我躲在毯子下，在黑暗中哼唱，这样才听不到他的声音。

"好吧。"

我用指头塞住耳朵。

"应该没别的事了。"我可以感觉到他在我的左边动手收拾文件。"我过了圣诞节之后再和你联络。"他起身离开，昂贵的皮鞋踩在地毯上，脚步声好似阵阵耳语。

我杀了一个人，我杀了一个人。这件事成为我不可切割的一部分，好比我眼睛的颜色和右肩胛骨上的胎记。我杀了人，这件事不可能抹灭。

当他走到门口的时候，我拉下被子露出脸。"费舍尔——"这是几天来我说的第一句话。

他转过身，面带微笑看着我。

"我要出庭。"

他的笑容消失。"不行，你不能。"

"我要。"

他再次走到床边。"如果你出庭，布朗会把你攻击到体无完肤。如果你上台去，连我都帮不了你。"

我直直地瞪着他看，久久都没有眨一下眼睛。"那又怎样？"我说。

"有人想和你说话。"凯利伯说完，把手机丢在床上。他看我没伸手拿，于是想了想之后又补充一句："是帕特里克。"

在某次海滩旅游时，我曾经让纳撒尼尔把我埋在沙子下。他从我的双腿开始埋，要等盖在上面的沙堆干燥变硬必须等一段很长的时间。到了他在我身边筑起沙丘，沙子压住我的胸口之后，我记得自己开始感觉到禁闭的恐惧。当我终于能移动时，我像巨神泰坦般地从沙堆下站了起来，蓄势待发的爆发力足以推倒神祇。

现在，我看着自己放在被单上的手爬向电话，却没有力气阻止。原来，只要诱因够强，我还是会受到引诱，脱离彻底的瘫痪和自卑自怜的情绪。这个诱因也就是采取行动的可能性。尽管我已经从中得到了教训，但仍然无力戒除这个瘾头。嗨，我是尼娜，我要知道他在哪里。

"帕特里克？"我把话筒靠到耳边。

"我找到他了，尼娜，他在路易斯安那一个叫作贝尔夏斯的镇上。他是个神父。"

我肺里的空气一股脑儿地全被抽光。"你逮捕了他。"

我听出犹豫。"没有。"

我坐起身，被子往下滑。"你有没有……"我没办法把话说完。我希望他可以告诉我某件让人胆战心惊的事，某种我急切想要听到的状况。然而我同时又希望：不管我自己变成什么样的人，都不该把他拖下水。

"我和那家伙说过话，但是我不能让他知道我是来找他的，也不能让他知道我来自缅因州。你记得这种事应该怎么着手，当时纳撒尼尔……一旦性侵犯发现遭到锁定一定会逃跑，而我们永远不可能拿到他的供词。再说，葛文更狡猾，因为他知道自己同母异父的弟弟就是因为被控性侵儿童才被杀，何况这件案子还是他做的。"帕特里克犹豫了一下。"所以，我说我打算结婚，想找个举办婚礼的教堂。这是我第一个想到的借口。"

泪水涌上我的眼眶。稍早，他就在帕特里克的掌握之中，但是什么事也没发生。"逮捕他，看在老天爷的份上，帕特里克，挂掉电话回教堂去——"

"尼娜，你先别说话。我不是路易斯安那的警察，这里也不是案发现场。我必须先拿到缅因州签发的逮捕令，才能在路易斯安那指控葛文为逃犯，就算这样，他还是能拒绝引渡。"他犹豫道，"况且，如果我的上司发现我利用职务之便来侦查没有分派给我的案件，你想，他会有什么反应？"

"但是，帕特里克……你找到他了。"

"我知道，而且他会得到惩罚。"他在电话的那头没有出声。"只不过，不是今天。"

他想知道我是否还好，而我撒了谎。我怎么可能好呢？我回到了原点。差别是，现在我即将因谋杀无辜的神父受审，而纳撒尼尔则会卷入另一场审判当中。在我入监服刑的时候，他必须面对性侵他的人，重新回到噩梦当中。纳撒尼尔会备受折磨，会受到伤害。

帕特里克向我道再会，我切掉电话。我瞪着手上的话筒看了好一会儿，抚摸滑顺的塑料外缘。

有生以来头一遭，我可能要面对更大的损失。

"你在做什么？"

我的脑袋才刚从套头毛衣里钻出来，就看到凯利伯站在卧室里。"我看起来像是在做什么？"我扣上牛仔裤，套上便鞋。

"帕特里克让你下床。"他音调有些变化。

"帕特里克告诉我的信息让我终于能够下床。"我更正他的话，想要绕过凯利伯，但是他挡住我的去路。"拜托，我得去一个地方。"

"尼娜，你哪里也去不了。你戴着电子手铐。"

我看着丈夫的脸。他的眉间有好几道我没见过的纹路，我有些惊讶，发现这些皱纹是我造成的。

我应当要让他知道这件事。

于是我拉住他的胳膊，带他走到床边，让他和我并肩坐下来。"帕特里克找到骨髓捐赠者的名字。他就是十月份来圣安妮教堂参访的神父，养猫的那一个。他叫作阿瑟·葛文，是路易斯安那州贝尔夏斯教堂的神父。"

凯利伯的脸色发白。"为什么……你为什么要告诉我这件事？"

因为，在第一次，我单独行动，而当时我应该要把自己的计划告诉你。因为当检察官在法庭上质询的时候，你不必为此做证。"因为，"我说，"事情还没有结束。"

他往后退去。"尼娜，不行。"我站起来，但是他抓住我的手腕，将我拉到他的面前。我的手腕被他扭得发痛。"你打算做什么？违反居家监禁的条件，出去杀另一个神父吗？被判处一次终身监禁对你还不够？"

"路易斯安那州还有死刑。"我反呛回去。

我的回答就像是断头台，切开了我们两个人。凯利伯松开我的手，速度快到让我跌坐在地板上。"这就是你想要的吗？"他静静地问，"你真的这么自私？"

"自私？"我眼里已经盛满眼泪，"我是为了我们的儿子才这么做。"

"你是为了你自己，尼娜。如果你为纳撒尼尔想一想，就算是一点点也好，你会专心当一个母亲。你会起床，继续过日子，让司法制度来处理葛文。"

"司法制度。你要我傻傻地等，等到法院传唤这个浑蛋？让他在这期间继续强暴十个、二十个孩子？然后再等，等这两个州的州长争辩该由谁来负责审判？接着再继续等，等着看纳撒尼尔出庭指控这个混账东西？还要亲眼看着葛文刑期服毕，而我们的儿子却仍然为了他的所作所为噩梦连连？"我颤抖地吸了一大口气，"这就是你所谓的司法制度，凯利伯，这值得等吗？"

我看他没有作声，于是站起身来。"反正，我已经要为杀人付出代价，我再也没有人生了。但是纳撒尼尔可以好好活下去。"

"你打算让我们的儿子在没有你的情况下长大？"凯利伯的声音颤抖又沙哑，"让我为你省下这个麻烦吧。"

他突然站起身，离开卧室去高喊纳撒尼尔的名字。"嘿，小朋友，"我听到他说，"我们去探险。"

我虽然四肢发麻，但仍然勉强走到纳撒尼尔的房间里去，看到凯利伯随手拿起衣物，胡乱塞进蝙蝠侠的背包里。"你……你在做什么？"

"我看起来像是在做什么？"凯利伯的答复像是我方才答话留下来的回音。

纳撒尼尔在床上跳上跳下，头发像丝缎般往两侧飞。"你不能把他从我身边带走。"

凯利伯拉上背包的拉链。"为什么不能？你不是准备离开他吗？"他转头看着纳撒尼尔，硬挤出笑容。"准备好了吗？"他问儿子，纳撒尼尔跳到他的怀抱里。

"再见，妈咪！"他大声嚷嚷，"我们要去探险。"

"我知道。"我的喉咙仿佛打了个结，实在很难装出笑脸。"我听到了。"

凯利伯抱着他从我身边经过，楼梯间传来噔噔噔的脚步声，接着是错不了的甩门声。凯利伯发动货车引擎，在车道上加速倒车。在接下来的一片沉默当中，我听见自己的疑虑和不安化成耳语，蹿入空气当中环绕着我。

我趴在纳撒尼尔的床上，把自己埋进充满蜡笔和姜汁面包味道的床单里。眼前的实际状况是我没办法离开这栋屋子。只要我一踏出家门，警车就会鸣笛来追我，在我搭上飞机之前就先逮捕我。

凯利伯成功了，他成功地阻止我去进行我极力想做的事。

因为他知道，如果我现在走出家门，绝对不会是去找阿瑟·葛文。我会去找儿子。

过了三天，凯利伯还是没打电话给我。我联络过这一带的每间旅馆和汽车旅社，但即使他在其中任何一间，也不是以自己的名字登记。但是不管如何，这晚是圣诞夜，他们一定会回家。凯利伯一向爱过传统节日，到了这时候，我也已经包装好在阁楼里藏了一整年，准备在这天拿出来送给纳撒尼尔的礼物。我从冰箱里找出所剩无几的食材，准备好鸡肉和芹菜汤，还拿出结婚时朋友送的瓷器摆在餐桌上。

此外，我也做了大扫除，因为我要凯利伯一走进家门就注意到不同之处。也许当他看到不同的外在环境之后，会明白我的内心也有了变化。我将头发在脑后绾成了一个法国髻，穿着黑丝绒长裤搭配红色衬衫。耳朵上佩戴着纳撒尼尔去年送我的圣诞礼物：用黏土做的小雪人。

然而这些都是表面。我的眼睛下出现了黑眼圈和眼袋，他们离家之后，我一直没有合眼过，这好像是一项严峻的惩罚，因为我在我们相聚的时候不停昏睡。夜里，我会在走廊上徘徊，想要找出纳撒尼尔在地毯上奔跑所留下的印记，还会盯着从前的照片看。我成了自己家中的鬼魂。

家里没放圣诞树，因为我没办法出门去砍棵树进来。我们一向会在圣诞节来临前的星期六到自家产业巡视，找一棵树砍回家。但是话说回来，今年的圣诞，我们并没有家人间紧密的感觉。

还不到下午四点，我就点起了蜡烛，播放圣诞音乐。我坐下来，双手放在膝头安静等待。

我一直在等待。

四点半，开始下雪了。我重新摆放纳撒尼尔的礼物，依大小排列。我把装饰着蝴蝶结的雪橇靠在墙边，不知道这些礼物是否够他堆放在上面滑下小山丘。

十分钟之后，车道上传来卡车引擎的声响。我跳了起来，紧张地四处环顾，做最后一次的检查，然后带着明亮的笑容拉开门。快递人员拿着包裹站在我家门廊上，他看起来很疲惫，身上还沾着雪花。"尼娜·弗罗斯特吗？"他用单调的声音问道。

我接下包裹的时候，他说了声圣诞快乐。我回到屋里，坐在沙发上撕开包裹。里面是一本皮革装订的二〇〇二年桌历，封面内页印了费舍尔的律师事务所名称。节日快乐——卡灵顿、惠特康、霍洛比、普拉特同贺。"还真实用，"我大声说，"尤其是我开始坐牢以后。"

当星星羞怯地躲进夜空之后，我关掉了音乐。我望向窗外，看着雪花掩去车道。

帕特里克在离婚之前就已经自愿在圣诞夜值班了，有时候甚至还连值两班。他在圣诞夜接到的电话通常是老人家打进来的，而他们口中的碰撞或是可疑的车辆，总是会在帕特里克抵达时消失无踪。其实，这些人只是不想孤单地度过这个大家都有人陪伴的夜晚。

"圣诞快乐。"他离开梅西·简肯斯的家门,这位八十二岁的女士刚成了寡妇。

"上帝祝福你。"她响应,然后走回冷冷清清的家里。这和帕特里克要回的家一样。

他可以去看看尼娜,但是凯利伯一定会带纳撒尼尔回家过节。不,帕特里克不想在这时候去打扰。于是他上车,开在毕德佛湿滑的街上。住家的门廊上和窗内都看得到闪烁的圣诞灯,这个世界上似乎零落点缀着富饶的意味。他慢慢地巡行,心里想着安然入睡的孩童。谁在乎什么是干果夹心糖?

突然间,帕特里克的车灯前方出现一团模糊身影,他用力踩下刹车,让车子滑到一边,以免碰撞到跑着过马路的人,接着,他走到车外扶起倒在地上的男人。"先生,"帕特里克问道,"你还好吗?"

男人翻了个身,他身上穿着圣诞老人的服装,棉花做的假胡子下飘出一阵酒气。"圣诞节快乐啊,小伙子,你站好。"

帕特里克帮他坐起身来。"有没有哪里受伤?"

"走开。"圣诞老人挣扎着想离开他,"我可以告你。"

"因为我没有撞到你,所以要告我?这恐怕行不通。"

"你开车不小心,你大概喝醉了吧。"

帕特里克听了忍不住大笑。"大概和你一样吗?"

"我一滴酒也没喝!"

"好啦,圣诞老人。"帕特里克拉他站直身子,"你有没有一个叫作家的去处?"

"我得去驾我的雪橇。"

"可不是吗。"他用手臂撑住男人,带他走向警车。

"如果我让麋鹿留太久,它们会啃掉屋顶的木瓦片。"

"那当然。"

"我不坐车，我还没忙完，你知道的。"

帕特里克拉开车子的后门。"我宁可冒险，上去吧，我带你去睡在暖乎乎的床上，等你清醒。"

圣诞老人摇着头说："我老婆会杀了我。"

"圣诞老婆婆会了解的。"

他看着帕特里克，笑容退去了一点。"好啦，警官，放我一马吧。你也知道回到只想叫你滚蛋的爱人身边是什么感觉。"

帕特里克压低男人的身子将他推进车里，唔，也许太用力了点。不，他不懂那种感觉。他连这个句子的百分之五十都不懂：回到爱人身边是什么感觉？

等他开回警局的时候，圣诞老人已经昏睡了过去，帕特里克只好请值班台的警察帮他一起将男人抬进警察局。帕特里克打了卡，坐进自己的卡车里。但是他没有回家，而是朝相反的方向开去，经过尼娜家的前方。他只想确定一切安好。自从他回到毕德佛之后——当时尼娜和凯利伯已经结婚——就不常这么做了。他通常在值完夜班之后，才会开车过来，看着屋里的灯光一盏盏熄灭，只留下他们卧室的灯。就当作额外的保全吧——至少，他当时是这么告诉自己。

这么多年之后，他仍然无法相信这个说法。

纳撒尼尔知道，圣诞节本应该是件大事。在这个圣诞夜，他不但晚睡，还能拆开一大堆心里想要的所有礼物。而且，他们来到一个叫作加拿大的新国家，住进了一座真正的古堡里。

他们在古堡的房间里有一座火炉，还有一只看起来活生生的死鸟。是填充的，他的父亲这么说，这只鸟看起来似乎真的把自己吃得太撑，但是纳撒尼尔不认为任何动物可能会因为这样而死掉。房间里有两张大床，还有那种一躺就凹陷，不会立刻弹起来的枕头。

这里说的是不同的语言，纳撒尼尔听不懂，这让他想起自己的母亲。

他拆开的礼物有遥控卡车、绒毛袋鼠、直升机，还有颜色多到让他头昏脑胀的火柴盒小汽车。另外他还拿到了计算机游戏和一个掌中弹球机。房间里到处都是包装纸，父亲忙着把纸丢去喂火。

"收获不少喔。"他笑着说。

父亲让纳撒尼尔作所有的决定，他们甚至在一座碉堡里玩了一整天，搭一种叫作钢索缆车的东西上上下下玩。他们吃饭的餐厅门外竟然挂着麋鹿头，纳撒尼尔还一连点了五道甜点。他们回房间以后才开始拆礼物，但是把圣诞袜留到明天才看。一切都是纳撒尼尔说了算，在家里绝对不可能这样。

"好，"父亲说了，"接下来要做什么？"

但是纳撒尼尔只想回到从前的样子。

门铃在十一点钟响起，门口出现了一棵圣诞树。接着，帕特里克从偌大的冷杉枝叶后面探出头来打招呼："嗨！"

我觉得自己的脸和橡胶一样强韧，挂在上面的微笑显得十分诡异。"嗨。"

"我帮你带了一棵树过来。"

"我看到了。"我往后退一步，让他进屋里来。他把树靠在墙上，针叶像雨水般落在我们的脚边。"凯利伯的卡车不在。"

"凯利伯也不在，纳撒尼尔也一样。"

帕特里克的眼神暗淡了下来。"喔，尼娜。天哪，我很遗憾。"

"没关系的。"我对着他展开最美的笑容，"我现在有棵圣诞树，而且还有人帮我吃圣诞晚餐。"

"哈，莫里耶小姐，那是我的荣幸。"我们同时意识到帕特里克的错误，他用他最初认识我——也就是我娘家的姓氏——来称呼我。但是我们都懒得更正。

"进来吧，我去把东西从冰箱里拿出来。"

"等等。"他跑回车边，提着几个沃尔玛卖场的购物袋回到门口，几个袋子上还装饰着蝴蝶结。"圣诞快乐。"他想了想，才靠过来亲吻我的脸颊。

"你身上有威士忌的味道。"

"是那个圣诞老人，"帕特里克说，"我得到一个空前未有的殊荣，把圣诞老公公关进牢里，让他睡到酒醒。"他一边说话，一边打开购物袋。里面有爆米花、奇多玉米棒、饼干，还有无酒精的香槟。"东西不多。"他致歉。

我拿起冒牌香槟转动瓶身。"不打算让我喝醉，是吗？"

"如果害你被捕就不行，"帕特里克直视我的双眼，"你知道规定，尼娜。"

他一向知道怎么做对我比较好，于是我跟着他走进起居室，一起把圣诞树放到空台子上。我们生了火，接着拿出我收在阁楼里的装饰品来点缀圣诞树。"我记得这一个，"帕特里克抽出一个里面有个小人偶的泪滴形玻璃球说，"本来有两个。"

"你坐坏了一个。"

"我以为你妈会杀了我。"

"她本来的确有这种打算，但既然你已经开始流血——"

帕特里克忍不住笑了出来。"而且你还一直指着我说：'他的屁股割了一个洞。'"他把泪滴形玻璃球挂在及胸的高度，"告诉你，结果留下了疤痕。"

"真的吗？"

"想看吗？"

他在开玩笑，眼眸还闪闪发光。但尽管如此，我还是假装忙着别的事。

装饰好圣诞树之后，我们坐在沙发上拿饼干配着冷鸡肉吃。我们的肩膀相碰，我想起过去我们常并肩躺在镇上池塘的漂浮平台上，就这么睡着，阳光照在我们的脸庞和胸前，将我们的皮肤加热到完全相同的温度。帕特里克把另一个购物袋放到圣诞树下。"说好了，你要到明天才能拆。"

我震惊地发现他要离开。

"但是还在下雪……"

他耸耸肩。"我的车是四轮驱动，没事的。"

我旋转手上的杯子，让假香槟在杯里转动，说："拜托。"我只说了这两个字。从前，这样就够了。但现在帕特里克就在这里，起居室里充满了他的声音，他的身体占据了我旁边的空间，如果他离开，这里会变得太空虚。

"现在已经是明天了。"帕特里克指着时钟：时间是午夜十二点十四分。"圣诞快乐。"他把一个购物袋放在我的腿上。

"可是我什么都没为你准备。"我没说出心里的话：帕特里克回毕德佛这么多年了，从来也没送我圣诞礼物。他会带礼物给纳撒尼尔，但是我们之间有个默契，如果多过于此，就无异是在礼仪规范的界线在走钢索。

"打开就是了。"

第一个购物袋里面是一个三角形的小帐篷，第二个袋子里放了个手电筒和一组全新的"妙探寻凶"游戏。帕特里克露出一个大大的笑容。"你现在有机会打败我了。不过话说回来，你不见得能打败我。"

我高兴地回他一个笑脸。"你会输得很惨。"我们把帐篷从保护套里抽出来，在圣诞树前撑起帐篷，里面的空间小到几乎只容得下我们两个人，但是我们还是爬了进去。"我觉得现在的帐篷越做越小。"

"不是，是我们变大了。"帕特里克打开游戏板，平铺在我们盘起的腿上，"我可以让你先下。"

"很有风度啊。"我说完话，立刻拿起骰子开始玩。我们每掷出一次骰子，岁月就往后退了一年，直到最后，我们可以轻易地将屋外的白雪想象成安妮女王的蕾丝，把这场游戏当作生死攸关的竞赛，而全世界也只剩下帕特里克、我和后院的营地。我们的膝盖碰撞，小小的尼龙帐篷里只听得到彼此的笑声，外面圣诞树上的串串灯光像极了萤火虫，我们身后的火炉就是营火。帕特里克带我回到过去，而这是我见过最美好的礼物。

顺便一提，他赢了这场游戏。凶手是史卡莱小姐，地点在图书馆，凶器是一把扳手。

"我要求重新比赛。"我大声宣布。

帕特里克笑得太开心，不得不喘一口气。"你大学念了几年？"

"闭嘴，帕特里克，我们重来一次。"

"才不要，我见好就收。我领先——多少次了？——三百场了吗？"

我伸手抓他的棋子，但是他举得高高的不让我抢。"你真可恶。"我说。

"你输不起。"他把手举得更高，我为了抢棋子不小心打翻游戏板，顺势也扯倒了帐篷。我们被尼龙布和棋子卡片缠倒，滚在地上纠缠成一团。"下次我买帐篷送你，"帕特里克笑着说，"我一定会挑大一号的尺寸。"

我的手碰到他的脸颊，他一动也没动，浅色的眼眸大胆地锁住我的视线。"帕特里克，"我低语，"圣诞快乐。"接着，我亲吻他。

几乎就在同一刻，他从我身边弹开。现在，我要怎么面对他？我不相信自己竟然会这样做。然而他握住我的下巴回吻我，仿佛想把他的灵魂灌注到我的体内。我们唇齿碰撞，又扯又抓，难舍难分。在美国手语当中，朋友的手势就是两手的食指互勾。

不知怎么着，我们滚出帐篷外。炉火的热度温暖了我的脸颊，帕特里克的指头仍然缠着我的头发。这很糟，我知道这样很糟糕，但是我心里有一块属于他的空间。他像是早于任何人的第一个人。我想——我不是头一遭这么想——不道德不见得就是错。

我用手肘撑起身子俯视着他。"你为什么离婚？"

"你说呢？"他轻柔地回答。

我解开衬衫的扣子，又红着脸拉拢衣襟。帕特里克伸手覆住我的双手，拉下薄薄的衣袖。接着他脱掉自己的衬衫，我轻触他的胸膛，在这片不是凯利伯的属地上游移。

"别去想他。"帕特里克恳求我，他一向能看透我的思绪。我亲吻他的乳头，一路来到消失在长裤下方的黑色毛发。我解开他的皮带，用双手包覆住他，然后往下将他放进我的口中。

他毫不迟疑地扯着我的头发将我往上拉到他的胸前。他的心跳得飞快，宛如召唤。"对不起，"他对着我的肩膀喘气，"太多了。一整个的你，这样太多了。"

一会儿之后，他开始品尝我。我试着不去想自己松弛的小腹、妊娠纹以及其他的缺陷。在婚姻关系中，这些都是不需要担心的事。

"我不……你知道的。"

"你不什么？"他在我双腿吐出这几个字。

"帕特里克。"我扯着他的头发。但是他的手指滑入我的体内，让我迷失。他来到我的上方，紧紧抱着我，不留任何空间，两人律动的节奏，宛如这辈子一直如此熟悉彼此。接着帕特里克抽出身子，在我们两人的身躯之间来到高潮。

胶稠的愧疚将我们的肌肤黏着在一起。

"我不能——"

"我知道。"我轻触他的嘴唇。

"尼娜，"他闭上眼睛，"我爱你。"

"这我也知道。"这时候，我只能容许自己这么说。我碰触他肩膀的弧度，手指划过他的脊椎，想要把一切交付给记忆。

"尼娜，"帕特里克埋在我的颈际偷笑，"我还是比你懂得玩妙探寻凶。"

在我的凝视下，他在我的怀抱中入睡。这时候我对他说出我没办法对别人说出口的话。我握起拳头，做出手语中 S 的手势，然后在他的胸口画了一个圈。这是我最诚挚的道歉方式。

太阳亮晃晃地挂在天际线上，帕特里克醒了过来。他伸手碰尼娜的肩膀，然后摸了摸自己的胸膛，只为了确定这是真的。他躺回去，瞪着火炉里炙热的木炭，想要用念力驱走早晨。

但是早晨仍然会报到，随之而来的还有一堆解释。尽管他对尼娜的认识远胜过尼娜自己，但是他依旧不确定她会选择什么借口，毕竟她以批判他人的不端行为为生。然而她的任何说法对他来说都一样：这根本不该发生，整件事是个错误。

帕特里克只想从她的口中听到一样东西，那就是他的名字。

任何其他的话，呃，只会让这件事出现缺憾，而帕特里克想要拥有一个无瑕的夜晚。于是他将手从尼娜的头下轻轻抽出来，脱离这个甜蜜的重量。他亲吻她的太阳穴，深深吸进了她的气味。在她有机会放手之前，他先放开手。

我张开眼看到的第一样东西就是搭好的帐篷。接着我发现帕特里克不在身边。在这场难以相信的熟睡当中，他离开了我。

也许这样比较好。

当我清理完前一天的晚餐，也洗过澡之后，我几乎就快说服自己这件事的确是真的。但是我无法想象下次再见到帕特里克的时候，脑子里不会出现他俯在我上方，黑发刷过我脸孔的模样。然而我也不认为在我体内宛如蜂蜜溶进血液的平和宁静，要归功于圣诞节。

原谅我，神父，我是罪人。

但是我真的有罪吗？命运难道会遵守规定？"应该"和"想要"之间的鸿沟宽若汪洋，将我淹没在其中。

门铃响了，我从沙发上跳了起来，急忙擦擦眼睛。是帕特里克，说不定带着咖啡和甜甜圈回来。如果他决定回来，一切就不是我的错。就算是我打一开始就这么期待也一样。

但是当我打开门的时候，看到的是凯利伯站在门廊上，纳撒尼尔站在他的前方。我儿子的笑容比车道上积雪的反光还灿烂，有那么一会儿，我惊慌地望着凯利伯身后，想看看帕特里克警车留下的车痕是不是已经被风雪遮去。罪过有味道吗？会不会和残留在皮肤上的香水一样？"妈咪！"纳撒尼尔喊着。

我高高举起儿子，欣喜地承受他的重量。我的心跳狂乱，像是卡在喉咙的蜂鸟。"凯利伯。"

他不愿意看着我。"我不会留下来。"

这么说，这是个同情的拜访。几分钟之后，纳撒尼尔就要离开。我将儿子抱得更紧了些。

"圣诞快乐，尼娜，"凯利伯说，"我明天过来接他。"他向我点个头，然后离开门廊。纳撒尼尔叽叽喳喳说个不停，货车驶离的时候，儿子兴奋的情绪让我们更形紧密。我细细地观察凯利伯留在雪地上的脚印，把脚印当作线索，无可证明的鬼魂曾经来了又走。

第三部

我们的美德往往是经过伪装的罪恶。

——罗许佛寇公爵法蓝索瓦

今天在学校里，莉迪亚小姐给大家发很特别的点心。

我们先领到一片莴苣，上面有一粒葡萄干，这是虫卵。

接着是长条形的起司毛毛虫。

然后是蝶蛹——一颗葡萄。

最后是切成蝴蝶形状的肉桂面包。

之后，我们全都到外面去，把在教室里出生的帝王蝶放出去。其中有一只停在我的手腕上。它现在看起来很不一样，但是我知道这就是我上个星期捡来交给莉迪亚小姐的毛毛虫。没多久，蝴蝶便飞向了太阳。

有时候事情变化得太快，害我的喉咙从里痛到外。

七

四岁那年，我在卧室的窗台上捡到一只毛毛虫，决定拯救它的性命，还央求母亲带我到图书馆去查询野外图鉴的数据。我拿了个罐子在顶上打洞，拿叶子和草给毛毛虫吃，还放了一点点水。当时母亲告诉我，如果我不放走毛毛虫，小虫会死，但是我相信我才是对的。毛毛虫跑到外头的世界，说不定会被卡车碾毙，或是被太阳烤焦。我的保护才能让它避开风险。

我用无比神圣的态度为毛毛虫替换水和食物，太阳下山后还会唱歌给它听。结果到了第三天，不管我多么呵护照顾，毛毛虫还是死了。

几年之后，事情再次重演。

"不行。"我告诉费舍尔。我们停下脚步，一月的寒风像是受到蛊惑的眼镜蛇，一股脑儿地钻进我的大衣里。我把文件丢还给他，就好像不去看儿子的名字，他就可以不出庭。

"尼娜，这由不得你，"他轻声说，"纳撒尼尔得出庭做证。"

"昆丁·布朗这么做是为了要对我下手。他想要我目睹纳撒尼尔在法庭上再次崩溃，然后看我会不会再度发狂，而且这回还要当着法官以及陪审团的面。"我的泪水在睫毛上结成了冰珠。我想要让事情现在就结束。就是这样，我才会杀害一个男人，因为我以为自己可以阻止雪球越滚越大；因为侵害我儿子的人一死，我的孩子就不必出庭做证，重新经历不堪回首的遭遇。我想让纳撒尼尔就此打住，合上惨不忍睹的章节，但讽刺的是，我并没有做到。

这个牺牲——神父的生命和我的未来——没能发挥应有的效果。

圣诞节过后，纳撒尼尔和凯利伯一直和我保持距离，但是凯利伯每隔几天，就会带他来和我共度几个小时。我不知道凯利伯怎么向纳撒尼尔解释我们的安排。也许他会说我病得太严重或太忧郁，所以没有办法照顾小孩。说不定这两个理由都正确。但无论如何，我能确定的是纳撒尼尔最好不要看着我进行自我惩罚的计划。他已经看得太多了。

我知道他们住在哪间汽车旅馆，偶尔，当我觉得自己特别勇敢的时候，我会打电话过去。但接电话的永远是凯利伯，也许我们已经无话可说，或许要说的话太多，塞住了两人之间的电话线，于是我一个字也说不出来。

尽管如此，纳撒尼尔的情况渐入佳境。每当他回到家里，脸上总是会带着笑容。他会唱莉迪亚小姐在课堂上教的歌给我听，当我从他背后碰他的肩膀时，他也不再惊吓到蜷缩身体。

这些都是进步，但是一场能力听证会足以抹灭一切。

在我们身后的公园里，有个刚学步的幼童躺在雪地上挥动四肢，在地上画出一个雪地天使。雪天使的问题在于孩子一起身就会毁了自己的作品，因为无论如何，雪地上都会出现起立时留下的脚步。"费舍尔，"我简单扼要地说，"我要去坐牢。"

"你不能——"

"费舍尔，拜托你。"我轻碰他的手臂。"我可以接受。我甚至相信这是我应得的惩罚。我之所以会杀人只有一个原因，这唯一的原因就是不要让纳撒尼尔受到更多的伤害。我不要他回想起自己的遭遇。如果昆丁想惩罚任何人，他可以找我。但是找纳撒尼尔就太过分了。"

费舍尔叹了一口气。"尼娜，我会尽全力，但是——"

"你不懂，"我打断他的话，"尽全力还不够。"

尼尔法官来自波特兰，他在亚尔福瑞的高等法院里没有自己的办公室，所以在主持我这场审判期间，他只好借用另一位法官的地方。麦金泰尔法官把闲暇时间用来打猎，因此这间小办公室里挂了好几个麋鹿和巨角雄鹿的头，这些都是麦金泰尔法官的手下败将。那么我呢？我心想：我会不会是下一个？

费舍尔提出了诉愿，为了避开媒体的干扰，法官决定在办公室里直接解决。"法官大人，这简直太不合理了，"费舍尔说，"我实在无法表达自己有多难过。检方已经掌握了席辛斯基神父死亡当时的录像带，为什么还要这个孩子出庭指证？"

"布朗先生？"法官要检察官回答。

"法官大人，辩方声称这桩谋杀案的肇因是孩子当时的精神状态，以及被告相信自己的儿子遭到席辛斯基神父性侵。检方得知这并不是实情。陪审团必须亲耳听到，在被告杀害这个男人之前，纳撒尼尔究竟告诉了他母亲什么话。"

法官摇摇头。"卡灵顿先生，如果检方指称这与案情有关，我很难撤销传唤。在审判开庭之后，我也许可以宣布这与案情没有关系，但是就现在的情况来说，我们必须要听听这名证人的证词。"

费舍尔再次尝试。"对于孩子的证词，如果检方愿意提交书面质疑，也许我们可以达成约定，这样一来，纳撒尼尔就不需要出面做证。"

"布朗先生，这似乎很合理。"法官说。

"我不同意。让这名证人亲自出席对这个案子来说，真的十分重要。"

办公室里顿时出现一片出自惊讶的宁静。"再想一下，检察官。"尼尔法官要求布朗三思。

"我想过了，法官大人，请相信我。"

费舍尔看着我，我完全知道他想要怎么做。他的眼神中充满同情，但是他依然先等我同意，才又转头对法官说："法官大人，如果检方完全不给我们商量的余地，那么我们要求举行能力听证会。我们所讨论的这名对象，是一个在过去六个星期内曾经两次失去说话能力的孩子。"

我知道法官绝对会欣然接受这个妥协。我同时也知道，在我见过的所有辩护律师当中，费舍尔是在能力听证会上对孩童最慈悲的一个人。但是，这次他不必扮演这个角色。因为眼前最理想的状况，是让法官宣布纳撒尼尔不具备出庭的能力，如此一来，他就不必历经出庭的折磨。想要达成这个目的，费舍尔唯一能做的，就是让纳撒尼尔再次崩溃。

费舍尔没说出来，但是依他看，艺术已经逐步演变为生活。这是因为他为尼娜设计的丧失神志已经离目标越来越近，然而这个理由打从一开始就是完全捏造出来的。为了不想让她在这天早晨的听证会过后就此一蹶不振，他决定带她到一间时髦的餐厅共进午餐。她不太可能在这样的地方崩溃。他要她说出检察官在听证会上会询问纳撒尼尔哪些问题，她过去同样用这些问题来询问儿童证人，而且不下千次。

稍晚，法院一片昏暗，除了管理人员、凯利伯、纳撒尼尔和费舍尔之外别无他人。他们静静地沿着走廊往前走，纳撒尼尔紧紧抓着父亲的手。

"他有点紧张。"凯利伯说，清了清喉咙。

费舍尔没理会他的话。他宁愿在一万尺的高空走钢索，也不想以严厉的方式对待这个男孩，但是话说回来，如果他的态度太过关切，纳撒尼尔可能会在听证会上表现自如，结果被判定必须在审判上出庭做证。不管怎么做，尼娜都会要他好看。

进到法庭内，费舍尔打开头顶的灯光。灯泡先是"哑"的一声，然后发出刺眼的光线。纳撒尼尔紧紧地依偎在父亲身边，把脸埋在凯利伯宽厚的肩膀上。当你需要胃药的时候，这些东西全到哪儿去了？

"纳撒尼尔，"费舍尔简洁地说，"我要麻烦你坐到那张椅子上去。爸爸得待在后面，没办法和你说话，而且你也不能和他说任何话。你必须回答我的问题。你听懂了吗？"

孩子圆睁的眼睛就和黑夜一样深不可测。他跟着费舍尔来到证人席上，勉强爬上放在里面的凳子。"先下来一下。"费舍尔从里面将凳子拿出来，重新放了一张低一点的椅子进去。这下子纳撒尼尔坐在上面，连眉毛都不及证人席的栏杆高。

"我……我什么都看不见。"纳撒尼尔嗫嚅道。

"你不必看。"

费舍尔正打算开始练习发问，一个声音打断了他，原来是凯利伯有条不紊地收起法庭里的每张高脚凳排在门边。"我觉得这些最好……最好放到别的地方去，才不会明天一大早又出现在法庭里。"他迎视费舍尔的目光。

律师点点头。"放到柜子里去，工友可以把这些凳子锁进去。"

当他转头面对男孩的时候，他努力克制，不让脸上出现笑容。

　　纳撒尼尔现在终于知道梅森为什么老想扯开颈圈。这个叫作"领带"的东西上面没有蝴蝶结，圈在脖子上让他几乎要窒息。他用力拉，结果父亲抓住了他的手。他有点反胃，说实在的，他宁愿去上学。这里的每个人都会盯着他看，每个人都想要他说出他不想说的事。

　　纳撒尼尔抓紧他的绒毛乌龟法兰克林，而且越抓越紧。法庭出入口原来关上的门"嘎"一声打了开来，有个像警察但又不是警察的人挥挥手要他们进去。纳撒尼尔犹豫地踩在长长的红地毯上。这里面不像昨天晚上那样昏暗，也没那么吓人，但是那种走进鲸鱼肚子里的感觉完全没变。他的心跳开始加速，跳得和打在挡风玻璃上的雨滴一样快，于是他举手捂住胸口，不让别人也听到。

　　妈咪坐在第一排。她的眼睛又红又肿，在他站到证人席之前，她用指头抹了抹眼睛。这让纳撒尼尔想到，有好几次妈咪假装自己没哭，就算脸颊上还有眼泪，她也偏要说她在笑。

　　法庭的最前面还有一个高大的男人，他皮肤的颜色和栗子一样。这就是卖场里那个男人，就是他叫人来带走纳撒尼尔的母亲。这个男人的嘴巴看起来好像被人缝了起来。

　　坐在母亲旁边的律师站起身走到纳撒尼尔身边。他不喜欢这个律师。律师每次到家里来，纳撒尼尔的父母都会大声吵架。昨天晚上，他们带纳撒尼尔来这里练习，律师真是凶得不得了。

　　这会儿，律师把手放在纳撒尼尔的肩膀上。"纳撒尼尔，我知道你担心你妈咪，我也一样。我想让她和以前一样快乐，但是这里有个人不喜欢你妈咪。他的名字是布朗先生。你有没有看到，他就在那里，那个高高的男人？"纳撒尼尔点点头。"他会问你一些问题，这我没办法阻止他。但是，当你在回答的时候，你要记得一件事：来帮助你妈咪的人是我，不是他。"

接着他陪纳撒尼尔走到法庭的最前面。这里的人比昨晚多，有个身穿黑袍的男人手里握着一支槌子，另一个人的卷发直直地站在头顶上，还有位女士坐在打字机前面。他们走到用栏杆围起来的小格子前，昨天晚上纳撒尼尔就坐在这里。他坐在过低的椅子上，然后把双手摆在腿上。

穿黑袍的男人说话了："可以帮这孩子找张高一点的椅子吗？"

大伙儿全开始东张西望。那个很像警察的人说出大家都看到的情况："这里好像没有。"

"这是什么意思？法庭里一向会为儿童证人准备高脚凳。"

"呃，我可以去谢伊法官的庭上看看他那里有没有，但是这样一来，这里就没有人看管被告了，法官大人。"

穿袍子的男人叹了一口气，把一本厚厚的书递给纳撒尼尔。"纳撒尼尔，不然你坐在我的圣经上好不好？"

他照着做，但还是扭来扭去，因为他的屁股一直往下滑。卷发男人朝他走过来，带着笑容说："嗨，纳撒尼尔。"

纳撒尼尔不晓得自己是否可以开始说话。

"请你把手放在圣经上。"

"可是我已经坐在圣经上了。"

这个男人取出另一本圣经，摊开来捧在纳撒尼尔的面前，像一张桌子。"举起你的右手。"他说。纳撒尼尔高高举起一只手。"唔，你的另一只右手。"男人纠正他，"你是否发誓你所说的证词完全属实，没有虚假，愿上帝帮助你？"

纳撒尼尔拼命摇头。

"有问题吗？"这句话是穿黑袍的男人问的。

"我不能随便发誓。"他低声说。

他的母亲露出微笑，接着忍不住笑出声音。纳撒尼尔觉得这是他听过最悦耳的声音。

"纳撒尼尔，我是尼尔法官。我今天要请你回答一些问题。你觉得你办得到吗？"

他耸耸肩。

"你知不知道什么叫作'承诺'？"法官看到纳撒尼尔点头之后，指了指正在打字的女士。"我要请你说出来，因为那位女士会记录下我们讲的每一句话，所以要让她听见你的话。你觉得你能不能为了她，好好地大声说话呢？"

纳撒尼尔往前靠，接着扯开嗓门喊："可以！"

"你知道什么叫作承诺吗？"

"知道！"

法官往后缩了一下。"这位是布朗先生，纳撒尼尔，他要先和你说话。"

纳撒尼尔看到高个子男人面带微笑站起身来。他的牙齿好白，好像大野狼。他几乎和天花板一样高，而且越走越近，纳撒尼尔看了他一眼，想到他可能会先伤害他妈妈，然后又转过头来把纳撒尼尔咬成两截。

他深吸了一口气，接着放声大哭。

这个男人走到一半就停下脚步，好像失去了平衡。"走开！"纳撒尼尔大声嚷嚷。他收起膝盖，把脑袋埋进膝盖中间。

"纳撒尼尔。"布朗先生慢慢靠过来，伸出他的手。"我只是要问你几个问题，这样可以吗？"

纳撒尼尔摇头，但是不肯抬头看。说不定这个高个子和X战警的独眼龙一样有镭射眼。说不定让他看一眼就会结冻，然后被他看了第二眼就会冒火烧掉。

"你的乌龟叫什么名字？"高个子问他。

纳撒尼尔把法兰克林藏到膝盖下，这样乌龟也可以不要看到他。他用手遮住脸偷看，但是这个男人比他想象的还要靠近，于是他赶忙在椅子上转身，几乎要从椅背的横木之间滑到地上去。

"纳撒尼尔。"高个子又试了一次。

"不要，"纳撒尼尔开始哭，"我不要！"

男人转身离开。"法官，我们可以上前讨论吗？"

纳撒尼尔从他坐的格子的栏杆上面往外偷看，看到了母亲。她也在哭，可以理解，因为那个男人想伤害他。她一定和纳撒尼尔一样怕他。

费舍尔说过，要我不准哭，否则会被踢出法庭去。但是我实在克制不住，眼泪就和脸红或呼吸一样，会不请自来。纳撒尼尔缩在木椅上，整个人躲在证人席里面。费舍尔和布朗走向法官席，这时法官已经气到怒火四射。"布朗先生，"他说，"我实在没想到你会坚持到这种地步。你不需要这个证词。我不容许有人在我的法庭上打心理战。你想都不用想，这件事不会重演。"

"你说得对，法官大人，"那个浑蛋东西回答，"我要求上前报告，就是因为这孩子显然不该做证。"

法官敲下法槌。"本庭判决纳撒尼尔·弗罗斯特不具有出庭做证的能力，传唤取消。"他转头对我的儿子说，"纳撒尼尔，你可以下去找你爸爸了。"

纳撒尼尔从椅子上跳下来，跑下阶梯。我以为他要去法庭的后方找凯利伯，结果他却直接向我冲过来。他的冲力撞得我的椅子往后退了好几寸。纳撒尼尔伸手环住我的腰，挤出连我自己都不知道憋了多久的一口气。

我等着纳撒尼尔抬头，他被这个陌生的世界——包括书记官、法官、速记员和检察官——吓坏了。"纳撒尼尔，"我激动地对他说，"你是我最好的证人。"

从他的头顶望去，我和昆丁·布朗四目交接，然后露出微笑。

帕特里克第一次见到纳撒尼尔的时候，这孩子才六个月大。帕特里克最先想到的是：他长得好像尼娜。接着他才想到，抱在他怀里的，恰好就是让他们永远不可能在一起的理由。

尽管在探访纳撒尼尔之后，帕特里克偶尔会痛苦个好几天，但是他仍然努力去接近纳撒尼尔。他不时会带些陪孩子洗澡用的小海豚，或是可以任意塑形的软胶玩具和仙女棒来，给纳撒尼尔当作礼物。这么多年来，帕特里克一直想贴近尼娜的心坎，那么，从她心头钻出来的纳撒尼尔一定有技巧可以传授给他。于是他跟着他们去踏青，和凯利伯轮流背走不动的纳撒尼尔。他愿意让纳撒尼尔坐在他的办公椅上转圈圈，甚至在凯利伯和尼娜出门参加亲戚婚礼时充当保姆。

结果一路走来，一直爱慕着尼娜的帕特里克，也同样爱上了她的儿子。

帕特里克敢发誓，时钟一定有两个小时没走动了。纳撒尼尔正在能力听证会上，就算帕特里克想出席，也绝对看不下去。再说，他并不想出席，因为尼娜会在场。自从圣诞夜过后，他就没再看到她，也没有和她说过话。

他并非不想。天哪，他满脑子里只有尼娜，尼娜的感觉，尼娜的味道，尼娜在睡梦中贴着他，逐渐放松身躯。但是现在，帕特里克这个记忆的表面附着了一层剔透的结晶。两人在事后的只字词组只会让这个经历失色。况且，让帕特里克忧心的并不是尼娜要说的话，而是她不愿说出口的话：她爱他，她需要他，这件事对她的意义不下于对他的影响。

他把头埋进掌心里。其实他并非全然不知这是个严重的错误。帕特里克想要说出心里的话，向某个能够了解的人道出他的疑虑。但是他的知己、他最好的朋友就是尼娜。如果她不再是这个角色……如果她不能属于他……他们的关系会有什么转变？

他重重地叹了一口气，抓起电话拨打州境外的号码。他想要一个解决方案，想要在自己出庭说出对尼娜不利的证词之前，先送给她一个礼物。路易斯安那州贝尔夏斯警察局局长法恩沃斯·麦基在铃响三声之后接起电话。"你好啊。"他慢吞吞地说话，拉长了语调。

"我是缅因州毕德佛的杜沙姆警探，"帕特里克说，"葛文最近有什么动静？"

帕特里克不难想象局长这时候的表情。他在离开贝尔夏斯之前和麦基见过面。这位局长起码超重了五十磅，令人惊异地长了一头猫王普雷斯利般的黑发。他办公桌后方的角落上放了一支钓竿，布告栏上贴着"乡巴佬"的贴纸。"你要了解，我们在这儿都谨慎行事，不打草惊蛇，你懂我意思吧。"

帕特里克咬咬牙。"你到底逮捕他了没？"

"你的主管还在和我的主管沟通，警探。相信我，如果有事发生，你一定会第一个知道。"

他狠狠挂掉电话，白痴警长、葛文都让他生气，但最气的是自己当初没在路易斯安那亲手解决这件事。但是帕特里克无法忘记自己是执法人员，他必须遵守某些规章：尼娜说过"不行"，尽管这是她的违心之论。

帕特里克凝视放在电话机上的话筒。换个角度想，任何人都有可能重新改造自己，尤其是把自己改造成英雄。

毕竟，他看过尼娜这么做。

一会儿之后，帕特里克拿起外套走出警局。他打算动手改变，而不是等着改变来到他的面前。

这天成了我这辈子最美好的一日。首先，纳撒尼尔被判定没有能力出庭做证，接着是凯利伯要我在听证会之后照顾纳撒尼尔，让孩子在家里过夜，因为他在加拿大边境安排了一个工作。"你介意吗？"他礼貌性地问。我甚至想不出该如何回答，因为我简直是乐坏了。我开始幻想纳撒尼尔在厨房里站在我身边，我们一起准备他最喜欢的晚餐；我们可能会连看两次《史瑞克》，母子之间还摆着一大盆爆米花。

但结果是纳撒尼尔经过了一整天的折腾，筋疲力尽地在六点半就睡着了，连我抱他上楼时都没醒过来。他躺在床上，双手大开地放在枕头上，仿佛要送我一个看不见的礼物。

纳撒尼尔出生时，握紧双拳在空中挥舞，像是对这个世界有一肚子的气。他的小拳头随着时间慢慢松了开来，直到我可以照顾他，看着他的指头抠抓我的皮肤，紧紧抓住不放，这让我着迷，因为这个动作充满了可能性。纳撒尼尔长大之后会拿笔还是持枪？他的触摸有没有疗愈的能力？那么创作音乐呢？他的手掌会不会长茧？会不会沾满墨水？有时候，我会拉开他的小小指头，轻轻划过他掌心上的线条，好像我真能看出他的命运似的。

如果说，在我接受囊肿切除手术之后怀上纳撒尼尔叫作困难，那么他的出生可谓惨烈。三十六个小时的生产过程让我几近虚脱。凯利伯坐在病床边看着医院电视播放的《梦幻岛》影集，似乎和我的收缩一样痛苦难熬。"我们叫她金姐，"他发誓，"要不然就是玛丽安。"

随着时间过去，纠结的阵痛越来越剧烈，到最后，猛爆的痛苦就像是黑洞，一波接着一波出现。电视剧里的主人翁吉里票选黑猩猩当选美皇后，以免触怒因搁浅而滞留在岛上的诸位女士。在我虚弱到无法张开眼睛的时候，凯利伯撑着我的背。"我不行了，"我喃喃地说，"换你了。"

于是他按摩我的脊椎，开口唱歌。"天气越来越糟……小船颠来覆去……加油吧，尼娜！看在大无畏船员的勇气份上……"

"提醒我，"我说，"晚点要记得杀了你。"

然而我还是忘了，因为纳撒尼尔在几分钟之后呱呱堕地。凯利伯将他抱在怀里，婴孩好小，在我丈夫的手中看来像是一只小虫。他不是金姐也不是玛丽安，而是个男孩。事实上，我们真的这样喊了他三天之后，才决定好名字。凯利伯要我决定，因为孩子的诞生几乎是我一个人的苦劳。我决定喊他纳撒尼尔·帕特里克·弗罗斯特，向我过世的父亲，以及我最老的朋友致意。

如今，我真的很难想象面前沉睡的男孩曾经那么小。我伸手抚摸他的头发，头发从我的指间滑落，和时间一样。我曾经受苦，我心想，但看看我得到什么回报。

昆丁一向对黑猫视若无睹，也可以从容地从梯子下方走过，但是他对审判却有个奇怪的迷信。在他要出庭的那天早上，他会打扮妥当吃早餐，然后再脱掉衬衫和领带去刮胡子。这当然很没有效率，但是这个习惯可以追溯到他的第一件案子，当时他太紧张，差点带着隔夜长出来的胡子走出家门。

假如当时谭雅没喊住他，他可能真的会这样就出门了。

他在脸颊和下巴抹上刮胡泡沫，然后拿起刮胡刀沿着下巴的弧度刮。今天他并不紧张。尽管媒体一定会大阵仗地涌入法庭，但是昆丁知道他占了优势。有什么好说的呢，他掌握了被告行凶的录像带。不管她或费舍尔怎么做，都无法抹灭陪审团即将亲眼看见的证据。

当年，他的第一件案子是处理交通罚单。如果光看昆丁辩论的模样，旁人会以为他处理的是一桩谋杀案。那天谭雅带了基甸恩来旁听，她抱着儿子坐在最后面，没忘记一边轻摇孩子入睡。他看到妻子，呃，于是决定大肆表现一番。

"该死！"昆丁跳了起来。他刮伤了下巴。刮胡泡沫火辣辣地刺痛了他的伤口，他沉下脸，拿起纸巾压在上面。他必须压几秒钟让伤口停止出血，血水沾在他的指头上。这让他想起尼娜·弗罗斯特。

他把纸巾揉成一团，投篮般射进浴室另一头的垃圾桶里。昆丁懒得看自己的完美进球。道理很简单：如果你觉得自己不可能失误，你就不会失误。

到目前为止，我试了好几套衣服。黑色的检察官装束让我看起来像是辛普森杀妻案中的起诉检察官。我还试了在我表哥婚礼上穿过的淡粉红色套装，以及凯利伯在某个圣诞节送我、连吊牌都还没剪掉的灯芯绒连身裙。我试穿宽长裤，但觉得太男性化，况且我一直没弄懂长裤是否可以搭配便鞋，不知道这会不会太随便。生气的是费舍尔没有预先设想要怎么打扮我，他没施展出其他辩护律师打扮妓女委托人的技巧：让她们穿上过大而且印花丑陋的衣服，这些衣服通常是从慈善机构拿来的，绝对可以让女人看来既迷惘又不年轻。

我知道该怎么穿，才能让陪审团认为我已经能够控制自己的情绪，但我完全不知道该如何穿出无助的味道。

这时，床头的闹钟已经比我预料中的时间快了十五分钟。

我穿上连身裙。这件衣服几乎大了两号，难道我瘦了这么多？还是说，我从头到尾没试穿过这件衣服？我把裙子提到腰间，穿上丝袜，然后惊觉丝袜的左腿裂了一条缝。我抓起第二双，但这双也破了。"别选在今天。"我咬着牙说，拉开放内衣的抽屉。我通常会在这里面放双备用丝袜，以便不时之需。我翻遍抽屉想找出塑料袋包装的丝袜，掏出来的内衣裤散落在衣柜和我光裸的赤脚旁边。

但是，在我杀死葛伦・席辛斯基当天，我已经穿了那双备用丝袜，而从那天起，我没有再进过办公室，所以也没想到要再买一双。

"天杀的！"我踢了衣柜一脚，结果只伤了自己的脚趾，也逼出了泪水。我丢出抽屉里仅剩的衣物，然后将整个抽屉拉出来扔到房间的另一头。

我双腿一软，跌坐在宛如云朵一样柔软的内衣裤上。我用连身裙盖住膝盖，把脸埋进双臂之间哭泣。

"妈咪昨晚上电视了。"纳撒尼尔说。他们开着凯利伯的卡车要去法院。"那时候你在洗澡。"

若有所思的凯利伯一听到这句话，差点把车开下马路边。"你不该看电视的。"

纳撒尼尔弓起肩膀，凯利伯立刻后悔。儿子的反应太快了，这些日子以来，他一直觉得自己做错事。"没关系。"凯利伯说。他强迫自己将注意力放在马路上。再过个十来分钟，他就会到达高等法院。他可以把纳撒尼尔交给莫尼卡，让他们去游戏室玩，说不定她会有更好的答案。

但是纳撒尼尔还没说完。他先在嘴里咀嚼心里的话，然后一鼓作气地全吐了出来。"我每次拿棍子假装成手枪的时候都会挨妈咪骂，那她自己为什么可以玩真枪？"

凯利伯转过头，发现儿子抬着头等他解释。他按下警示灯，把车停到路肩去。"你记不记得从前你问过我，想知道天空为什么是蓝色的？当时我们是不是在计算机上查，找到好多科学上的解释，但是又不见得全看得懂？呃，这次也差不多是这样。问题当然有答案，但是这个答案真的太复杂。"

"电视上的男人说妈咪做错事了。"纳撒尼尔咬着自己的下唇，"所以她今天就是要为了这件事挨骂，对不对？"

喔，天哪，如果事情有这么简单就好了。凯利伯哀伤地微笑。"是啊，就是这样。"

他等着纳撒尼尔继续发问，但是孩子没开口，于是凯利伯把车子开回车流当中。他往前开了三英里路之后，纳撒尼尔才转过来问："爸爸？'殉难者'是什么？"

"你从哪里听来的？"

"昨天电视上那个男人说的。"

凯利伯深吸了一口气。"这表示你母亲爱你的程度远胜过一切。这也是她会这样做的原因。"

纳撒尼尔摸着安全带的接缝想了想，然后问："那这样怎么能算是做错事呢？"

停车场里简直是人山人海。摄影师想让搭档的主播记者站在镜头里，制作人调整卫星传输设备，一群激进的女性天主教徒要求将尼娜交付上帝审判。帕特里克一路挤向法院，惊讶地认出好几个全国新闻台的名人主播。

一大群旁观者逗留在法院的阶梯附近，传出叽叽喳喳的声音。接着有人关上车门，突然间，他看到费舍尔用长者般的手臂环着尼娜的肩膀匆忙走上阶梯。等待在外的群众发出一阵欢呼声，但同时出现的倒采声也一样响亮。

帕特里克挤向阶梯。"尼娜！"他高喊着，"尼娜！"

他亮出警徽，但是这招不管用，他还是到不了自己想去的地方。"尼娜！"帕特里克再次高声喊叫。

她的脚步顿了一下，想回头往后看。但是帕特里克还来不及让尼娜听到他的声音，费舍尔就已经拉住她的手臂，带她走进了法庭。

"各位先生、女士，我叫昆丁·布朗，是缅因州的助理检察长。"他对着陪审团微笑，"各位今天之所以会来到这里，是因为在二○○一年十月三十日这天，这个女人——尼娜·弗罗斯特——在早上起床之后，和丈夫开车到毕德佛地方法院去旁听一场审讯。但是她把丈夫留在法院里，自己开车到位于缅因州桑佛的老莫枪店，掏出四百块美元，买下一把贝瑞塔九厘米半自动手枪以及十二发子弹。她把这些东西塞进皮包里，走回车上，然后再回到法院。"

昆丁从容不迫，在陪审团面前侃侃而谈。"好，各位今天都有这个经历，在进入法院的时候，大家都必须通过金属检测器。但是在十月三十日那天，尼娜·弗罗斯特没有这么做。这是为什么呢？因为她在过去七年之间一直担任检察官。她知道法警必须守在扫瞄器材的前面。于是她头也不回地经过法警身边，然后带着上膛的手枪走进和今天一样的法庭。"

他走向被告席，来到尼娜的背后，用指头指着她的后脑根部。"几分钟之后，她掏枪抵住葛伦·席辛斯基神父的后脑，对着他的大脑一连击发四枪，当场杀害了神父。"

昆丁看着陪审团，陪审员现在全瞪着被告看，完全符合他期待中的效果。"各位先生、女士，这起案件的真相显而易见。事实上，当天早上负责拍摄审讯庭的WCSH电视台完整地录下了弗罗斯特女士的攻击过程。所以，各位的问题不在于她是否犯下了这起案件，因为我们知道她确实犯案。各位的问题应当是：她怎么可以侥幸逃过惩罚？"

他一一凝视每个陪审员。"她希望各位相信她不应当接受法律的制裁，因为席辛斯基神父，同时也是她的教区神父，被控性侵她五岁大的儿子。然而她竟然没有查证这项指控是否属实。在接下来的几天当中，检方将会就科学及法医鉴识各种层面来向大家证实：席辛斯基神父绝对不是性侵她儿子的人……但嫌疑人还是杀了他。"

昆丁转身面对尼娜·弗罗斯特。"在缅因州，如果一个人经过预谋后行凶杀人，就应该被判处谋杀罪。在这场审判当中，检方将会排除各种合理的疑虑，向各位证明尼娜·弗罗斯特的行为就叫作谋杀。这与遭她谋杀的人是否被控犯罪无关，与这个人是否遭到误杀也无关。谋杀就是谋杀，这种行为需要受到惩罚。"他看向陪审席，"这一点，各位先生、女士，就是诸位今天来到法庭的原因。"

费舍尔只关心陪审团。他走向陪审团的席位，和在座的每个男女眼神交会，在开口说话之前，先和陪审员建立个人关系。过去当我在法庭上和他交手时，他的这个做法经常惹得我万分恼火。他具备了一种奇特的能力，不管陪审员是年仅二十、领取救济金的单身母亲，或是将百万资金投入股市的电子商务霸主，他都可以成为这些人的知心密友。

"布朗先生说的都是事实。十月三十日早上，尼娜·弗罗斯特的确买了一把枪。她确实也到了法院，站起身对准席辛斯基神父的头连开四枪。布朗先生想要让诸位相信，在这个案子和这些事实的背后没有其他的故事……但是各位，我们并不是活在一个只有事实的世界里，我们的世界里有各种情感。布朗先生忽略尼娜脑中和心里的故事不提，而这个故事就是让她成为这样一位母亲的原因。"

昆丁刚才走到我的背后，以生动的方式让陪审团目睹他如何来到被告身后开枪，费舍尔和他一样，也来到了我的背后。他把双手放在我的肩膀上，这个动作真的有抚慰的作用。"在那几个星期当中，尼娜·弗罗斯特生活在任何家长都不该经历的炼狱当中。她发现五岁大的儿子遭到性侵，更糟的是，警方证实性侵者就是她一向信任的教区神父。这名心碎的母亲觉得自己遭到背叛，更心疼孩子的遭遇，于是她逐渐失去分辨是非的能力。那天早上，当她来到审讯庭旁听的时候，她的心里只有一个念头，就是要保护自己的孩子。

"尼娜·弗罗斯特比任何人都清楚：司法制度可以为孩童争取权利，但也可能辜负孩子。她比任何人都了解美国的法庭，因为在过去七年里，她每天身体力行地达到这些标准。但是在十月三十日，各位先生女士，那天，她不是检察官。她只是纳撒尼尔的母亲。"他走到我身边，"请你们聆听每一个细节。当各位下定论的时候，请不要光凭理智。请你们用心来思考。"

老莫枪店的老板莫伊·贝德克不知道该拿他的棒球帽怎么办。法警要他脱掉帽子，但是他的头发又脏又乱。他把棒球帽放在腿上，用手指梳理头发。就在这时候，他瞥见自己指甲缝里卡着油料和涂装枪支的染剂，于是立刻把手放到大腿下面。"是，我认得她，"他用下巴朝我点了点，说，"她来过店里一次，直接走向柜台，说要买一把半自动手枪。"

"你以前有没有见过她？"

"没有。"

"她有没有浏览店里的商品？"昆丁问。

"没。她在停车场里等我开店，接着就直接走向柜台。"他耸耸肩。"我直觉地问她一些个人资料，听她的回答没什么问题，就把她要的东西卖给了她。"

"她有没有买子弹？"

"十二发。"

"你有没有教被告怎么用枪？"

莫伊摇头。"她说她会。"

他的证词像海浪一般向我拍打过来。我记得小枪店的味道、墙上贴的木料，以及柜台后面贴着鲁格、葛洛克各型枪支的海报。店里的旧式收款机还真的会发出"叮"的声响。他找给我的零钱是二十块钱的新版钞票，当时他还特地把钞票对着灯光指出辨识真假的方式。

待我回过神的时候，费舍尔已经开始交叉诘问。"当你问她个人资料的时候，她有什么反应？"

"她不停看表，还来回踱步。"

"店里当时还有别人吗？"

"没有。"

"她有没有告诉你她为什么要买枪？"

"我不会问这种事。"莫伊说。

在他找给我的一张二十元钞票上有个签名。"我也签过一次，"

那天早上，莫伊这么告诉我，"结果呢，我可以向上帝发誓，六年后我又拿到那张钞票。"他把枪递过来，我接下沉沉的枪支。他说："种什么因，得什么果。"当时我一心只想到自己的事，没听出这个警告。

根据昆丁·布朗出示的位置图，WCSH电台的摄影人员当时所在的位置是毕德佛法庭的角落。在他把录像带放进机器播放的时候，我的目光直直地锁住陪审团看。我想要看他们怎么看我。

我看过这段影片，好像看过一次吧。但那是几个月前了，当时我相信自己做的是正确的事。这时，法官熟悉的声音吸引了我的注意，我无法不看向屏幕。

我握着枪的双手在发抖，双眼圆睁，眼神狂乱，但是我的动作流畅优美，宛如芭蕾舞。我用枪支抵住神父的头，在同一个时间，我自己的头往后微仰，在那个令人惊骇的一瞬间，我脸上出现两种极端的表情：一喜一悲——半是哀伤，半是解脱。

就算通过录像带播放，枪声仍然震耳，让我从椅子上跳了起来。

尖叫声响起，随后摄影师的声音出现："天哪！妈的搞什么鬼！"接着摄像机镜头晃动，拍到我的脚穿过栏杆，法警——还有帕特里克——重重地压在我身上。

"费舍尔，"我低声说，"我要吐了。"

镜头再次转了转，然后直直对准地板。神父的头颅边有一片逐渐扩散的血泊。头颅少了一半，画面上的斑斑点点应该就是喷溅到摄影镜头上的脑浆。屏幕上有只眼睛看着我。"我杀死他了吗？"那是我自己的声音。"他死了吗？"

"费舍尔……"法庭开始旋转。

我感觉到身边的费舍尔站了起来。"法官大人，我是否可以要求暂时休庭……"

来不及了。我从座位上跳起身子，跌跌撞撞地闯过栏杆，推门冲向法庭的走道，两名法警紧追在后。我冲出双推的门，跪下来不停地呕吐，直到体内只留下我的胃和愧疚。

几分钟之后，我把自己清理干净，费舍尔迅速地带我走进一间不对外开放的会议室，让我避开媒体的目光。"弗罗斯特狂吐。"我说，"这是明天的报纸头条。"

他竖起指头，两手指尖相触，叠出个尖塔型。"你知道吗，我不得不说，那真是太好了，真的。"

我看了他一眼。"你以为我是故意吐的吗？"

"不是吗？"

"天哪。"我转头瞪着窗外，发现外面的人越聚越多。"费舍尔，你没看到录像带吗？有哪个陪审员在看过之后会让我开释？"

费舍尔安静了一下，才说："尼娜，当你看录像带的时候，心里在想什么？"

"想？面对那种影像，谁有时间去思考？我是说，那么多血，还有脑浆——"

"你对自己有什么想法？"

我摇摇头，闭上眼睛。我做的事无法用言语形容。

费舍尔拍拍我的手臂。"这，"他说，"就是他们要无罪开释你的原因。"

帕特里克单独坐在大厅里，因为他是即将出庭做证的证人。他试着不去想尼娜和这场审判。稍早，他拿起别人留在椅子上的报纸玩起填字游戏，喝了好几杯咖啡，足以让他心跳加速，也和来来去去的警察随口闲聊。但是这都没有用，尼娜根本就在他的血液当中流动。

当她捂着嘴，跌跌撞撞地冲出法庭的时候，帕特里克立刻从椅子上起身。他想要看她是否安好，但是还没穿过大厅，就看到凯利伯跟着冲出法庭。

于是，帕特里克退了回去。

他腰侧的呼叫器开始振动。帕特里克解下挂在腰带的呼叫器，看着屏幕上显示的号码。他心想：终于。然后去找公共电话。

凯利伯在午餐时间到附近的熟食店买了三明治，带到我休息的会议室里给我。当他把包装好的三明治递给我时，我对他说："我吃不下。"我等着他劝我吃，但他却是耸耸肩，把三明治放在我面前。我从眼角瞥见他静静地咀嚼他的食物。在这场战争中，他已经先退了一步，甚至不再有力气和我拉锯。

锁住的门外传来一阵骚动，接着是急切的敲门声。凯利伯咒骂了两句，然后站起身来，打算去叫门外的人走开。他把门拉开一条缝，看到帕特里克站在外面。门拉开之后，这两个男人不自在地面对面，中间隔着一道窸窣作响的能量，让他们彼此无法接近。

我这时才想到，虽然我有许多帕特里克和凯利伯的照片，但是其中没有任何一张是我们三个人的合照，似乎是因为这样的组合潜藏着太多情绪，无法放进摄像机的镜头当中。

"尼娜，"他走进里面说，"我得和你谈谈。"

我心想：别挑这个时候，接着感到全身发冷。帕特里克应该懂得不要在我丈夫面前提起那件事。还是说，这正是他心里打的主意？

"葛文神父死了。"帕特里克递给我一张传真的文章。"是贝尔夏斯警察局长打电话给我。我受不了南部人办事的速度，所以向相关单位施加了一些压力，结果，在他们要出发逮捕他之前，他就已经死了。"

我整张脸都僵住了。"是谁干的？"我低声问。

"谁都不是。他死于中风。"

帕特里克继续说话，他说出来的每个字句，都像冰雹似的落在我正在阅读的传真上。"……那该死的局长拖了整整两天才和我联络……"

深受敬爱的本教区葛文神父，被管家发现陈尸住处。

"……显然，他的家族有心血管疾病的病史……"

"他看起来很安详，就坐在自己的扶手椅上，"已经为神父服务五年的马格丽·玛丽·瑟拉说，"就像喝下热可可之后睡着的样子。"

"……还有，上面说，他的猫也因为心碎而死……"

此外，还有一桩奇特但不无关系的插曲，葛文神父钟爱的宠物，也就是在教区中家喻户晓的猫咪，在相关单位抵达不久后随即死亡。对于熟悉神父的人来说，这并非意外。"猫咪太爱他，"瑟拉表示，"我们全都一样。"

"结束了，尼娜。"

枢机主教舒尔特将于星期三早上九点整，亲至仁慈圣母堂主持葬礼弥撒。

"他死了。"我用舌尖品尝这个事实。"他死了。"那么，上帝说不定真的存在，天地之间或许真的有正义。也许，这就是报应。我转过头说："凯利伯。"我们之间的交流不必通过任何言语：纳撒尼尔现在安全了，他不必出庭为任何性侵案做证，这出悲剧的恶人不会再伤害到任何人的儿子。在我的判决出炉之后，噩梦就会真正结束。

他的脸色变得和我一样苍白。"我听到了。"

在这个狭小的会议室当中，在即将面对接下来两小时的残酷审判之前，我体会到全然的喜悦。在这一刻，凯利伯和我之间少了什么已经不再重要。什么都比不上这个鼓舞人心又值得分享的好消息。我伸出双臂抱住我的丈夫。

他对我的拥抱没有反应。

我的双颊跟着涨红。当我终于靠着仅存的尊严抬起眼睛的时候，我看到凯利伯正瞪着帕特里克看。帕特里克已经转过身，背对着我们。"嗯，"他说话的时候并没有看着我，"我想你们应该会想知道。"

法警可以说是人肉消防栓，这个设定是为了法庭的不时之需，倘若没有状况发生，他们会融入场景之中，几乎没有任何实际用处。巴比·伊安努奇和我认识的所有法警一样，称不上矫捷也不算顶聪明。而且和其他法警相同，巴比知道自己在食物链的位置不如法庭上的律师，这说明昆丁·布朗为什么可以让他万分惶恐。

"当你从拘留室把席辛斯基神父带进法庭的时候，庭里有哪些人？"他登上证人台的几分钟之后，检察官这么问他。

巴比从来没想过这个问题，他松软的脸庞露出努力思考的表情。"呃，有法官，对。他在法官席上。还有书记官、速记员，加上死掉那家伙的律师，我不记得他的名字了。还有波特兰调过来的地方检察官。"

"弗罗斯特夫妇当时坐在哪里？"昆丁问。

"和杜沙姆警探一起坐在第一排。"

"接下来发生了什么事？"

巴比挺起肩膀。"我和罗诺克——就是另一个法警，我们带着神父穿过法庭走到他律师的身边。接着，你知道，我往后退，因为他得坐下来，所以我站到他的后面。"他深呼吸，然后说，"接下来……"

"请继续说，伊安努奇先生。"

"嗯，我不知道她是从哪里冒出来的，也不知道她究竟怎么下手的。但是接下来枪声响起，到处都是血，然后席辛斯基神父从椅子上往下跌。"

"然后呢？"

"我上前扑在她身上。罗诺克和其他几个站在法庭后面的家伙全都靠上来，还加上杜沙姆警探。她手上的枪掉到地上，被我捡起来，接着是杜沙姆警探，他把她拉起来，给她上了手铐之后才带进拘留室里去。"

"你有没有中枪，伊安努奇先生？"

巴比摇头，陷进了回忆当中。"没有。如果我往右边再靠个五寸左右，她可能就会射中我。"

"所以，你觉得被告是不是很谨慎，武器是瞄准了席辛斯基神父？"

我身边的费舍尔站起来说："抗议。"

"抗议成立。"尼尔法官说。

检察官耸耸肩。"我撤回问题。证人交给你。"

昆丁回到座位之后，费舍尔朝法警走过去。"那天早上在枪击发生之前，你有没有和尼娜·弗罗斯特说过话？"

"没有。"

"因为你忙于自己的工作，要维护法庭安全，戒护犯人，所以你不需要去注意弗罗斯特太太，对吧？"

"是的。"

"你有没有亲眼看到她掏枪？"

"没有。"

"你刚刚说，有好几名法警在事发后立刻扑到她身上。那么枪呢，你们是不是必须从弗罗斯特太太的手中把枪抢下来？"

"不是的。"

"当你们制服她的时候，她有没有反抗？"

"她不停地想要看我们的后面。她一直问他是不是已经死了。"

费舍尔耸耸肩，没理会这句话。"但是她并不打算逃跑，也没打算伤害你们。"

"喔，没有。"

费舍尔让这个答案在庭内回荡了一下。"你在这件事发生之前，就已经认识弗罗斯特太太了，是吗，伊安努奇先生？"

"当然认识。"

"你和她的关系怎么样？"

巴比看了我一眼，然后别开视线。"呃，她是地方检察官，常会上法庭。"他停了一下，然后补充说，"她是好人中的好人。"

"你觉得她以前有没有暴力倾向？"

"没有。"

"事实上，在那天早上，她完全不像你所认识的尼娜·弗罗斯特，对吗？"

"嗯，你知道，她的长相没变。"

"但是她的举动呢？伊安努奇先生……你从前有没有看过弗罗斯特太太做出这种行为？"

法警摇头。"我从来没看过她对任何人开枪——假如你要问的是这个。"

"我是问这个。"费舍尔说完话，坐了下来，"没有问题了。"

那天下午，我没有在休庭之后直接回家。在电子手铐还没启动之前，我冒险用了十五分钟的时间，开车到整个事件的源头——圣安妮教堂。

虽然他们还没找到新的神父，但是教堂大厅仍然开放公众使用。教堂里光线昏暗。我的鞋子踩在瓷砖上，宣告着我的出现。

我的右手边有一排排点燃的白色许愿烛。我拿起一根蜡烛，为葛伦·席辛斯基点亮，也为阿瑟·葛文点了第二根蜡烛。

接着我滑坐到长椅上，跪了下来。"圣母玛丽亚万福。"我对着另一名站在儿子身边的母亲祈祷。

汽车旅馆的房间在纳撒尼尔的上床时间八点钟准时熄灯。凯利伯躺在儿子床边、另一张相同的单人床上，双手枕在脑后等孩子睡着。换作平时，他接下来可能会看看电视，或是打开灯读当天的报纸。

但是今天他两者都不想。他没心情聆听当地那些自以为是的权威专家，凭第一天的证词来猜测尼娜的命运。见鬼了，连他自己都不想猜。

有件事很清楚。录像带上，那个大家都看到的女人，不是凯利伯当初娶的女人。如果你的妻子不再是那个在八年前让你爱上的人，那么你该怎么办？你是不是该试着去认识这个新人，然后希望一切顺利？还是说，你该继续欺骗自己，期待她在某天早上醒来之后，突然变回原来的女人？

　　凯利伯略带惊讶地想：也许他也不是原来的自己了。

　　这个想法勾起他不想回忆的事，尤其是现在，在一片漆黑当中，没有别的事可以让他分心。这天下午，当帕特里克走进会议室把葛文神父的死讯告诉他们的时候……嗯，凯利伯一定是想太多。毕竟尼娜和帕特里克已经认识了一辈子。虽然这家伙像只挥不去的信天翁，但是凯利伯并不真的介意帕特里克和尼娜之间的关系，因为最重要的是，他才是夜夜拥着尼娜入眠的人。

　　但是凯利伯好一阵子没拥着尼娜入眠了。

　　他用力闭上眼睛，不想再看到当尼娜环住凯利伯时，帕特里克突然转身离开的模样。这件事本身并没有那么恼人，凯利伯可以举出上百个例子，当尼娜在帕特里克面前触摸凯利伯，或对凯利伯微笑的时候，都会让帕特里克显得有些心神不宁……但尼娜似乎从来没有发现。凯利伯有时候甚至会为帕特里克、为他脸上来不及掩饰的露骨嫉妒感到难过。

　　然而在今天，帕特里克的眼神流露的不是羡慕，是哀伤。这是凯利伯对那一幕久久无法忘怀，并且还像只俯冲向骨骸的秃鹰一样无法停止挑剔的原因。毕竟，羡慕是渴望得到不属于自己的东西。

　　而哀伤，则是一度拥有，然后失去。

　　纳撒尼尔讨厌这个愚蠢游戏室，以及里面的愚蠢书柜、愚蠢秃头玩偶，和愚蠢到没有黄色蜡笔的蜡笔盒。他讨厌这里的桌子，因为桌子的味道和医院一样。他也讨厌在穿了袜子之后，踩起来还是冷冷冰冰的地板。他讨厌莫尼卡，她的笑容让他想起自己上回在中国餐厅里，把一片柳橙塞进嘴巴里，然后咧开嘴露出果皮那个又蠢又假的笑容。他最讨厌的是：他明明知道爸爸妈妈就在二十二级阶梯的上面，但是他却不能去找他们。

"纳撒尼尔，"莫尼卡说，"我们把大楼盖完好吗？"

他们昨天下午用积木堆了一座大楼，并且特别放了一张纸条，请工友让高塔保持原状，留到今天早晨。

"你觉得我们可以盖到多高？"

大楼已经比纳撒尼尔还高了。莫尼卡搬了一张椅子过来，好让他继续堆。她自己也拿了一叠积木，准备随时动工。

"要小心。"他爬上椅子，她提醒他注意。

他把第一块积木放到顶上，整座建筑开始摇晃。他放上第二块积木，大楼看起来随时要倒塌，却仍然没倒。"真惊险。"莫尼卡说。

他想象自己在纽约市，他是巨人。或是暴龙，要不然就是大金刚。他可以像吃下红萝卜棒一样，吞掉这么高的建筑。纳撒尼尔挥出巨大的爪子，扫倒大楼的顶端。

整座楼噼里啪啦地倒成一堆积木。

有那么一会儿，莫尼卡看起来好像有点伤心，这让纳撒尼尔觉得很难过。"喔，"她叹口气，说，"你为什么要这样？"

他的嘴角上扬，挂着打从心底往外延伸的满足感。但是纳撒尼尔还是没告诉莫尼卡他真正的想法：因为我可以。

置身法庭似乎让约瑟夫·托若十分紧张，这实在不能怪他。上次我看到这个男人的时候，他蹲在法官席前面发抖，委托人的血液和脑浆喷得他全身都是。

"事发当天的早上，你有没有和葛伦·席辛斯基事先见面？"昆丁问。

"有的，"律师怯怯地说，"在监狱里，他当时遭到收押等候审讯。"

"他对自己被控诉的罪行有什么说法？"

"他明确否认。"

"抗议，"费舍尔大声说，"这和本案有什么关系？"

"抗议成立。"

昆丁重新发问。"席辛斯基神父在十月三十日早上的举止如何？"

"抗议。"这次，费舍尔站起来了，"原因相同。"

尼尔法官看着证人。"我想听听证人的说法。"

"他很害怕，"托若低声说，"他很顺从，一直在祈祷，还朗诵《马太福音》的章节给我听。就是那段基督一直在说'我的神，我的神，您为什么离弃我？'的段落。"

"法警带你的委托人进到法庭之后，发生了什么事？"昆丁问道。

"他们将他带到被告席，也就是当时我坐的地方。"

"当时弗罗斯特太太在哪里？"

"坐在我们的左后方。"

"那天早上你和弗罗斯特太太说过话吗？"

"没有，"托若回答，"我甚至从来没见过她。"

"当时你有没有注意到她有什么特殊之处？"

"抗议，"费舍尔说，"他以前不认识她，怎么可能知道她平时的举止？"

"抗议驳回。"法官回答。

托若看着我，他像极了一只鸟，鼓起全身勇气，才敢瞥向咫尺之外的猫。"是有些不寻常。当时，我等着她进法庭来，她是受害人的母亲，理所当然会出现……但是她迟到了。她丈夫在法庭里等，但是弗罗斯特太太差点错过开庭。我当时想，怪了，她怎么偏偏挑这个节骨眼儿来迟到。"

我虽然在听托若的证词，但是我眼睛看着昆丁·布朗。对一名检察官而言，被告代表的只是胜利或失败。他们不是有血有肉的人，除了让他们走进法庭的罪行之外，他们没有让你感兴趣的人生。就在我盯着他看的时候，布朗突然转身。他表情冷漠，不带一丝热情，我在我的工作领域里也培养出相同的面貌。事实上，我和他受过同样的训练，但是我们却有天壤之别。这个案子只是他的工作，对我来说，却代表未来。

亚尔福瑞法院相当老旧，洗手间也不例外。凯利伯站在一排尿斗前方，才刚结束，有个男人来到他身边。男人拉下拉链的时候，他避开视线，接着转身洗手，才发现来的是帕特里克。

帕特里克转身，恍然大悟地说："凯利伯？"

厕所里没别人，只有他们两个。凯利伯交叠双臂等待帕特里克用肥皂洗手，然后再用纸巾擦干。他在等待，但是他不知道原因何在。他只知道自己在这时候还不能离开。

"她今天还好吗？"帕特里克问。

凯利伯发现自己没办法回答，也没办法勉强自己挤出任何话。

"对她来说，坐在里面一定很悲惨。"

"我知道。"凯利伯强迫自己直视帕特里克，让他知道这不是一般的回答，不是针对刚才那个问题的答复。"我知道。"他重复一次。

帕特里克转开头，咽下口水。"她……她告诉你的吗？"

"她不必说。"

洗手间里只听得到尿斗的冲水声。一会儿之后，帕特里克说："你想揍我吗？"他摊开双手，"来吧，揍我。"

凯利伯缓缓地摇头。"我很想，我从来没这么想做一件事。但是我不会动手，因为这真是他妈的悲哀。"他朝帕特里克跨出一步，手指戳向他的胸膛。"你为了尼娜搬回来，你这辈子为了一个没和你一起生活的女人而活。你等到她滑到最脆弱的冰上，然后确保自己成为她第一个能够依靠的对象。"凯利伯转过头去。"我不必揍你，帕特里克，你已经够可悲的了。"

凯利伯走向洗手间的门口，但是帕特里克的声音让他停下脚步。"以前，尼娜每天都会写信给我。我当时在海外服役，唯一能期待的就是她的信。"他暗淡地微笑。"她告诉我她遇见了你，告诉我你约她去哪里。但是当她告诉我她和你去爬山……就在那个时候，我知道我失去了她。"

"卡塔丁山？那天什么事也没发生。"

"是没有，你们不过是上山，然后下山。"帕特里克说，"其实尼娜怕高。有时候甚至会反胃到晕眩。但是她太爱你了，愿意跟着你到任何地方。哪怕是三千尺的高山也无妨。"他离开墙边，走向凯利伯。"你知道什么是可悲吗？你有幸和这个……这个神奇的女子共同生活，在世上这么多男人当中，她选中了你。你得到这样让人难以置信的礼物，却不知道礼物就在你的眼前。"

接着，帕特里克推开凯利伯走了出去，把凯利伯撞到墙边。在他蠢到吐露出全盘心声之前，他必须先走出这个洗手间。

法兰琪·马丁是检方的证人，这也就是说，她必须以最简单明了的方式回答问题，让高中就辍学的陪审员也能听懂科学。昆丁花了将近一个小时，引导她说明骨髓移植的技术，而法兰琪成功地维持住陪审团的兴致。接下来，她要继续说明她的例行工作，也就是DNA的比对。其实，我曾经在州立检验室花了三天时间，要她让我看她如何比对。我想要知道，以便完全了解送到我手中的分析结果。

显然，我学的不够多。

"你体内所有细胞都有相同的DNA，"法兰琪解释，"也就是说，如果你从某个人的血液中取样，那么这个人的血球、皮肤组织，以及包括唾液和精液等体液当中的DNA都会相同。这就是为什么布朗先生会要我检验席辛斯基神父的血液采样，以便知道和内裤上沾到的精子是否有相同的DNA。"

"那么你检验了吗？"

"是的。"

他把最早的检验报告——也就是出现在我信箱里的那份报告——交给法兰琪。"所以你找到什么结果？"

法兰琪和其他几名检方证人不同，她直视我的双眼。我在她的眼睛里看不到怜悯，但是也没看出厌恶。不过话说回来，这个女人每天面对的，都是人们以爱为名，加诸他人身上的鉴识证据。"我确定，除了嫌犯本身之外，如果我们随机挑选出一个无关人士，从他身上找出与内裤精子完全吻合的DNA，这种概率大概只有六十亿分之一。"

昆丁看着陪审团。"六十亿？这不就是地球人口总数？"

"应该是。"

法兰琪调整坐姿。"在我交出报告之后，检察长办公室要求我根据席辛斯基神父的病例作进一步的研究。神父在七年前接受过骨髓移植，他的血液可以说是一种长期借贷……从捐赠者身上借来的。也就是说，我们从神父血液采样中找到，而且与内裤精子相同的DNA，并非来自席辛斯基神父本人，而是来自捐赠者。"她看着陪审团，确定他们都点头表示了解之后才继续说："如果我们当初的采样是来自席辛斯基神父血液之外的唾液、精液，甚或皮肤，就可以确定孩子内裤上的精子痕迹并不属于神父。"

昆丁让大家好好消化这段解释。"等等。你是说，接受过骨髓移植的人身上会有两种不同的DNA？"

"正是如此。这种情况非常罕见，所以才叫作例外，而不是常例。同时也足以证明为什么DNA会是最精确的证据。"法兰琪拿出最新的实验室报告。"大家可以在这份报告上看见，我们可以证明接受过骨髓移植的人体身上可以找到两组不同的DNA。我们先抽出了牙髓，牙髓里同时有血球和组织。如果有人接受了骨髓移植，牙髓里的组织细胞会有一组DNA，而血球会出现另一组DNA。"

"你在席辛斯基神父的牙髓里有没有找到这项证据？"

"有的。"

昆丁摇摇头，故作惊讶地说："我想，席辛斯基神父应该就是那个六十亿分之一的概率，他的DNA和内裤上找到DNA完全符合……但他却不是留下精子的人。"

法兰琪合上报告，收进档案夹里。"没错。"她说道。

"你曾经和尼娜·弗罗斯特一起工作过，处理过好几件案子，是吗？"一会儿之后，费舍尔问道。

"是的，"法兰琪回答，"我们合作过。"

"她相当仔细，对吧？"

"对。这位地方检察官会不时打电话到检验室来，核对我们传真过去的检验报告。她甚至还来过检验室。多数的检察官不会把时间花在这上面，但是尼娜是真的想了解。她喜欢从头到尾彻底掌握。"

费舍尔斜瞄了我一眼。我领教过了。但是他说："对她而言，确实掌握真相是一件很重要的事，对吗？"

"是的。"

"她不是那种妄下决定，或是相信一面之词，而不去再次确定的人？"

"据我看，她不是这种人。"法兰琪承认。

"当你核发实验室报告的时候，马丁女士，你应该希望报告是正确无误的，是吗？"

"当然。"

"你交出一份报告，明白表示除了席辛斯基神父之外，要找到把精子留在纳撒尼尔内裤上的另有他人，这个概率小于全球人口的总数分之一？"

"是的。"

"你没有在报告上加注任何说明，解释这份报告所针对嫌犯曾经接受过骨髓移植，对吧？因为这种情况太罕见，连你这位科学家都没有想到？"

"数据就是数据……是一种估计。"

"但是，当你将原来的那份报告交到地方检察官办公室的时候，你打算让检察官采信那份报告。"

"是的。"

"你打算让陪审团的十二名成员仰赖这份证据，来定席辛斯基神父的罪。"

"是的。"法兰琪说。

"当法官宣判席辛斯基神父的罪责时，你会希望他仰赖你的报告？”

“是的。”

“而你也准备让尼娜·弗罗斯特，也就是孩子的母亲，靠这份报告来得到心灵的平静？”

“是的。”

费舍尔转头看这位证人。“那么，马丁女士，对于弗罗斯特太太真的得到了平静，你曾否有过任何怀疑？”

“昆丁·布朗当然会抗议，”费舍尔吃了满嘴意大利香肠比萨，边吃边说，“但那不是重点。重点是我在结束询问之前先抛出了问题。陪审团会注意到这个微妙之处。”

“你对陪审团的评价太高了，”我争辩着，“我不是说你在交叉诘问的表现不够精彩，费舍尔，真的是太精彩了。但是……小心，酱汁快滴到你的领带了。”

他低头看，然后把领带拨到背后，笑了出来。“你真有趣，尼娜。这场审判要进行到哪个阶段，你才要开始为被告喊加油？”

我心想：绝对不会。也许对费舍尔这样的辩护律师来说，去揣摩人们行事的动机是一件比较简单的事。毕竟，如果你必须每天站在重罪犯的旁边，为他争取自由，那么你不是去说服自己犯罪必有因……就是告诉自己：这只是工作，你只是为了钟点费来替这些人撒谎。当了七年的检察官之后，世界对我来说非黑即白。的确，我当时以为自己杀的是一个儿童性侵犯，在道德上充满正义，要用这个理由来说服自己一点儿也不难。但是，在枪杀一名无辜的男人之后，还想要得到赦免，这个嘛，就连最无良的律师也会偶尔做噩梦。

“费舍尔？”我静静地说，“你觉得我该不该受到惩罚？”

他用餐巾擦擦手。"如果我这样想,怎么会来这里?"

"看在钟点费的份上,你可能愿意站到竞技场上。"

他带着微笑直视我的双眼。"尼娜,放轻松。我会让你无罪开释的。"

但是我不该无罪开释。虽然我不能大声说出来,但是真相就埋在我的心里。如果一个人可以去决定自己的动机比法律更伟大,那么司法制度有什么用?如果你从墙脚抽出一块砖头,体制在倒塌之前能够支持多久?

也许,我是因为想保护孩子,所以可以得到宽恕,但是世上有许多父母不必犯下重刑,却仍然可以呵护自己的孩子?我可以告诉自己:那天,我只想到自己的孩子,我只是想做个好母亲……但事实真相摆在眼前:我并不是。我的举动完全像个检察官,在私人因素牵扯进来的时候,无法去相信制度,而且,我还知道这是个行不得的举动。这就是我应当被定罪的原因。

"如果连我都无法原谅自己,"我终于说,"另外十二个陪审员怎么会原谅我?"

凯利伯打开门走进来。突然间,整个气氛紧绷了起来。费舍尔瞥了我一眼,他知道我和凯利伯最近处于分居状态。他揉起餐巾扔进盒子里。"凯利伯!这里还有几片比萨。"他站起身,"我要去处理……我们刚刚谈的事。"费舍尔言不及义地说话,趁能脱身的时候离开会议室。

凯利伯在我面前坐下。墙上的时钟快了五分钟,嘀嗒声和我的心跳一样响亮。"你饿吗?"我问道。

他抚摸比萨盒上的锐角。"我饿坏了。"凯利伯回答。

但是他没有伸手拿比萨。我们看着他的指头往前滑,接着用双手握住我的手。他把椅子拉近了些，低下头碰触我们彼此紧握的拳头。"让我们从头开始。"他喃喃地说。

如果说，我在这几个月当中学到了什么哲理，那就是：任何事都不可能重新开始，你只能和你犯下的错误共处。然而，在许久之前，凯利伯也曾经教过我，如果没有某种基础，你什么也盖不起来。也许，在我们学会如何享受生命之前，必须先知道如何不糟蹋人生。

"让我们从中断的地方重新起步。"我说完话，将脸颊倚向凯利伯的头。

在仍然可以面对自己的情况下，一个人的极限在哪里？

帕特里克一直无法挥开这个问题。对于某些事，你可以轻易地找出借口，比方说战争期间的杀戮、迫于饥饿而偷取食物，或是为了拯救自己的性命而撒谎。但如果把范围缩小，拉近到自己的周遭呢？突然间，这个将生命献给道德伦理的男人开始严重动摇。帕特里克不怪尼娜射杀葛伦·席辛斯基，因为当时她真心相信那是她唯一的选择。同样的，他也不觉得在圣诞夜和尼娜做爱是个错误。几年来，他一直在等待尼娜，当她终于属于他，就算只有一夜也好，她是否已经另嫁他人并不重要。有谁能说少了一纸神圣的证书，帕特里克和尼娜之间的联系就会相对逊色？

证书的确是不简单，但是白纸黑字一旦模糊之后，荣誉会如垂柳般易折，道德也会像肥皂泡沫一样易碎。

如果尼娜决定离开凯利伯，帕特里克一定会立刻站到她的身边，而且可以找出许多理由来为自己的行为辩护。老实说，在某些脆弱的灰暗时刻，他在入睡前的确会这样想。"希望"是他用来疗愈现实的药膏，如果帕特里克把药膏抹厚一点，他甚至可以展望与她相伴的人生。

然而，他必须考虑到纳撒尼尔。

帕特里克无法忽视这一点。他可以爱上尼娜，或是尼娜会爱上他，这些都可以合理化，他绝对乐于看着凯利伯走出她的生命。但是凯利伯不只是尼娜的丈夫，他还是她儿子的父亲。帕特里克无法让自己成为摧毁纳撒尼尔童年的罪魁祸首。如果帕特里克在这一切之后还这么做，那么……她怎么能爱他？

和如此深重的罪孽相比，他即将要做的事，简直是小巫见大巫。

他坐在证人席上看着昆丁·布朗。检察官相信这次的质询会很容易，和他们在预习的时候一样简单。帕特里克毕竟是执法人员，出庭做证是家常便饭。就布朗所知，帕特里克和尼娜虽然有交情，但是他仍然站在检方这边。"警局是否指派你调查纳撒尼尔·弗罗斯特的案子？"昆丁问道。

"是的。"

"被告对你的调查有什么反应？"

帕特里克没办法看尼娜，现在还不行，他不想泄露自己的心情。"她是个极度关心调查进展的家长。"

这不是当初预演过的答案。帕特里克看到昆丁打量了他一下，然后说出帕特里克应该要说的答案。"在调查进行期间，你有没有看过她失去自制力？"

"当时她已经心烦意乱了。她的儿子不说话，她不知道该怎么办。"帕特里克耸耸肩。"在那种情况下，谁不沮丧？"

昆丁抛给他一个压制意味十足的眼神。证人没必要在台上评论，也没有人想要他们这么做。"在性侵案当中，谁是第一个嫌疑犯？"

"直到葛伦·席辛斯基出现之前，我们并没有掌握到嫌疑犯。"

到了这个时候，昆丁看起来已经很想掐住帕特里克的喉咙了。

"你有没有带别人到局里侦讯过？"

"有的。凯利伯·弗罗斯特。"

"为什么找他？"

帕特里克摇摇头。"孩子那时候通过手语来沟通，并通过手势指证侵犯他的人是'父'。在当时，我们并不了解他指的是'神父'而不是'父亲'。"他直视坐在尼娜后方的凯利伯。"那是我的错。"帕特里克说。

"当孩子指出性侵者是'父'的时候，被告有什么反应？"

费舍尔从椅子上起身准备抗议，但是帕特里克回答得更快。"她严肃地看待这件事。她最优先的考虑一直、一直都是要保护孩子。"被告律师有些疑惑，又坐了回去。

"杜沙姆警探——"检察官打断帕特里克的回答。

"我还没说完，布朗先生。我正打算说，我相信这一定让她备受折磨，虽然凯利伯是她的丈夫，但是她仍然申请了禁制令，因为她认为这是保护纳撒尼尔安全的最好方式。"

昆丁走向帕特里克，咬着牙低声说话，只有他的证人听得见。"可恶，你到底搞什么？"接着，他面对陪审团，"警探，你在什么时候决定逮捕席辛斯基神父？"

"在纳撒尼尔说出来之后，我去找他谈过。"

"你在当时就逮捕他？"

"没有。我本来希望能让他自首。碰到性侵案的时候，我们都会抱着这种期待。"

"席辛斯基神父有没有承认过他性侵纳撒尼尔·弗罗斯特？"

帕特里克出庭做证的经验丰富，他知道这个问题绝对不可能被接受，因为这牵涉到传闻证据。法官和检察官不约而同地瞪着费舍尔·卡灵顿看，等着他提出抗议。但是到了现在，尼娜的律师已经抓到了重点。他竖起指头，指尖相碰，面无表情地坐在被告席上观看情势的发展。"儿童性侵犯几乎从来不承认自己曾经伤害过儿童，"沉默的法庭当中，只听得到帕特里克的声音，"他们知道，对儿童性侵犯而言，监狱不可能会是个好去处。老实说，假如没有自白，性侵案的审判就像赌博一样。在多数的案例当中，这些人可以安然脱身。有可能是因为证据不足，也有可能是因为孩子吓到不敢做证，或者就算孩子出庭说了证词，陪审团却不采信孩子的话……"

昆丁在帕特里克造成进一步的破坏之前，先打断他的话。"法官大人，我可以要求暂时休庭吗？"

法官透过多焦镜片看着他，说："我们正在问话。"

"是的，法官，我明白。"

尼尔法官耸耸肩，转头对费舍尔说："被告对于在这时候休庭有没有意见？"

"应该没有，法官大人。但是我想请法官提醒律师、检察官，在休息时间不要去打扰仍在隔离的证人。"

"很好。"昆丁愤愤地说。他疾风似的冲出法庭，快到来不及看到帕特里克终于看向尼娜，对她温柔一笑，还眨了个眼。

"这个警察为什么要和我们站在同一阵线？"费舍尔催我走进楼上的会议室之后，立刻开口问。

"因为他是我的朋友，一向支持我。"我也只能这样解释。我当然知道帕特里克有义务提出对我不利的证词，但是我没放在心上。帕特里克之所以会是帕特里克，就是因为他对是非黑白有明确的界线，而且全心信奉这个理念。也就是这样，他才不愿意和我谈及这个案子，才会在我等待受审的时候，要先经过一番挣扎，才终于站到我的身边。这同时也解释了为什么我会如此重视他去寻找葛文神父这件事，而对他来说，这个行动却是个困难的决定。

因为如此，我几乎无法相信圣诞夜的事真的发生过。

费舍尔还在思索这个天上掉下来的奇怪礼物。"有没有什么我要特别当心的事？说到保护你，他有没有什么不会做的事？"

我们上床，并不是因为帕特里克先把道德意识抛进夜风里，而是因为他太诚实，没办法说服自己去相信当时彼此双方没有感觉。

"他不会说谎。"

昆丁重新展开攻势。不管这个警探在玩什么把戏，他一定要立刻阻止。"你为什么会在十月三十日那天早晨到法庭去？"

"那是我经办的案件。"杜沙姆冷冷地说。

"那天早上你有没有和被告交谈？"

"有，我和弗罗斯特夫妇说过话，他们两个都很紧张。我们讨论的是，在开庭的时候该把纳撒尼尔留给谁照顾，因为，当然啦，在那个时候，他们不敢把孩子随便交给任何人。"

"当被告枪击席辛斯基神父的时候，你有什么反应？"

杜沙姆迎视检察官的目光。"我看到枪，于是去夺枪。"

"在那之前，你是否知道弗罗斯特太太有枪？"

"不知道。"

"当时出动了多少个警员才制服她，将她压制在地上？"

"是她先跌倒，"警探更正检察官，"然后四名法警压住了她。"

"接下来你怎么做？"

"我开口要手铐，法警伊安努奇递了一副给我。我将弗罗斯特太太的双手铐在背后，然后把她带进拘留室里。"

"你和她在里面待了多久？"

"四个小时。"

"她有没有对你说什么话？"

在预演的时候，杜沙姆告诉昆丁被告承认犯下罪行。但是这会儿，他露出唱诗班少年似的纯真表情。"她一直反复地说：'我做了我该做的事，没办法继续了。' 听起来近乎疯狂。"

疯狂？"抗议！"昆丁大吼。

"法官大人，这是检方自己的证人！"费舍尔说。

"抗议驳回，布朗先生。"

"我要上前说明！"昆丁冲向法官席，"法官，我要将这名证人改列为敌对证人，接下来才能问几个关键性的问题。"

尼尔法官看着杜沙姆，然后转头对检察官说："检察官，他是在回答你的问题没错。"

"但不是他应该要回答的方式。"

"很抱歉，布朗先生，但是，那是你的问题。"

昆丁深吸了一口气，转头离开。真正的争议点不在于帕特里克正在只手摧毁情势，而在于他为什么要这样做。

如果不是杜沙姆对这个他几乎不认识的昆丁有意见，就是他为了某种原因想帮助尼娜·弗罗斯特。他抬起头，注意到警探和被告四目相接，两人之间有一股强烈的电流，昆丁想象，如果自己从中经过，有可能遭到电击。

嗯。

"你认识被告多久了？"他平静地问。

"三十年。"

"这么久？"

"是的。"

"你能不能说明你和被告之间的关系？"

"我们一起工作。"

见鬼，昆丁想，我可以拿退休金打赌，你们也玩在一起。"你是否在与工作无关的场合和她见面？"

如果不是像昆丁这样近距离观察，可能没有人会看出帕特里克·杜沙姆的下巴肌肉突然抽紧。"我认识她的家人，我们偶尔会一起吃午饭。"

"得知纳撒尼尔的遭遇之后，你有什么感受？"

"抗议。"卡灵顿大声说。

法官伸出指头压着自己的上唇。"我准许检察官发问。"

"我很关心这个男孩。"警探回答。

"那么尼娜·弗罗斯特呢？你是不是也关心她？"

"当然。她是我的同事。"

"仅止于此吗？"昆丁指控。

杜沙姆脸色倏然刷白，这个反应完全符合他的期待。此外，他还得到额外的红利：尼娜·弗罗斯特仿佛成了一座石雕。昆丁心想：宾果。

"抗议！"

"驳回。"法官说完话，眯起眼睛看着警探。

"我们是认识很久的老朋友了。"杜沙姆避开文字陷阱，"我知道尼娜很沮丧，我尽可能让她好过一些。"

"比方说……协助她杀害神父？"

尼娜·弗罗斯特从被告席的椅子上弹了起来。"抗议！"

　　她的律师一把将她往下拉。帕特里克·杜沙姆似乎随时会杀掉昆丁。昆丁本人倒是不介意，因为陪审团这时候已经开始怀疑警探是否参与了前一桩谋杀案。"你担任警察到现在有多久时间了？"

　　"三年。"

　　"在这之前，你曾经担任过宪兵调查员？"

　　"是的，五年。"

　　昆丁点点头。"在你担任美国军方的调查员和毕德佛警察局的警探期间，你出庭做证的机会多吗？"

　　"大概有十多次了。"

　　"你知道证人都经过宣誓，是吗，警探？"

　　"当然。"

　　"你刚刚在法庭上说，在你和被告一起留在拘留室里的时候，她的表现似乎陷入了疯狂状态。"

　　"是的。"

　　昆丁看着他。"席辛斯基神父遭到谋杀的那天，你和赵警探到过地方检察官的办公室和我谈话。你记不记得当时你怎么形容被告的精神状态？"

　　法庭内的气氛胶着。最后杜沙姆终于转开视线。"我说，她知道自己在做什么。如果受害者是我的孩子，我也会有相同的举动。"

　　"所以……在枪击事件过后的隔天，你认为尼娜·弗罗斯特的神志完全清楚。但是在今天，你却认为她陷入疯狂。警探，究竟哪个才对？还有，从那时候到现在的这段期间，她究竟做了什么事来改变你的想法？"昆丁问完话，坐回椅子上微笑。

　　费舍尔玩起游戏，扮演陪审团的眼线，但是我几乎听不懂他的话。看着帕特里克坐在证人席上，就已经够让我难过的了。"你知道吗，"费舍尔开口说，"我认为布朗先生试图不实指控你和弗罗斯特太太之间的关系，我想要借这个机会来让评审团弄清楚实情。你和尼娜从小就是好朋友，是吗？"

"是的。"

"当时，你们和所有的孩子一样，偶尔会撒些无伤大雅的小谎，对不对？"

"应该是吧。"帕特里克说。

"但是那和在法庭上作伪证完全不同，是不是这样？"

"是的。"

"你们当年也和其他小朋友一样，会制订计划，甚至会去实践？"

"当然。"

费舍尔双手一摊。"但是那和策划谋杀案一点关系也没有？"

"完全不同。"

"你们两个人在小时候特别亲近，即使现在也一样。但是你们的关系仅止于——朋友，是吗？"

帕特里克直直地盯着我看。"当然。"他这么说。

检方休息，停止诘问。至于我呢，我的情绪激动到难以休息，我在小小的会议室里来回踱步，这里只剩下我一个人，凯利伯去探视纳撒尼尔，费舍尔也离开去打电话回办公室。我站在窗户旁边——费舍尔警告过我不要站在窗边，因为下面的摄影记者可能配备望远镜头——这时候门"嘎"的一声打了开来，走廊上的噪音传进了会议室里面。"他还好吗？"我没有转身，以为是凯利伯回来。

"很累，"帕特里克回答，"但是我应该会很快就恢复。"

我立刻转身向他走过去，但是现在我们之间出现了一堵墙，只有我和他看得到的墙。帕特里克漂亮的蓝眼睛上蒙上了一层阴影。

我说出我们都知道的事实。"你在证人席上，为了我们的关系撒谎。"

"有吗？"他靠近了一些，这很伤人。我们之间只有这么一点空间，而且我知道自己没办法完全抹除这段距离。

我们是朋友。将来也只能这样。我们可以怀疑，可以在某个夜晚假装这不是事实，但是短暂的一刻，与一辈子共处的时间无法比拟。我们无从得知，假如当初我没有遇见凯利伯，事情会有什么发展、如果当年帕特里克没有调派海外，情况会有什么变化。但是，我和凯利伯筑起了一个世界，我没办法将这个世界从我身上切割下来，同样的，我也没办法划开自己心中属于帕特里克的那个部分。

我爱他们两个人，永远会如此。但是这不是为了我。

"我没有说谎，尼娜。我做了正确的事。"帕特里克捧住我的脸，我将脸颊靠向他的掌心。

我会离开他，离开每一个人。

"正确的事，"我重复他的话，"是三思而后行，所以，我不能再伤害我爱的人。"

"你的家人。"他低声说。

我摇头。"不，"我说出再会，"我是说你。"

休庭之后，昆丁走进酒吧。但是他并不特别想喝酒，于是他上车，漫无目的四处逛。他到沃尔玛商场花了一百零四美元三十五美分，买了他不需要的东西，在麦当劳吃晚餐。一直到两个小时之后，他才明白自己非去一个地方不可。

当他把车子停到谭雅家前面时，天色已经晚了，而且他费了九牛二虎之力，才成功地将乘客请下车。要找一副塑料骷髅并没有想象中困难，胡乱堆在道具店角落里的万圣节商品正在打四折。

他把骷髅当作饮酒过量的伙伴般，扛在肩膀上踏上车道，让骷髅的趾骨扫在碎石地上。他拿起手指骨头按门铃。没多久，谭雅就来应门。

她还穿着制服，发辫往后扎成马尾。"好，"她看着昆丁和骷髅，说，"这我就要听听你要说什么了。"

他换个姿势，用单手撑住骷髅的头骨，让其他的骨头自然下垂，好空出另一只手来。"肩胛骨，"他开始背诵，"坐骨、肠骨、上颌骨、下颚骨、腓骨、骰骨。"他用不掉色的黑色麦克笔在正确的位置上标示出骨头的名称。

谭雅准备关门。"你打输官司了，昆丁。"

"不！"他拿起骷髅的手腕塞进门内。"不要这样。"他先吸了一口气，然后说，"我想让你知道……我没有忘记你教我的事。"

她歪着头。天哪，他从前最喜欢看她这个表情，还有她肌肉酸痛时按摩后颈的样子。他看着眼前的女人，这个他不再熟悉的女人，心想：她看起来就是"家"该有的样子。

谭雅用指头触摸几块他记不得名称的骨头、白色的肋骨，以及膝盖和脚踝。接着她拉住昆丁的手臂，带着笑容回答："你还有不少东西要学。"然后将他拉进门里。

那天晚上我梦到自己在法庭上，坐在费舍尔身边，后颈的汗毛竖立。空气变得很凝重，连呼吸都困难，我身后有细碎的低语，像是老鼠在贫瘠的地上流窜。"全体肃立。"书记官宣布了。我正打算站起来，但是有个冰冷的枪口贴着我的头皮，一连串的子弹射进我的大脑，我开始坠落，坠落。

我被一个声音吵醒。错不了，是一连串铿锵叮当的声音。会是浣熊吗？但是现在才一月。

我穿着法兰绒睡衣，跣着脚跑下楼。在楼下套上靴子，把胳膊塞进大外套里。还顺手抓起火钳以防万一，然后溜到门外。

我走向几尺外的车库，积雪掩盖住我的脚印。等我距离够近，便看出那个缩成一团的黑色身影太大，不可能是浣熊。他把头埋进了垃圾桶，直到我举起火钳，像敲响大锣一样地敲下垃圾桶之后，他才晕头转向地抬起头。

他的打扮和身手矫健的小偷没两样，也是我遭遇的头一个，他还算和善，不过话说回来，这有可能是因为他冻僵了。他戴着手套，正在翻动我的垃圾。我想，要找保险套吗，谁知道你在翻弄别人家废弃物的时候会接触到什么疾病。

"你到底在干什么？"我问。

我在他的脸上看出斗志。接着，他从口袋里掏出一个录音机。"你愿不愿意为我们发表公开声明？"

"你是记者？你来翻我的垃圾，而且竟然还是个记者？"我靠向前去。"你以为你会找到什么东西？你还需要挖掘什么，好用来谈论我的生活？"

现在我才发现他有多年轻，再过个十五年左右，纳撒尼尔大概也会是这副模样。他在发抖，但是我不晓得那是因为外面的温度过低，还是因为他终于和我这个邪恶的女人面对面。"你的读者想知道我的经期上个星期刚过吗？还是想知道我吃掉一整盒蜂蜜核桃玉米片？收到太多垃圾邮件？"

我一把抓住录音机，按下录音键。"你想要听我的声明吗？我这就说给你听：去问你的读者，看他们能不能在细数出他们生活当中的每一分钟，他们脑袋里的每一个想法之后，还能感觉到骄傲。去问问看，他们当中有没有人曾经违规横越过马路，曾经在限速三十英里的道路上开到时速三十一英里，曾经看见黄灯还加速前进。当你找到一个从来没犯过错、唯一有资格评断我的家伙之后，你去告诉他，他和我一样，不过是个凡人。他的世界可能明天就会天翻地覆，他可能会做出一些让自己都无法相信的举动。"我转过头，几乎难以成声，"你告诉他……他可能会变成我。"

接着我拿起录音机，用尽全身的力量扔向远处，把它摔进雪堆当中。我走回屋里，随手锁上门，靠在门上喘气。

不管我怎么做，都无法挽回席辛斯基神父，再怎么做都不能撤销我犯下的错误。任何刑罚都比不上我对自己的惩罚，也不可能让时光倒流，让我不再去想阿瑟·葛文有多么该死，而他同母异父的弟弟死得多么不值得。

我像是在用慢动作度日，慢慢地等待避不开的斧头往下落，缓缓聆听证人的说词，仿佛他们讨论的是一个陌生人的命运。但是现在，我发现自己醒过来了。未来同样会出现不可避免的打击，但是这并不表示我们必须不断回首。我当初就是不想让纳撒尼尔面对这样的命运，那么我自己为什么要接受？

雪又开始下，像是祝福。

我要回到原来的生活。

那只鸟看起来像是迷你恐龙，而且小到没长羽毛，也不知道怎么睁开眼睛。它躺在地上，旁边有一段Ｖ形的树枝和一颗戴着黄色帽子的橡木果实。它的嘴巴像铰链般紧紧咬住，一截翅膀挥啊挥的。我甚至看得到它心脏的形状。

"没事了。"我趴在地上，想让自己看起来不至于太恐怖。但是小鸟仍然躺着不动，肚皮肿得像颗气球。

我抬起头，看到它的兄弟姊妹都还在巢里。

我伸出一只指头，把它推到我的掌心。"妈咪！"

"怎么了？喔，纳撒尼尔！"她咂舌，抓着我的手腕把小鸟推回地上。"不要去捡！"

"可是……可是……"随便什么人都看得出来，小鸟病得很严重。葛伦神父老是要我们去帮助病得太严重，或是伤心到没办法照顾自己的人。所以，小鸟也一样，不是吗？

"小鸟被人的手摸过后，鸟妈妈就不会再要它了。"结果和妈咪说的一样，知更鸟直接从小鸟的上面飞过去。"现在你明白了。"她说。

我一直瞪着小鸟看，不知道它会不会留在原地，死在Ｖ形树枝和橡木果实的旁边。我用一片大树叶盖住它，这样它才不会冷。"如果我是鸟，如果有人碰了我，我也会死掉吗？"

"如果你是一只鸟，"她说，"我绝对不会让你掉到鸟巢外。"

八

　　他带了好些东西，包括他的溜溜球、在海滩上捡到的一截海星触角、"最勇敢的男孩"缎带、手电筒、可以拿来和别人交换的蝙蝠侠卡片、六十七个一分钱硬币、两个一角硬币、一个加拿大铜板、一条燕麦棒，还有一袋复活节时没吃完的软糖。他和爸爸搬到汽车旅馆时，随身携带了这些宝贝，他现在也不可能丢下这些东西不管。他把所有东西装进了白色枕头套里，当他把这袋宝贝塞在外套里拉上拉链之后，还能感觉到宝藏轻轻地碰撞到他的肚子。

　　"你准备好了吗？"他的父亲问。这句话像是掷进荒地的树枝，没人闻问。纳撒尼尔实在搞不懂，既然爸爸忙到没时间注意他，那他何必藏住这个小秘密。他爬上卡车的乘客座位，系上安全带。接着他想了想，又解开安全带的扣环。

　　如果他要当个坏孩子，不如从现在就开始。

　　洗衣店老板曾经带纳撒尼尔参观店里的大型轮烫机。他的爸爸举起他，将他抱到柜台里面，然后他跟着萨尔尼先生进到放着一大堆衣服准备清洗的地方。里面的空气浑浊又潮湿，纳撒尼尔一边喘气，一边按下机器的大按钮启动挂着衣架的输送带。法院里的空气让纳撒尼尔回想起当时的感觉。也许这里没那么热，没那么黏，但一样让人没办法顺畅地呼吸。

爸爸把他带到游戏室交给莫尼卡，两个人用含着棉花糖的方式含糊地说话，以为纳撒尼尔听不见。他不知道什么叫"敌对证人"，也不知道什么是"陪审员的偏向"。但是当父亲说这些话的时候，莫尼卡脸上会出现和父亲一样的神色，像是在照镜子。

"纳撒尼尔，"父亲上楼之后，她开始故作轻快，"我们把外套脱掉好吗？"

"我会冷。"他撒谎，然后把袋子压向肚皮。

莫尼卡一向很小心，绝对不会去碰纳撒尼尔，他怀疑这是不是因为她有X光透视眼，知道他身体里面有多脏。她会看着他，以为他不晓得，而且她的眼睛暗得像池塘一样。他妈咪有时候也会用这种眼光看他。这全是葛文神父害的，纳撒尼尔希望当别人靠近他的时候，只会看到一个普通小孩，而不是"碰上了那件事的小孩"。

葛文神父做的事是错的，纳撒尼尔从自己皮肤起满鸡皮疙瘩的方式就可以知道。而且，在和罗比许医生和莫尼卡说过话之后，他现在也明白神父是错的。她们也一再地强调那不是纳撒尼尔的错。但尽管如此，纳撒尼尔仍然不时觉得有人对他的脖子吐气，吓得他迅速转头张望。他仍然会想，如果他像爸爸钓到鳟鱼时一样，在肚子上划一刀，有没有可能找出让他疼痛的黑结？

"怎么样，我们今天早上还好吗？"我一坐到费舍尔旁边，他立刻问我。

"你不知道吗？"我看着书记官把一沓文件放在法官的席位上。席上没人，看起来像个大洞。

费舍尔轻拍我的肩膀。"轮到我们了，"他安慰我，"我会把这一整天的时间用来说服陪审团，让他们忘掉布朗说过的话。"

我转头看着他，说："证人——"

"——会好好表现。相信我，尼娜。在午餐之前，法庭里的每个人都会觉得你当时的确是疯了。"

门拉开之后，陪审员鱼贯地走了进来。我转开头，不知道该怎么说，才能让费舍尔知道我想要什么。

"我要去尿尿。"纳撒尼尔宣布。

"好。"莫尼卡放下正在读给他听的书，站起身来等待纳撒尼尔跟着她走到门口。他们一起穿过走廊，来到洗手间。纳撒尼尔的母亲不让他自己一个人去儿童厕所，但是，在这里就没有关系，因为厕所里只有一个儿童马桶，莫尼卡可以在他进去之前先检查。"记得洗手喔。"她提醒他，接着推开门让纳撒尼尔走进去。

纳撒尼尔坐在冷冷的马桶座上尿尿。他让葛文神父对自己做那些事，真是太坏了。纳撒尼尔真不乖，但是他没有受到处罚。事实上，在他有那么坏的表现之后，每个人还特别注意他，对他特别好。

他的母亲也做了很不好的坏事，因为她说过，那是解决事情最好的方法。

纳撒尼尔想要摸索出个道理来，但是真相在他的脑袋纠结成一团。他只知道，不管为了什么理由，这个世界整个天翻地覆。大家都像疯了一样，全都不守规矩，但是犯规非但没有让这些人惹上麻烦，反而成了让事情变对的唯一方式。

他拉起长裤，拉拢外套下摆，然后冲水。接着，他盖上马桶盖，踩在上面爬到贮水箱顶部，接着再攀到高高的壁架上。厕所里的窗户很小，纯属装饰，因为这里是地下室。但是纳撒尼尔还是可以打开窗户，再说，他个头小到可以从这里溜出去。

他发现自己来到了法庭后面的采光窗边。没有人会注意到一个这么小的孩子。停车场里停了许多卡车和厢型车，他贴着车身走，穿过结霜的草地，漫无目的地在高速公路上游荡。他没和大人手牵手，就是打算逃家。三件坏事，他心想：一起发生。

"欧布莱恩医生，"费舍尔问，"弗罗斯特太太第一次到你的办公室，是在什么时候？"

"十二月十二日。"欧布莱恩在证人席上的态度从容——这也是应该的，毕竟，在他的执业生涯中，已经出席过不少次审判。他的两鬓花白，轻松自在，看起来就像是费舍尔的兄弟。

"在你见到她之前，你拿到了哪些信息？"

"你的介绍信、警方报告的复印件、WCSH电视台的录像带，还有检方精神科医生史托若的精神鉴定报告。史托若医生在我们见面的两个星期之前，评估过弗罗斯特太太的状况。"

"你第一次和弗罗斯特太太见面的时间有多长？"

"一个小时。"

"当你见到她的时候，她的精神状况如何？"

"我们对话的焦点都在她儿子身上。她非常在意他的安全。"欧布莱恩说，"她的儿子曾经失去说话能力，让她焦急得近乎狂乱。她对于自己身为职业妇女，没有足够的时间注意到孩子的遭遇感到内疚。再者，她对于法院制度的专业知识，让她非常清楚性侵对孩童的影响，同时，对于她儿子是否能在整个司法程序结束之后不致遭受创伤，似乎比一般人更显得焦虑。我研究过让弗罗斯特太太来到我办公室的状况，也当面见过她本人。据我判断，她是创伤后压力症候群病患的典型范例。"

"这对她在十月三十日早上的精神状态有什么影响？"

欧布莱恩往前靠，对陪审团说："当时，弗罗斯特太太知道自己要去法院面对侵犯她儿子的人。她坚信这件事会在儿子身上留下永远的印记。她认为出庭做证，不管是担任证人也好，或是出席能力听证会也一样，都会让孩童心力交瘁。最重要的是，她确信性侵者终究会无罪开释。她的脑中充斥着这些念头，所以，当她开车到法院的时候，她变得越来越焦虑，也越来越不像她自己，直到最后终于到达极限。当她拿枪抵住席辛斯基神父的那一瞬间，她无法神志清楚地阻止自己开枪，这是一种不受意志控制的反射动作。"

陪审团的成员至少都在聆听，其中有几个陪审员还勇敢到偷偷瞥向我看。我努力地摆出某种介于忏悔和心烦意乱的表情。

"医生，你上次见到弗罗斯特太太是什么时候？"

"一个星期之前。"欧布莱恩和善地对我笑。"她现在觉得自己比较有能力保护她的儿子了，也了解当时的方式并不正确。事实上，她对于之前的行为感到相当自责。"

"弗罗斯特太太现在仍然受创伤后压力症候群所苦吗？"

"创伤后压力症候群和水痘不同，后者是可以疗愈的。然而，就我的观察，弗罗斯特太太在现阶段可以了解自己的感觉和想法，并且有能力不让自己被这些感觉征服。只要她继续进行门诊治疗，我相信她可以恢复到相当程度的正常状况。"

这个谎言花了费舍尔——换句话说，也就是我——两千块美元。但是这个钱花得很有价值，因为有好几个陪审员都在点头。也许我们给"诚实"的评价过高了。从一连串的谎言中挑出你想听的话，才叫作无价。

纳撒尼尔觉得脚好痛，套在靴子里的脚趾几乎冻僵。他把手套留在游戏室里，他的指尖在这时候已经变成了粉红色，就算插在口袋里也没用。当他为了找点事做而大声数数的时候，数字像是直接挂在他面前，在寒风中卷了起来。

他明知不应该，但是仍然攀过了护栏，跑上高速公路。一辆公交车咻一声从他身边经过，司机匆匆拉开距离，拼命按喇叭。

纳撒尼尔张开双手保持平衡，开始在分隔线走起钢索。

"欧布莱恩医生，"昆丁·布朗说，"你认为弗罗斯特太太现在觉得自己有能力保护她的儿子了，是吗？"

"是的。"

"那么她接下来会对谁掏枪？"

精神科医生在椅子上动了动。"我不觉得她会有这么极端的举动。"

检察官噘着嘴思考。"也许现在不会。但是两个月或者两年之后呢？比方说，哪家的小孩在游戏场上欺负她的儿子，或是有哪个老师对待他的方式不对，那么又会有什么变化？如果她想要一辈子扮演守护天使呢？"

欧布莱恩抬了抬眉毛。"布朗先生，我们现在讲的情况，和她儿子是否遭到误解无关。孩子是遭到性侵。她认为自己掌握了足够的理由，知道性侵犯是谁。同时，我还得知真正的性侵犯已经死亡，是非外力影响的因素，因此，她当然不再有所谓的复仇行动。"

"医生，你看过检方精神科医生的报告。我可不可以说，对于弗罗斯特太太的精神状况，你们两方面有完全不同的结论？检方的精神科医生是不是认为她不但有能力出庭接受审判，而且还认为她在攻击的当下，神志完全清楚？"

"是的，史托若医生的确是这样表示。但是，这是他的第一份法庭报告。反观，我担任法庭精神科专家已经有四十年的时间了。"

"而且你的索费不低，是吧？"布朗说，"被告今天是不是付钱请你出庭？"

"我的收费标准是每日两千美元，额外支出另计。"欧布莱恩回答，耸了耸肩。

法庭后方出现一阵骚动。"医生，我记得你刚刚说的是'她终于到达极限'，我说的正确吗？"

"当然，那不是临床诊断用语，但是在一般的谈话当中，我会这么说。"

"请问她是在走进枪店之前还是之后，到达这个极限？"布朗问道。

"很明显的，那是一种持续性的部分心智衰退……"

"请问她是在给九厘米半自动手枪装上六发子弹之前还是之后，到达这个极限？"

"就像我刚才说过的，那是——"

"她是在偷偷溜过金属检测器，知道法警不会阻止她之前还是之后，到达这个极限？"

"布朗先生——"

"还有，请问医生，她是在挤满人的法庭上仔细瞄准一个特定男子，而且仅此一个男子的头部之前还是之后，到达这个极限？"

欧布莱恩撇着嘴。"我刚才说过，在那个时候，弗罗斯特太太没有办法控制自己的行为。她没有能力阻止自己开枪射杀神父，就和没办法叫自己停止呼吸一样。"

"她倒是成功地让某个人停止了呼吸，是不是？"布朗走到陪审席前，"你是创伤后压力症候群的专家，对吧？"

"我在这个领域的专业相当知名，是的。"

"创伤后压力症候群是否由创伤引起？"

"正确。"

"你在席辛斯基神父死后，才第一次见到弗罗斯特太太？"

"是的。"

"而且，"布朗说，"你认为引发创伤后压力症候群的原因，是弗罗斯特太太儿子遭到性侵的事件？"

"是的。"

"你怎么知道不是出自枪击神父？"

"这不无可能，"欧布莱恩勉强承认，"只是，另一个创伤较早出现。"

"据说，越战退伍军人可能一生都受到创伤后压力症候群的折磨，这是真的吗？听说，过了三十年，这些人还会在半夜被噩梦惊醒？"

"没错。"

"那么，你无法借由任何确切的科学证据来告诉我们的陪审团，证明被告已经完全脱离这个——让我套句你的话——让她到达极限的症候群？"

法庭的后面传来更多嘈杂的声响，我强迫自己把注意力放在前方。

"我认为弗罗斯特太太不可能完全忘记过去几个月来的事。"欧布莱恩展现外交辞令，"但是，就我的个人观点，她目前不具危险性，在未来也不会。"

"但是话说回来，医生，"布朗说，"你不是神职人员。"

"拜托！"我听到一个熟悉的声音大声嚷嚷。接着莫尼卡推开拉住她的法警，小跑步穿过法庭的中央走道。她只有自己一个人。她在凯利伯身边蹲下。"是纳撒尼尔，"她哭着说，"他不见了。"

法官同意暂时休庭，并且派庭内的法警帮忙寻找纳撒尼尔，帕特里克打电话联络郡警以及州警，费舍尔自告奋勇，负责安抚闻讯而来的疯狂媒体。

我不能走，因为我还戴着可恶的电子手铐。

我想象纳撒尼尔遭人绑架。想象他爬进了旧火车的货车车厢，冻死在里面，还想到他可能趁人不备，偷偷跑上小船。他可能已经去环游世界了，而我却仍困在四墙之内。

"他告诉我他要去上厕所，"莫尼卡边哭边说。我们在大厅等待，记者都已经离开了。我知道她想要恳求原谅，但是该死了，我不会原谅她。"我以为他不舒服，因为他进去了好久。但是当我走进厕所的时候，看到窗户是打开的。"她抓住我的袖子，"他不是被人领走的，尼娜。我觉得他是为了吸引大家的注意。"

"莫尼卡。"我紧紧攀住薄弱的自制力，不断地提醒自己，她不可能知道纳撒尼尔会做什么事。没有任何人是完美的，显然，就算是我，也无法将纳撒尼尔保护得更好。然而，我不过是想想罢了。

讽刺的是，我会无罪获释，但是我的儿子不会陪在我身边。

我一向有办法在喧嚣声中分辨出纳撒尼尔的声音。不管在他的襁褓时期，或是在游乐场的一群小朋友当中，甚至是当我在泳池水浅处闭着眼睛玩鬼抓人的时候都一样。如果我现在放声大喊，说不定纳撒尼尔也可以听到我的声音。

莫尼卡的脸颊毫无血色，像是两个白色的圈圈。"我能做什么吗？"她低声问。

"带他回来。"然后我转身走开。因为愧疚不仅会传染，同时还会致命。

凯利伯看着警察打开警示灯，驾着警车加速离开。也许这可以吸引纳撒尼尔，但也不一定。他知道一件事，这些警员早就忘了自己五岁时是什么样子。想到这里，他把背靠向通往地下室厕所的窗边。他跪下来，让自己和纳撒尼尔等高。接着他眯起眼睛，注意看有什么东西可能会吸引他的注意。

他看到一丛光秃秃又纠结的灌木在风中摇晃，发现有把不敌强风而开花的雨伞被丢在一边，残障坡道被人用黄漆涂上乱七八糟的线条。

"弗罗斯特先生。"有个低沉的声音出现，吓了凯利伯一跳。他站起身子，转头看到检察官在寒风中弓起了肩膀。

当莫尼卡跑进法庭宣告这个坏消息的时候，费舍尔·卡灵顿看了尼娜一眼，立刻要求休庭。而布朗则是起身向法官表达他的怀疑，认为这可能是某种想赢取同情的伎俩。"说不定，"他说，"孩子这会儿好端端地待在二楼的会议室里。"

他没花多久就发现自己战略上的失误，因为陪审团看着尼娜逐渐开始歇斯底里。但不管怎么样，凯利伯完全没料到自己会在这里看到他。

"我只是想说，"布朗现在说了，"如果有什么我帮得上忙的……"

他没把话说完。"是的，你可以帮忙。"凯利伯回答。两个男人都知道凯利伯的言外之意，知道这个答复无关乎纳撒尼尔。

检察官点个头，走回室内。凯利伯再次跪下来。他绕着法院建筑走动——这和他在圆形天井铺石头的方式相同，把整个圆往外延伸，不留下任何空间，并且保持圆圈的弧度。他的动作和他做所有的事情相同，速度不快，但是坚持到底，直到最后，他确定自己看到了儿子眼中的世界。

高速公路的另一侧是一片陡坡，纳撒尼尔坐着往下滑。他的裤子被树枝勾破，但这都没关系，因为没有人会惩罚他。他踩在一池池冰冷的雪水当中，经过参差不齐的树林，他继续走，最后绊倒在一小片被人遗忘的树丛里。

这片小树丛和他在家里的床一样大，看得出动物留下来的足迹。纳撒尼尔坐在树丛边缘的一截木头上，掏出外套里的枕头套。他打开手电筒贴向掌心，让自己的手背出现红光。

当鹿走过来的时候，纳撒尼尔屏住呼吸。他记得父亲说过的话，动物怕你的程度远超过你怕它们。大母鹿长了一身焦糖色的毛皮，小小的蹄子宛如高跟鞋。它的宝宝看起来没什么不同，但是背上有几处白色的斑点，似乎是被画上去的。两只鹿都弯下长长的颈子，用鼻子推开积雪。

找到草的是母鹿，小小一簇草恐怕还不够它吃一口。但是母鹿没吃，反而把小鹿推了过去。它看着自己的宝宝吃草，但这也就是说，它自己什么都没得吃。

看到这里，纳撒尼尔想到可以把燕麦棒分一半给母鹿。

但是当他伸手掏枕头套里的东西时，两头鹿突然抬起头，接着往后跳，转身就跑，纳撒尼尔只看到上扬的鹿尾巴，像极了白色船帆。接着，两头鹿便消失在森林的深处。

纳撒尼尔检查裤子后面的破洞，看了看沾满泥巴的靴子。他把半条燕麦棒放在木头上，假如两头鹿回头，才有东西吃。接着他站起来，慢慢朝公路走过去。

　　帕特里克仔细搜索了法院方圆一英里的范围，他确定纳撒尼尔是自己离开的，他更确定孩子不可能走出这个范围之外。他拿起无线电呼叫亚尔福瑞的调度中心，询问是否有人已经找到孩子。这时候，路边的动静吸引了他的目光。就在他盯着看的时候，纳撒尼尔在距离他四分之一英里的路边爬过了路障，然后沿着高速公路的路肩往前走。

　　"该死。"帕特里克嘘了一口气，将卡车慢慢往前开。纳撒尼尔似乎很清楚自己要到哪里去，从这个位置看过去，就连小草儿这么袖珍的个头，也能够看得到法院高高的屋顶。但是孩子看不到帕特里克看见的事，也就是凯利伯从马路的另一侧慢慢靠过来。

　　帕特里克发现纳撒尼尔先看右边然后又看向左边，突然意识到孩子打算做什么。他把警示灯放到车顶，匆忙将车子打横挡住车流，走到车外封锁交通，好让纳撒尼尔看到父亲等着他的时候，能够安全地跑着穿越高速公路，投身到凯利伯的怀抱里。

　　"以后再不能做这种事了。"我靠在纳撒尼尔柔软的脖子边说话，紧紧地抱住他，"再也不可以，听到了吗？"

　　他挣脱我的怀抱，伸出双手捧住我的脸。"你生我的气吗？"

　　"没有。有。我一定会，不过要等到我高兴完之后。"我将他抱得更紧了些，"你心里到底在想什么？"

　　"想我很坏。"他不带感情地回答。

　　我从纳撒尼尔的头顶看过去，和凯利伯四目交接。"不，你不坏，宝贝。偷偷跑掉是不好的事。你有可能受伤，而且你不知道你害我和你爸爸多担心。"我犹豫了一下，仔细遣词用字，"你有可能做坏事，但你不是坏人。"

"像葛文神父一样吗？"

我僵住了。"其实不对。他做了坏事，而且他从前真的是坏人。"

纳撒尼尔抬头看我。"那你呢？"

纳撒尼尔的精神科医生刚坐到证人席上，昆丁·布朗就起身抗议。"法官大人，这位证人能带来什么帮助？"

"法官，这与我委托人的精神状况有关，"费舍尔争辩，"通过罗比许医生的诊疗，她得知她儿子的状况在退步当中，严重影响到她在十月三十日的精神状况。"

"本庭准许。"尼尔法官作出决定。

"医生，过去你是否曾经治疗过因为遭受性侵，而失去说话能力的孩童？"

"很不幸，有的。"

"在这些案例当中，有没有孩童可以恢复说话能力？"

"可能要花上好几年的时间。"

"你能不能借助任何方式来判断，对于纳撒尼尔而言，这个情况是不是会一直延续下去？"

"不能，"罗比许医生说，"事实上，就是因为这样，我才会开始教他基本手语。他对于自己的无法沟通感到很沮丧。"

"手语有帮助吗？"

"有短暂的帮助，"精神科医生承认，"接着他又开始说话。"

"进展稳定吗？"

"不稳定。在纳撒尼尔和弗罗斯特太太分开的那个星期里，他整个人又陷入沮丧的状况。"

"你知不知道原因是什么？"

"据我了解，她被控违反保释条件，因此被关进监狱里。"

"在纳撒尼尔母亲入狱的这个星期当中，你有没有和孩子见过面？"

"有的。弗罗斯特先生带他到诊所来，看到孩子不再说话，他很难过。孩子严重退步，唯一愿意打的手势只有'母亲'。"

"就你的看法，退步的肇因是什么？"

"很明显，是因为他和弗罗斯特太太在无预警的情况下突然分开，而且时间不短。"罗比许医生说。

"当纳撒尼尔的母亲再次出狱之后，孩子的状况有什么变化？"

"他开口喊妈妈。"精神科医生带着微笑说，"让人愉快的喧闹。"

"还有，医生，当孩子承受在无预警的状况下，再次和母亲分开……你认为纳撒尼尔可能会出现什么状况？"

"抗议。"昆丁说。

"驳回。"

一会儿之后，检察官站出来交叉诘问。"当你为五岁孩童进行咨询的时候，医生，你会不会认为他们经常对事件感到困惑？"

"当然会。就是因为这样，所以法庭才会举行能力听证会，布朗先生。"

听到这几个字，尼尔法官警告意味十足地瞥了昆丁一眼。"罗比许医生，在你的经验当中，这种案例有可能会拖上好几个月，甚至是好几年，才会正式开庭审判，是吗？"

"是的。"

"而五岁大和七岁大的孩子在成熟度上有很大的区别，对不对？"

"完全正确。"

"事实上，你是不是曾经接触过一些孩子，当他们初次和你见面的时候无法出庭做证，但是在一两年之后，经过治疗，并且有所进展，就可以出庭做证，而且不会出现受挫的现象？"

"是的。"

"你是否也无从得知，或许纳撒尼尔在几年之后会有能力出庭做证，而且不至于受到严重的精神伤害？"

"是的，未来的事情的确没有办法断定。"

昆丁转头看我。"弗罗斯特太太是个检察官，她一定知道出庭时机早晚的不同，你同意我的说法吗？"

"我同意。"

"再者，她身为这个年纪孩童的母亲，自然会知道孩子在几年之间的发展和变化，是吗？"

"是的。事实上，我曾经试着告诉弗罗斯特太太，也许纳撒尼尔在未来几年之间的进步会超乎她的预期。他说不定可以出庭为自己做证。"

检察官点点头。"但是很不幸的，被告在我们得到答案之前，已经先杀害了席辛斯基神父。"

费舍尔还来不及抗议，昆丁就先撤回问题。我拉拉费舍尔西装下摆，对他说："我得和你谈谈。"他瞪着我，仿佛我得了失心疯。"对，"我说，"就是现在。"

　　我知道昆丁·布朗在想什么，因为我从他的眼底看出了端倪。我证明她谋杀了他，我尽到我的责任。也许我已经学到不该去干涉他人的生活，但是拯救自己绝对是我该做的事。"全看我了，"我在会议室里告诉费舍尔，"我必须让他们有个理由说没关系。"

　　费舍尔摇头。"你知道辩护律师过度尝试会导致什么结果。检方有举证的重责大任，我只要找出漏洞就可以。但如果我太用心找洞，空气会在一瞬间全泄出来。上台的证人只要多出一个，辩方就会全盘皆输。"

　　"我知道你的意思。但是费舍尔，检方的确成功证明我谋杀了席辛斯基神父。而且我不是普通证人。"我深吸了一口气，"当然，我也看过辩方画蛇添足多放了一名证人，结果打输官司的例子。但是在有些案例当中，检方之所以会落败，完全是因为陪审员听进了被告的说词。他们知道之前发生过大事，但他们想知道原因，听到真相。"

　　"尼娜，当我在交叉诘问的时候你几乎坐不住，一心想跳起来抗议。我不能让你坐到证人台上，因为你根本就是个活脱脱的检察官。"费舍尔在我面前坐下，双手撑住桌面，"你凭真相来思考。但是陪审员不会因为听了你的话就接受事实。我打下了好基础，他们喜欢我，也相信我。如果我开口告诉陪审团，说你无法控制自己的情绪，无法理性思考，他们会听我的话。反过来说，他们早就认定你是个骗子，不管你怎么说都没有用。"

　　"除非我把真相说出来。"

　　"说你其实真的想杀掉那个家伙？"

　　"说我没疯。"

　　"尼娜，"费舍尔轻柔地说，"这样一来，会推翻我们全盘的辩护策略。你不能这样说。"

"为什么不行，费舍尔？我为什么不能让十二个讨厌的家伙了解，在好事和坏事之间，还有好几千种深浅不同的灰色地带？眼前，昆丁已经将我定罪，因为他向陪审团说出了我当天的想法。如果我上台做证，我可以提出另一个版本。我会解释自己做了什么事，为什么这个举动是错的，为什么我当初看不清。他们要不就送我去坐牢，要不，就让我回家陪儿子。我怎么能放弃这个机会？"

费舍尔瞪着桌子看。"你再这样继续下去，"过了一会儿，他终于说，"等审判结束之后，我可能得雇用你。"他伸出手，扳着指头说："你只能回答我的问题。只要你一开始对陪审员说教，我就会打断你的话。如果我提出神志失常的说法，你最好乖乖支持我的说法，不要给自己作伪证。还有，如果你出现任何情绪化的反应，先做好面对长年蹲苦牢的心理准备。"

"好。"我跳起身，准备离开。

但是费舍尔没有动。"尼娜，我只是想让你知道……就算你没说服陪审团，你也已经说服了我。"

三个月之前，如果我从辩护律师口中听到这种话，一定会大笑以对。然而现在我却对着费舍尔微笑，等着他陪我走到门口。我们并肩走进法庭，合作无间。

我过去七年来使用的办公室，在更早之前，曾经是法庭。法庭让不少人感到恐惧，但是吓不倒我。我了解法庭上的规矩，比方说，该在什么时候走向书记官，什么时候可以和法官说话，或是怎么向后靠和旁听席的人悄悄耳语，才不至于引人注目。但如今我坐在一个我从来没坐过的位置上，不能乱动，不能做在过去早已成了习惯的任何动作。

现在，我才知道为什么大家会害怕出庭。

证人席的空间很小，因此，我的膝盖抵住前端。庭内有好几百个人瞪着我看，落在我身上的目光宛如尖细的小针。我想起自己在担任检察官时，曾经告诉过上千名证人的话："你有三件事要做。聆听问题，回答问题，然后闭嘴。"我记得我的上司经常说，卡车司机和生产线的作业员是最优秀的证人，因为和教育程度过高的律师相比，他们安静又不多话。

费舍尔把当初我针对凯利伯申请的禁制令递给我。"你为什么要申请这张禁制令，尼娜？"

"当时，我以为纳撒尼尔指证我丈夫是性侵他的人。"

"你丈夫的什么举止让你有这种想法？"

我的眼光落向坐在旁听席上的凯利伯。"完全没有。"

"但是你采取了不寻常的举动，申请了禁制令，不让他和自己的亲生骨肉见面？"

"我的重点是保护儿子。如果纳撒尼尔说这就是伤害他的人……嗯，我会选择唯一能保护他的作法。"

"你是在什么时候决定撤销禁制令的？"费舍尔问道。

"当我发现我儿子用手语表示的'父'并不是凯利伯，而是指'神父'的时候。"

"你是否就在那个时候认定席辛斯基神父为性侵犯？"

"当时发生了很多事。首先，医生告诉我纳撒尼尔的肛门遭到异物侵入。接着，纳撒尼尔开始使用手语。随后他轻声向杜沙姆警探说出一个听起来像是'葛伦神父'的名字。最后杜沙姆警探告诉我，他在圣安妮教堂找到了我儿子的内裤。"我用力吞咽，"我花了七年的时间来拼凑让我能够站在法庭上的证据。当时，我只是做了对我来说绝对合乎逻辑的举动。"

费舍尔瞪了我一眼。喔，该死，我刚刚说：绝对合乎逻辑。

"尼娜，请你仔细听我的下一个问题，"费舍尔先警告我，"当你认定席辛斯基神父是性侵你儿子的人之后，你有什么感觉？"

"一塌糊涂。我将自己和家人的信仰，还加上我的儿子，全都交付在这个男人的手中。我气自己把太多的时间花在工作上，如果我当初在家的时间多一点，也许可以避免这种事发生。而且我极度沮丧，因为纳撒尼尔指证出一个嫌犯，我知道下一步会是——"

"尼娜。"费舍尔打断我的话。回答问题，我狠狠地提醒自己：然后闭嘴。

布朗带着笑容说："法官大人，请让她把话说完。"

"是的，卡灵顿先生，"法官同意，"我相信弗罗斯特太太还没把话没说完。"

"我说完了。"我很快地说。

"你曾否和你儿子的精神科医生讨论过怎么做对孩子最好？"

我摇头。"根本没有什么最好的办法。我曾经参与过上百件与孩童有关的审判。就算纳撒尼尔开始正常说话，越来越坚强，就算在他的案子开审之前，我们还有一两年的时间也一样。只要神父完全否认他做了什么事，就表示一切全要看我的儿子。"

"怎么说？"

"如果没有嫌犯的自白，检察官只能仰赖孩子的证词。这也就是说，纳撒尼尔必须出席能力听证会。之后，他必须在一个像现在一样坐满人的法庭上，说出那个男人曾经对他做过什么事。而那个男人，这是当然的，会坐在六尺之外旁观。你可以确定，他一定告诉过孩子，而且不止一次，要孩子不准把事情说出来。但是到了那个时候，没有人会坐在纳撒尼尔旁边，没有人会抱着他，没有人会告诉他：好了，没事，现在可以说了。

　　"纳撒尼尔可能会在听证会上吓到，或者崩溃，那么法官就会判定他没有能力出庭，结果儿童性侵犯不必遭到惩罚。第二个情况是纳撒尼尔必须出庭，必须一再地在法庭上重新经历那段遭遇，只不过这次的赌注更高，而且还换了另一群人盯着他看，这其中包括十二个不准备相信他的陪审员，因为他只是个孩子。"我转头面对陪审团。"过去七年来，我每天上法庭，可是现在，我坐在这里并不自在。关在这个小方块当中的确很吓人，对任何证人来说都一样。但是我们说的不是任何证人，而是纳撒尼尔。"

　　"最好的情况会是如何？"费舍尔轻声问："如果，性侵犯到最后被判入狱服刑呢？"

　　"神父会入狱服刑十年，短短的十年而已，对一个毁了孩子一生但没有犯罪前科的人而言，刑期就是如此。说不定纳撒尼尔还没进入青春期，他就已经假释出狱。"我摇头，"对任何人来说，这怎么会是最好的情况？有哪个法庭会认为这样足以保护我的儿子？"

　　费舍尔看了我一眼，然后要求休庭。

　　费舍尔在二楼的会议室里，蹲在我的面前。"跟着我说。"他说。

　　"喔，拜托。"

　　"跟着我说：我是证人，我不是检察官。"

　　我翻个白眼，跟着重复："我是证人，不是检察官。"

　　"我会聆听问题，回答问题，然后闭嘴。"费舍尔还在继续。

　　如果我是费舍尔，我也会希望我的证人许下同样的承诺。但我不是费舍尔。同样的，他也不是我。"费舍尔，看着我。我是那个逾越规范的女人。我做的事，是所有父母在碰到这种惨痛遭遇之后会想做的事。每个陪审员都睁大眼睛看着我，想要知道这个行为究竟是让我成了个怪物，还是英雄。"我低下头，因为我突然发现自己的泪水涌向眼眶。"我自己都想要弄清楚。我不能告诉他们我为什么会做出这种事，但是我可以向他们解释，如果纳撒尼尔的生命有了变化，我的生命也会随之改变。如果纳撒尼尔没办法克服逆境，我也不行。如果你从这个角度看，有没有脱离设计好的证词并没有那么重要，不是吗？"我看费舍尔没有回答，掏出心底残存的自信，说："我知道自己在做什么，"我告诉费舍尔，"我绝对没有失控。"

他摇摇头。"尼娜，"他叹口气，说，"我担心的就是这个。"

"当你在十月三十日早晨醒过来的时候，你脑子里有什么念头？"几分钟之后，费舍尔这样问我。

·"我当时想，那会是我这辈子最惨的一天。"

费舍尔惊讶地转过身来。毕竟，我们没有预演过这一段问答。"为什么？席辛斯基神父马上就要接受审讯了啊？"

"没错。但一旦他被起诉，毫不留情的法院时钟就会开始运转。接下来，他不是接受审判，就是当庭释放。这也代表纳撒尼尔得再次面对这件事。"

"你在什么时候抵达法庭，随后发生了什么事？"

"检察官托马斯·拉克瓦表示他们会试着去清场，因为这个案子备受瞩目。所以决定将审讯庭的时间往后延。"

"你当时有什么反应？"

"我告诉我丈夫，说我必须回办公室一趟。"

"结果你去了吗？"

我摇头。"我开车到了枪店的停车场。其实，我不清楚自己是怎么去到枪店的，但是我知道那是我应该去的地方。"

"接下来你做了什么事？"

"枪店开门之后，我走进去买了一把枪。"

"然后呢？"

"我把枪放进皮包里，开车回法庭去旁听审讯。"

"在开车回法院的路程中，你有没有计划要怎么用那把枪？"费舍尔问。

"没有。我脑子里只想到纳撒尼尔。"

费舍尔让这句话沉淀一会儿。"你抵达法院之后，做了什么事？"

"我走进了法院。"

"你有没有想到金属探测器？"

"没有，我从来都不经过金属探测器。我一向从旁边绕过去，因为我是检察官，一天大概要走个二十趟。"

"你是不是因为皮包里放了一把枪，所以才刻意绕过金属探测器？"

"当时，"我回答，"我脑袋里一片空白。"

我盯着门看，只看着门，神父随时会经过那扇门走进来。我的头隐隐抽痛，盖过了凯利伯说的话。我必须要看着神父。除了我体内嗡嗡作响的血液之外，我听不到其他声音。他会从那扇门走出来。

门把开始转动，我屏住呼吸。当门拉开，法警率先出现的时候，时间突然停顿。接着整个法庭往后退开，只剩下我和他，纳撒尼尔成了我们两人之间的连结。我没办法看他，但是没多久之后，我却无法让自己的视线离开他。

神父转过头，双眼精准地锁住我的眼睛。

他一句话也没说，但是我听出：我原谅你。

就是这个他原谅我的念头让我的内心开始崩裂。我的手滑进了皮包里，我以几乎是漠不关心的态度放任事件发生。

你知道吗，有时候，当你正在做梦的时候，你会知道自己身在梦中？手枪像是被磁铁吸住一样往前拉，来到距离他头颅只有几寸的位置。我扣下扳机时，心里想的不是席辛斯基，不是纳撒尼尔，甚至不是复仇。

我的齿缝间只卡着一个字：

不。

"尼娜！"费舍尔凑向我的脸，嘘声说，"你还好吗？"

我看着他，眨了眨眼，接着瞥向瞪着我看的陪审团。"很好，我……对不起。"

但是我的思绪还停留在方才的地方。我没想到枪会反弹。任何事，都会有力道相等的反作用力。杀人就要接受惩罚。

"当法警扑到你身上的时候，你有没有挣扎？"

"没有，"我喃喃地回答，"我当时只想知道他是不是已经死了。"

"杜沙姆警探是不是就在这个时候把你带进了拘留室？"

"是的。"

"你在拘留室里有没有对他说什么话？"

"我说，我别无选择，一定得这么做。"

事实证明我说的是真话。我当时那么说，是故意要让别人以为我神志失常。但是精神科医生说的证词其实并没有错，我没办法控制自己的行为。错的是他们认为这代表我神志失常。我并没有精神上的问题，也没有崩溃。我只是凭直觉行事。

费舍尔停了一下。"事后，你发现席辛斯基神父并不是性侵你儿子的人。这让你有什么感受？"

"我想入监服刑。"

"你现在还有这种感觉吗？"费舍尔问。

"没有了。"

"为什么？"

在那一瞬间，我的目光来到了空无一人的被告席上，费舍尔和我都没坐在那里。我心想：那个位置已经成了鬼城。"我为了儿子的安全才做出这件事。但如果我不在他身边，我要怎么保护他？"

费舍尔意味深长地看着我的眼睛。"你会不会再次用自己的双手去执行法律？"

喔，我知道他想要我怎么回答。我会知道，是因为换作是我，我也会想从证人的口中问出这句话。但是，我已经对自己说了太多谎言。我不打算亲口将这些谎言也送进陪审团的耳里。

"我希望我能告诉你：我永远不会这么做……但这不会是真话。从前，我以为自己认识这个世界，以为我可以掌握世界。但是当一个人以为自己一把抓住世界中心的那一刻，也就是世界最可能脱离约束的时候。

"我杀了一个人。"这句话在我的舌尖燃烧。"不，不只是一个人，而是一个很好的人，一个无辜的人。我会一辈子将这件事背负在身上。而且，和任何负担相同，它会越来越沉重……差别在于我永远无法放下，因为这已经成为我这个人的一部分。"我转头看着陪审团，重复自己的话，"希望我能告诉你，我永远不会这么做，但是我要说，在过去，我从来没想过我会有能力做出这种事。结果事实证明我错了。"

我想，费舍尔一定会杀了我。通过婆婆的泪眼，我实在很难清楚看到他的表情。然而我的心跳不再狂乱，我的灵魂找回了宁静。任何事都会有力道相等的反作用力。经过这么久的时间，我才明白，在做了无所遁形的错事之后，最好的赎罪方式，就是公然做"对"的事。

要不是上帝慈悲，昆丁心想：今天坐在证人席上的可能是他。毕竟他和尼娜·弗罗斯特的差别并没有那么大。也许他不会为儿子杀人，但是他确实打通了关节，减轻基甸恩因持有毒品而遭判决的刑期。昆丁还记得发现基甸恩出事之后的震撼，原因并不是像谭雅所想的，由于基甸恩犯法，而是因为他的儿子可能会被司法体制吓坏。没错，换个情况，昆丁可能会和尼娜相处甚欢，甚至可能会和尼娜边喝啤酒边聊天。然而，自己闯的祸就该自己承担，因此尼娜才会坐在证人席内，而他昆丁则是站在六尺之外，准备好好收拾她。

他扬起一道眉毛。"你刚刚告诉大家的是，尽管你对于法庭制度和儿童性侵案有深入的了解，但是在十月三十日那天早上你醒过来的时候，并不打算杀害席辛斯基神父？"

"没错。"

"然后，当你开着车到这个男人的审讯庭时，套句你自己的话，法院时钟就会开始运转，你也没有杀害席辛斯基神父的计划？"

"没有，我没有。"

"啊。"昆丁在证人席前方来回踱步，"我猜，你是在开车到枪店的时候，才一时有了这个想法。"

"事实上，不是的。"

"那么，是当你请莫伊帮你为半自动手枪上膛的时候？"

"不是。"

"这么说，当你回到法院，绕过金属探测器的时候，你仍然没有杀害席辛斯基的计划？"

"没有。"

"当你走进法庭，弗罗斯特太太，来到最方便杀害席辛斯基神父却又不至于伤害旁人的最理想位置的时候，即使在那个节骨眼儿上，你仍然不打算枪杀席辛斯基神父？"

她的鼻翼偾张。"不，布朗先生，我没有那种计划。"

"那么，当你从皮包里掏出枪抵住葛伦·席辛斯基头颅的时候呢？你是不是仍然不打算杀他？"

尼娜的双唇抽紧。"你必须回答问题。"尼尔法官说。

"我刚刚在法庭上说过了，我当时脑海一片空白。"

昆丁知道自己汲出了第一滴血。"弗罗斯特太太，你在担任地方检察官的七年之间，是不是曾经处理过超过两百件的儿童性侵案？"

"是的。"

"在那两百件案子当中，只有二十件开庭审判？"

"是的。"

"在这二十件当中，有十二件成功定罪。"

"没错。"

"在这十二个案件当中，"昆丁问，"这些孩子是否有能力出庭做证？"

"是的。"

"事实上，在这些案例当中，有几件和你儿子的案子不同，是没有具体实证的,，对不对？"

"对。"

"你身为检察官，不管就儿童心理医生、社会工作者，或是对法律程序上都有足够的资源和后盾，难道你不认为自己比其他母亲更有能力为纳撒尼尔这件案子作更周全的准备吗？"

她眯起双眼。"就算掌握了全世界所有的资源和后盾，也不一定有能力为孩子做好准备来面对这种事。你也知道，在现实生活中，法院的法条并不是为了保护儿童，而是为了保护被告。"

"你运气真好，弗罗斯特太太。"昆丁挖苦道，"你觉得自己是不是个认真的检察官？"

她犹豫了一下。"我会说……我是个太过认真的检察官。"

"你是否认为自己曾经认真地为被你送上证人席上的孩子作准备？"

"是的。"

"按照这十二个案例的被告都遭到判刑来说，你难道不觉得自己为这些孩子作的准备十分成功？"

"不，我不同意。"她直率地回答。

"但是所有的性侵犯都入狱服刑了，不是吗？"

"刑期不够久。"

"虽然是这么说，弗罗斯特太太，"昆丁紧咬不放，"但是你仍然成功地让司法体制站在这十二个孩子这边。"

"你不懂，"她的眼眸射出火花，"这是我的孩子。和我担任检察官的责任完全不同。我必须克尽所能来为那些孩子争取正义，而我也做到了这点。然而在法庭外的一切，则由父母来决定，不是我。如果有个做母亲的决定躲起来，以免孩子受到父亲的侵犯，那也是她的决定。如果有个母亲决定放弃由法庭来裁决，而去枪杀性侵犯，那也和我无关。但是在那一天，我不再仅只是检察官。我是母亲。不管如何，我都必须决定自己应该采取什么手段来确保我儿子的安全。"

昆丁等的就是这一刻。终于，她发火了。他往前靠向她。"你是说，你儿子比其他孩子有资格得到更多的正义？"

"那些孩子是我的工作，纳撒尼尔是我的生命。"

费舍尔·卡灵顿立刻从椅子上跳起来。"法官大人，我们是不是可以休息——"

"不行。"昆丁和法官不约而同地回答。昆丁重复："那孩子是你的生命？"

"是的。"

"那么，你是否愿意牺牲你的自由来拯救纳撒尼尔？"

"绝对愿意。"

"当你拿着枪抵住席辛斯基神父的那一刻，你是不是这么想？"

"我当然是。"她凶悍地回答。

"你当时是不是认为唯一能保护你儿子的方式，就是把所有的子弹都射入席辛斯基神父的脑袋里——"

"是！"

"——而且确定他再也不可能活着离开法庭？"

"是。"

昆丁往后退。"但是你刚刚说，在那一刻，你的脑子里一片空白，弗罗斯特太太。"他说完话之后，目不转睛地盯着她看，直到她终于转过头去。

当费舍尔起身再次直接询问的时候，我仍然在发抖。我明知道不可，怎么又会脱口说出这种话？我焦急地看着陪审团成员的每一张脸孔，但是我什么都看不出来，你永远看不出来。有个女人看起来几乎要落泪，坐在角落里的另一个人还在玩填字游戏。

"尼娜，"费舍尔说，"那天早上，当你进到法庭的时候，你有没有想到自己愿意牺牲自由，来解救纳撒尼尔？"

"有。"我低声说。

"当你那天早上来到法庭的时候，你有没有想到，唯一阻止法院时钟开始运转的方法，就是去阻止席辛斯基神父？"

"有。"

他直视我的双眼。"你那天早上进到法院的时候，有没有计划杀害神父？"

"当然没有。"我回答。

"法官大人，"费舍尔宣布，"辩方没有其他问题了。"

昆丁躺在简易套房里糟糕透顶的床上，不明白为什么他明明已经将温度调到二十六度六，但是暖气却还不开始运转。他拉起床罩盖住身子，拿起电视遥控器继续转台。他先转到综艺节目《财富之轮》，接着看到讨论男人掉发的谈话性节目。昆丁摸着自己剃光的脑袋，咧嘴一笑。

他起身来到冰箱旁，却发现里面只有六瓶装的百事可乐和早就被遗忘的烂芒果。如果他打算吃晚餐，他就得出去买。他叹了一口气，重重地往床上一坐，准备穿上靴子，结果却坐到了遥控器。

频道切换到CNN。一个女人——她的红发像极了一顶光滑的太空头盔——正在说话，背景是一张小小的尼娜·弗罗斯特脸部特写。

"有关地方检察官被控谋杀一案，审判程序的证人诘问部分已经在下午全部结束，"主播说，"本案在明天早上将进入结辩程序。"

昆丁关掉电视。他系紧鞋带，眼光落向了床边的电话。

电话响了三声之后，他开始盘算是否该留言。接着，他突然听到震耳欲聋、仿佛引擎逆火般的饶舌乐曲。"找谁？"电话另一头有个声音问道，音乐的声音也转小了。

"基甸恩，"昆丁说，"是我。"

对方没有说话。"我是谁？"听到男孩的回答，昆丁的脸上浮现微笑，孩子当然知道他是谁。"如果你要找我妈，她不在家。也许我可以要她回电话，但是话说回来，我也可能会忘记告诉她。"

"基甸恩，等等！"昆丁几乎可以听见儿子把正要挂回电话机上的话筒拿回到耳边。

"怎样？"

"我打电话来不是要找谭雅，我是要和你说话。"

好一会儿，两个人都没说话。接着基甸恩说："如果你打电话是为了说话，那你还真不行。"

"你说得对。"昆丁揉了揉自己的太阳穴。"我只是想说抱歉。关于戒治，关于一切。当时我真心以为自己做的是对你最好的事。"他深吸一口气。"当我在事发的许多年前就先自己走出你的生命之后，我实在没权利告诉你该怎么过你的日子。"听到儿子没说话，昆丁开始紧张。会不会是电话在不知不觉中断线了呢？"基甸恩？"

"这就是你想和我说的话？"基甸恩终于说话。

"不是。我打电话来，是想问你要不要出来和我去吃比萨。"昆丁把遥控器扔到床上，看着它跳动。这段等待基甸恩响应的时间宛如永恒。

"去哪里？"基甸恩问。

陪审团最有趣的地方，在于不管陪审员在证人做证时多么漫不经心，不管谁坐在最后一排睡着，或是在交叉诘问时自顾自地涂指甲油，当时间一到，他们必须开始做正事时，这些人会突然起身迎向挑战。陪审团这会儿全盯着昆丁看，全神贯注聆听他的结辩。"各位先生、女士，"他开始说话，"对我来说，这是个十分困难的案件。尽管我不认识被告，但是我还是得称她一声同事。然而，尼娜·弗罗斯特已经不站在法律的这一边。诸位亲眼看过了她在二〇〇一年十月三十日的所作所为。她走进法庭，用枪抵住一个无辜的人，对着他连开四枪。

"讽刺的是，尼娜·弗罗斯特宣称自己是为了保护儿子才犯下谋杀罪。然而，她在事后发现——其实，如果当初我们让司法体制发挥在文明社会应有的作用，我们也同样会发现——在杀害席辛斯基神父之后，她根本没有保护到自己的儿子。"昆丁严肃地看着陪审团，"法庭之所以会存在，当然有它的道理。因为，要指控他人是一件非常容易的事。我们在法庭上提出真相，作出理性的判断。但是弗罗斯特太太在没有掌握真相之前，就贸然动手。弗罗斯特太太不只控诉了这个男人，她还审判他、为他定罪，然后在那天早上亲自动手处决他。"

他走向陪审席，一只手滑过栏杆。"卡灵顿先生会告诉诸位，声称被告会犯下谋杀罪，是因为她了解司法制度，她认为这个制度没办法保护她的儿子。是的，尼娜·弗罗斯特是了解司法制度。但是她利用这个制度来为自己铺路。她知道身为被告有什么权利，知道应该怎么表现，才能让陪审团相信她是暂时丧失心智。在她站起身，冷血枪杀席辛斯基神父的时候，她完全知道自己在做什么。"

昆丁一一看着每个陪审员。"要判弗罗斯特太太有罪,首先,各位必须相信缅因州检方排除了所有的合理怀疑,证明席辛斯基神父是遭人非法谋杀。"他摊开手。"各位,你们都看到了录像带里的经过。接下来,各位必须相信被告的确是杀害席辛斯基神父的人。我要再次重复,在我们这个案子当中,这一点毋庸置疑。最后,大家必须认为弗罗斯特太太是经过预先设想,才杀害了席辛斯基神父。这是个沉重的法律用语,但是各位都知道其中的意思。"

他犹豫了一下。"今天早上当大家开车到法庭来的时候,在交叉路口一定至少碰过一个由绿转黄的交通标志。你们当时一定得决定自己是否该松开油门,踩下煞车,或是要加速前进。我不知道各位作了什么选择,我也不必知道。我——以及各位——只需要知道,在那个关键的一刹那之间所作出要走或要停的决定,就叫作预先设想。一刹那的时间就足够了。昨天弗罗斯特太太告诉过各位,当她拿枪对准席辛斯基神父头颅的时候,她想的是不能让他活着离开法庭,这样才能保护她的儿子,而这,也正是预谋。"

昆丁回头走向被告席的桌前,指向尼娜。"这个案子无关乎情感,而是攸关事实。这个案子的犯罪事实是:有个无辜的男人被杀,而这个女人杀了他,并且还相信她的儿子应当得到只有她能做到的特殊待遇。"他最后一次转身面对陪审团。"她犯了法,不要让她享受特殊待遇。"

"我有两个女儿,"坐在我身边的费舍尔站起来说话,"一个刚进高中,另一个就读于达特茅斯学院。"他对陪审团微微一笑,"她们简直让我疯狂着迷。我相信在各位当中,有许多人对自己的孩子都有相同的感觉。尼娜对她的儿子纳撒尼尔也一样。"他把手放在我的肩膀上，"然而，在一个和平时没有两样的早晨，尼娜发现自己正面对着任何父母都不想看到的恐怖事实：有人鸡奸了她的小儿子。接着，尼娜必须面对另一个残忍的事实：她知道性侵犯的审判会对儿子脆弱的情绪带来什么影响。"

他走向陪审团。"她怎么会知道呢？因为她曾经帮助过其他父母的孩子历经这样的过程。因为她曾经不止一次地亲眼目睹孩子们来到法庭，在证人席上泣不成声。因为她看过，尽管孩子试着想理解为什么自己必须在法庭的陌生人面前重新回想过去的经历，性侵犯却仍然逃离法律的制裁。"费舍尔摇摇头，"这是一场悲剧。何况事实上，席辛斯基神父并不是伤害这名小男孩的罪魁祸首。但是在十月三十日当天，不光警方认定他是性侵犯，检方也这么想，尼娜·弗罗斯特也这样相信。同时，在那天早上，她还相信自己已经没有别的选择。当天早上在法庭上发生的事并不是预谋，也不是恶意的行为，而是绝望的作法。各位在录像带上看到开枪射杀神父的女人，她外表也许像尼娜·弗罗斯特，举止可能也像她，但是，各位先生、女士，录像带上的女人另有其人。在当下，这个人在心智上没有能力阻止自己。"

费舍尔再次深呼吸，打算进入因丧失神志而无罪的辩护策略时，我了起来。"抱歉，但是我想做个结尾。"

他猛然转身，带起一阵风。"你说什么？"

我等着他靠过来，好私下对他说："费舍尔，我想我可以负责结辩。"

"你不是被告的代表！"

"呃，我也不会歪曲自己。"我瞥了陪审团以及目瞪口呆的昆丁·布朗一眼。"我可以上前吗，法官大人？"

"喔，当然可以，请上前。"尼尔法官说。

我们全来到法官席前方，费舍尔和昆丁分别站在我的两侧。"法官大人，我认为我的委托人这样做是不明智的。"费舍尔说。

"我认为她的确有这方面的障碍。"昆丁喃喃地说。

法官揉揉眉心。"我认为弗罗斯特太太比任何被告都要了解情况。请继续进行。"

在这尴尬的一刻，费舍尔和我互换了角色。"这是你的丧礼。"他低声说，接着绕过我身边，走回被告席坐下。我走向陪审团，找回了属于我的立足点，像极了在许久之前重新踏上帆船甲板的水手。"大家好，"我开口轻声说话："到了这时候，各位应该都知道我是谁，也听到了许多解释，知道我为什么会来到这里。但是诸位没听到的是完全的真相。"

我指着昆丁，说："我知道，因为我过去和布朗先生一样都是检察官。在审判当中，我们并不常看到真相出现。检方不断地抛出实证，而辩方则是诉诸情感。没有人喜欢真相，因为每个人对真相的观点都不同，布朗先生和卡灵顿先生担心各位有可能曲解真相。但是，在今天，我打算说出来给大家听。

"真相是，我犯下一个可怕的错误。真相是，在那天早上，我并没有像布朗先生希望大家相信的那样，一心想亲手执法。但是我也不像卡灵顿先生所说的，面临精神崩溃。真相是，在那天我是纳撒尼尔的母亲，这个事实盖过了一切。"

我朝一个陪审员走了过去，这个年轻孩子把他的棒球帽反戴。"如果你最好的朋友被枪抵住，而你手上正好有把手枪，你会怎么做？"我转身看另一位年长的绅士，问道："如果你回到家，发现有人正在强暴你的妻子呢？"我往后退。"分界线在哪里？我们接受的教育，是让我们站起来为自己奋斗，是去支持我们关心的人。但是突然间，法律划下了新的分界线。这条线代表的是：你退下，让我们来处理。各位都知道法律的运作并不十分成功，会让你的孩子遭受创伤，会在短短的几年后假释犯人。在法律的眼中，这么做就叫作处理你的问题，道德正确的做法成了错事……至于道德错误的做法，则可以逃过制裁。"

我直视陪审团。"也许我知道司法体制对我的孩子不可能发挥作用。也许我多少知道我有能力说服陪审团，让大家相信我丧失了心智。我希望给大家一个确切的说法，但是，如果要说我在这段期间学到了什么，那就是：对于我们自以为了解的事，其实，我们的认识还不到一半。而且，我们最不了解的，就是我们自己。"

我转身面对旁听席，先后看着凯利伯和帕特里克。"至于坐在旁听席上谴责我的各位，如果没有经过测试，你们怎么知道自己不会有相同的举动？我们每天都会做一些事来保护我们心爱的人，不让他们受伤。比方说，说个无伤大雅的小谎，系上安全带，或是从酩酊大醉的好友手中抢下钥匙。但是，我听说过有些母亲可以凭一己之力抬起压住幼儿的汽车，读过许多故事，讲到有些男人为了生命中少不了的女人，可以跳出来挺身挡下子弹。难道他们这样做就是丧失神志？还是说，在那一瞬间，他们是百分之百痛苦地清醒着。"我扬起眉毛，"我不该这么说。但是，那天早上，当我在法庭上射杀席辛斯基神父的时候，我知道自己在做什么事。但是在同一个时候，我也疯了。"我摊开手，这是个恳求的手势，"爱就是会带来这种影响。"

昆丁站起来反驳。"这对弗罗斯特太太说来十分不幸，但是我们的国家没有两套法律制度。一种适用于知道自己在做什么的人，另一种适用于其他人。"他看着陪审团，"各位也听到了，她对自己杀人的行为并不感到难过……她难过的，是她杀错了人。"

"最近发生的错误已经够多了，"检察官疲惫地说，"请不要犯下另一个错误。"

门铃响了，我以为是费舍尔。自从我们离开法庭之后，他就没再和我说话，而陪审团在结辩之后花了三个小时来商议，更让他确定我不该站起来为自己说话。但是当我拉开门，准备再次为自己辩护的时候，纳撒尼尔冲向了我。"妈！"他大声喊，挤得我踉跄地往后退。"妈咪，我们离开旅馆了！"

"真的吗？"我说，然后用同样的几个字问站在孩子身后的凯利伯，"真的吗？"

他放下自己和纳撒尼尔的行李袋。"我想，现在应该是回家的好时机，"他静静地问，"如果可以的话。"

这时候，纳撒尼尔已经用双手环起黄金猎犬的肚子，而梅森则是扭个不停，想要舔遍孩子的每一寸肌肤，蓬松的长尾巴拍打着瓷砖，奏出喜悦的归营曲。我可以体会小狗的感觉。直到现在，在有人和我作伴之后，我才了解自己有多孤单。

于是，我靠向凯利伯，头顶着他的下巴，聆听他的心跳。"好极了。"我回答。

狗狗躺在我的身下，像个会喘气的枕头。"梅森的妈妈怎么了？"

我的母亲坐在沙发上读一些用小字印刷大道理的文件，我一想到这些东西就会头痛。她抬起头来，说："它在……某个地方。"

"它为什么不和我们住在一起？"

"梅森的妈妈是马萨诸塞州一个养殖场里的狗。它生了十二只小狗，我们把其中一只——就是梅森——带回家养。"

"你觉得梅森会不会想念妈咪？"

"依我看，在刚开始的时候应该会，"她回答，"但现在已经过了这么久，而且它和我们在一起很快乐。我猜啊，它可能不记得妈咪了。"

我的手指滑过梅森甘草色的牙龈，摸到它的牙齿。狗狗对我眨了眨眼。

我敢说，妈咪错了。

九

"你要喝点牛奶吗？"纳撒尼尔的母亲问。

"我刚刚吃了一碗玉米片。"他的父亲回答。

"喔。"她准备把牛奶放回冰箱里，但是他父亲将牛奶拿了过来。"也许我可以再喝一点。"

他们彼此对望。接着，他母亲脸上带着僵硬的微笑往后退，说："好啊。"

纳撒尼尔觉得自己好像在看卡通。其实，他心底知道事情有些假假的、不够真实，但是眼前这一幕仍然会吸引他。

去年夏天，他和爸爸到户外去，他追着一只青绿色的蜻蜓，一路跑过了花园和南瓜棚来到喂鸟的水盆边。第一只蜻蜓在这里找到另一只蜻蜓，接着开始互相勾咬碰撞。"它们在打架吗？"纳撒尼尔问父亲。

"不是，它们在交配。"纳撒尼尔还没开口问，父亲就解释说，这是动物和昆虫还有其他东西生宝宝的方式。

"但是它们看起来好像要彼此残杀。"纳撒尼尔实事求是。

他才刚说完，两只蜻蜓便牢牢地勾在一起，好像闪闪发光的太空站，接着它们像四重奏般地拍动翅膀，长长的尾巴微微抖动。

"有时候的确有点像。"他的父亲回答。

昆丁整晚躺在质量低劣的床垫上翻来覆去，不懂陪审团究竟在拖什么。审判当然不可能有必然的结果，但是，天哪，他们掌握了谋杀当时的录像带，事情应该很单纯才对。然而，陪审团从昨天下午就开始商议，到现在几乎过了二十四小时了，竟然还没有判决。

他至少在陪审团会议室前面来回走了二十趟，想要靠念力发挥影响，让他们定她的罪。站在会议室门口看守的是一个年纪不小的法警，具备站着睡觉的本领，在检察官经过他面前时，还能面无表情地打呼。"里面有什么进展？"昆丁问。

"大吵大闹。他们刚刚订了午餐，十一份火鸡三明治和一份烤牛肉。"

昆丁十分沮丧，转头再次朝走廊走去，没想到看见自己的儿子正从转角走过来。"基甸恩？"

"嘿，还好吗？"

基甸恩出现在法院里。在这一瞬间，昆丁的心跳几乎停止，和一年前一样。"你在这里做什么？"

男孩耸耸肩，仿佛他自己也不知道。"我下午没练球，所以来这里晃晃。"他拖着脚步走路，球鞋磨着地板，嘎吱作响。"来看看，从另一个角度可以看见什么。"

一抹笑容缓缓地爬上昆丁的嘴角，往整张脸扩散，他伸出手搭住儿子的肩膀。十年来第一次，昆丁·布朗身在法院，却说不出半句话。

二十六个小时，一千五百六十分钟，九万三千六百秒。随你高兴怎么称呼都好，但不管用哪个说法，这段等待的时间都如同一生一世。我把会议室的每一寸角落紧紧记在脑中。数过地板铺上了几片塑料砖，记下天花板斑点的位置，连窗户的长宽都计算过了。他们在里面做什么？

当门打开的时候，我才明白唯一比等待更糟的事，是当你知道决定已经达成的那一刻。

门口先出现了一条白色的手帕，接着是费舍尔。

"裁定了，"这几个字犹如刀子般切割我的舌头，"陪审员的裁定出来了吗？"

"还没有。"

我全身瘫软，重重地坐到椅子上，这时费舍尔对着我挥了挥白手帕。"这是让我听到裁决之后用的吗？"

"不是，是我向你投降，对昨天的事表示歉意。"他看着我。"不过话说回来，如果你当时能提早一点告诉我你打算作结辩，我会舒服一点。"

"我知道。"我抬头看他，"你觉得这是陪审团没有立刻决定无罪开释的原因吗？"

费舍尔耸耸肩。"也许这是他们没有立刻回到法庭定罪的原因。"

"是。结辩一向是我的拿手强项。"

他微笑地看着我。"我则是擅长交叉诘问。"

我们互相打量，完全同意对方的说法。"你最讨厌审判的哪个阶段？"

"就是现在：等待陪审员回法庭。"费舍尔重重地吐了一口气。"我老是得安慰一心想要我预测结果的委托人，但其实任何人都没办法预测。你们这些检察官真是幸运，只管输赢，不必去安慰委托人，说他们不会终身被关在监狱里，尽管我们明知道……"他停下来没继续说，因为我的脸上血色尽失。"呃，总之，你知道没人有办法猜出陪审团的最终决定。"

他看我似乎没受到鼓舞，于是问："对你来说，最困难的是哪个部分？"

"在检方停止发问的前一刻，因为我知道，那是我最后的机会，来确认自己是否正确地提出了所有证据。当我说出'检方没有其他问题了'这几个字的不久之后，马上就可以知道自己是否搞砸了案子。"

费舍尔和我四目相望。"尼娜，"他温和地说，"检方可以休息了。"

我侧躺在游戏室里印着字母的地毯上，把企鹅玩偶的一只脚塞进木柜里。"如果这只企鹅再迷路，"我说，"我就要帮陪审团省掉麻烦，干脆自己先上吊算了。"

凯利伯坐在地上，和纳撒尼尔一起为彩色的塑料泰迪熊分色。"我想到外面去。"纳撒尼尔哀声发牢骚。

"不行，小朋友。我们在等关于妈咪的重要消息。"

"但是我想要！"纳撒尼尔用力踢桌子。

"等一下好吗？"凯利伯递了一把玩具熊给他，"来，多拿一点。"

"不要！"纳撒尼尔一手挥掉桌上的玩具箱。分色用的小格子滚到大盒子里，塑料小熊散落一地。这个场面触发了我的脾气，我本来在脑袋里保留下一个空白的空间，试着什么都不去想。

我站起身，抓住儿子的肩膀摇晃。"你不可以乱丢玩具！纳撒尼尔，你把东西全收拾好，我不是开玩笑的！"

这时候的纳撒尼尔开始放声大哭。凯利伯也板着脸转过头来对我说："不要因为你自己很紧张，尼娜，就以为你——"

"打扰了。"

听到门口的声音，我们三个人全转过身去。一名法警探进来，对我们点了个头。"陪审团要回法庭了。"他说。

"还没有判决。"几分钟之后，费舍尔低声对我说。

"你怎么知道？"

"如果是，法警会直接说，而不光是说陪审员回法庭。"

我半信半疑地往后靠。"法警从来没告诉过我任何事。"

"相信我。"

我润了润嘴唇。"那我们进来做什么？"

"我不知道。"费舍尔承认。我们两个人都把注意力转向了法官。

法官在席位上坐定，他看到这场灾难终于接近尾声，显然十分高兴。"佛尔帕森先生，"尼尔法官问，"陪审团有没有作出判决？"

坐在陪审席最前排的一个男人站了起来。他脱掉棒球帽，把帽子夹在胳膊下，然后清了清喉咙。"法官大人，我们一直在努力尝试，但似乎没办法全数同意。我们当中有些人——"

"等等，佛尔帕森先生，别再说了。你们有没有仔细讨论过这个案子，有没有投票，检视每个陪审员的立场，来判决有罪还是无辜？"

"我们投了好几次票，但是我们其中就是有少数人不愿意改变想法。"

法官看看费舍尔，然后看着昆丁。"律师、检察官，请上前。"

我也站了起来，法官叹了口气。"好吧，弗罗斯特太太，你也一起上前。"他坐在法官席上喃喃地说，"我要给陪审团的训谕，请他们重新考虑。有没有人反对？"

"没有异议。"昆丁说完话，费舍尔也跟着表示同意。当我们走回被告席的时候，我迎向凯利伯的注视，用嘴型告诉他："他们作不出判决。"

法官开口说："各位先生、女士，你们听了所有的事实，也听了所有的证词。我明白这段历程十分漫长，也知道各位很难下决心。但是，我同时也知道你们有能力作出决定……而且，你们是下决定的最佳陪审团人选。就算案子重审，另一个陪审团也不会有比诸位更杰出的表现。"他严肃地看着陪审团。我希望你们回到陪审团休息室去，审慎考虑彼此的意见，看看是否能有所突破。到今天傍晚之前，我会要求各位回到法庭，让我知道你们的进展。"

"现在是怎么样？"凯利伯在我身后轻声发问。

我目送备受激励的陪审员鱼贯出场。现在，我们只能等。

眼看着某个人紧张到心惊肉跳，你也会跟着浑身不自在。凯利伯在接下来的两个半小时里，陪伴尼娜等待陪审团裁决，终于得到这项领悟。她弓着身子坐在游戏室的小椅子上，完全无视纳撒尼尔伸直双臂学飞机冲来冲去，嘴巴还一边发出嗡嗡的声响。她用双手拳头撑住下巴，炽热的眼神完全没有焦点。

"嘿。"凯利伯轻声说。

她眨眨眼，回过神来。"喔……嘿。"

"你还好吗？"

"还好。"她拉开双唇浅浅一笑。"还好！"她又重复一次。

这让凯利伯想起几年前他曾经试着教她滑水，当时，她太过努力尝试，而不是顺其自然。"我们一起去贩卖机买点东西好吗？"他提议。"纳撒尼尔可以来点热可可，我还可以请你喝碗热汤，保证和洗锅水没有两样。"

"好像很不错。"

凯利伯转头对纳撒尼尔说大家要一起去买点心吃。孩子跑向门边，凯利伯跟在他的身后。"走喽，"他对尼娜说，"我们准备出发了。"

她瞪着他看，似乎已经不记得两人在几秒钟之前刚说过话。"出发去做什么？"她问道。

帕特里克坐在法院后面的长凳上，觉得自己的屁股几乎完全冻僵。他看到纳撒尼尔边喊边跑过草地。过了一个漫长的下午之后，这孩子为什么还能在四点半的时候如此精力旺盛？不过，他想起从前尼娜也可以打一整个下午的冰上曲棍球，却一点也不会冻伤。也许，当一个人在年岁逐渐增长，而来日越来越短的时候，才会注意到时间这回事。

孩子冲到帕特里克的身边，双颊红润，流着鼻水。"你有卫生纸吗，帕特里克？"

他摇摇头。"抱歉，用袖子擦吧。"

纳撒尼尔大笑，照帕特里克的话做。孩子一头钻到帕特里克的胳膊下，帕特里克简直想大声呐喊。假如尼娜看到这一幕——她的儿子主动和别人接触，喔，天哪，这对她会是多么大的鼓励。他将纳撒尼尔抱紧一些，亲吻他的头顶。

"我喜欢和你玩。"纳撒尼尔说。

"嗯，我也喜欢和你玩。"

"你不会骂人。"

帕特里克低头看他。"最近你妈咪会骂人？"

纳撒尼尔耸耸肩，然后点头。"就好像有人把妈咪偷走，然后找来一个长得很像她的凶女人来假装。这个人没办法好好坐下来，而且也不听我说话，然后只要我一说话，她就会头痛。"他低头看着自己的双腿。"我想要原来的妈咪。"

"她也一样想啊。"帕特里克往西边看，地平线上方已经出现了红光。"其实，她现在很紧张。她没办法知道自己会听到什么消息。"他看到纳撒尼尔耸耸肩，又加上一句："你知道她爱你。"

"呃，"孩子充满防备地说，"我也爱她。"

帕特里克点点头，心想：你不是唯一一个。

"审判无效？"我摇着头说，"不，费舍尔，我没办法再来一次。你知道审判不会越陈越香。"

"你还在以检察官的角度思考。"费舍尔责备我，"不过，你这次说对了。"他本来望着窗外，这会儿转过身来说，"我要你今天晚上好好考虑一件事。"

"什么？"

"放弃陪审团。如果你同意，我明天早上会找昆丁谈谈，看看他是否同意由法官来判决。"

我瞪着他看。"你知道这个案子主要是想诉诸情感，而不是法律。陪审团有可能基于情感而做出无罪开释的判决，但是法官一向以法律为根基来判决。你疯了吗？"

"不，尼娜，"费舍尔严肃地回答，"你也没疯。"

那天晚上我们躺在床上，满月的光线重重地落在我们身上。我把自己下午和费舍尔的对话告诉了凯利伯，现在，我们两个都瞪着天花板看，仿佛群星会把答案写在天空中。我想要凯利伯伸手越过床上的空间来握住我的手，我需要，因为我想相信我们没有那么疏远。

"你觉得怎么样？"他问道。

我转身面对他。月光为他的轮廓染上一层金边，这个颜色代表勇气。"我不会再为自己做决定了。"我回答。

他用手肘支起身子，看着我说："如果这么做，接下来会发生什么事？"

我用力吞咽，试着稳住音调，不要发抖。"嗯，法官会判我有罪，因为就法律层面来看，我犯下了谋杀案。但是往好的方面想，法官判的刑期可能不会比陪审团判的来得长。"

凯利伯的脸孔突然来到我的上方。"尼娜……你不能去服刑。"

我转过头，不想让他看到我的眼泪流下来。"我当时就知道自己冒着什么险。"

他用双手紧握住我的肩膀。"不能，你就是不能去坐牢。"

"我会回来。"

"什么时候？"

"我不知道。"

凯利伯把头埋到我的颈边，吹吐着气息。接着，我也突然一把抱住他，仿佛在今天，我们两人之间不容许有任何空间存在，因为到了明天，彼此间即将出现太过遥远的距离。我可以感觉到他粗糙的手掌贴在我的背上，他的哀伤烙下了痕迹。当他埋入我体内的时候，我的指尖陷入他的肩膀，想留下自己的记号。我们近乎狂暴地做爱，灌入在内的强烈情绪让空气也为之嗡鸣。然后，和所有的事情一样，缠绵也有结束的时候。

"可是我爱你。"凯利伯的声音开始破碎，因为，在一个完美的世界当中，人只需要这个借口。

那天晚上，我梦到自己往大海走去，浪头打湿了我棉质睡袍的下摆。水很冷，但不如这个时节的缅因州大海来得冷，而且海滩边缘的沙子又细又软。我一直走，不顾海水浸到了我的膝盖，甚至连海水刷过我的大腿、睡袍像第二层肌肤般贴在我的身上时，我都没有停下脚步。我继续走，海水来到我的颈部，淹到我的下巴。没顶之后，我明白自己将会溺毙。

一开始，我奋力挣扎，想要好好分配肺里仅存的空气。接着空气开始燃烧，我的胸腔内仿佛有一团烈焰。这一瞬间，我只看到一片漆黑，我拼命踢动双脚，却哪里也去不了。时候到了，我心想：终于到了。

有了领悟之后，我放松手脚不再挣扎。我感觉到身体往下沉，海水灌了进来，我蜷卧在海床的沙地上。

太阳宛如一只颤抖的黄眼睛。我站起身，惊讶万分地发现自己轻松自如，在海床上迈步往前走。

当我坐在纳撒尼尔床边看着他睡觉时，我儿子动都没动一下。但是我终于按捺不住，伸手去摸了他的头发，他翻个身，眨眨眼看着我。"天还没亮。"他喃喃地说。

"我知道。还不到早上。"

我看到他试着想弄清楚：那么为什么我会在半夜里叫醒他？我要怎么向他解释，说下次我再有这种机会的时候，他的身子可能已经成长到和床铺一样长？我该怎么告诉他，等我回来的时候，这个曾经被我抛下的男孩已经不复存在？

"纳撒尼尔，"我的声音有些颤抖，"我可能要离开。"

他坐起身来。"不行，妈咪。"他微笑地说，甚至还找了个理由，"我们才刚回来。"

"我知道……但是，这由不得我决定。"

纳撒尼尔拉高毯子盖住胸口，一瞬间变得好小。"我又做错了什么事？"

我哭了出来，一把将他拉到怀里，然后把自己的脸埋在他的头发上。他把鼻子凑在我颈子边磨蹭，让我几乎喘不过气来，因为这让我回想起他婴儿时候的模样。当下，我真想不计一切去交换那段时光，就算是最平常的时刻也好，比方说带着纳撒尼尔开车，陪着他清理游戏室，为他准备晚餐——然后把这些时光紧紧锁在守财奴的宝盒里面。这些时光不会因为是日常作息而稍有逊色，让你和孩子紧密相连的，并不是你们做了什么事，而是你们有幸能够一起度过这些时间。

我抬起头，看着他的脸，看他嘴唇的弧度、鼻子的线条，想要记住这双琥珀色的眼眸。留住这些，我心想：为我保留下一切。

到了这时候，我的泪水已经溃堤。"我保证我不会永远不在，你一定会再看到我。我要你知道，在我和你分开的每一分钟、每一个日子里，我只想知道自己再过多久才能回来。"

纳撒尼尔伸出双手抱住我的脖子，似乎一辈子不想放手。"我不想让你走。"

"我知道。"我抽回身子，轻轻握住他的手腕。

"我和你一起去。"

"我希望你能来，但是我需要有人在家里照顾你爸爸。"

纳撒尼尔摇头说："可是我会想你。"

"我也会想你，"我轻声说，"嘿，我们做个约定，好不好？"

"什么是约定？"

"就是两个人一起作决定。"我试着露出微笑，"我们先约好，不要去想念对方，你看怎么样？"

纳撒尼尔盯着我看了好一会儿，然后承认："我想，我应该做不到。"

我再次将他拉到身边。"喔，纳撒尼尔，"我低语，"我也做不到。"

第二天早上，当我们走向法院的时候，纳撒尼尔像胶一样黏在我身边。我几乎习惯了那些以问题来严刑拷问的记者，也懂得怎么从他们手上光线刺眼、宛如现代版护臂铠的摄像机之下求生。这是我"之前"担任检察官与"之后"成了罪犯的照片。赶快去找个标题，我心想：反正我得坐牢。

一进到法院门里，我就把纳撒尼尔交给凯利伯，一股脑儿地跑进厕所对着马桶干呕，然后用清水泼洒脸孔和手腕。"你熬得过的，"我对着镜子说，"你至少可以保持尊严，了结这件事。"

我深呼吸，推开门去和家人会合。这时变性人亚德莲穿着小了两号的衣服，对着我咧开和得州一样大的笑容。"尼娜！"她大喊，跑过来拥抱我。"我最不想去的地方就是法院，但是啊，甜心，我为你来加油。"

"你出狱了？"

"昨天出来的。我本来不知道是否来得及，但是陪审团花在商议的时间比我的变性手术时间还久。"

纳撒尼尔突然钻到我们两个人之间，还把我当成一棵树，拼命往上爬。我一把将他抱到怀里。"纳撒尼尔，这位是亚德莲。"

她的眼睛亮了起来。"我听说过好多关于你的事。"

我实在很难断定谁看到亚德莲的时候比较吃惊，究竟是凯利伯还是纳撒尼尔。但是在我开口解释之前，费舍尔急急忙忙地走了过来。

我迎视他的目光。"就这么做吧。"我说。

昆丁看到费舍尔在法庭里等他。"我们必须找尼尔法官谈谈。"他静静地说。

"我不会接受协议的。"昆丁回答。

"我们也没打算提出协商。"他转身朝法官办公室走过去，没费心查看检察官是否跟了过来。

十分钟之后，他们站在好几个怒气冲冲的猎物脑袋下方，面对着尼尔法官。"法官大人，"费舍尔开口说，"我们已经花了太久的时间了，陪审团一定还是没办法达成共识。我和我的委托人谈过……如果布朗先生同意，我们想要将本案交给庭上，由你来裁决。"

昆丁完全没想到自己会听到这些话，他把辩方律师当成疯子般瞪着看。的确，没有人希望看到审判无效的结局，但是把案子交付给依法行事的法官来裁决……就这个案子来说，受益者会是检方，而非辩方。费舍尔·卡灵顿简直是用银托盘捧着有罪判决交给昆丁。

法官瞪着他说："布朗先生呢？检方希望怎么处理？"

他清了清喉咙。"检方欣然接受，法官大人。"

"很好，那么我就让陪审团离开。我需要一个小时来重新检视证据，然后作出判决。"法官点个头，遣退两人，然后开始决定尼娜的未来。

　　结果呢，事实证明亚德莲是老天爷派来的好帮手。当凯利伯和我筋疲力尽的时候，她从我怀里抱走纳撒尼尔，把自己当作攀爬架。纳撒尼尔从她的背往上爬，然后一路往下溜到她的小腿。"如果他让你太累，"凯利伯说，"直接喊停就好了。"

　　"喔，甜心，这是我这辈子最期待的事。"她抓住头下脚上的纳撒尼尔，孩子乐到咯咯发笑。

　　我一方面想看着他们玩，一方面又想加入游戏。我最深的恐惧是，如果我让自己再次碰触到儿子，再也没有任何外力可以将我拉开。

　　有人轻敲游戏室的门，我们全转过头去。帕特里克不自在地站在门口。我知道他想要什么，但是只要我的家人在场，他就不会开口。

　　没想到凯利伯为大家解决了这个问题。他对帕特里克点个头，接下来又对我点点头。"去吧。"他说。

　　帕特里克和我沿着地下室弯弯曲曲的走廊前进，两人至少保持了一尺之远的距离。我们默默地走着，完全不知道自己走到了哪里。"你好吗？"他终于开口说话。"如果你进行下一场陪审团的审判，至少你还有机会无罪开释。"

　　"然后，我又得拖着纳撒尼尔、凯利伯、你，还有一堆人下水。帕特里克，这件事该结束了。不管如何，一定得结束。"

　　他停下脚步，靠在一条暖气管上。"我一直认为你不会入狱服刑。"

　　"有很多地方，"我回答，"我都以为自己不会去。"我淡淡地微笑。"你会偶尔帮我带点中国菜过来吗？"

　　"不会。"帕特里克低头看他双脚之间的地板，"我不会留下来，尼娜。"

"你……什么？"

"我要离开了。太平洋西北地区有个职缺，我想去看看。"他深深地吸了一口气。"我一直想出去看看。只是，没有你，我实在不想去。"

"帕特里克——"

他无比温柔地亲吻我的前额。"你会没事的，"他低声说，"你从前就经历过了。"他送给我一个歪嘴的微笑。接着，他沿着走廊往前走，让我自己找路回去。

有人拉开了楼梯旁边的厕所门，突然间，昆丁·布朗就站在距离我四尺之外。"弗罗斯特太太。"他结巴地打招呼。

"经过这一切，你应该可以喊我尼娜了。"如果没有费舍尔在场，他和我说话会有违法庭规则，我们两个人都清楚这一点。然而在经过这些事之后，不知怎么着，不去理会这条规矩似乎也不是什么可怕的事。我看他没有回答，以为他和我的想法不同，于是打算从他身边绕过去。"我先走了，我家人在游戏室里等着我。"

"我得承认，"就在我离开的时候，昆丁说，"你的决定让我很惊讶。"

我转过身来。"你是说，交由法官来裁定吗？"

"对。假如我是被告，我不晓得自己会不会这样做。"

我摇摇头。"不知道，昆丁，我实在很难把你想象成被告。"

"你能想象我当个家长的样子吗？"

我吃了一惊。"不能。没听说过你的家人。"

"我有个儿子，十六岁了。"他把双手插到口袋里，"我知道，我知道。你费了好大工夫把我想象成一个铁石心肠的恶棍，实在很难在我身上找出任何温情。"

"呃。"我耸耸肩，"也许还不算铁石心肠的恶棍。"

"那么，浑蛋怎么样？"

"话是你说的，律师大人。"我回答他，两个人都笑了。

"不过话说回来，人随时都会为别人带来惊讶。"他开起玩笑，"比方说，地方检察官犯下谋杀案，或者是助理州检察长在晚上开车经过被告的家门口，只是为了要看她是不是一切安好。"

我嗤之以鼻。"如果开车过来的是你，一定是为了看我在不在家里。"

"尼娜，你难道真的从来没想过，谁会把DNA的检验报告拿给你？"

我的下巴几乎掉了下来。"我儿子，"昆丁说，"叫作基甸恩。"

他吹着口哨向我点个头，然后小跑步上楼。

法庭里很安静，凯利伯坐在我后面，我连他的呼吸声都听得见。在这片静默当中，他在我们稍早步入法庭聆听法官判决前所说的话，也还在我心里回荡：我为你感到骄傲。

尼尔法官清清喉咙，开始说话。"本案证据清楚显示出，在二〇〇一年十月三十日当天，被告尼娜·弗罗斯特外出买了一把枪藏匿，然后带进毕德福地方法院。证据同时显示她刻意接近席辛斯基神父，蓄意而且有意识地对着神父的头连开四枪，神父因枪击而毙命。同时，通过这些证据，我们也得知尼娜·弗罗斯特在犯案当时，误以为席辛斯基神父性侵了她五岁大的儿子。"

我低下头，他的每个字都犹如雷击。"那么，证据没有显示出哪些状况？"法官用巧妙的辞令反问。"正好就是被告在犯案当时，在枪击的那一刻处于神志丧失的状况。根据证人的说法，她一再刻意要求旁人去检验那个遭她误以为伤害她儿子的男人。在那一刻，被告是个训练有素、经验丰富的助理地方检察官，清楚知道任何遭到指控的人——包括席辛斯基神父在内，在当庭证明有罪之前，都是无辜的。本庭相信尼娜·弗罗斯特是个检察官……因此如果要犯法，她必须经过审慎的考虑。"

他抬起头，把架在鼻梁上的眼镜往上推。"因此，我驳回被告以神志失常的理由来辩护。"

我的左边传来细碎的声音，是昆丁·布朗。

"然而——"

昆丁停止动作。

"——在缅因州，我们可以接受另一个因素，来作为谋杀的正当理由，亦即是被告受到某种程度的挑衅，而处于因之而起的恐惧或愤怒之下。身为检察官的尼娜·弗罗斯特并没有理由在十月三十日当天早上感到恐惧或愤怒，但是身为纳撒尼尔的母亲，她的确受到了影响。她的儿子稍早的尝试——指认出本案的受害者，加上DNA检测这张万能牌，以及被告对于刑法制度上对待证人的认知，就本庭的看法，足以成为法律中所谓相当程度的挑衅。"

我停止呼吸，这不可能是真的。

"请被告起立。"

直到费舍尔抓着我的手臂，将我拖起来之后，我才想起法官指的是我。"尼娜·弗罗斯特，针对谋杀起诉，本庭判你无罪。根据缅因州法律条文第十七之Ａ条第二〇三款之（一）（Ｂ），本庭判你因杀人有罪。被告是否愿意放弃量刑前之报告，选择直接在今日宣判？"

"是的，法官大人。"费舍尔低声回答。

法官看着我，这是今天早上到现在的第一眼。"我宣判你在缅因州立监狱服刑二十年，可扣除你先前羁押的时间。"他停了一下，"其余的刑期暂缓执行，处以缓刑。弗罗斯特太太，你在今天离开法庭之前必须先向假释官报到，然后，你就可以走了。"

法庭里顿时迸发出阵阵的闪光灯和困惑不解的声音。我的泪水夺眶而出，费舍尔拥抱住我，而凯利伯则是跳进栏杆里。"尼娜？"他问我，"到底是什么意思？"

"就是……很好。"我对着他大笑，"是好极了，凯利伯。"实质的说法，就是法官赦免了我。只要我能够不再去杀人，就不必入狱服刑。凯利伯抓着我绕圈圈，我从凯利伯的肩膀上方望过去，看到亚德莲在他的身后举起拳头。帕特里克在亚德莲后面，他闭着眼睛坐着，脸上露出笑容。就在我看着他的时候，他睁开眼睛盯住我，无声地用嘴型说：只有你。这几个字让我思量了好几年。

当记者离开法庭打电话给自己所属机构报告结果的时候，旁观席的人也渐渐散去，我注意到另一个人。昆丁·布朗已经将资料收进手提箱里。他走到了被告席和检方席位的两张桌子中间，转头看着我。他对我扬扬下巴，我点头回应。突然间，有人抓着我的手臂往后扯，一定是有人没听懂法官的判决，又想为我上手铐。"不是，"我回过头说，"你没弄懂……"但是法警接下来解开我手腕上的电子手铐。电子手铐掉在地上，敲响我的自由。

当我再次抬起头的时候，昆丁已经离开了。

所有的采访在几个星期之后告一段落，其他悲惨的故事转移了媒体虎视眈眈的注意力。一队采访车蜿蜒南下，我们回到了原有的生活步调。

呃，至少大部分的人是如此。

纳撒尼尔越来越强壮，凯利伯也接下了好几件新工作。帕特里克从芝加哥打电话给我，他正朝着西海岸去。到目前为止，他是唯一一个有勇气开口问这句话的人：在我不当检察官之后，我打算做什么事。

这么久以来，担任检察官一直是我生命中很重要的一个部分，因此，这个问题实在很难回答。也许我会写书吧，有不少人希望我写。说不定我会去镇上的活动中心，为年长镇民提供免费的法律咨询。或许，我会一直留在家里，看着我儿子长大。

我轻拍手中的信封。这是律师惩戒委员会寄过来的，已经在厨房流理台上原封不动地躺了几乎两个月。其实，现在也没必要拆开来看。我知道里面写的是什么。

我坐在计算机前面，敲着键盘写下一封短信。本人不再继续执业，自愿缴回执照。尼娜·弗罗斯特谨上。

我将短信和信封打印出来。折好，舔过封口，粘住，然后贴邮票。接着，我穿上靴子，穿过车道，走向邮箱。

"好，"我把信放在邮箱里，竖起通知邮差取信的红旗，大声地说了出来，"好。"我再次重复，其实我真正想说的是：我现在要做什么？

一月总是会有一个星期的融雪期。事先没有任何迹象，气温一下子就回暖到十三度，积雪融成湖面大小的水池，大伙儿穿着短裤坐在折叠椅上欣赏融雪的景象。

但是在今年，融雪期的时间破了纪录。尼娜获释的当天，雪开始融化。镇上大家用来溜冰的池塘在那天下午宣布关闭，因为冰面上开始出现裂缝，到了那个星期的尾声，青少年已经可以在人行道上溜滑板，甚至有人说他们已经在这时节少不了的泥塘间，看到番红花冒出芽来。这对生意来说当然是好事——许多工程在严寒的冬季延宕了下来，现在可以重新动工。在凯利伯的记忆当中，这也是他首次这么早就开始在槭树上凿孔采糖汁。

凯利伯在昨天就装上了阀门，也放了桶子。今天，他沿着自己的产业走了一圈，收集槭树汁液。天空十分清朗，凯利伯将袖子卷到了手肘上。他的靴子陷入了可恶的泥浆里，但是他丝毫没有减慢速度。像这样的天气实在不够常见。

他把采集的汁液全装进大桶子里，四十加仑的甜美汁液只能煮出一加仑的槭糖浆。凯利伯把汁液倒在煮意大利面用的锅子里，直接用厨房的炉子煮，然后在汁液收汁前先用筛子过滤。对尼娜和纳撒尼尔来说，重点在于最后的成品——可以用来淋在松饼上。但是对凯利伯而言，最美的是过程。将树木的汁液一勺勺地放入桶子内，蒸汽冉冉往上升，家中弥漫着糖浆的香味。每一口吸入的都是甜蜜的空气，没有比这更美好的事了。

纳撒尼尔正在搭桥，不过最后也可能变成一条隧道。乐高玩具最酷的地方，就是你可以半途改变计划。有时候，当他在搭盖建筑的时候，他会把自己假想成父亲，并且以相同的谨慎态度来计划。有时候呢，他也会假装自己是母亲，在积木散落一地之前，先拼命将高塔往上堆。

梅森刚好睡在他卧室的正中央，因此他只能绕过狗尾巴玩积木。不过，这也没关系，因为这样一来，他盖的村庄里面就会有只大怪物。其实，说不定他盖的是一艘超级赞的逃难船。

但是他们要去哪里？纳撒尼尔想了想，接着放了四个绿色和四个红色的积木开始盖。他筑起坚固的围墙，宽大的窗户。爸爸说过，房子一层叫做一楼。

纳撒尼尔喜欢这个说法。这让他觉得自己好像住在书皮里。说不定，所有家庭当中的每个人都会得到美好的结局。

洗衣服一向是个不需要用脑的好开端。我们家的脏衣服似乎会从洗衣篮潮湿的底部往上滋生，不管我们多小心地不要去弄脏衣服，洗衣篮仍然每天爆满。我折好洗干净的衣物拿上楼，先收好纳撒尼尔的，再整理自己的东西。

当我用衣架挂起牛仔裤的时候，看到了那个行李袋。难道说，这个袋子真的在柜子后面整整放了两个星期吗？凯利伯可能没注意到，因为他抽屉里的衣服够穿，所以没注意到他还没收拾自己带去汽车旅馆的行李袋。但是这袋子我看了很碍眼，它让我想起凯利伯搬出去住的那些日子。

我拿出一件长袖衬衫和几件四角内裤，在我把这些衣物放进洗衣篮之后，才发现自己的双手黏糊糊的。我揉搓手指，皱起眉头把衬衫拿出来抖动。

衬衫的衣角尚有一大片绿色的污渍。

几双袜子上也沾到同样的东西，看起来仿佛有东西翻覆，但是我在行李袋里没找到没盖好盖子的洗发精。

而且，这味道也不像洗发精。我没办法判断这是什么气味，只知道像是工业用的材料。

袋子里只剩下他的牛仔裤。我习惯性地掏口袋，确定凯利伯没有把钱或收据放在里面。

裤子左侧后口袋里有一张五块钱钞票，右侧后口袋里有两张美国航空的登机证存根，一张从波士顿飞新奥尔良，另一张则从新奥尔良飞往波士顿，两张的日期都是在二〇〇二年一月三日。也就是在纳撒尼尔能力听证会的后一天。

凯利伯的声音在我身后出现。"我做了我该做的事。"

凯利伯低头斥喝纳撒尼尔，不准他动防冻剂。"我说过多少次了？防冻剂有毒。"梅森想去舔带着甜味的液体，它不知道严重性。

"猫，"我转头看他，喃喃地说，"那只猫也死了。"

"我知道，我猜它喝了剩下来的可可。乙二醇有毒……但是也很甜。"他向我伸出手，但是我往后退。"你把他的名字告诉了我，你也说过事情还没结束。是我做的，"凯利伯轻声说，"我结束了由你开始的工作。"

"不要。"我举起手，"凯利伯，你别告诉我。"

"我能诉说的人只有你。"

他当然没错。我身为他的妻子，没有义务说出对他不利的证词。就算葛文神父的尸体经过解剖验尸，在体内组织找出了毒药也一样。就算所有的证据都指向凯利伯也是如此。

但是，我花了三个月的时间，才学到了自己亲手执法会有什么后果。我曾经亲眼看着丈夫出门，他的举动并不是为了要评断我的作为，而是打算去亲自动手。我差一步就要失去自己一心的向往，也就是一个过去我蠢到不懂得珍视，直到面临失去，才明白其价值所在的人生。

我瞪着凯利伯，等他解释。

然而，有些遥远的感觉，是话语无法说明的。凯利伯没办法诉诸言语，但是他看着我，用眼神表达出他想说的话。他紧紧互握双手。

对某些不懂得以另外一种方式聆听的人来说，可能会以为他希望的是一切顺利。但是对我来说，我知道这个手势代表婚姻。

他只需要用这个手势就能让我理解。

纳撒尼尔突然冲进我们的卧室里。"妈咪，爸爸！"他大叫，"我盖了全世界最酷的城堡！你们一定要来看。"他还没站稳脚步，又立刻转身跑回去，希望我们跟过去看。

凯利伯看着我。他没有办法踏出第一步，毕竟，想要沟通，就要找到一个能够了解的人；想要得到谅解，就得先有人愿意原谅。于是，我走向门边，在门口转过身来说："走吧，"我对凯利伯说，"他需要我们。"

事情发生的时候，我正在快速冲下楼梯，我的脚跑在身体的前面。结果有个阶梯不在原来该在的位置，害我狠狠地撞到手扶栏杆。我撞到了手臂转弯的地方，这个地方好像叫作手肘。

我痛得像在打针一样，好像有针头刺进来，在我手臂上注射进大火。我的手指头全没有感觉，头也开始痛。这比去年我在冰上滑一跤，脚踝肿得像大腿一样粗的时候还更痛。比上次我摔到脚踏车把手前面，整张脸擦破皮而且还缝了两针更痛。痛到我来不及喊痛，也不记得要先哭。

"妈——丫——咪！"

每次我这样喊，她都会跑得比鬼还快，空气一下子全不见了，只看到她。"哪里痛？"她大喊大叫。她开始摸我缩在一起的全身上下。

"我觉得我那根怪骨头好像跌断了。"我说。

"嗯。"她举起我的手臂上下移动。接着她把手放在我肩膀上，说，"讲个笑话。"

"妈！"

"要不然我们怎么能确定骨头断了没？"

我摇摇头。"事情好像不是这样。"

她把我抱进厨房。"谁说的？"她笑了，我不知不觉地也笑了出来。这一定是表示我很快就会好起来。

致 谢

经常有人问，在我的作品当中，有多少现实生活的影子？而有鉴于写作的主题，我有幸能说：还好不多。《魔鬼游戏》对我来说格外困难，因为我会将早餐时和我孩子们的谈话放到书中，透过小纳撒尼尔的嘴巴说出来。所以，我要感谢Kyle、Jake和Samantha，这不只是因为他们告诉我的笑话和故事，同时也因为他们赋予了书中主角的精神，让我写出一名愿意为自己所爱的人作任何付出的母亲。感谢为我搜集精神科资料的同事Burl Daviss、Doug Fagen、Tia Horner以及Jan Scheiner，提供我医学专业知识的David Toub和Elizabeth Bengtson，感谢Kathy Hemenway提供有关社工的见解，Katie Desmond提供有关于天主教的知识，Diana Watson与我分享幼儿园里的小故事，Chris Keating和George Waldron提供初步的法律信息，Syndy Morris高超快速的誊写技术，Olivia和Matt Licciardi对于"圣羚羊"和"氧气"的问题。同时，我还要感谢Elizabeth Martin和她的弟弟为我找到本书的结局，Laura Gross、Jane Picoult、Steve Ives和JoAnn Mapson阅读初稿，并且喜爱到愿意协助我，让本书更具可读性。Judith Curr和Karen Mender让我觉得自己像是Atria出版社众多杰出作家当中的新星。Atria出版社的编辑Emily Bestler和Sarah Branham宛如天使，让我觉得自己是世上最幸运的作家，Camille McDuffie和Laura Mullen两位简直是公关界的神仙教母，她们绝对该手持魔杖，头戴皇冠，让所有人知道她们能编织出什么样的魔法。我要感谢我的丈夫Tim van Leer，他不只是最便利的枪支、星座、石作工事的信息库，同时还透过咖啡和色拉来宠爱我，为我打点世界，让我有时间来从事我所爱的工作。最后，我要特别感谢三个人，他们的贡献良多，如果没有他们的协助，我简直无法想象要如何写作：Frank Moran警探让我学到如何以警探的角度思考；Lisa Schiermeier教给我的，不只是DNA，同时还顺便提到了让我头痛的医学原因；检察官Jennifer Sternick对着录音机讲了整整四天时间，没有她，就不可能有《魔鬼游戏》。

马上扫描卖书狂魔熊猫君二维码，

回复"**皮考特3**"，

抢先试读朱迪·皮考特的最新小说章节。

图书在版编目（ＣＩＰ）数据

魔鬼游戏 / (美) 朱迪·皮考特著；苏莹文译. --
北京：北京联合出版公司, 2017.2
（读客全球顶级畅销小说文库）
ISBN 978-7-5502-9715-9

Ⅰ. ①魔… Ⅱ. ①朱… ②苏… Ⅲ. ①长篇小说—美
国—现代 Ⅳ. ①I712.45

中国版本图书馆CIP数据核字(2017)第023164号

PERFECT MATCH
by Jodi Picoult
Copyright © 2002 by Jodi Picoult
Simplified Chinese translation copyright © 2017
by Shanghai Dook Publishing Co., Ltd.
Published by arrangement with Atria Books, a division of Simon & Schuster, Inc.
through Bardon-Chinese Media Agency
ALL RIGHTS RESERVED

魔鬼游戏
作者：[美]朱迪·皮考特
译者：苏莹文
责任编辑：夏应鹏
选题策划：读客图书　021-33608311
特约编辑：夏文彦　赵思婷
封面设计：刘倩
版式设计：陈宇婕
责任校对：绳刚　曹振民

北京联合出版公司出版
（北京市西城区德外大街83号楼9层　100088）
三河市良远印务有限公司印刷　新华书店经销
2017年2月第1版　2017年2月第1次印刷
字数 318千字　　890毫米×1270毫米　1/32　　13.5印张
ISBN 978-7-5502-9715-9
定价：49.90元

如有印刷、装订质量问题，
请致电010-85866447（免费更换，邮寄到付）